Petit traité
d'histoire
des religions

Frédéric Lenoir

Petit traité
d'histoire
des religions

Plon

ISBN 978-2-7578-4176-1
(ISBN 978-2-259-20732-4, 1re publication)

© Plon, 2008

Sommaire

Introduction

Comment est né le sentiment religieux ? Quelles sont les toutes premières religions de l'humanité ? Comment sont apparues les notions de sacré, de sacrifice, de salut, de prière, de rites, de clergé ? Comment est-on passé de la croyance en plusieurs dieux à la foi en un Dieu unique ? Pourquoi la violence est-elle souvent liée au sacré ? Pourquoi y a-t-il plusieurs religions ? Qui sont les fondateurs des grandes traditions religieuses et quel est leur message ? Quelles sont les ressemblances et les différences fondamentales entre les religions ? Assiste-t-on aujourd'hui à un choc des religions ?

Ces questions, et bien d'autres, préoccupent nombre de nos contemporains. Car la crise des institutions religieuses en Occident a pour corollaire un intérêt accru pour la religion, envisagée comme un phénomène culturel. Or, la croyance en un monde invisible (une réalité supra-empirique) et la pratique de rituels collectifs qui s'y rapportent – c'est ainsi que je définirais la religion – accompagnent l'aventure humaine depuis des dizaines de milliers d'années. La religion est en effet intimement liée, depuis l'origine, aux différentes cultures humaines. Ce qui est doublement remarquable, c'est non seulement qu'aucune société humaine dont on ait la trace ne soit exempte de croyances et de rituels religieux, mais aussi que ceux-ci aient évolué selon des schèmes similaires à travers une grande diversité géographique et culturelle.

C'est cette histoire religieuse de l'humanité que je vais tenter de raconter ici. J'entends le faire de la manière la plus neutre possible, sans porter de jugements, adoptant la casquette du philosophe et de l'historien. Autrement dit, je ne me pose pas directement la question du « pourquoi » de la religion, question qui renvoie de manière ultime à des partis pris idéologiques, se résumant à une position croyante (parce que Dieu existe) ou à une position athée (parce que l'homme a peur de la mort). Cela ne signifie pas qu'on ne puisse pas s'interroger sur le rôle social de la religion ou se demander à quels besoins individuels elle peut répondre. Mais dire le besoin de religion ne signifie pas, pour un esprit non partisan, réduire nécessairement le phénomène religieux à une fonction psychique ou sociale conditionnée par l'instinct ou, à l'inverse, considérer sa permanence et son universalité comme les signes de l'existence de forces supérieures. Comme nous le verrons au fil des pages, l'histoire montre que le religieux relève de tendances psychiques diverses et contradictoires – désir, peur, amour, idéal... – et participe de manière aussi diverse à la construction des sociétés : lien social, éthique, normes, violence, solidarité, exclusion... Il est donc vain de chercher à prouver l'existence ou l'inexistence d'une réalité suprasensible (appelée Dieu par les monothéismes) à partir de l'observation du fait religieux. Celui-ci traduit bien une aspiration humaine universellement répandue, mais ne peut nous renseigner de manière certaine sur la source ultime du sentiment religieux.

Je me contenterai donc ici de décrire de manière concrète le « comment » de la religion tel qu'on peut l'appréhender dans l'état actuel de nos connaissances. Et cela dans une perspective historique chronologique : comment est apparu le sentiment religieux ? Quels sont les premières croyances et les premiers rituels ? Comment se sont-ils développés au fur et à mesure de l'évolution des sociétés et de la complexification de leur organisation ? Comment sont nées et se sont développées les grandes religions historiques ? Pour ce faire, j'ai utilisé un immense matériau, fruit de la recherche de centaines de chercheurs depuis des décennies. Je me suis notamment appuyé sur l'*Encyplopédie des religions,* que j'ai codirigée avec Ysé Tardan-Masquelier (Bayard, 1997) et à laquelle ont collaboré cent quarante spécialistes du monde entier. J'ai essayé ici d'actualiser, de simplifier et de synthétiser ce savoir encyclopédique pour le rendre accessible au plus grand nombre, et surtout, ce qui est tout à fait novateur, de l'inscrire sous la forme d'un parcours historique commencé il y a près de cent mille ans.

Ce petit traité est divisé en deux parties. La première, la plus originale, s'intéresse à la naissance du phénomène religieux et à son évolution jusque vers le premier millénaire avant notre ère. La deuxième partie étudie une à une les grandes traditions religieuses qui sont nées à partir de ce premier millénaire – que Karl Jaspers appelle l'« âge axial de l'humanité » – et qui existent encore de nos jours, en insistant sur les moments fondateurs et les temps forts de leur évolution. Chaque chapitre se clôt sur une brève évocation de la situation présente. Je reviendrai de manière plus générale en conclusion sur la situation de la religion dans le monde moderne.

L'histoire comparée des religions est une science déjà plus que centenaire et s'est enrichie de noms prestigieux de la pensée – Max Müller, Karl Jaspers, James Frazer, Rudolf Otto, Georges Dumézil, Mircea Eliade, René Girard et bien d'autres. Une question théorique centrale a préoccupé nombre de ces penseurs : existe-t-il un sens à l'évolution religieuse de l'humanité ? Autrement dit, passe-t-on de l'imparfait au parfait, d'une religiosité primitive à une religiosité plus évoluée ? Je reviendrai en conclusion de ce livre sur cette question polémique, qui fait nécessairement appel à des jugements de valeur. Tout au long de cette étude historique et comparative, j'ai tenté de m'en tenir aux faits, constatant les évolutions et les ruptures comme les éléments de continuité. Certains faits pourront gêner des croyants peu habitués à une lecture historique rationnelle : lorsque j'explique, notamment, comment les religions empruntent les unes aux autres, ou la manière dont leurs livres sacrés ont été progressivement constitués. A aucun moment je ne cherche à montrer qu'une religion est plus vraie ou meilleure qu'une autre, pas plus que je n'entends prouver que la religion est, par essence, bonne ou mauvaise. Historiquement, et le lecteur s'en rendra compte au cours de ce long parcours, les religions apparaissent comme ambivalentes : elles sécrètent du lien social (l'une des étymologies latines du mot « religion » signifie justement « relier »), mais aussi de la violence ; de la compassion pour autrui, mais aussi de l'exclusion ; de la liberté comme de l'aliénation ; du savoir comme de l'obscurantisme. Certes pas au même degré selon les cultures et selon les époques. Il est donc vain de vouloir enfermer les religions dans une case « blanc » ou « noir » et de ne voir en elles que des ferments de paix et de progrès, ou au contraire que des lieux d'obscurité et de violence.

Philosophe de formation, je suis un lointain disciple de Socrate qui affirmait que l'ignorance était à la racine de tous les maux. Or, force est de constater, dès qu'il s'agit des religions, que l'ignorance et les préjugés – ceux de certains croyants comme ceux de certains athées – fleurissent encore dans nos sociétés pourtant si marquées par la science et le souci de rationalité. Dans un monde où les religions se brassent et s'entrechoquent et où elles continuent de jouer un rôle essentiel, n'est-il pas aujourd'hui capital, pour les croyants comme pour les incroyants, d'essayer de comprendre le phénomène religieux ? De mieux connaître, sans a priori, les grandes religions de l'humanité ? Leurs enracinements culturels divers, comme les questions universelles dont elles sont porteuses ?

PREMIÈRE PARTIE

AUX ORIGINES RELIGIEUSES DE L'HUMANITÉ

1

La religion originelle

Nul ne saura jamais ce qui s'est réellement passé ce jour-là, il y a à peu près cent mille ans, à Qafzeh, près de l'actuelle Nazareth, en Israël. La scène était probablement poignante. Amenés par les leurs, que les archéologues appellent des proto-Cro-Magnons ou Homo sapiens antiques, deux défunts ont été inhumés dans une fosse : une femme d'une vingtaine d'années, déposée sur son flanc gauche, en position fœtale, et à ses pieds un enfant d'environ six ans, recroquevillé. Autour d'eux, peut-être sur leurs corps, quantité d'ocre rouge, témoin d'un rituel funéraire. Quels sentiments animaient ceux qui ont procédé à cette inhumation intentionnelle, l'une des plus anciennes connues ? Etaient-ils affligés ? Terrorisés ? Et pourquoi avaient-ils rompu avec les mœurs des autres mammifères, y compris leurs propres ancêtres, qui se détournaient des corps et les abandonnaient sans autre procédure quand la vie cessait de les animer ?

Premiers rituels de la mort

Les fouilles entreprises à Qafzeh à partir de 1930 par le consul de France à Jérusalem André Neuville, et

simultanément sur le site voisin de Skhul par l'archéologue britannique Dorothy Garrod, ont révélé une
trentaine de sépultures de la même époque, renfermant
des corps pour la plupart couchés sur le côté, jambes
fléchies, couverts d'ocre. Dans deux d'entre elles, des
objets ont été posés : une mâchoire de sanglier auprès
d'un adulte, un bois de cervidé entre les mains d'un
adolescent. Objets rituels, témoins indéfectibles de
l'existence, dès ce moment, chez nos ancêtres, de la
pensée symbolique qui caractérise l'être humain.

C'est dans ces tombes, vieilles de cent millénaires,
que l'on observe les premiers moments de religiosité
de l'homme. Une religiosité qui s'exprime à travers
des rituels porteurs de sens, et qui dépasse la simple
émotion dont sont probablement capables les animaux à la disparition de ceux qui leur sont proches.
Des signes laissent en effet penser que la mise en
scène entourant ces inhumations exprime la croyance
en une vie après la mort, autrement dit en un monde
invisible dans lequel les morts continueraient d'exister. La position recroquevillée du fœtus dans laquelle
sont déposés les corps, et que l'on observera par la
suite dans toutes les régions du monde, signifie selon
l'hypothèse la plus plausible que la mort est conçue
comme une nouvelle naissance. De la même manière,
la tête est en général dirigée vers l'est, la direction
dans laquelle le soleil se lève. Le corps n'est pas abandonné à sa solitude : au fur et à mesure de l'évolution
de l'humanité, des objets de plus en plus sophistiqués
sont posés à ses côtés. Est-ce pour le seconder dans
ce grand voyage qu'il entreprend, ou pour le choyer
afin qu'il ne revienne pas importuner les vivants ? Les
deux hypothèses ne sont pas inconciliables, et elles
témoignent toutes deux d'une croyance en la survie
de l'âme. Fréquemment au Paléolithique moyen, de

manière systématique au Paléolithique supérieur[1], les sépultures renferment des silex taillés pour se défendre, de la nourriture, ainsi qu'en témoigne l'étude d'ossements animaux retrouvés à proximité des corps, et des pierres sculptées dont les encoches, aujourd'hui indéchiffrables, avaient très certainement un sens symbolique précis pour les artistes qui les avaient taillées.

Autre fait significatif : les morts sont inhumés à l'écart des vivants. Certes, l'homme du Paléolithique est un chasseur-cueilleur nomade, qui ignore la possibilité de bâtir des abris et se déplace au gré des saisons, au gré de ce que lui offre une nature qu'il ne sait pas encore dompter. Néanmoins, les traces de campement repérées par l'analyse des restes de feux et de nourriture sont systématiquement à l'écart de ce que l'on peut appeler les premiers cimetières. A Skhul, par exemple, plusieurs centaines de mètres séparent la grotte funéraire où ont été inhumés une dizaine de squelettes d'une autre grotte dévolue à la vie quotidienne. Et ce n'est pas tant l'odeur du cadavre en décomposition que veulent fuir les vivants (les corps sont recouverts de couches de terre et de pierres), que le cadavre lui-même, probablement source d'inquiétudes, voire de terreur.

Nous ne disposons d'aucun autre indice quant à la religiosité développée par l'Homo sapiens d'il y a cent mille ans. On ignore comment il concevait la survie de ces corps – de toute évidence parés pour une autre vie. La recherche archéologique ne permet pas même d'affirmer une quelconque forme de croyance, en un dieu ou en des dieux, en des esprits naturels ou ancestraux : outre ces sépultures, notre ancêtre, qui taillait des silex et inventait les premiers outils, faisant ainsi montre d'une capacité d'innovation, voire d'un début de conceptualisation, n'a pas laissé de traces de ses convictions les plus intimes.

L'art rupestre

Des millénaires vont encore s'écouler (une broutille à l'échelle de l'humanité, vieille de trois millions d'années !) avant que l'homme découvre un *nouveau* moyen d'expression : l'art, ancêtre de l'écriture. Les plus anciennes peintures rupestres, retrouvées en Australie et en Tanzanie, datent de plus de quarante-cinq mille ans. Il ne s'agit plus d'encoches taillées sur des pierres aux formes étranges, un exercice auquel nos ancêtres se sont livrés depuis trois cent mille ans, mais de véritables petites scènes représentant des animaux et des humains. Il ne s'agit pas non plus d'une particularité propre à quelques groupes, dans quelques aires géographiques : des dizaines de millions de peintures et de gravures paléolithiques ont été découvertes à ce jour dans cent soixante pays, sur les cinq continents. Ce sont « les plus volumineuses archives que possède l'humanité sur sa propre histoire avant l'invention de l'écriture », écrit le paléoethnologue Emmanuel Anati qui qualifie les sites d'art rupestre, souvent des grottes, de « cathédrales » au sens religieux du terme[2].

Ces œuvres ont-elles un sens ? La question a commencé à se poser au XIXᵉ siècle, quand les archéologues ont pris conscience de leur histoire, remontant à des dizaines de millénaires. La thèse d'un Edouard Lartet (1801-1871) défendant le principe de l'art pour l'art a été rapidement mise en échec par Salomon Reinach (1858-1932) puis par l'abbé Henri de Breuil (1877-1961) qui ont développé une théorie de l'art magique : en peignant des scènes de chasse, l'homme capturait l'image des animaux qu'il voulait chasser, avant de capturer les animaux eux-mêmes, en chair et en os. Plusieurs autres hypothèses ont été émises pour tenter de donner un sens à cet énorme patrimoine de l'humanité qui nous a été légué : une expression des mythes d'origine, une ode symbolique à la sexualité et, plus récemment, la théorie chamanique élaborée en 1967 par Andreas Lommel[3], et développée en 1996 par Jean Clottes et David Lewis-Williams[4]. Selon ces derniers, les peintures et gravures, où les animaux sont largement dominants, ne représentent pas les animaux eux-mêmes, mais sont les esprits des animaux surgissant de la roche, que les chamanes de la préhistoire invoquaient et avec lesquels ils communiquaient lors de transes rituelles. Des éléments plaident en faveur de cette thèse, en particulier la localisation géographique des grands sites d'art rupestre, situés pour la plupart dans des zones désertiques, peu propices aux activités de chasse et de cueillette : le Néguev en Israël, les collines de Dahthami en Arabie, le Kalahari en Afrique du Sud, Uluru en Australie… Autrement dit, ce ne sont pas des grottes habitées qui étaient « décorées », mais des lieux spécifiquement réservés à cette activité, de ce fait très probablement ritualisée. D'autre part, un parallèle peut être établi avec les ultimes populations de chasseurs-cueilleurs, il est vrai en voie d'extinction, mais qui ont pu être observées il y a quelques décennies en Australie, en Afrique ou en Amazonie. Or, les témoignages des ethnologues concordent : les peintures sur roche, sur bois ou sur os sont généralement réalisées, relatent-ils, lors de longues cérémonies d'initiation, et elles ont pour vocation d'ouvrir les voies de communication avec un autre monde, surnaturel celui-là, et dont la participation au rituel est une condition de succès de ce rituel.

Le monde invisible

Nous ne saurons jamais laquelle de ces hypothèses est la bonne. Il est fort possible qu'une conjonction de facteurs constitue la vraie clé d'interprétation de la production artistique préhistorique dont les intentions sont probablement multiples, incluant la magie et la communication avec le monde surnaturel, dans le but de tenter de maîtriser une nature qui, à l'époque, n'est que mystère. Par commodité, je vais appeler la pensée religieuse du Paléolithique « chamanisme », du nom qui a été donné, au milieu du XIXe siècle, aux religions des peuples premiers, en référence au *saman* toungouse, qui bondit, qui danse, qui s'agite : le chamane qui entre en transe quand il s'allie avec les esprits.

Le chamanisme est une religion de la nature qui s'est développée au sein de populations vivant en profonde symbiose avec cette nature, parmi des hommes qui en faisaient partie de manière vivante, qui n'étaient pas extérieurs à elle, ne se contentaient pas de l'observer. Chasseurs-cueilleurs aux techniques rudimentaires, ils vivaient en petits clans, six ou sept hommes adultes chassant les gros animaux avec des pierres et des sagaies, les femmes s'occupant peut-être de la cueillette et des enfants dont ils ne savaient sans doute pas le mode de conception. Tributaires des saisons, de la pluie, du soleil, ces hommes étaient pris dans des phénomènes extérieurs qui les dépassaient : les naissances, les tempêtes, le retour du printemps et de la floraison des arbres, les tremblements de terre... Des phénomènes dont nous connaissons aujourd'hui les causes, que nous savons même anticiper, mais face auxquels ils étaient totalement démunis. Malgré les capacités d'abstraction et de synthèse qu'ils avaient développées (ou plutôt grâce à elles), ils ne pouvaient en somme, dans leur dénuement technique, donner d'autres explications que surnaturelles à ce qui nous semble aujourd'hui anodin, comme le lever et le coucher du soleil. A chaque pourquoi, seule une réponse supranaturelle semblait appropriée. « Il était évident pour l'homme que la nature dégageait de l'énergie ; la chaleur et le froid, la lumière et les ténèbres étaient bien l'expression d'une nature non statique. La tendance à prêter une conscience et une volonté à ces énergies est un archétype humain qui apparaît déjà dans l'art des chasseurs archaïques. Leur anthropomorphisation, c'est-à-dire le fait de leur attribuer des apparences humaines, est un processus plus tardif », avance Emmanuel Anati au terme de dizaines d'années de missions sur le terrain[5].

On peut aujourd'hui, à travers les cultures chamaniques qui ont survécu, notamment en Sibérie, essayer de se faire une idée de ce qu'a été la première religion de l'humanité, qui s'est ensuite construite et développée pendant plusieurs dizaines de milliers d'années. Pour se rassurer face aux aléas, aux menaces, aux dangers que la nature fait peser sur lui, pour exprimer en même temps le sentiment d'admiration qu'il éprouve devant cette grandeur, cette majesté, l'homme va donner une substance au monde invisible. Il nomme des esprits avec lesquels il peut négocier pour s'attirer leurs bonnes grâces. Il est possible que certains personnages, plus doués que d'autres pour ce type de négociations, se soient très tôt détachés du lot. Ils ne sont pas des prêtres au sens où nous l'entendons aujourd'hui, mais des chasseurs comme les autres qui ont tout simplement la faculté, quand le besoin s'en fait sentir, de consulter ces forces qui omettent d'envoyer des animaux ou qui cachent le soleil derrière des nuages noirs. Dans les peuplades chamaniques étudiées par les ethnologues modernes, Inuits du Grand Nord, Bushmen d'Afrique australe ou aborigènes d'Australie, dont le mode de vie a été jusqu'à récemment assez proche de celui des chasseurs-cueilleurs de la préhistoire, cet homme providentiel sait procéder à des échanges avec les esprits, leur offrir une compensation en termes de forces vitales en échange de la nourriture prélevée. C'est un donnant-donnant très fonctionnel, somme toute très rationnel, n'incluant ni prières ni sacrifices.

Une seule religion primitive

Un fait est quasi certain : quelle que soit la région du globe où ils vivaient, et pendant un temps qui s'est étalé sur des dizaines de milliers d'années, les hommes du Paléolithique ont nourri des sentiments religieux d'une surprenante similarité. Certes, il ne s'agit pas d'une religion au sens où nous l'entendons aujourd'hui, avec ses rites, ses mythes, son credo, mais d'un ensemble de croyances fondées sur un tronc commun : la survie de l'âme, l'existence d'esprits « naturels » et de causes surnaturelles aux événements naturels, la possibilité d'entrer en contact avec ces forces et de procéder à des échanges porteurs de normalisation ici-bas. Ces traits communs fondent donc ce que l'on appelle les religions chamaniques ou premières, tant africaines qu'australiennes, américaines ou sibériennes, qui se sont développées dans un relatif, voire un total isolement les unes des autres, en cultivant toutefois un rapport identique au surnaturel, une même perception de ce monde autre, conçu comme une émanation de la nature et agissant en totale symbiose avec elle.

24

Nos lointains ancêtres chasseurs-cueilleurs ont développé, chacun de leur côté, une même symbolique, une même manière d'appréhender et de comprendre le monde qui les entourait. Des révélations en ce sens nous ont été apportées, au cours de ces deux dernières décennies, par la comparaison des « archives » qu'ils nous ont laissées sous forme de sculptures et de peintures sur les supports dont ils disposaient et qui ont survécu aux outrages du temps : des os, des pierres, des roches. Or, dans les cent soixante pays où elles ont été découvertes, ces œuvres présentent des redondances certaines, ainsi qu'une évolution similaire, parallèle à celle des techniques et des modes de vie.

Le constat le plus frappant, y compris pour un œil non averti, est l'usage de la couleur rouge, associée dans toutes les aires à un contact avec l'autre monde : tant au Proche-Orient qu'en Afrique ou en Europe, une abondance d'ocre a été retrouvée dans les plus anciennes sépultures, et les figures les plus emblématiques dessinées dans les grottes sont mises en valeur par cette même couleur. Par ailleurs, en ce qui concerne le choix des motifs, la surreprésentation des animaux, en particulier les taureaux, les serpents et les cervidés, de toute évidence investis d'une forte valeur symbolique que nous sommes incapables de décrypter, et l'absence quasi totale de dessins végétaux sont une autre constante de ces peintures. Quant aux humains représentés, ils sont souvent, sous toutes les latitudes, dans la position dite de l'orant, c'est-à-dire les bras levés vers le ciel : expriment-ils la prière pour solliciter une faveur ou la soumission à une force supérieure ? Et pourquoi l'expriment-ils tous par le même geste ? Ce sont des questions auxquelles il sera très difficile d'apporter un jour une réponse définitive. Une autre caractéristique presque universelle, elle aussi, de l'art paléolithique est la présence au fond de certaines grottes, souvent les plus profondes, d'empreintes de mains, en négatif ou en positif, appartenant à une multitude d'individus, accolées les unes aux autres dans un joyeux désordre, et qui ont donné lieu à l'élaboration de différentes théories explicatives. Il est possible que ces empreintes aient marqué le terme d'un processus initiatique de jeunes adultes, comme c'est le cas encore dans certains clans aborigènes d'Australie. Des chercheurs tels Jean Clottes et David Lewis-Williams[6] ont avancé la possibilité que ces empreintes, laissées sur les parois les plus sombres et les plus reculées, aient constitué une clé pour le monde des esprits, un monde qui commence là où s'arrête celui de l'homme, et auquel ont accès les chamanes qui « traversent » la paroi en usant de cette « clé » magique, lors de leurs « voyages » dans les mondes autres où ils se rendent pour accomplir leur fonction principale, la négociation avec les esprits. Mais on peut aussi s'interroger sur le sens du « culte des crânes » pratiqué sous différentes formes par les hommes du Paléolithique. A proximité de grottes, notamment dans l'Ariège, des crânes ont été retrouvés percés d'un trou de manière à pouvoir être accrochés à une liane. Pour effrayer les clans humains ennemis ? Ou dans un but rituel ou symbolique ? A Pékin, dans les Pyrénées ou en Bavière, d'autres crânes ont été retrouvés, cassés de manière que la cervelle puisse en être extirpée : s'agissait-il de simples actes d'anthropophagie, ou d'une manière de se nourrir de la force spirituelle de celui qui n'est plus ? Beaucoup plus tard, dans ces mêmes régions, le culte des crânes sera en étroit rapport avec celui des ancêtres.

Une thèse, qui a connu un certain succès parmi les chercheurs, tente de fonder « techniquement » cette indéniable similarité en la rattachant à une donnée confirmée par la génétique : l'origine africaine commune de toute l'humanité. Cette thèse postule une diffusion des bases de la religiosité à partir de ce foyer unique dont les hommes auraient émigré en emportant une mémoire collective elle aussi unique, et dont aurait émergé ultérieurement la mythologie, en particulier le mythe du paradis originel (ou de la terre des origines) que se partagent toutes les civilisations, avec des variantes qui leur sont propres. « On peut envisager l'existence d'un noyau primordial du phénomène religieux, du langage articulé et même de la naissance de l'art à des époques antérieures à la dispersion de l'Homo sapiens. Toutes les religions d'aujourd'hui se rattachent à une religion première », soutient par exemple Emmanuel Anati[7]. Un obstacle s'oppose cependant à cette affirmation : on ignore qui étaient ces premiers migrants, et surtout s'ils étaient capables de concevoir une « religion première ». Il est très peu probable qu'il se soit agi des Australopithèques, des hominidés plutôt que des hommes, qui, il y a quatre millions d'années, se dressaient sur leurs pattes arrière mais ne savaient pas encore tailler des outils ni sans doute parler. Des scientifiques n'excluent pas que le premier voyageur ait été l'Homo habilis (homme habile) qui, deux millions d'années plus tard, taille des premiers outils – rudimentaires. La grande vague migratoire serait toutefois intervenue il y a six cent mille ans avec l'Homo erectus (l'homme debout), ancêtre de l'Homo sapiens (l'homme qui sait), qui découvre le feu, se tient droit et est doté d'un cerveau plus gros que celui de ses ancêtres. Erectus améliore ses outils, il utilise même des racloirs, apprend à cuire sa nourriture. Mais a-t-il déjà une capacité de symbolisation telle qu'il puisse s'interroger sur le monde qui l'entoure et envisager un monde autre pour se protéger ?

Au début du XXᵉ siècle, Wilhelm Schmidt (1868-1954), un linguiste allemand, par ailleurs missionnaire catholique, qui avait mis à profit ses séjours dans le Sud-Est asiatique pour y étudier le langage et les croyances des peuples premiers, ne s'embarrasse pas de telles considérations. Il est l'un des premiers à affirmer une religion originelle de l'humanité et à la nommer. Dans *L'Origine de l'idée de Dieu* (1912), son plus célèbre ouvrage, il soutient que celle-ci fut le monothéisme. Les hommes, dit-il, ont dès l'origine reconnu Dieu sans cependant lui organiser un culte. Tant et si bien qu'au fil des millénaires, ce Dieu s'est peu à peu éloigné, et il a finalement été « oublié » au profit de quantité de dieux plus proches, plus accessibles, autour desquels des rituels s'étaient mis en place, permettant de maintenir leur « présence » dans la vie quotidienne des fidèles. Et c'est ainsi que du monothéisme originel, la plus ancienne religion du monde, est née une pléthore de polythéismes de facture plus récente. Cette théorie prend corps en Afrique dans la légende de la pileuse de mil : il y avait autrefois, dit cette légende, une femme qui s'acharnait à moudre des céréales lui résistant au fond de son mortier. Pour tenter de les écraser, elle levait son pilon très haut, l'abattait avec force, mais en vain. Elle le levait de plus en plus haut, jusqu'à toucher le ciel, jusqu'à toucher Dieu qui s'éloignait pour éviter les coups de pilon. Les grains résistaient toujours. Mais Dieu s'éloigna tant et si bien qu'il finit par ne plus entendre la voix des hommes. Pour s'adresser à lui, ces derniers eurent recours aux esprits des ancêtres et à ceux de la nature. Avec le temps, avec l'éloignement, ils finirent par oublier Dieu pour ne plus s'adresser qu'aux esprits.

Cette légende reflète-t-elle une croyance originelle, ou bien a-t-elle été élaborée tardivement, sous l'effet du contact avec les monothéismes, en particulier le christianisme apporté en Afrique, à partir du XIXᵉ siècle, par les missionnaires d'Occident ? Elle rejoint, certes, le vieux mythe mésopotamien de l'éloignement du dieu An, le plus grand des dieux sumériens qui, à force de s'entourer d'une cour de plus en plus complexe de fils et de dieux inférieurs, finit par devenir inaccessible aux humains. Ce mythe est cependant relativement tardif dans les croyances mésopotamiennes, et il suit la constitution d'un panthéon d'une énorme complexité. De la même manière, la thèse de l'élaboration relativement récente du mythe de la pileuse de mil a les faveurs des spécialistes des religions autochtones africaines. Et de fait, la théorie d'un monothéisme originel à l'humanité a très peu cours aujourd'hui, sinon auprès de personnes mues par des considérations idéologiques, dans la mouvance des mouvements créationnistes.

Toutefois, parler d'une religiosité commune aux chasseurs-cueilleurs n'est pas un abus de langage et elle constitue très certainement une démonstration éclatante de l'universalité de l'esprit humain et de sa spécificité par rapport aux autres êtres vivants. C'est en tout cas la thèse qui prévaut aujourd'hui, et qui se fonde sur l'analyse et la comparaison de la masse d'informations dont nous disposons quant à la spiritualité des peuples premiers, les chasseurs-cueilleurs qui nous sont contemporains. « Le chamanisme est l'un des grands systèmes imaginés par l'esprit humain, indépendamment, dans diverses régions du monde, pour donner sens aux événements et pour agir sur eux », écrit l'ethnologue contemporain Michel Perrin qui a consacré l'essentiel de ses travaux à des peuplades isolées de l'Amazonie dont il a partagé la vie sur de longues périodes[8]. Et il est de fait plus plausible que l'humain ait développé le sentiment religieux, qui donnera plus tard naissance à la religion, en réaction quasi instinctive au monde qui l'entourait, et en apportant des réponses fondées sur les notions d'esprits avec lesquels il est procédé à des échanges fondés sur la réciprocité (je te prends cet animal pour m'en nourrir, je te le rends en t'offrant en contrepartie un peu de ma force vitale qui te nourrira), plutôt que sur l'idée de dieux avec lesquels ces échanges s'entendent en termes de don sous forme d'offrandes ou de sacrifices, en échange desquels un « cadeau » différent est attendu du dieu, en termes de richesses ou de santé.

Le numineux et le sacré

Le théologien luthérien allemand Rudolf Otto (1869-1937) est l'un des premiers penseurs à mettre en avant l'idée d'un sentiment du sacré inhérent à l'homme et précédant ses tentatives d'expliquer le monde, ses origines, son devenir. Otto voit dans ce sentiment intrinsèquement humain l'essence de la religion, sa partie la plus intime sans laquelle elle ne serait pas une religion. En 1917, il publie son ouvrage phare, *Das Heilige* (*Le Sacré*[9]), dans lequel il forge le mot « numineux » (aujourd'hui entré dans le vocabulaire courant des sciences des religions) pour désigner ce sacré originel. Le numineux, dit-il, jaillit de l'expérience du *mysterium tremendum*, « une frayeur pleine d'une horreur interne qu'aucune chose créée, même la plus menaçante et la plus puissante, ne peut inspirer[10] ». Le *tremendum*, cette terreur qui glace et donne littéralement froid dans le dos, se manifeste face au mystère : les phénomènes naturels étranges que l'on ne s'explique pas, des comportements animaux tel un hululement de chouette la nuit, probablement la mort elle-même. C'est de cette terreur, semblable à celle que l'on éprouverait aujourd'hui devant un spectre, surgissant « dans l'âme de l'humanité primitive, [que] procède tout le développement historique de la religion[11] ». Mais la terreur seule n'explique pas que le numineux soit en même temps objet de recherche, de convoitise, de désir, non seulement en vue de ce que l'on en attend, mais encore pour lui-même : un aspect de fascination intervient, explique Otto, « qui croît en intensité jusqu'à procurer le délire et l'ivresse[12] ». Les premiers hommes ont très certainement expérimenté la notion de beauté naturelle : dans les immenses espaces vides des déserts et des steppes, au sommet des collines ou au creux des vallées entourées de sublimes montagnes, qu'ils privilégient pour établir leurs sanctuaires. C'est donc à la fois de l'effroi et de l'admiration face à ce qui l'entoure que l'homme prend conscience du sacré, insiste Rudolf Otto, allant à contrecourant des théories émises à son époque. Les plus grands noms de l'ethnologie et des sciences religieuses qui lui succéderont reconnaîtront d'ailleurs son influence : Paul Tillich, Gustav Mensching, et surtout Mircea Eliade qui fondera le livre qui l'a popularisé, *Le Sacré et le Profane*, sur la notion de numineux.

Cela dit, le numineux, « le parvis de l'histoire des religions[13] », ne peut ni se dire ni s'enseigner ou se transmettre sous forme de concepts. Il s'incarne dans une expérience procurant ce que l'on appelle le « sentiment de l'état de créature », par opposition à celui de toute-puissance que nos ancêtres devaient éprouver quand ils abattaient un animal plus gros qu'eux pour nourrir le clan. Terrorisé et fasciné en même temps par cet inexplicable, l'individu cherche à « accumuler » le numineux dans un lieu, de manière à le localiser, à le posséder. Des pierres de formes étranges et de couleurs particulières permettent de le catalyser : les plus anciens amassements de ce type sont datés de près d'un demi-million d'années, c'est-à-dire du Paléolithique inférieur. Des sanctuaires naturels sont érigés, tel ce tumulus surmonté d'une pierre à forme de visage humain dans une grotte en Espagne, ou cette quarantaine de pierres verticales dressées dans le Néguev il y a quarante mille ans, si l'on en juge par la datation des restes d'outils et de foyers qui ont été retrouvés à proximité.

Le numineux ainsi accumulé pour être maîtrisé est doté de propriétés magiques : c'est de cette façon que s'ébauchent sans doute les premiers rituels élémentaires, autour des pierres et des tumulus, devant les peintures rupestres, où l'on ne rend pas encore grâce à une divinité, mais où l'on apaise les colères d'esprits non nommés. Dans un monde où il n'existe pas de hiérarchie, où l'homme se perçoit sur pied d'égalité avec l'animal, il n'a pas encore de dieux, ni de prêtres pour les servir.

2

Quand Dieu était une femme

Quinze mille ans avant notre ère, la Terre commence à sortir d'une période glaciaire commencée cent mille ans plus tôt. L'Europe est encore sous les glaces quand les premiers effets du réchauffement se font sentir au Proche-Orient, dans une zone qui s'étend de l'Egypte actuelle à l'Irak en passant par le Liban, la Syrie et la Jordanie. C'est là, douze mille cinq cents ans avant notre ère, que l'homme conduit sa première expérience de sédentarisation. Il sort des grottes, construit des maisons en plein air, structures en terre et bois ovales, à moitié enterrées et consolidées par des pierres, et acquiert sans doute un sens de la propriété privée. La civilisation natoufienne, qui tire son nom de Wadi Natouf, près de Jéricho, où ses premières traces ont été retrouvées en 1928 par l'archéologue britannique Dorothy Garrod, se prolonge durant environ deux mille cinq cents ans et constitue la période charnière entre le Paléolithique et le Néolithique.

Les précipitations sont abondantes, le climat doux, les céréales sauvages nombreuses. L'homme du Natoufien reste un chasseur-cueilleur, mais, à la différence de ses prédécesseurs, il traque seul les petits animaux qui abondent dans la région plutôt que les grandes bêtes féroces que les hommes du Paléolithique chassaient à plusieurs, et il cueille les céréales qu'il sait moudre et apprend à stocker. Il n'est pas encore un éleveur, mais il commence à domestiquer un premier animal, le chien, dont la dépouille accompagne celle du maître dans quelques sépultures. Ses outils sont plus sophistiqués, il découvre l'art du polissage qu'il utilise surtout pour les sculptures taillées dans les os, représentant des figures animales asexuées, ainsi que pour les parures en coquillages et en os qu'il porte en guise de talismans protecteurs et avec lesquelles il se fait inhumer.

Ce sont de petits riens, certes. D'infimes touches impressionnistes sur la vaste toile de l'histoire de l'humanité. Mais celles-ci posent les bases d'un pas de géant que va accomplir la révolution néolithique. Cette ère va durer à peine quelques millénaires : sept ou huit mille ans au Proche-Orient où la page du Néolithique commence à se tourner vers le IVe millénaire avant notre ère, trois ou quatre mille ans en Europe qui entamera sa révolution plus tard. Les conditions de vie de l'homme vont radicalement changer ; schématiquement, on peut dire que l'homme des cavernes cède la place à l'homme des cités. Sur le plan religieux, le bouleversement est d'une ampleur équivalente. En effet, au terme de cette ère, le sentiment religieux qui avait émergé des dizaines de milliers d'années plus tôt donne naissance à un embryon de religion constituée, qui intègre les grands traits constitutifs des grandes religions ultérieures. Ce bouleversement s'orchestre autour de l'émergence d'une figure inédite : celle des dieux. Ou plutôt des déesses, puisque Dieu alors est féminin. Or, on ne négocie pas avec un dieu comme avec un esprit : au fil des siècles, les relations entre ce monde-ci et le monde supérieur s'organisent différemment. Les prières prennent le pas sur les négociations, les échanges avec les dieux se formalisent avec les offrandes et les sacrifices, des espaces sacrés, plus grands et plus beaux que les habitations ordinaires, sont instaurés, les notions de bien, de mal et de morale commencent à émerger. J'aurais pu nommer ce chapitre « La religion : neuf millénaires de gestation ». J'ai préféré le placer sous le signe de la déesse et du taureau. Car telle est l'histoire que je vais vous raconter...

La déesse et le taureau

Vers 10000 avant notre ère, la civilisation natoufienne est progressivement remplacée par la civilisation dite « khiamienne », du nom du village de Khiam, sur les rives de la mer Morte. La technique de la chasse s'enrichit de l'utilisation de flèches à encoches, et celle du bâtiment s'améliore, avec des maisons qui ne sont plus à moitié enterrées, mais construites à même le sol, avec un espace réservé au stockage des denrées et une grande pièce à vivre. Il est possible que les premiers essais d'agriculture datent de cette époque, mais ils sont encore timides. Il est plus probable que l'homme se soit d'abord fait éleveur, rassemblant de petits troupeaux aux abords des villages constitués d'une dizaine d'habitations.

Le Khiamien est marqué par un chambardement total du mode de vie de l'homme. Autrefois tributaire d'un milieu naturel sur lequel il n'avait aucun moyen d'action, il commence à manipuler ce milieu quand il se fait éleveur, puis peu après paysan. Même s'il reste soumis aux caprices de la nature, il est moins démuni en face d'elle puisqu'il peut, en cas de sécheresses prolongées ou d'inondations, puiser dans ses réserves animales et végétales en attendant le retour de jours meilleurs. Quand il améliore ses techniques agraires, il parvient même à produire ce qu'il veut et à diversifier d'autant son alimentation. Il crée, au fur et à mesure de ses besoins, les outils qui l'aident à contrôler son environnement et à maîtriser sa subsistance. C'est une révolution totale, dont on a du mal aujourd'hui à imaginer l'ampleur et qui touche tous les secteurs de la vie, sans exception : l'habitat, la démographie, les structures sociales et familiales, la religion et évidemment l'art, puisque celui-ci est alors si intrinsèquement lié à la religion qu'il n'existe pas en dehors d'elle. Ce sont d'ailleurs les productions artistiques qui nous servent de fil conducteur pour remonter l'archéologie religieuse. Vers 9000 avant notre ère, de manière subite, les premières agglomérations relativement importantes apparaissent, toujours au Proche-Orient. L'Europe, elle, n'est toujours pas sortie de l'ère glaciaire.

La révolution des symboles n'est pas moins importante que celle de la technique. Devenu éleveur, l'homme est « sorti » de la nature : pour la première fois apparaît l'idée d'une séparation entre le monde humain et le monde naturel, voire d'une supériorité du monde humain sur le monde naturel. Il ne se voit plus comme un élément parmi d'autres de l'univers, puisqu'il le maîtrise : il se place au centre de cet univers. Le sentiment religieux se métamorphose. Les esprits de la nature, les seuls que pouvait concevoir l'homme du Paléolithique, cessent de dominer l'ensemble du paysage religieux, la religion s'anthropomorphise, elle se modèle à l'image de l'homme, et les premiers dieux émergent, créés à cette image. Une idée reçue, couramment répandue, voudrait que ce moment, celui de la maîtrise de l'élevage, soit aussi celui où se sont imposés les dieux mâles triomphants, comme peut l'être à ce moment le mâle, celui qui travaille pour faire vivre sa famille, dans la société humaine. Or, on est là bien loin de la réalité attestée par les fouilles archéologiques de ces cent dernières années ! Les premiers dieux sont en fait des déesses. Comment en serait-il autrement ? Bien qu'en devenant éleveur, l'homme ait identifié le processus sexuel de reproduction jusque-là énigmatique, et qu'il ait découvert son propre rôle actif, la fécondité féminine conserve pour lui un caractère magique et fascinant. Dès lors, on voit se multiplier les sculptures exclusivement féminines. Ce n'est pas la première fois que des artistes représentent des figures féminines : on a découvert de nombreuses statuettes et gravures pariétales de femmes opulentes, mettant en valeur le ventre, les fesses et les seins, datant du Paléolithique. Ces représentations, qui se multiplient en Europe entre 30 000 et 20 000 ans avant notre ère, constituent les premières manifestations d'un art anthropique. Il est fort intéressant de constater que l'être humain a commencé par représenter la femme. Mais s'agit-il de déesses ? Un débat agite les spécialistes de la préhistoire et à ce jour encore aucune preuve n'a pu être apportée qui permette d'affirmer qu'il s'agissait de représentations à caractère religieux. C'est la raison pour laquelle je ne les ai pas évoquées plus haut. Il en va tout autrement avec les représentations féminines du Néolithique dont le caractère religieux est indiscutable. Avec un court écart dans le temps, ces figures féminines sont associées aux taureaux, incarnant la puissance de la force mâle : ils sont sculptés aux côtés des déesses, leurs crânes et leurs cornes sont enterrés sous les maisons, tels des talismans protecteurs de la virilité masculine.

Ce système à deux personnages, qui dominera par la suite le Néolithique occidental plus tardif, ainsi que l'âge du bronze, « porte en germe toutes les constructions ultérieures de la pensée mythique d'Orient et de Méditerranée », affirme le préhistorien Jacques Cauvin[14]. Au fur et à mesure de l'évolution de la sédentarisation – et de celle, très rapide, de la technique –, l'image de la grande déesse, maîtresse de la vie et donc du taureau, se diffuse et s'affine. Vers 7000 avant notre ère, les premiers bas-reliefs font leur apparition dans les maisons de Catal Huyuk, en Anatolie. La déesse y est représentée jambes écartées, donnant naissance à des taureaux. Du Nil à l'Euphrate, de telles figurations de la déesse qui enfante, cernée de crânes de taureaux, abondent. On la voit aussi assise sur une chaise semblable à un trône, tenant un enfant dans ses bras, protégeant un taureau – ou peut-être commençant à être protégée par lui ? « Elle est intégrée dans une structure qu'on peut appeler Sainte Famille néolithique, qui ne comprend pas de dieu mâle, mais une déesse mère, une déesse fille et un enfant divin, avec parfois le thème de la mère fécondée par son propre fils », écrit l'historien Pierre Lévêque[15]. Le même couple pénètre l'Indus où, au IIIᵉ millénaire avant notre ère, la déesse, portant parfois des cornes, est le principal destinataire du culte domestique, ainsi qu'en témoignent les statuettes retrouvées dans les restes des maisons d'une mystérieuse civilisation perdue – sur laquelle j'aurai l'occasion de revenir plus longuement. Et on le retrouve de manière magistrale, dominant le panthéon de la civilisation minoenne qui s'est développée en Crète à partir de 2700 avant notre ère : là, la principale divinité est la déesse mère, maîtresse des animaux sauvages, veillant sur la fécondité de la nature, des hommes et des bêtes, et destinataire d'un culte proche de la nature dans lequel elle est associée au taureau ainsi qu'aux serpents, symbole phallique par excellence.

S'agit-il pour autant d'un polythéisme ? Certes, il est presque certain, bien que nous n'en ayons pas la preuve sous forme de statuettes ou de peintures, que les hommes du Néolithique ont continué à s'adresser aux esprits de la nature, dans la tradition de leurs ancêtres du Paléolithique. Cette thèse est d'autant plus probable que les chasseurs-cueilleurs ne se sont pas éteints : ils continuent de vivoter dans les forêts et les montagnes, ainsi que dans les déserts, proches des premiers villages et bourgs qui se constituent. Néanmoins, les seules représentations figurées dans les autels domestiques du Néolithique proche-oriental (et, quelques millénaires plus tard, européen) sont celles de la déesse triomphante et du taureau, assujetti à elle dans la mesure où il est systématiquement représenté dans une position qui lui est inférieure, soit partiellement (avec des crânes de taureaux aux pieds de la déesse), soit au-dessous d'elle, lui servant parfois d'assise. La figuration de la déesse a bien entendu varié selon les lieux et les périodes, de la même manière qu'au cours de ces deux derniers millénaires, le Christ a été représenté sous des traits divers par les artistes chrétiens – on connaît même des christs noirs en Afrique. Ses attributs, et surtout son rôle de déesse de la fécondité et de la vie, sont toutefois restés invariables. En ce sens, il est possible que l'on se trouve, au Néolithique, face à l'une des premières formes de monothéisme, même si celui-ci ne dit pas son nom. La déesse acquiert un caractère d'être suprême : elle n'est pas une Déesse unique comme le sera plus tard le Dieu des monothéismes, mais elle surplombe l'ensemble de la construction religieuse conçue par l'homme. Les autres forces surnaturelles lui sont subordonnées. L'émergence de cette figure maîtresse est liée au développement de l'agriculture. Malgré les progrès réalisés sur le plan technique et la constitution de stocks de survie, les hommes restent tributaires des caprices de la nature : des inondations, des proliférations d'insectes, des périodes de sécheresse conditionnent la fertilité du champ, qui est leur priorité. Or, les religions ont toujours été liées aux besoins fondamentaux de l'homme, à commencer par ceux de se nourrir et de se protéger. A l'époque des chasseurs-cueilleurs, les esprits de la forêt ou ceux des animaux constituaient le recours le plus naturel pour répondre à ces besoins. Avec l'avènement de l'agriculture, seule une incarnation de la fécondité semble pouvoir assurer la fécondité du champ, mais aussi celle du bétail et des femmes. Il est donc là aussi naturel que la représentation divine la plus importante soit la femme, qui exprime l'essence de la fertilité puisqu'elle est la donneuse de vie par excellence.

Le sacrifice

En même temps que les dieux remplacent les esprits, les premiers rituels cultuels se mettent en place, et la religion prend corps à partir du sentiment religieux diffus, peut-être confus, qui régissait jusque-là l'espace du sacré. L'homme continue de se sentir englobé dans la nature qu'il entend comme un ordre total, mais il se sent doté d'une mission privilégiée : accomplir le rituel qui permet au monde de se mainte-nir. Cette perspective constitue une profonde rupture avec les sociétés des chasseurs-cueilleurs du Paléoli-thique : l'ordre naturel n'est pas né, mais il est inté-riorisé, et c'est l'action humaine, à travers le rituel religieux, qui est censée maintenir l'ordre d'un monde perçu comme instable ou mouvant. On reconnaît certes la nature comme ordonnée, mais on s'inquiète en même temps de ses débordements, de son caractère imprévisible, et on tente de manière « magique », à travers le rituel, de se rassurer et de se prémunir contre un chaos toujours possible.

Une verticalité s'instaure, une « béance nouvelle qui se crée entre le dieu et l'homme », pour reprendre l'expression de Jacques Cauvin[16]. Dans la mesure où l'homme a acquis le sentiment de sa supériorité sur la nature qu'il domine et a créé des sociétés qui se hiérarchisent, il imagine tout à fait que la hiérarchie se prolonge au-dessus de lui, au-dessus de ce monde terrestre. La logique des échanges et de la réciprocité qu'il avait instaurée avec les esprits ne peut plus, pense-t-il, satisfaire les dieux – en l'occurrence la déesse. Quand il s'adresse à celle-ci, c'est pour la prier, l'appeler à son secours : elle est au-dessus de lui, elle peut l'aider comme il aide lui-même son champ à fertiliser et ses troupeaux à croître. Après des centaines de milliers d'années de quasi-stagnation dans les rapports aux forces supérieures, le changement est très rapide. Or, de même que l'homme ne peut se contenter de belles paroles qui ne se concrétiseraient pas par des actions, les dieux ont besoin de plus que des prières. Il leur faut des offrandes dignes d'eux, aptes à les faire réagir aux appels de celui qui les implore. L'éleveur, *pater familias* soucieux des siens, leur offrira ce qu'il a de plus précieux : un animal de son troupeau, qu'il a nourri et élevé, sur lequel il a peiné. Ce ne sont en effet jamais des animaux sauvages qui sont offerts en sacrifice, et cette constante perdurera dans l'histoire des religions.

Dans son *Essai sur le don*, qui a marqué des générations d'ethnologues, Marcel Mauss (1872-1950), considéré comme le père de l'ethnologie française, par ailleurs élève et neveu d'Emile Durkheim, le fondateur de la sociologie moderne, a disséqué la logique qui sous-tend le processus de l'offrande, dont le sacrifice est l'expression la plus aboutie[17]. Mauss a effectué peu de missions de terrain, mais ses travaux se sont fondés sur un nombre considérable d'observations, notamment celles de ses élèves – il a été, à partir de 1890, responsable de l'enseignement de l'« histoire des religions des peuples non civilisés » à l'Ecole pratique des hautes études, à Paris. Chez les peuples premiers, tant les peuplades sibériennes que les Toradja de Célèbes qu'il cite abondamment, un rituel de don est régulièrement organisé : le potlatch, qui formalise et matérialise les échanges constants de matières spirituelles entre les individus, les clans, les esprits. La tradition veut que l'échange produise l'abondance de richesses : il incite en effet le receveur à être généreux à son tour, et c'est pourquoi les donateurs rivalisent de générosité, sachant que la réciproque sera également vraie puisque « tout don doit être rendu de façon usuraire[18] ». Et cela entre les individus, mais surtout entre les hommes et les esprits de la nature, ancêtres des dieux, qui sont en fait les premiers groupes, dit Mauss, avec lesquels les hommes ont dû contracter puisqu'ils sont les véritables propriétaires des choses et des biens du monde. C'est donc avec eux qu'il est le plus nécessaire (et le plus utile) d'échanger, c'est avec eux surtout qu'il est le plus dangereux de ne pas le faire. C'est, dit Mauss, également avec eux qu'il est le plus facile, et le plus tentant, d'échanger : l'offrande d'un sacrifice est obligatoirement rendue, et l'est surtout de manière royale, au centuple dirait-on aujourd'hui, sous peine de perdre la face. Qui plus est, un don ne peut pas être refusé : ce refus est la plus grande humiliation, non pas pour celui qui veut donner, mais pour

celui qui refuse de prendre. Et cette règle est universelle. Elle contraint les hommes et les dieux, les clans
et les individus.

La fonction du don, telle qu'établie par Marcel
Mauss, permet d'expliquer la surenchère sacrificielle
mise en évidence par les recherches archéologiques de
ces trois dernières décennies. Car très vite, dans sa
volonté d'offrir toujours plus aux dieux afin de recevoir encore plus d'eux, l'homme a cherché en dehors
de son troupeau ce qu'il pourrait leur sacrifier
d'encore plus précieux. Et qu'y a-t-il de plus précieux
pour un homme que son frère, son semblable ? Au
Proche-Orient, les plus anciennes traces de sacrifices
humains, datées entre le IXe et le VIIe siècle avant notre
ère, ont été repérées en Anatolie orientale. Dans le village de Cayonu, une dalle gravée d'une tête humaine
porte des traces de sang, suffisamment abondantes
pour que l'on en déduise qu'elle fut le théâtre de
rituels sanglants. Et, non loin de la dalle, des sépultures ont été mises au jour, renfermant uniquement des
crânes humains. Des indices similaires, renforçant la
thèse d'une pratique rituelle de sacrifices humains,
dans le cadre de cérémonies très certainement collectives, ont été retrouvés dans plusieurs localités anatoliennes, et même en Europe chez les peuplades
néolithiques ayant atteint le même degré de développement que les Anatoliens d'il y a dix mille ans. Sans
que l'on en ait des preuves aussi éclatantes, puisque
leurs cultes se déroulaient hors des temples, en contact
direct avec la nature, il est tout à fait probable que les
sacrifices humains destinés aux dieux aient toutefois fait
partie intégrante des cérémonies les plus solennelles
conduites aussi bien en Iran que dans la région de l'Indus
et même en Crète ; on sait en tout cas que la surenchère
sacrificielle mènera, au milieu du Ier millénaire, des sages

de ces différentes contrées à appeler à une réforme du culte et, à travers lui, de la théologie.

La violence et le sacré

Outre leur fonction strictement religieuse, qui est l'offrande aux dieux, ces meurtres sacrés ont un rôle primordial pour le groupe : assurer sa cohésion. On n'égorge pas un humain comme un poulet : les rituels mis en place dans le premier cas sont dotés d'une solennité particulière, entourés d'une forte charge émotionnelle qui mobilise le clan autour d'un acte qu'il sait transgressif et auquel seuls les initiés, généralement les mâles à partir de la puberté, ont accès. Ces traits caractéristiques ont été décrits par les ethnologues qui ont observé, dans la première moitié du XXᵉ siècle, les ultimes ethnies pratiquant ce type de sacrifices, tels les Dayaks de Bornéo ou les Bataks de Sumatra. Au sein de ces groupes, l'accomplissement du sacrifice marque la valeur d'un homme, constitue parfois une condition à son mariage, le crâne de la victime, une fois nettoyé et paré, présidant désormais aux grands moments familiaux, en particulier les naissances, puisque c'est en lui que se logent les esprits des dieux convoqués. Les victimes sacrificielles sont, la plupart du temps, choisies en dehors du clan : c'est l'Autre, forcément ennemi, toujours menaçant. Plus rarement, la victime appartient au groupe même. Dans ce cas, le sacrifice est d'autant plus solennel, plus violent et de ce fait plus fédérateur pour ceux qui y participent.

En 1972, dans *La Violence et le Sacré*, le philosophe René Girard a postulé que la violence et le sacré sont inséparables, et il a formalisé le rôle de la « violence fondatrice » ainsi que celui de la « victime émissaire »[19]. Le sacrifice, explique-t-il, n'est pas un acte expiatoire, mais un moyen de détourner la violence inhérente à tout groupe, de lui trouver un exutoire qui en sera le bouc émissaire, et de protéger ainsi le clan de cette pulsion qui lui est consubstantielle. Girard définit le sacrifice comme « une véritable opération de transfert collectif qui s'effectue aux dépens de la victime et qui porte sur les tensions internes, les rancunes, les rivalités, toutes les velléités réciproques d'agression au sein de la communauté[20] ». Il donne pour modèle l'exemple biblique d'Abel l'éleveur et Caïn l'agriculteur, les fils d'Adam et Eve. Le premier sacrifiait le premier-né de ses troupeaux à Dieu, tandis que le second, qui n'avait que ses récoltes à offrir, se voyait privé de l'exutoire sacrificiel. La fin de l'histoire est connue : Caïn entre dans une rage meurtrière quand Dieu n'agrée pas son offrande mais accepte celle d'Abel, et il assouvit la violence qui est en lui en assassinant son frère. Dieu, poursuit le livre biblique de la Genèse, le maudit et le chasse du champ fertile jusqu'au pays de Nod, « à l'orient d'Eden », le condamnant à devenir un errant[21]. Toutefois, la valeur cathartique du sacrifice opère à la seule condition que ses rouages soient d'une certaine manière cachés aux hommes, sans quoi il ne peut y avoir transfert de la violence et substitution de la victime. C'est une opération qui, pour réussir, implique que les fidèles ne sachent pas diagnostiquer le rôle qu'y tient la violence, ni les modalités mises en œuvre pour son détournement. C'est pourquoi la thèse officiellement reconnue et admise par le clan sacrificateur est celle d'un don offert au dieu pour apaiser sa colère. En ce sens, dans des groupes où il n'existe pas de système de prévention de la violence, où n'importe quel acte peut entraîner un cycle sanglant de vengeances et de contre-vengeances, la canalisation de celle-ci sur un bouc émissaire est donc un impératif pour assurer l'ordre. A l'inverse, là où les sociétés gagnent en complexité jusqu'à instaurer un système judiciaire, le sacrifice perd sa raison d'être, même s'il se perpétue de manière quasi mécanique, comme ce fut le cas dans la Rome et la Grèce antiques, ou de manière symbolique avec l'eucharistie chrétienne qui commémore, nous l'oublions souvent, un sacrifice humain : celui de Jésus, mort sur la Croix pour sauver l'humanité entière.

Ce n'est pas tant la thèse du philosophe français que sa systématisation qui a fait l'objet de controverses, dans la mesure où elle occulte le rôle spirituel du rituel sacrificiel, et plus généralement de la religion, au profit de son seul rôle social. Girard affirme ainsi que « le religieux a le mécanisme de la victime émissaire pour objet ; sa fonction est de perpétuer ou de renouveler les effets de ce mécanisme, c'est-à-dire de maintenir la violence hors de la communauté[22] ». Ce constat est partiellement exact, mais il passe outre un élément essentiel : le sentiment religieux, ce numineux décrit par Rudolf Otto, qui est inhérent à l'humain. Ce sentiment a certes évolué, il a pris des formes différentes en fonction du monde construit par l'homme, il a été conditionné par le contexte social et culturel, et il l'a en même temps modelé, il a même contribué à le façonner dans une interaction constante. Il n'en reste pas moins que les constructions religieuses, des plus archaïques aux plus évoluées, sont aussi, et probablement avant tout, une réponse à un questionnement intime et à des angoisses qu'elles vont, au fil des siècles, canaliser de manières diverses, en construisant, nous le verrons plus loin, des dogmes et des rites qui se différencieront selon les aires géographiques et culturelles.

Le culte des ancêtres

Nous sommes beaucoup moins démunis devant l'homme du Néolithique que devant celui du Paléolithique, qui a certes laissé des traces de ses activités, qui nous a en particulier légué une abondante documentation sous forme de peintures et de gravures rupestres, mais sans nous laisser la clé qui permettrait de déchiffrer les symboles dont il usait. L'archéologue qui, dans cinquante mille ou dix mille ans, découvrira parmi les traces de notre civilisation des étoiles de David, des croix ou des croissants de lune, que nous associons spontanément au judaïsme au christianisme et à l'islam, sera peut-être dans la même perplexité que nos archéologues contemporains face aux spirales ou aux séries de points dessinées par nos lointains ascendants. Outre les esprits de la nature, ces derniers invoquaient-ils ceux des disparus ? Quelques indices rendent cette hypothèse plausible, en particulier l'abondance d'ocre qui recouvrait les corps des morts, et qui participait peut-être de rituels accomplis sur les tombes.

Il est par contre certain que les éleveurs du Néolithique ont rendu un culte aux ancêtres. Les préhistoriens parlent d'un « culte des crânes » qui s'est propagé au Proche-Orient et en Anatolie avant de gagner l'Europe, quand celle-ci est entrée à son tour, à partir du IVe millénaire avant notre ère, dans l'ère néolithique – les premières traces européennes se trouvent en Crète où les Minoens enterraient leurs morts dans de grandes jarres conservées à l'intérieur des maisons et auxquelles ils offraient des libations. Ce culte a peut-être des antécédents, mais la manière dont il a été ritualisé, formalisé au Proche-Orient à cette période constitue un virage complet dans l'histoire des religions, et il sera à la base de l'élaboration de cultes considérés comme secondaires par les théologies orthodoxes mais qui, comme ce fut le cas au Néolithique, participent de la religion personnelle, de ce lien particulier qui, plus tard, unira le fidèle à une figure protectrice de proximité : deva des traditions orientales, anges, marabouts ou saints dans les monothéismes. Les fouilles les plus spectaculaires ont été conduites autour de Jéricho et dans les montagnes anatoliennes où, dans les sous-sols des habitations, des dizaines de cadavres ont été retrouvés reposant côte à côte, inhumés « chez eux », à proximité des leurs, accompagnés d'objets personnels : des bijoux et des parures pour les femmes, des armes pour les hommes. Sous une maison du village de Catal Hayuk, trente-deux corps ont été enterrés par strates superposées, de toute évidence les membres d'un même clan, décédés à des périodes successives. L'examen des ossements et de la terre dans laquelle ils reposaient a révélé que certains d'entre eux ont été inhumés à l'état de squelettes. Ce qui laisse supposer que les corps ont été exposés au préalable dans des lieux fortifiés (les ossements ne portent pas de traces de morsures ou de griffures par des animaux sauvages) pour être « nettoyés » par les oiseaux (les messagers entre l'ici-bas et l'au-delà ?) avant d'être enveloppés dans des peaux de bêtes ou des toiles de lin et de coton, et déposés là où ils avaient vécu et où vivaient encore les leurs, de manière que le lien familial ne soit pas rompu.

Un certain nombre de dépouilles retrouvées dans les sous-sols de ces maisons ont la particularité d'être étêtées. Exclusivement masculines ou féminines dans certaines zones, appartenant indifféremment aux deux sexes dans d'autres, on ignore à ce jour les raisons qui ont présidé à leur « élection » parmi les autres défunts. En revanche, on sait que leurs crânes, prélevés après le « nettoyage » à l'air libre ou par ouverture de la sépulture après le temps nécessaire au processus de décomposition, ont fait l'objet d'un culte domestique. Parés de coquillages, gravés, peints, parfois surmodelés avec du plâtre ou de l'argile pour leur redonner un visage, ils ont garni des reliquaires et des autels érigés dans la pièce principale de l'habitation. Deux exemplaires, particulièrement remarquables, du VIIe millénaire avant notre ère, provenant de Jéricho, sont exposés au musée des Antiquités de Jérusalem. Les os disparaissent sous le modelage de plâtre, des coquilles de porcelaine remplacent les yeux surdimentionnés, la bouche esquisse un fin sourire. Ces crânes expriment de manière très expressive la présence de l'absent. On peut estimer, sans risque de se tromper, qu'ils ont été considérés comme une présence vivante dégageant une énergie, des émotions, dont la proximité, du fait des liens du sang, avec ceux qui les implorent garantissait un pouvoir d'intercession privilégié auprès des entités de l'autre monde, notamment la grande déesse pourvoyeuse de vie.

Le culte des crânes, expression matérielle du culte des ancêtres, constitue une innovation dans l'histoire de l'humanité et dans celle des religions. En effet, avec l'instauration de la propriété privée, donc de l'héritage, la notion de lignée gagne en importance. L'éleveur, l'agriculteur savent qu'ils légueront un jour leurs troupeaux et leurs terres à leurs descendants, de la même manière qu'ils leur ont été légués par leurs propres ascendants, auxquels ils sont donc redevables de leurs conditions de vie. Le statut du vieillard (un terme relatif, puisque l'espérance de vie ne dépasse pas alors trente ou trente-cinq ans !) est tributaire de cette évolution : c'est à cette période que commence à se dessiner l'image du sage, « celui qui sait » et qui a la capacité de transmettre ce qu'il a lui-même appris de ses aînés. Le basculement vers le statut d'ancêtre est le prolongement logique de ce

nouveau statut, et l'on ne peut que constater son universalité : toutes les cultures et les civilisations ont procédé,
voire procèdent encore, à un culte des ancêtres, intermédiaires privilégiés autour desquels s'articule le système
d'échanges avec les divinités. Et de la même manière
que les hommes ont très tôt éprouvé le besoin de visualiser les divinités qu'ils invoquaient pour garantir leur
présence à travers une représentation palpable, ils ont
ressenti, en instaurant le culte des ancêtres, la nécessité
d'une proximité immédiate, physique, avec leurs défunts,
par la récupération d'une partie de la dépouille, généralement la tête, considérée comme le siège de l'esprit,
donc du pouvoir. La tradition des « deuxièmes funérailles », née au Proche-Orient, attestée en Europe dès le
IVe millénaire avant notre ère, et qui continue d'avoir
cours dans les religions orales d'Afrique ou d'Océanie,
découle de cette logique. Egalement appelées « retournement des morts », ces cérémonies interviennent quelques
années après le décès, souvent à la « demande » du mort
lui-même qui s'adresse à l'un de ses proches durant un
rêve pour le prévenir que le temps est venu. La coutume
africaine, certainement très proche de celle qui devait
avoir cours au Néolithique, consiste à récupérer et nettoyer le crâne et à le purifier par des prières : c'est alors
que le défunt meurt vraiment et devient un ancêtre. Sa
pensée et son savoir continuent d'habiter la relique ;
quand sa descendance le sollicite avec les rituels adéquats, il lui prodigue des conseils, intercède pour elle
auprès des divinités, assure la prospérité du clan.

La prière et la faute

L'instauration du culte des ancêtres constitue une
étape capitale dans l'histoire des religions, dans la mesure

où elle modifie totalement le rapport des vivants avec l'autre monde. En 1875, dans *Principes de sociologie*, le sociologue et philosophe anglais Herbert Spencer (1820-1903) allait jusqu'à affirmer que ce culte est à l'origine de la religion. Une affirmation peut-être excessive au regard de ce que nous ont apporté les découvertes paléontologiques et archéologiques ultérieures, mais qui n'est cependant pas dénuée de tout fondement.

La relation de l'homme à ces entités, à la fois supranaturelles et du même sang que lui, personnalise ses relations à l'autre monde. Là où l'Homo sapiens du Paléolithique négociait ses peurs avec des esprits au fond peu identifiables, le Néandertalien peut, pour la première fois, nommer l'entité qu'il charge de ces négociations. C'est le père, le grand-père, un être identifiable, qui a une histoire et s'inscrit dans une histoire. Bien qu'appartenant désormais au monde des dieux et des esprits, il conserve des attaches avec celui des vivants, en particulier avec son clan. S'adresser à lui ne constitue pas un saut dans l'inconnu. Au contraire, les vivants peuvent postuler que l'ancêtre a un préjugé favorable à leur égard, il a connu leurs propres tourments, il a désormais la capacité de contribuer à les protéger des vicissitudes de la vie. Et il a surtout la volonté de le faire afin que sa lignée ne s'éteigne pas, victime de la faim ou des calamités naturelles, et qu'il ne sombre pas lui-même, de ce fait, dans l'oubli, synonyme d'une mort définitive.

Cette relation privilégiée instaure une dimension nouvelle dans la conception de la prière. L'ancêtre, comme le dieu, peut en effet prodiguer ses faveurs, mais il peut aussi châtier, comme le fait d'ailleurs l'être humain dans la vie courante. Dès lors, les maux ne sont plus perçus comme une fatalité, comme une contrepartie des torts obligatoirement causés à la nature par les activités nourricières de chasse ou de cueillette : ils deviennent des sanctions, le retour de fautes commises envers les ancêtres et les dieux. Une nouvelle attitude religieuse s'instaure : l'imploration de ces entités. Implorer signifie « supplier d'une manière humble et touchante », « demander une aide, une faveur, avec insistance », selon la définition du *Petit Robert*. On commence à multiplier les rites, les offrandes, les prières, mais dans une optique totalement différente de celle qui avait pu prévaloir chez les chasseurs-cueilleurs : désormais, ce n'est plus l'action de l'offrande qui rétablit l'ordre des choses, mais l'ancêtre ou le dieu à qui cette offrande s'adresse et qui intervient en retour. La notion de faute ou de péché émerge : quand les vivants accomplissent scrupuleusement leurs devoirs religieux et ne courroucent pas les entités supérieures, celles-ci n'ont pas de raisons de les châtier ; au contraire, elles les font alors bénéficier de leurs prodigalités en termes de richesses et de santé.

On peut supposer que la complexification des rituels commence avec cette prise de conscience de la faute, bien qu'il soit encore trop tôt pour parler de notions de bien et de mal absolus, liées à celle de péché telle que nous l'entendons aujourd'hui, et qui émergeront plus tard, avec les monothéismes. Par crainte de commettre une erreur, de courroucer ceux à qui il s'adresse, l'officiant reprend les formules, les actions qui ont prouvé une première fois leur efficacité – en arrêtant des pluies diluviennes, en apportant de nouvelles naissances dans le troupeau ou dans la famille, en offrant la guérison d'un malade. Pour l'heure, le bien est ce qui bénéficie au groupe, le mal est la faute, ce qui lui attire le courroux des dieux. L'idée de salut individuel n'existe pas encore, mais une morale s'instaure, indispensable à la vie du clan. Le vol est très certainement châtié, et dès le VIIIe millénaire avant notre ère, les premières grandes agglomérations, comme Jéricho, s'entourent d'enceintes et de fortifications pour se protéger des prédateurs et des ennemis. La panoplie d'armes s'étoffe d'arcs, de flèches et de frondes, le courage est valorisé. On peut supposer que les guerriers se placent sous la protection des dieux et invoquent les ancêtres avant de s'en aller défendre leurs biens – ou attaquer les biens d'autres clans pour accroître leurs propres richesses ou leurs assises territoriales. La victoire, elle, est désormais attribuée aux entités protectrices.

Dans ces cités qui s'étendent, le culte, auparavant uniquement domestique, s'organise de manière plus englobante. Les traces de premiers espaces consacrés aux rituels, plus vastes que les habitations et d'une architecture différente, apparaissent au VIIe millénaire avant notre ère. Deux éléments les caractérisent : une vaste dalle posée sur le sol, destinée à l'accomplissement des sacrifices, et une forte concentration de représentations de la déesse et du taureau. Ces sanctuaires sont, pour reprendre l'expression de Jacques Cauvin, « les premiers bâtiments publics de l'histoire[23] », où se tenaient de vastes rassemblements réunissant, au-delà de la famille, le village. Y organisait-on des cérémonies expiatoires en période de calamités ? Ou des fêtes cycliques en hommage à la divinité ? Il semble en tout cas qu'il n'y ait pas eu de clergé attaché à ces sanctuaires, les rituels étant conduits, comme c'est le cas dans les sociétés premières, par un chamane doté de dons naturels de communication avec l'autre monde, mais occupant le reste du temps les mêmes fonctions que n'importe quel autre homme, auprès de sa famille.

Cela n'est que le début de la longue épopée des dieux. Nous les avons vus naître au Néolithique. Désormais, il leur faut encore s'organiser.

3

Les dieux de la cité

En basse Mésopotamie se rejoignent les deux grands fleuves qui traversent l'actuel Irak, le Tigre et l'Euphrate. C'est une région très étendue, très plate, où s'étalent d'immenses marécages. Elle peut sembler inhospitalière, mais au milieu des zones désertiques qui l'entourent, elle a fait figure de mirage, au VIe millénaire avant notre ère, pour quelques tribus qui avaient probablement appris l'art de l'agriculture plus à l'ouest, au Proche-Orient. Ces terres peuvent certes être plantées puisqu'elles regorgent d'eau, mais la nature n'y aide guère les hommes. Les premiers sédentaires de la Mésopotamie (mot qui signifie en grec « entre deux fleuves », une appellation qui lui est d'ailleurs restée en arabe) développent alors une incroyable inventivité qui s'apparente au génie. Deux millénaires plus tard, quand s'achève la période dite d'Obeid, du nom de la bourgade qui a probablement été son point de départ, ils ont construit un système d'irrigation pour arroser, durant la très longue période sèche, les zones éloignées des fleuves, bâti des digues pour se protéger des crues du printemps, appris à creuser des sillons pour planter les graines, et même domestiqué des animaux de trait pour les seconder dans leurs tâches. Ils manquent de pierres ? Qu'importe ! Ils utilisent l'argile pour fabriquer des briques, se perfectionnent dans l'art de la céramique, et naviguent sur le fleuve pour s'en aller plus loin, échanger leur production contre du bois. Leurs poteries aux décors géométriques, leurs jarres à becs et anses s'exportent bien : des vestiges en ont été retrouvés à des centaines de kilomètres à la ronde. Ils apprennent même à fabriquer le bronze, plus solide que le cuivre et permettant la fabrication d'outils d'une résistance jusqu'alors inédite – cette invention est d'une importance telle qu'elle donne son nom à l'« âge du bronze » qui succède au Néolithique. Leur civilisation est prospère, les bourgs s'agrandissent, les premières cités de l'histoire de l'humanité, qui comptent souvent plus d'un millier d'habitants, s'installent. Mais une ville, même petite, ne peut être gérée comme un village : il lui faut un conseil, des chefs, une organisation. Une hiérarchie.

La cité-Etat

Eridu est la première grande ville connue ; elle compte près de quatre mille habitants vers 4000 avant notre ère, logeant dans des maisons en briques d'argile ; bien qu'elles restent exiguës, leurs dimensions ne sont pas uniformes, ce qui indique l'existence de disparités sociales. Il faut dire qu'avec le développement des techniques agraires, il n'est pas étonnant que des surplus alimentaires se soient rapidement constitués ; il est d'ailleurs probable que les autochtones en remplissaient les jarres et autres céramiques, échangées auprès des peuplades des zones montagneuses contre des denrées plus rares, du bois et de la pierre.

C'est ainsi que se sont développées les premières transactions et qu'est apparue une classe sociale tout à fait nouvelle : celle des commerçants, qui ne cultivent pas la terre mais se chargent de l'écoulement de ce qu'elle produit. D'autres métiers apparaissent simultanément, liés directement ou indirectement à l'activité agricole. Des artisans se spécialisent dans la fabrication des outils d'argile, de cuivre et de bronze, d'autres dans celle des statuettes de divinités qui protègent les hommes, leurs terres et leurs biens. Des scribes aux techniques rudimentaires consignent les échanges et comptent les jarres ou les troncs d'arbres : les plus anciens vestiges de leur écriture comptable datent de 3300 avant notre ère. Les meilleurs agriculteurs agrandissent leurs terrains et engagent un personnel moins bien loti pour les seconder, peut-être des étrangers attirés par la prospérité d'Eridu ; une aristocratie foncière voit ainsi le jour.

Pour les habitants d'Eridu, il est évident que cette prospérité, ils la doivent aux dieux. Ils sont riches, et s'ils veulent continuer à s'enrichir, ils sont évidemment tenus d'honorer dignement ces dieux. Leurs maisons sont en argile, mais ils érigent avec de la pierre et du bois un premier temple monumental au haut d'un tell – quatorze temples se superposeront au-dessus de celui-ci au fil des millénaires, de plus en plus vastes, jusqu'à transformer cette colline en quartier sacré. Or, dans une société qui devient d'autant plus patriarcale que la fortune est gagnée par les hommes qui exercent les métiers les plus rentables, les femmes continuant d'élever les enfants et de cultiver de petits lopins domestiques, la souveraineté de la déesse ne peut pas subsister. Les mâles dirigent, ordonnent, et il leur est de ce fait difficile de concevoir une divinité qui ne soit pas à leur image, virile et protectrice. Vénus commence à s'effacer, même si son culte et celui du taureau continuent d'être pratiqués à l'échelle domestique, voire englobés dans un système plus complexe où ils continuent certes d'avoir une présence forte, mais cependant associée à d'autres figures qui émergent puis les surpassent. Les villes gagnant progressivement en ampleur, elle ne sera plus jamais la Déesse, mais elle participera cependant au panthéon divin où les déesses se développeront avec les dieux.

A Eridu, où dans un premier temps plusieurs dieux coexistent avec la déesse suprême, l'un d'eux, peut-être celui de la famille la plus puissante, est érigé en dieu de la ville : ainsi commence le règne d'Enki, dieu des eaux douces et des aménagements terrestres, auquel est dédié le temple du tell, avec sa large terrasse, ses tables d'offrandes et son autel. Parallèlement, d'autres cités-Etats se développent en Mésopotamie : Uruk qui gagne très vite en importance, Ur, Nippur, Kish... La vie s'y organise partout de la même manière, révélée par la richesse des objets funéraires trouvés dans les tombes. Le sommet de la pyramide est occupé par les grands commerçants et propriétaires terriens, et les prêtres dévolus aux principaux temples. A un niveau intermédiaire, moins riches mais relativement aisés, se trouvent des petits commerçants, des artisans et des scribes, des agriculteurs. Enfin, les sépultures les plus pauvres appartiennent à la classe ouvrière, celle qui construit, plante, et sert les plus aisés, puisque désormais les hommes ont cessé d'être égaux.

Un système d'écriture mêlant pictogrammes et idéogrammes, plus perfectionné que celui qui était dévolu aux seuls relevés comptables, apparaît vers 3000 avant notre ère. Le déchiffrage des tablettes assez frustes de cette époque décrit de manière sommaire le fonctionnement administratif des cités-Etats.

Celles-ci sont gérées par deux conseils parallèles. L'un, constitué de sages, certainement des personnes âgées, est chargé d'expédier les affaires courantes. Le second est formé de guerriers, des hommes plus jeunes auxquels échoit le traitement de questions plus importantes, que l'on imagine en rapport avec la guerre, vu l'importance qu'acquièrent dès lors les fortifications dressées autour de chaque ville (vers 2700, les quarante mille habitants d'Uruk sont protégés, ainsi que leurs terres, dans un périmètre de dix kilomètres !).

Les premiers petits royaumes apparaissent vers 2800 avant notre ère : désormais, c'est un seul chef qui dirige, et très vite des dynasties héréditaires se forment. Par l'effet des conquêtes, un premier grand royaume émerge vers 2450 : Lagash. Son roi, Eannatum, soumet ses nouveaux territoires formés des royaumes voisins en destituant leurs propres rois et en nommant à leur place des gouverneurs. Dès lors, l'histoire de la Mésopotamie sera celle d'une longue épopée guerrière qui changera la face du monde, mais aussi celle des dieux. Ce n'est certes pas une histoire spécifique : la plupart des zones de population ont connu une évolution similaire. Avec un décalage de quelques siècles, elles ont vu des civilisations, parfois des royaumes politiquement centralisés, se constituer sur de larges superficies linguistiquement, culturellement et cultuellement unifiées : l'Egypte bien sûr, la Phénicie et la Grèce qui s'édifieront plus volontiers sur le principe de cités-Etats partageant beaucoup d'éléments communs, l'Indus, la Chine ou la Perse qui, à partir de bases de départ identiques, évolueront sur un mode différent, sur lequel je reviendrai dans le chapitre suivant. Pour le moment, restons encore au Proche-Orient, la région la plus riche en données factuelles, et qui a évidemment le mérite de l'antériorité.

Sur la terre comme au ciel

La naissance et l'évolution des dieux célestes se calquent sur la naissance et l'évolution des sociétés terrestres. Les hommes du Paléolithique, qui ne possédaient ni biens ni classes sociales, étaient les égaux des esprits naturels. Au Néolithique, quand l'homme s'installe dans de petits villages pour élever ses troupeaux et cultiver ses terres, la vie reste relativement égalitaire, mais une suprématie de l'humain sur le reste du monde s'impose, et avec elle la figure d'une déesse suprême, pourvoyeuse de la fécondité, donc des richesses, placée au-dessus des esprits des ancêtres, ces figures surnaturelles de proximité.

Dans les cités, la donne change. Pour des questions d'organisation et de reconnaissance sociale, d'héritage matériel et dynastique, l'identité familiale s'impose : une famille se rattache à un nom qui identifie l'ensemble de ses membres, on ne se contente plus de porter un prénom, désormais on est aussi le « fils de ». L'identité des individus passant d'abord par leur nom, il semble alors tout à fait logique qu'il en soit de même pour les dieux : là où l'on désignait autrefois les esprits par leur fonction (l'esprit de la foudre, du soleil, des arbres, de telle ou telle race animale), on nomme désormais des dieux en associant ce nom à la fonction. Et, de même que plus tard chaque agglomération médiévale occidentale aura son saint tutélaire, les cités mésopotamiennes, et plus largement celles de l'âge du bronze qui remplace progressivement l'ère néolithique, se placent sous la protection d'un dieu qui n'est pas exclusif, mais qui est réputé veiller en particulier sur cette cité et la privilégier par rapport aux autres cités.

L'Egypte connaît un développement parallèle avec l'instauration, à la fin du IVe millénaire avant notre ère, d'un pouvoir centralisateur qui prélude aux premières dynasties pharaoniques du début du IIIe millénaire. L'abondance des témoignages écrits de cette période permet, par recoupement, de comprendre les rouages de l'évolution des panthéons divins, des rouages qui sont similaires dans toutes les sociétés du Proche et du Moyen-Orient antiques. L'unité administrative de l'Egypte ancienne n'implique pas une unité religieuse : dans chaque bourgade et chaque cité, un dieu s'est imposé – ou a été imposé par la famille dirigeante qui l'a doté du plus beau temple de la ville. Sa figure protectrice n'exclut pas la vénération d'autres dieux, dans des temples parfois mitoyens. Le culte de certains d'entre eux se cantonne à la sphère locale, voire à un groupe d'individus ou à un corps de métier dans une cité, ou de manière plus transversale dans plusieurs cités. D'autres dieux, bénéficiant de soutiens humains plus importants, voient leur réputation s'étendre à tout le pays. En Egypte, c'est le cas en particulier des dieux soutenus par les pharaons, qui leur édifient des temples prestigieux et consignent ces travaux de constructions dans les annales royales, au titre des événements les plus marquants de leur règne, à côté de l'organisation des fêtes en leur honneur qui mobilisent tout le pays. Plusieurs divinités bénéficient de ce soutien, par exemple Horus, le dieu faucon associé à la fonction royale, Rê, le dieu soleil d'Héliopolis, promu à partir de la Ve dynastie (2500 à 2300 avant notre ère), souverain des dieux et père du pharaon, plus tard le dieu Osiris et sa sœur-épouse la déesse Isis, originaires de la région de Bousiris, dans le delta du Nil.

De fait, à mesure que la société se hiérarchise, le panthéon divin suit la même évolution ; dès lors, l'existence des divinités s'organise sur un mode de hiérarchie verticale dont l'homme est la base. Quand se forment les royaumes et s'installent les rois, les grands dieux se détachent eux aussi de la masse des divinités et s'entourent d'adjoints, de conseillers, d'exécutants, d'intermédiaires recrutés parmi les dieux subalternes, parmi lesquels les dieux des cités conquises et intégrées au royaume. En Mésopotamie, où s'est installée la civilisation sumérienne qui déborde les premières zones de peuplement pour s'étendre jusqu'au centre de l'actuel Irak, An, le plus grand des dieux (qui deviendra plus tard Anu), symbolisé par le taureau mâle, est le prototype du dieu suprême que l'on retrouvera par la suite dans le panthéon de toutes les autres traditions polythéistes. Selon la mythologie sumérienne, An vivait autrefois dans le ciel, secondé par ses deux fils Enki et Elil (qui n'ont du taureau qu'un attribut, les cornes), par leur nombreuse descendance, des dieux soumis à la loi de leurs aînés, ainsi que par une classe de dieux mineurs. Mais, au fil du temps, An délègue de plus en plus ses tâches à ses fils, en particulier à Enlil, le dieu tutélaire d'Eridu, et il s'éloigne, monte au sommet du ciel, tant et si bien qu'il devient inaccessible. Il reste un dieu suprême, mais si lointain que les hommes cessent de le prier, s'adressant aux autres dieux, plus proches. A commencer par Enlil, jusqu'à ce que celui-ci s'éloigne à son tour, séparé du reste de la création par l'amplification de sa propre cour de dieux courtisans. Des tablettes sumériennes, datant de 2600 avant notre ère, dressent la liste de cinq cent soixante divinités en précisant aussi bien leurs liens familiaux que leur position dans la hiérarchie céleste.

Avec la prédominance des dieux, le culte des ancêtres s'estompe de la scène publique. Les royaumes ont en effet beaucoup plus besoin des dieux, synonymes d'une construction religieuse, que des esprits des défunts ou même de la nature dont le culte demeure essentiellement familial. La religion des dieux est, elle, celle de la cité : outre les croyances qu'elle offre, elle permet la cohésion sociale autour de pratiques identiques, de fêtes unifiées, de mythes forgeant une loi morale universelle dont l'Etat a besoin pour s'édifier. De fait, dès la constitution des cités-Etats de Mésopotamie, des cimetières sont conçus à l'écart des habitations – seuls les habitants des petites agglomérations perpétuent la coutume d'enterrer « à la maison ». Les morts continuent d'être honorés, ils sont accompagnés dans leur sépulture par des bijoux, des statues protectrices, des animaux familiers, parfois par des esclaves (tant en Mésopotamie que plus tard chez les Celtes ou les Chinois). Dans une attitude ambivalente, on ne leur reconnaît globalement plus un vrai rôle d'intercession, ni un pouvoir d'action en faveur des vivants, même si l'on continue de s'en méfier et que l'on perpétue des rites pour se prémunir de leur vengeance à partir de l'au-delà... et pour leur adresser aussi quelques demandes. C'est d'ailleurs la nouvelle forme que prendra le culte des ancêtres, plus proche désormais d'une fête des morts, appelés à date fixe, une fois par mois en Mésopotamie, trois fois par an en Grèce, pour participer à des agapes familiales « intergénérationnelles » qui, l'espace d'une journée, les font sortir de l'au-delà fantomatique et sans contour défini dans lequel ils sont relégués.

Une coupure très nette s'est instituée entre les habitants du ciel et ceux de la terre : on ne leur reconnaît pas une même nature, et quand bien même les dieux ont des besoins identiques à ceux des hommes (ils s'habillent, se nourrissent...), des qualités et des défauts très humains (ils sont bons ou colériques, prodigues ou avares, sensibles à la flatterie), ils jouissent d'un statut qu'aucun homme n'obtiendra jamais : ils sont surpuissants, et surtout immortels. En Mésopotamie, aucun souverain n'osera se proclamer dieu, à l'exception de Sargon le Grand qui, fils d'une grande prêtresse et d'un père inconnu, imposa vers 2300 avant notre ère une légende selon laquelle la déesse Ishtar elle-même l'avait élevé à la dignité royale pour fonder la dynastie d'Akkad. Quant aux pharaons d'Egypte, fils du dieu Rê, ils ont revendiqué leur pleine appartenance au monde divin, par opposition au monde terrestre auquel appartiennent les autres humains, et cela dans une même logique de séparation entière entre les deux statuts, celui des dieux et celui des hommes.

La reconnaissance d'une nature particulière aux dieux et d'une hiérarchie impliquant l'existence d'un dieu suprême placé au-dessus de tous les autres contient en elle le bourgeon de l'éclosion, dans cette même partie du monde, du monothéisme, c'est-à-dire la croyance en un seul Dieu suprême, à l'exclusion de tous les autres. En effet, malgré la présence de mille dieux auxquels ils s'adressent au quotidien, les hommes cherchent à toucher un dieu, celui qui dispose *in fine* du vrai pouvoir. C'est An qui deviendra Anu chez les Sumériens, Assur chez les Assyriens, Mardouk à Babylone, Amon en Egypte, et chez les Phéniciens un surprenant Baal qui reste le même tout en prenant des appellations différentes selon les villes où il est adoré : Adonis à Byblos, Melkart à Tyr, Eshmoun à Sidon. Une stèle du roi babylonien Hammourabi, au XVIIᵉ siècle avant notre ère, désigne Anu comme « le roi des dieux ». Plus tard, il cède sa primauté à Mardouk qu'un texte étrange, daté de 1100 avant notre ère, considère comme représentant à lui seul tous les dieux. Une idée que l'on trouve déjà en Egypte à l'égard d'Amon de Thèbes, le père des dieux, le dieu des dieux qui, dans certains textes, sont considérés comme des émanations de cette entité suprême. Néanmoins, il faut reconnaître que ces tendances restent très minoritaires : la hiérarchie sociale, le roi lui-même ont encore besoin d'une multitude de dieux pour assurer leur prospérité.

La Maison des dieux

Restons dans ce Moyen-Orient qui fut, à bien des égards, un creuset pour les civilisations et pour les religions, en tout cas pour les monothéismes. Je m'étendrai plus longuement sur l'évolution religieuse de l'autre Orient, celui de la Chine et de l'Inde, qui a vu naître, un peu plus tardivement, une civilisation religieuse bâtie sur les mêmes intuitions de départ mais qui, pour des raisons liées au développement sociétal, verra émerger un autre tronc religieux, qui recèle les mêmes interrogations mais y apporte des réponses aux formulations différentes.

Restons d'abord plus particulièrement en Mésopotamie où, pour la première fois, les hommes se sont radicalement démarqués de la nature, de ses habitants, de ses esprits. Ils ont pris conscience d'une supériorité intrinsèque des dieux et ont marqué leur différence en leur construisant des maisons très particulières, en pierre et en bois plutôt qu'en argile comme les autres habitations, édifiées sur des hauteurs (plus près du ciel ?), plus vastes et plus riches que celles des hommes les plus riches. Les premiers temples, ouverts sur une terrasse pourvue d'une rampe d'accès, ont tous les mêmes caractéristiques : ils comportent trois pièces, l'une centrale où se trouvent l'autel et la table d'offrande, et deux autres pièces latérales dont on a peu de certitudes quant à l'usage premier qui en était fait : peut-être une sacristie où étaient rangés les objets du culte, ou alors des salles de classe où les prêtres apprenaient à s'adresser aux dieux. Très vite, ces temples se sont développés : les recherches archéologiques nous montrent que vers 3500 avant notre ère, le temple d'Enki, à Eridu, était devenu une cité dans la cité, entouré d'échoppes de commerçants et d'artisans, ainsi que de lieux d'habitation, probablement pour les servants du dieu, les prêtres qui commencent à constituer une catégorie à part. Les déesses ne sont pas (encore) reléguées : elles sont même honorées dans des temples qui leur sont dédiés, et qui sont parfois le temple principal d'une cité, tel celui d'Inanna à Uruk. Mais à côté de ce grand temple, plusieurs petits temples, donc plusieurs dieux et déesses, coexistent volontiers, et sans encombre : une coutume universelle dans les sociétés polythéistes où, finalement, l'abondance de divinités est perçue comme un bien, à la fois signe de bénédictions plurielles et promesse de bienfaits à venir. Même à Thèbes, capitale égyptienne du culte d'Amon, le père des dieux, dont le lieu de vénération (et de résidence !) constitue une ville à part entière, les temples dédiés aux autres divinités seront omniprésents. Les seuls troubles interreligieux interviendront durant le bref règne d'Aton, promu « dieu unique » et exclusif par le pharaon Akhenaton, vers 1350 avant notre ère, au détriment des autres « faux dieux », entraînant une révolte populaire manipulée par les prêtres d'Amon et les opposants au pharaon.

Les premiers citadins perpétuent, à l'égard des dieux, les rites institués par leurs proches ancêtres, les premiers villageois, mais ils les développent, et ils s'y livrent essentiellement là où réside le dieu, dans sa Maison, c'est-à-dire le temple qui est dès lors au centre de la vie religieuse jusqu'alors éparpillée dans les sanctuaires domestiques. Ils leur offrent en quantité de la bière, des bijoux, de la nourriture et des animaux – désormais sacrifiés par les prêtres. Une tablette du IIIe millénaire avant notre ère récapitule et comptabilise une année de sacrifices au grand temple d'Anu et de son épouse, à Uruk : 18 000 moutons, 2 580 agneaux, 720 bœufs, 320 veaux. Les chiffres ont certainement été amplifiés par les scribes, mais même en valeur corrigée, ils n'en restent pas moins impressionnants pour une ville qui compte alors une quarantaine de milliers d'habitants ! Ces derniers apportent aussi des matériaux pour agrandir le temple – dont la magnificence est corrélative à celle du dieu qui y réside : plus le temple est grand, plus son dieu est puissant ; et à l'inverse, plus le dieu est puissant, plus son temple se doit d'être grand. Exactement comme pour ce qui concerne le roi dont la puissance se lit dans la splendeur de son palais. De fait, les palais et les temples évoluent de concert. Ils se voient adjoindre des salles privées et des salles de réception, des pièces plus intimes où le souverain, céleste ou terrestre, peut se reposer, être lavé, massé, oint, nourri, recevoir ses plus proches, grands prêtres ou principaux conseillers, en conciliabule dans un saint des saints. Les dotations royales et celles des fidèles affluent. Les temples s'agrandissent encore, ils deviennent des domaines autosuffisants dont la prospérité tranche souvent avec la vie modeste de la population. Il ne s'agit pas d'une particularité propre aux religions polythéistes de l'Antiquité : depuis cette époque, les hommes n'ont en fait jamais cessé de donner aux dieux et à leurs prêtres, ces dons étant perçus comme la voie royale pour l'obtention de leurs faveurs – quel que soit l'objet de cette faveur, et quel que soit le dogme qui sous-tend la tradition religieuse à laquelle ils donnent. Le potlatch décrit et analysé par Marcel Mauss[24] apparaît ainsi comme une sorte de pulsion quasi instinctive de l'être humain, dirigée aussi bien vers d'autres humains que, quand il s'agit de croyants, vers la divinité. En termes contemporains, le potlatch se nomme la tsedaka pour les juifs, le denier du culte chez les chrétiens, la zakat chez les musulmans, l'obole dans les traditions orientales. Force est de constater que dans toutes les traditions religieuses, il a parfois mené à des dérives, à des enrichissements scandaleux tels celui de l'Eglise médiévale, voire de prêcheurs d'aujourd'hui, « télévangélistes » de toutes les religions qui offrent la protection des dieux à laquelle continuent d'aspirer les hommes.

C'est néanmoins vers les temples que les hommes se dirigent pour leurs requêtes, ainsi que pour l'accomplissement des rituels collectifs qui soudent la société. Là où, autrefois, le chef de famille sacrifiait une bête au cours d'un rituel domestique, la complexité nouvelle acquise par la religion lui rend ce geste impossible : l'intercession d'un « professionnel des dieux » semble indispensable aux fidèles qui ne se sentent plus capables de parler directement aux dieux. Ces derniers leur font peur, la religion avec ses rituels et ses mystères les intimide. A la fois centres religieux et administratifs, les temples sont un passage d'autant plus obligé qu'aucun aspect de la vie n'échappe à la prégnance du religieux – une donnée qui se perpétue encore auprès de la majorité de la population de la planète, bien que l'on ait du mal à l'appréhender à partir de notre lorgnette occidentale. En Egypte, en Mésopotamie ou en Phénicie hier, dans beaucoup de langues aujourd'hui, avoir de la chance se dit « avoir un dieu » – ou « avoir Dieu avec soi », ce qui implique une proximité avec le temple, Maison du dieu. La maladie est perçue comme un châtiment, parfois un tourment gratuit infligé par un esprit malfaisant : à l'instar des sorciers ou des chamanes des religions premières, les prêtres de l'Antiquité sont aussi médecins, puisque pour guérir, il faut convoquer les dieux : c'est encore au sein du temple qu'ils interviennent, du moins pour les cas les plus graves.

La centralisation de la religion a un autre effet : la moralisation de la vie sociale et publique. C'est à partir des temples où se construit le dogme que les premiers codes moraux sont formulés. Toutes les contraintes, tous les interdits sont en effet censés avoir été promulgués par les dieux qui ont en même temps indiqué aux hommes la conduite juste. Les grands malheurs deviennent le juste retour d'une faute grave qui n'est plus seulement d'ordre rituel, mais qui prélude à ce que recouvre la notion de péché, c'est-à-dire la désobéissance et la transgression d'une loi morale ; des liturgies expiatoires longues et complexes sont mises en œuvre, des rites de confession et de pardon menés à titre individuel ou collectif, avec des récitations de formules spécifiques, inscrites sur les tablettes cunéiformes et les papyrus de hiéroglyphes.

Une série de tablettes mésopotamiennes du IIe millénaire avant notre ère contient, dans une sorte de confession générale, tous les préceptes à mettre en œuvre dans sa vie pour complaire à la divinité. Il s'agit, pour beaucoup, des mêmes préceptes moraux que nous appliquons encore aujourd'hui : ne pas mentir, être honnête, fidèle à sa parole, respectueux envers ses proches, aider autrui. Une autre tablette, datant de 1700 avant notre ère, donne la parole au dieu qui, imploré par un fidèle, le libère de ses peines en lui donnant ce conseil : « A l'avenir, passe de l'onguent à ceux qui ont la peau sèche ; nourris les affamés, abreuve ceux qui ont soif [25]. » La « religion » qui a remplacé le « sentiment religieux » conforte le sentiment que les dieux, bien que parfois capricieux, sont généralement bons avec les justes et punissent les méchants. Le système magique, où le mal, attribué à un esprit mauvais, est conjuré par des pratiques magiques, continue certes de coexister avec le système religieux où le mal est la rétribution d'une faute, mais ce dernier commence à dominer le mode de pensée. Tablettes et papyrus ont livré des prières témoignant de ce bond dans la construction religieuse, telle celle de ce fidèle babylonien implorant : « Ea, Shamash, Mardouk, quels sont mes péchés ? Pardonnez et supprimez les iniquités de mon père et de ma mère ! Que mes fautes s'éloignent de moi[26]. » Historien spécialiste de la Mésopotamie, à laquelle il a consacré l'ensemble de ses travaux, Jean Bottéro a décliné les différents mots qui sont utilisés à partir de ce moment pour décrire les types de fautes déclenchant le courroux des dieux : *arnu* est le péché tel que nous l'entendons, un acte grave ; *hennetu* est la faute à proprement parler, moins grave que le péché ; *hititu* signifie le manquement. L'idée d'une culpabilité de l'individu émerge : c'est l'homme qui porte la responsabilité de ses malheurs, et non les dieux, qui ne font que le sanctionner. Des recueils, vendus dans les temples, fournissent les prières de pardon et de repentir, indiquent les rites de confession à accomplir, les exorcismes à commander.

A partir de cette impulsion religieuse, l'administration politique publie des codes de justice – le roi étant le garant de l'application de la loi des dieux. Le plus ancien code, datant de 2700 avant notre ère, est

rédigé sous forme de « conseils d'un père à son fils »,
un genre littéraire qui sera très en vogue en Mésopotamie, formé de courtes sentences : ne prononce pas
de jugement lorsque tu as bu ; chaque jour, rends
hommage à ton dieu ; ne reste pas assis dans une
chambre avec l'épouse d'un autre. Un code de justice
plus élaboré, daté de 2100 avant notre ère, assortit les
fautes d'amendes et de sentences. Le code le plus
connu est celui d'Hammourabi, le roi de Babylone,
dont les 282 articles édictés vers 1700 avant notre ère
sont gravés sur des stèles placées dans toutes les grandes citées du royaume. Il traite de tous les aspects de
la justice des hommes, en référence à celle des dieux :
les vols, les mensonges, les rapports entre propriétaires
et fermiers ou entre maîtres et esclaves, les droits de la
veuve et de l'orphelin, l'adultère puni de mort, et il
prévoit des peines pour chaque délit : des amendes en
proportion avec la richesse du coupable, la main cou-
pée pour celui qui frappe son père, la peine de mort
pour les sacrilèges.

Les serviteurs des dieux

L'institution des temples, on l'a vu, a créé une nouvelle caste sociale : les prêtres, entièrement consacrés
au service de ces temples et à la dévotion aux dieux
– alors que le chamane des religions orales est un
chasseur-cueilleur comme les autres bien que doté
d'un don particulier, qui conduit des rites quand
ceux-ci s'imposent, et mène le reste du temps la même
vie que les autres hommes du clan. Le prêtre, lui, est
un fonctionnaire des dieux, le médiateur par excellence entre ce monde-ci et le monde céleste. Il est
celui qui « fait » exclusivement le sacré, c'est-à-dire le

sacrifice – étymologiquement, sacrifice signifie « faire le sacré ». Celui qui côtoie le divin au quotidien, sait lui parler puisqu'il connaît les formules qui fonctionnent est apte à l'infléchir dans ses décisions. Et cette fonction-là est inestimable ; elle le dote d'un pouvoir équivalant à celui des plus grands du royaume.

A mesure que les temples s'agrandissent, que les rituels se complexifient, le service des dieux requiert un personnel de plus en plus nombreux : un, deux ou trois prêtres ne suffisent plus à organiser le culte dans ce qui est désormais son centre névralgique. A l'image de l'administration civile, des chefferies s'instituent et des hiérarchies se forment, une bureaucratie sacerdotale se met en place. Le lien entre le pouvoir civil et le pouvoir religieux se tisse et s'opacifie : il en sera ainsi jusqu'à l'époque moderne, quand la laïcité occidentale établira une barrière entre ces deux pôles et instaurera une séparation entre le politique et le religieux. Pour l'heure, la montée en puissance des dieux, des rois et des prêtres s'orchestre de concert. Le clergé est un pouvoir essentiel, parce que la religion crée du lien social : à partir du moment où les individus sont transis devant une transcendance qui les dépasse et les unit, le prêtre a tout pouvoir pour les manœuvrer, les apaiser ou au contraire les réveiller – au nom de la divinité. Mais en même temps, ce sont les rois qui édifient les temples et les dotent, nomment les prêtres et choisissent l'un d'eux pour en faire le grand prêtre. Les prêtres, qui confortent la légitimité des rois, doivent donc voir leur propre légitimité confortée par ces mêmes rois, ce qui implique des concessions, des compromissions. De part et d'autre, et finalement plus souvent de la part du roi : aucun pouvoir politique ne pourra durer sans l'appui du clergé, sans sa légitimation qui est aussi celle des dieux auxquels les puissants

attribuent leur pouvoir. « Du Ciel la royauté est des-
cendue sur moi », fait graver le roi d'Ur sur une
tablette, au début du IIe millénaire avant notre ère.
Cinq cents ans plus tôt, Enteména, roi de Lagash,
s'était défini comme « le grand vicaire de Ningirsu », le
dieu de la cité. Car les prêtres peuvent, et c'est déjà
arrivé, déclarer que le malheur qui s'abat sur la cité
ou l'empire est une sanction divine attisée par
l'inconduite du souverain. C'est ainsi qu'à Thèbes,
où le temple d'Amon employait des centaines de
clercs et des milliers d'ouvriers, les prêtres avaient,
vers 1300 avant notre ère, déchaîné la colère du peuple contre Akhenaton et son « faux dieu » unique
Aton ; en une nuit, la ville avait été dévastée, la révolte
avait gagné toute l'Egypte. Là, pendant des siècles, les
grands prêtres seront appelés à résoudre les conflits de
transmission du pouvoir, puis ils exerceront eux-
mêmes le pouvoir, politique et religieux, sur toute la
Haute-Egypte.

Une caste élitiste se forme alors, celle du haut clergé
qui hante les couloirs des palais, gère ses vastes
domaines, institue l'ordre au nom des dieux et ancre
dans l'esprit des fidèles l'idée qu'ils sont redevables à
la divinité de la création, et à ses prêtres du maintien
de cette création, grâce aux rites dont ils sont seuls à
disposer des clés. L'instauration d'une prêtrise héréditaire (on est prêtre, comme on est agriculteur ou roi,
de père en fils) rend la césure sociale encore plus prégnante. Les souverains adhèrent aux dogmes défendus
par les clercs : nul ne songe alors à remettre en question une conception du monde et de la vie que l'on
imagine définie depuis toujours, alors qu'elle n'existe
que depuis quelques millénaires, une goutte d'eau
dans l'histoire de l'humanité. D'ailleurs, ces rois ne prennent aucune décision, a fortiori une décision majeure

comme le déclenchement d'une guerre, sans consulter les oracles, commander des prières, sacrifier au temple principal de la ville dont l'accès se fait de plus en plus restreint pour le peuple. Celui-ci est en effet cantonné aux cours extérieures ou aux sanctuaires latéraux, jugé indigne de « voir » le dieu qui habite littéralement sa statue et ne se présente aux fidèles qu'à l'occasion de processions grandioses, pour les fêtes ou au moment de cérémonies particulières commandées par la royauté, lors de famines, d'épidémies ou pour d'autres circonstances exceptionnelles, telle la passation de pouvoir à un nouveau roi.

Devins et exorcistes

La religion elle-même se fait élitiste et ne s'adresse progressivement qu'aux classes aristocratiques jugées seules capables de comprendre, de pratiquer, de s'adresser aux divinités supérieures. Le peuple, qui a délégué aux grands prêtres l'exclusivité de « faire » le sacré, se rabat sur la religiosité populaire qui lui est concédée. Des prêtres de rang inférieur, dans les temples secondaires qui se multiplient dans tous les quartiers, gèrent le contact avec la masse des fidèles qui viennent là déposer leurs offrandes aux pieds de dieux qui leur sont encore accessibles, commander des rituels et transmettre la liste de leurs doléances, qui restent très mondaines : la richesse, la santé, la fécondité. Exactement comme il en était au temps des religions orales agraires. Une nouvelle classe de clercs émerge alors, à mi-chemin entre les chamanes et les prêtres : ce sont les exorcistes et les devins, deux fonctions qui se confondent au bas de la hiérarchie, mais sont nettement distinctes dans le haut clergé qui s'est engagé dans une spécialisation des différents actes religieux. Ces « clercs du peuple » siègent à l'extérieur des temples ou se rendent chez les individus qui font appel à eux et rétribuent leurs services à la prestation. Ce sont les interlocuteurs privilégiés du fidèle de base, qui perçoit leur rôle comme aussi, voire plus important pour son devenir personnel que celui des hauts prêtres cloisonnés dans leurs temples. En fait, devins et exorcistes savent tout faire – puisque tout reste rattaché, d'une manière ou d'une autre, au monde céleste. Quand, en Mésopotamie, les médecins qui, depuis le milieu du IIIᵉ millénaire, prescrivent onguents, cataplasmes, lavements, et manipulent les lancettes pour inciser et trépaner, échouent à guérir un mal, ce sont les ashipu, littéralement les « conjurateurs », c'est-à-dire les exorcistes, qui prennent le relais avec leurs rituels et leurs amulettes pour chasser les démons responsables de la maladie et attirer la compassion du dieu sur le malade. Quand une décision importante doit être prise – par exemple une union, une vente de terrain ou une transaction quelconque –, le baru ou devin est sollicité.

Car dans les esprits des hommes, la conviction est faite que les puissances surnaturelles qui veillent sur eux connaissent leur destinée et sont disposées à en fournir des signes à qui les sollicite, à la condition de savoir déchiffrer ces signes. Ceux-ci n'annoncent d'ailleurs pas un avenir inéluctable : ce sont des mises en garde contre des événements précis ou des périodes fastes ou néfastes, qui peuvent être évités par l'homme averti, à condition qu'il entreprenne les rites idoines, en particulier les rituels d'exorcisme qui peuvent neutraliser, et même renverser la prédication, apporter un bien là où un mal était annoncé. La lecture des signes est un langage à part entière, pourvu de règles fixes, complexes, des langages au pluriel dont la pleine maîtrise impliquera une spécialisation dans les différents supports sur lesquels il s'inscrit. Au fil du temps, il y aura des baru astrologues, d'autres qui se consacrent à l'interprétation des songes, ou encore des haruspices, les entrailles d'un animal sacrifié aux dieux. Méticuleux, les Mésopotamiens consacrent des recueils entiers de tablettes à la typologie des signes, assortis chacun de l'événement qu'il annonce. Des reproductions de foies animaux, un organe très prisé pour ce type de pratiques, recensent les centaines de configurations possibles. Le phénomène connaît une ampleur considérable, et il est loin d'être une particularité locale. En Chine, par exemple, la divination devient l'un des buts du sacrifice. Quant à la Grèce, elle développe la *mantiké*, c'est-à-dire la connaissance de la pensée divine, considérée comme une science exacte fondée sur la traduction, par la logique, des signes envoyés par les dieux, et enseignée dans les *manteion*, des écoles qui forment aux diverses méthodes divinatoires telles que celles transmises par les dieux à des humains : Mélampus, Tirésias et sa fille Manto, Cassandre... Néanmoins, la sophistication des procédés mésopotamiens est telle qu'à partir du VIᵉ siècle, les « mages de Chaldée » n'auront pas de mal à détrôner leurs pairs locaux avec un art qu'ils avaient porté à son apogée : l'astrologie.

Il faut cependant reconnaître qu'à la même époque, les Egyptiens se montrent moins friands de divination, cantonnée dans des temples mineurs à la réputation parfois sulfureuse, mais ils montrent la même appétence pour les prières et autres formules magiques vendues dans les temples et supposées conjurer le sort envoyé par les dieux. De toute manière, à cette époque, la question de la destinée ne se pose pas : rien sur terre, pas même le malheur ou le bonheur le plus minime ne peut advenir en dehors de la volonté des dieux.

La science des dieux

Il n'est pas étonnant que la science divinatoire, comme d'ailleurs beaucoup de choses de l'esprit, se soit développée dans les temples. Mais commençons par le commencement : l'écriture. Celle-ci, comme je l'ai montré plus haut, est née d'un impératif commercial quand, il y a cinq mille ans, alors que commencent les échanges formels d'objets entre des groupes, des individus ont l'idée de consigner les marchandises importées et exportées sur des tablettes d'argile, pour remplacer la comptabilité par billes d'argile entrée en usage un millénaire plus tôt : ils comptent les têtes de bétail ou les sacs de grain, les représentent par des pictogrammes gravés sur une plaque. Pendant quelques siècles, l'écriture s'élabore à mesure que se développent ces échanges, au Proche-Orient d'abord, très vite ensuite en Égypte, puis en Inde et en Chine. Mais ce sont, une fois de plus, les Mésopotamiens qui ont l'intuition, rapidement concrétisée, de remplacer les pictogrammes par des phonèmes, autrement dit le dessin de l'objet par un symbole reproduisant un son, la conjugaison de deux ou plusieurs symboles permettant de reproduire le nom de l'objet, et non plus sa seule image. Ce pas est considérable : désormais, les concepts abstraits peuvent se transcrire aussi bien que les choses matérielles ; avec l'écriture cunéiforme (c'est-à-dire en forme de coins), qui comprendra à terme près de six cents signes mêlant pictogrammes et phonèmes, l'homme entre dans l'histoire. L'écriture est adoptée dans les temples, d'abord pour des besoins de gestion : on note le nombre de bêtes sacrifiées, les quantités d'offrandes, les dotations. Puis les noms des dieux, les liens qu'ils entretiennent entre eux, leur hiérarchie. Leurs histoires se tissent : c'est la naissance des mythes qui, élaborés en Mésopotamie, influenceront tous les autres peuples de la région, y compris, comme nous le verrons plus loin, les Hébreux.

Le lien entre l'écriture et la vie intellectuelle s'établit à la fin du IIIe millénaire. En Egypte apparaissent les plus anciens textes religieux, dits les Textes des Pyramides, gravés sur les murs de la tombe-pyramide du pharaon Ounas, à Saqqarah, décrivant de manière imagée les conceptions de l'époque ayant trait à l'au-delà, et le chemin que suivra le roi pour aller de la mort vers la vie : « Ounas est venu vers son trône qui se trouve sur les Deux Maîtresses. Ounas est apparu en tant qu'étoile. » La mise par écrit de ce qui appartenait certainement à une vieille tradition orale s'explique par la fascination qu'exerce l'écriture dont le caractère immuable impressionne et lui confère un aspect magique. En Egypte encore plus qu'ailleurs, les hiéroglyphes sont l'apanage des prêtres, et l'acte d'écrire assure, affirment ces derniers, la réalisation concrète de ce qui a été écrit. Les Mésopotamiens, qui ont découvert l'écriture par le truchement du commerce, ont moins de scrupules à coucher également sur l'argile des textes qui débordent le religieux. Mais ceux-ci restent minoritaires, si l'on en juge d'après la bibliothèque du roi Assurbanipal de Ninive qui, au VIIe siècle avant notre ère, entreprit de collecter et classer l'essentiel des savoirs de Sumer et de Babylone. Sur les trente mille tablettes découvertes par les archéologues dans les ruines de son palais, un cinquième est constitué de documents administratifs et comptables. Le reste est fait de prières, de traités d'astrologie, de magie ou de mathématiques, de mythes et d'épopées. Autrement dit, de ces sujets sérieux qui s'élaborent à l'ombre des temples où les prêtres s'emparent, pour longtemps, du monopole de l'enseignement.

Que ce soit en Mésopotamie, en Egypte, en Inde, plus tard dans l'Occident médiéval, la réflexion est toujours née et a mûri au sein de la classe sacerdotale. Aristote s'en étonnait déjà au sujet des mathématiques qu'il supposait inventées par les prêtres d'Egypte[27] avant de fournir une explication, d'ailleurs valable dans toutes les aires géographiques et pour toutes les périodes : les clercs dans leurs temples ont plus de loisirs que les laïcs dont le souci premier est la subsistance de leur famille. Les premiers, du moins à cette époque, n'ont pas besoin de travailler : le peuple les nourrit de ses dons, la richesse des temples les dispense de soucis matériels. Ils ont donc le temps de discuter, de réfléchir. Et quand on réfléchit, on se pose des questions, on se laisse emporter dans la pensée abstraite. Aristote distinguait trois types de philosophie : les mathématiques, la théologie et la science de la nature. Mais on peut même affirmer que la théologie précède la science et les mathématiques : elle est la pensée abstraite rationnelle, c'est-à-dire utilisant la raison humaine, quand bien même elle l'utilise au service de la foi, et afin de tenter d'élucider l'éternelle question que se pose l'humanité face aux malheurs : comment un dieu peut-il permettre cela ?

C'est une théologie pauvre à ses débuts, qui s'enrichit des autres pensées abstraites auxquelles elle va donner naissance, en particulier la philosophie. Les prêtres se sont d'abord posé des questions concernant les dieux, leurs hiérarchies, leur puissance, la manière de les vénérer et de conduire les rituels adéquats pour s'attirer leurs faveurs. Puis ils ont observé le ciel, demeure des dieux, ils ont scruté la Lune, le Soleil, Vénus, puis les étoiles, et constaté leurs mouvements. Il n'est pas étonnant dans ces conditions que les premiers astrologues aient été des prêtres, et que ces prêtres, persuadés que les dieux étaient derrière toutes les choses naturelles, en aient déduit que les mouvements des astres, représentant les divinités, étaient autant de signes adressés aux humains pour exprimer la volonté des dieux.

Il est fort probable que la velléité de « lire les étoiles » soit très ancienne ; c'est cependant en Mésopotamie que cette lecture devient une science à part entière. Les plus anciennes tablettes où sont consignés des relevés astronomiques datent de 5000 avant notre ère. Forcément, ce sont les prêtres, intermédiaires entre les dieux et les hommes, qui se sont arrogé l'exclusivité de l'interprétation des messages adressés par le ciel à la terre, et ils sont régulièrement interrogés par le roi avant d'édifier un temple ou de mener une guerre, puis de commander les rituels d'exorcisme adéquats. Ce sont eux aussi qui ont inventé l'art des mathématiques pour calculer ces trajectoires : la première mathématicienne célèbre (car il s'agissait d'une femme) est En Heduanna, prêtresse de la Lune et fille de Sargon le Grand, premier roi d'Akkad, qui vers 2300 avant notre ère commence à maîtriser la numération sexagésimale (utilisant la base 60) et même l'art des algorithmes[28].

A cette époque, le peuple, qui n'a pas accès à cette science royale, consulte des baru ou prêtres devins qui usent d'autres supports, connectés de manière moins directe aux dieux, à travers la lecture des entrailles d'animaux sacrifiés, de songes, ou encore de volutes d'encens. Il en sera ainsi jusqu'au Ier millénaire avant notre ère, quand l'astrologie, qui reste une exclusivité mésopotamienne, se démocratise : c'est dans les temples que l'on vient alors se procurer des éphémérides indiquant les positions quotidiennes des étoiles, leurs conjonctions, leurs oppositions. Les prêtres découpent le ciel en douze parts (pour les douze mois de l'année) et, quatre siècles avant notre ère, donnent à chacune le nom d'un animal réel ou mythique : ce sont les douze signes du zodiaque, tels que nous les connaissons aujourd'hui, à l'exception du signe du Bélier, nommé alors Journalier.

Dans un grand Moyen-Orient que les caravaniers, les guerriers et les commerçants ont pris l'habitude de sillonner, la réputation des baru franchit les frontières mésopotamiennes pour gagner d'une part l'Egypte pharaonique, d'autre part l'Inde puis la Chine où l'astrologie est revisitée en tenant compte des croyances locales, ce qui donnera plus tard naissance à deux types d'astrologies différentes de celle que nous connaissons en Occident. Vers 330 avant notre ère, dans la foulée des conquêtes d'Alexandre le Grand, peut-être même deux ou trois siècles plus tôt selon certains historiens, des baru mésopotamiens poussent vers l'Europe et s'installent en Grèce où la population locale, familiarisée avec les méthodes divinatoires pratiquées dans les temples consacrés aux dieux, succombe à la nouvelle « mode ». Au IVe siècle avant notre ère, l'engouement est tel que les horoscopes sont vendus à la criée, dans les rues, comme l'étaient les journaux, il n'y a pas si longtemps, dans nos contrées !

En réfléchissant à l'univers des dieux, les prêtres leur ont construit une histoire, des histoires plurielles qui racontent aussi l'aventure de la création et de l'homme : ainsi sont nés les mythes (du grec *mythos*, littéralement récit), joliment appelés par Jean Bottéro une « philosophie en images[29] ». L'un des plus anciens mythes remonte au moins au IIIe millénaire avant notre ère, et on en a retrouvé les premières traces écrites dans l'Atrahasis, le Poème du Supersage, daté d'environ 1700 avant notre ère. Autrefois, nous dit ce mythe, quand l'homme n'existait pas encore, les dieux régnaient sur un univers dont s'occupait une classe inférieure de dieux, les Igigi. Déçus par leur condition de travailleurs dans un monde qui se voulait un paradis, ces derniers se révoltent et cernent le palais du dieu suprême, leur souverain, pour le détrôner. Ea, un conseiller du dieu, lui souffle à l'oreille de trouver un substitut aux Igigi : l'homme, qui sera fait d'argile, et retournera à l'argile après sa mort. Il en fut ainsi. Mais… les hommes se reproduisaient trop vite. Ils se multipliaient, se disputaient, et leur bruit devint insupportable aux dieux qui décidèrent de les éliminer. Les premières tentatives furent vaines : ni les épidémies ni les sécheresses n'eurent raison de la race humaine. Les dieux avaient une ultime carte en main : le déluge. Pris de pitié pour l'un d'eux, un supersage nommé Atrahasis, Ea, le conseiller des dieux, lui ordonna de construire un bateau et de s'y réfugier, avec les siens et des animaux. Le déluge, raconte le vieux mythe mésopotamien, a duré sept jours : la terre entière fut engloutie sous les eaux, seul surnageait le bateau d'Atrahasis. Quand la pluie s'arrêta enfin, il attendit encore sept jours et envoya une colombe à la recherche d'une terre émergée. La colombe revint au bateau, de même qu'une hirondelle mandatée pour la même mission. A la troisième tentative, un corbeau partit sans retour : il y avait donc une terre en vue, que le bateau ne tarda pas à rejoindre. Le dieu suprême était furieux que des hommes aient survécu. C'est encore Ea qui intervint pour lui expliquer que les hommes étaient nécessaires à la Terre, mais qu'il fallait impérativement limiter leur nombre. C'est pourquoi, depuis, certaines femmes sont stériles, et la mort fauche volontiers des enfants et interdit à beaucoup d'atteindre un âge vénérable. C'est par ce récit, dont s'inspirera la Bible, que, pour la première fois, les hommes ont tenté d'expliquer le mystère de la vie et de la mort et le pourquoi des maux.

4

Les dieux du monde

Les Indo-Européens

La transformation du paysage humain qui s'amorce douze mille ans avant notre ère gagne progressivement les autres régions du monde à partir du VIIe millénaire. Vers le IVe millénaire, des peuplades qui nomadisaient dans le Caucase, entre la mer Caspienne et la mer d'Aral, domestiquent le cheval. L'événement est loin d'être anodin : d'un coup, l'homme acquiert la possibilité de se déplacer sur de très longues distances. De fait, à partir du début du IIIe millénaire, ces Aïryas ou Aryas, comme ils se nomment eux-mêmes (et qui donnera l'adjectif aryen), quittent leur berceau pour aller coloniser d'autres contrées. Ils poussent d'abord vers l'Iran et l'Afghanistan au sud, atteignent à l'est les rivages de la Méditerranée, et à l'ouest ceux de l'Atlantique. Leur migration s'étale sur des siècles, et elle n'est pas collective : dans chaque cas, ce sont des groupes qui se séparent du tronc commun pour aller vivre leur vie sous d'autres cieux. Au début du IIe millénaire, une partie a atteint la vallée du Gange pour coloniser l'Indus.

Cette colonisation ne s'opère pas partout selon les mêmes modes. Dans beaucoup de zones, elle est relativement pacifique : les Aryas, qui apportent avec eux leur culture, leur langue, leurs mœurs, leurs croyances, adoptent néanmoins les coutumes locales et finissent par s'intégrer dans un paysage qu'ils ont cependant profondément façonné. Dans d'autres régions, la colonisation est plus brutale, comme dans l'Indus. Cependant, les Indo-Européens s'intègrent tant et si bien que leurs lieux de peuplement ne se reconnaîtront bientôt aucun lien de parenté entre eux. Les Grecs, les Latins, les Celtes, les Hittites, les Perses, les Germains, les Slaves ou encore les Indiens semblent en effet tellement différents les uns des autres que, jusqu'à la fin du XVIIIᵉ siècle, leur étroite parenté ne fut jamais soupçonnée. Et cela en dépit d'étranges similarités dans leurs schémas de pensée, par opposition à d'autres civilisations, en particulier de Chine et du Sud-Est asiatique, d'Amérique du Sud ou même d'Afrique.

C'est par le truchement de la grammaire comparée que cette proximité est d'abord mise en évidence. En effet, les langues parlées par ces différents peuples ont les mêmes formes syntaxiques, et surtout un vocabulaire de toute évidence issu d'une souche commune. J'en donnerai succinctement deux exemples qui concernent directement notre objet : les déclinaisons du mot dieu, *deva* en sanskrit, *deus* en latin, *daeva* dans les langues persanes, et celles du mot père, *pitar* en sanskrit, *pater* en latin, *father* dans les langues gothiques. A partir des années 1930, le philologue Georges Dumézil ouvre de nouvelles perspectives dans cette recherche en comparant la mythologie et la configuration sociologique de ces peuples que l'on appelle indo-européens – parce qu'étendus de l'Europe à l'Inde. Un fait lui semble d'une limpide évidence, au-delà des caractères particuliers des récits : la notion trinitaire, appliquée aussi bien au ciel (jusqu'à l'avènement des monothéismes) qu'à la terre. Tant les hommes que les dieux se partagent en effet en trois fonctions principales : la souveraineté, la religion et le droit, la guerre, et enfin la production de richesses. La transposition indienne de ce découpage apparaît dans les classes, qui ne s'appellent pas encore castes, de l'Inde védique : les brahmanes (les prêtres), les kshatriyas (le roi, les princes et les soldats) et une catégorie productive subdivisée en plusieurs sous-castes, des commerçants aux serviteurs en passant par les agriculteurs. Elle se voit également dans les attributions des dieux et la répartition entre eux des tâches cosmiques : Varuna le créateur qui se tient au-dessus de sa création, Indra le guerrier, et une série de déités qui régénèrent le monde grâce à leurs connaissances magiques. Des découpages équivalents existent dans les sociétés et les panthéons de la Grèce ou la Perse antiques, chez les Celtes ou les Germains et on les retrouve en Europe médiévale, bien après l'arrivée du christianisme, avec les trois grandes classes sociales : le clergé ; la noblesse qui nourrit les rangs des armées ; et le tiers état.

L'universalité de cette « tripartition fonctionnelle », pour reprendre l'expression de Dumézil, est toutefois loin d'être universelle. Propre aux Indo-Européens (et à leurs descendants), elle ne figure pas dans les schémas de pensée des autres civilisations où, on le verra plus loin, les répartitions sociales ne s'effectuent pas de la même manière, tandis qu'au ciel, les esprits et les dieux obéissent à d'autres modes hiérarchiques.

La civilisation de l'Indus

Pour raconter l'histoire religieuse de l'humanité, je me suis essentiellement focalisé, dans les chapitres précédents, sur le lieu qui fut un précurseur de cette histoire, son berceau proche-oriental, par ailleurs le plus prodigue en informations archéologiques précoces. Bien entendu, l'histoire ne s'arrête pas aux portes de cette région : entre le IIIe et le IIe millénaire, d'autres civilisations émergent, géographiquement et culturellement éloignées mais répondant au même schéma évolutif global, avec le passage de la chasse à l'élevage, c'est-à-dire le tournant néolithique dont les caractéristiques sont partout identiques, puis la constitution de cités et de royaumes. Les mêmes transformations apparaissent dans les contrées bénéficiant de la fertilisation des crues, c'est-à-dire dans les vallées du fleuve Jaune, de l'Indus et du Gange, puis elles gagnent des terres plus difficiles à cultiver à partir de l'entrée dans l'âge du fer, à la fin du IIe millénaire avant notre ère. Et leurs effets sont aussi sensibles sur la terre qu'au ciel.

Les voies de peuplement de l'Indus restent mal élucidées. Il est certain que ces contrées ont été habitées au Paléolithique et que la première néolithisation, à la fin du Ve millénaire avant notre ère, a été l'œuvre des autochtones. Assez vite, des peuples venus des steppes d'Asie centrale s'enracinent dans les premiers villages. A partir de 3500, période dite de Ravi, la sédentarisation s'accélère sur le modèle proche-oriental et débouche, un demi-millénaire plus tard, sur la période dite Kot Dijien, durant laquelle s'épanouissent les échanges avec l'Iran et la Mésopotamie. Sur une superficie aussi vaste que l'Europe, dont le centre est le Sind dans l'actuel Pakistan, des cités-Etats, puis des royaumes se constituent et donnent naissance à une civilisation dont on sait très peu de chose, pour la simple raison que l'on n'a pas encore réussi à déchiffrer son écriture de type pictogrammique.

La découverte de cette civilisation antique de l'Indus est relativement récente. C'est en effet au début du XXᵉ siècle que les fouilles entreprises à Harappa, à Mohenjo Daro puis à Dholavira ou Ganweriwala ont mis au jour de grandes villes à l'urbanisme complexe dont les rues pavées et rectilignes délimitent des quartiers répartis selon les classes sociales : les palais, les quartiers cossus, d'autres beaucoup plus pauvres, et des cimetières à l'écart des villes reproduisant la stratification sociale dans la richesse (ou la pauvreté) des tombes. Techniquement avancées, et toutes construites selon le même schéma directeur, ces villes disposaient même de systèmes d'égouts auxquels étaient reliées les maisons particulières. Ce vaste territoire était par ailleurs doté d'une unité religieuse, si l'on en juge d'après les objets cultuels, fort ressemblants, découverts dans les mille cinq cents sites fouillés au XXᵉ siècle. Comme au Proche-Orient, comme en Europe, le couple déesse/taureau domine le panthéon. D'autres éléments, inédits et inexplicables à ce jour, font leur apparition sous forme de statuettes, certainement vénérées : des ensembles phallus/vagin qui évoquent les futures linga de l'hindouisme, et des personnages cornus ou multifaces assis dans une position proche de celle du lotus, plantes des pieds jointes. Il existait très certainement un culte domestique vivace : les décombres de la plupart des habitations ont révélé des statues de déesses mères. Mais un grand point d'interrogation subsiste quant aux rites collectifs dont les uniques vestiges sont de vastes piscines, probablement destinées à des bains rituels. L'absence de temples ne signifie pas forcément l'inexistence de grands rituels : il est tout à fait probable que le culte des dieux, peut-être assorti de sacrifices, se déroulait hors les murs, en pleine nature, ainsi qu'il en sera plus tard dans l'Inde védique, pour être en contact direct avec le ciel et ses divinités.

La fin de cette civilisation est aussi mystérieuse que son développement. Elle a été relativement brutale, concomitante avec l'arrivée, au début du IIe millénaire, de conquérants indo-européens qui déferlent dans la vallée de l'Indus, forts de leur suprématie militaire dont l'emblème est le char à roues, tiré par des chevaux. Les autochtones ont-ils péri dans des razzias ? Ont-ils été victimes d'épidémies, de sécheresses, d'inondations ? Toutes les possibilités restent ouvertes.

Le védisme, religion pré-hindouiste de l'Inde, se développe dans la foulée de l'engloutissement de l'antique civilisation de l'Indus, dans une zone désormais sans cités ni écriture. En a-t-il conservé des traces qu'il a conjuguées avec les apports indo-européens ? L'hypothèse est plausible, en particulier s'agissant d'éléments de la religion populaire (le culte de la déesse, le phallisme, le yoga…), mais nous n'en avons aucune preuve. On ne sait pas ainsi si le culte du feu ou l'appétence pour les sacrifices sanglants, présents dans la religion des Indo-Européens, l'étaient aussi dans le sous-continent indien avant leur arrivée, ni dans quelle mesure les traditions orales de l'Indus ont été intégrées dans les Veda, dont les premiers éléments sont fixés en sanskrit, la langue des conquérants aryas, entre 1800 et 1500 avant notre ère, c'est-à-dire au moment où, en Mésopotamie, le roi Hammourabi fait édicter et graver sur d'énormes stèles les 282 articles du code qui porte son nom. Ce livre, les Veda, dont le titre signifie littéralement « connaître et voir », en fait une collection de quatre livres principaux et d'ouvrages connexes, mérite que l'on s'y arrête dans la mesure où il est le seul (et important) témoin du védisme, une religion et une civilisation qui, en l'absence de cités

(elles ne se reconstruiront qu'à partir du IXe siècle),
nous ont laissé bien peu de vestiges archéologiques.

Selon la tradition aujourd'hui admise par l'hindouisme, les Veda, supposés contenir toute la sagesse
divine, existent depuis la création du monde. Ils ont
été révélés, dit cette tradition, par des sages mythiques, les rishis, qui ont à travers eux enseigné à des
lignées de brahmanes, des prêtres, comment maintenir
l'ordre du monde tel que voulu par les dieux. Le plus
ancien Veda, le Rig-Veda, formé de 10 462 stances
réparties en 1 028 hymnes obscurs, s'ouvre par un
hommage à « Agni, le dieu prêtre et pontife, le magnifique héraut du sacrifice », et célèbre les dieux du cosmos qui offrent vie et richesse à ceux qui leur rendent
culte. Le Sama-Veda est un recueil de notations musicales qui indique comment chanter le Rig-Veda pour
lui conférer une pleine efficacité. Un troisième livre, le
Yajur-Veda, regroupe des formules utilisées par le
célébrant pour invoquer un dieu ou conférer un caractère sacré à un objet en lui donnant un nom ésotérique. Enfin, l'Atharva-Veda, plus tardif (il a été écrit
vers le VIIIe siècle avant notre ère), contient des
charmes magiques pour assurer la longue vie, l'amour,
la richesse, la victoire contre les démons qui apportent
les maladies : c'est tout un pan de croyances qu'il
révèle ainsi. A ces quatre collections se rattachent
d'autres ouvrages qui complètent nos informations sur
la religion de l'Inde du IIe millénaire – et jusqu'à la
moitié du Ier millénaire. Les Brahmana instituent les
rituels et commentent leur signification ; les Aranyaka
sont des commentaires ésotériques, probablement
œuvres d'ascètes qui s'en allaient méditer dans les
forêts ; enfin, les Upanishad, dont le nom signifie littéralement « s'asseoir au pied du maître pour écouter
son enseignement », sont constitués de spéculations

philosophiques axées sur la quête de la sagesse. On peut ajouter à cette collection les sutras, exégèse savante des Veda.

La religion védique est essentiellement ritualiste, et ses cultes, assurés par un clergé nombreux, sont minutieusement arrêtés. Elle « se voue tout entière au maintien et au prolongement du dharma originel : chaque génération d'êtres humains s'y intègre et y collabore par des rites[30] », note l'historienne des religions Ysé Tardan-Masquelier. D'une certaine manière, elle se situe dans la logique de la religion de ses contemporains, le pharaon d'Egypte assurant chaque matin la prière qui « fait » que le soleil se lève, ou les Mésopotamiens célébrant à l'équinoxe du printemps la fête de Dumuzi et de son épouse Innana dont l'accouplement, dans une atmosphère de liesse auprès de laquelle nos carnavals ressemblent à des gamineries, est considéré comme indispensable à la renaissance de la nature. Mais elle pousse cette logique à son extrême : par les rites védiques, les *rita*, les prêtres rétablissent en permanence l'ordre tel qu'il a été organisé par les dieux, et menacé sans cesse par le retour au désordre primordial. Les Veda décrivent des rituels qui durent des jours, parfois des années, se déroulant sur des aires sacrificielles coûteusement financées par les rois et les nobles, et adressés à un vaste panthéon divin, formé de grands dieux, de dieux « ordinaires » et de génies incarnant les éléments et les forces de la nature. Les textes[31] décrivent l'un des rites les plus sacrés : la cueillette, la préparation et l'absorption du soma, le nectar d'immortalité, un breuvage d'origine indo-européenne dont on retrouve l'équivalent dans le haoma persan, en principe réservé aux dieux mais que peuvent partager les humains « deux fois nés », une élite parmi les prêtres des plus hauts degrés qui accèdent ainsi à une vision du paradis. On n'en sait pas plus sur cette plante dont Claude Lévi-Strauss estime qu'elle serait un champignon hallucinogène, peut-être la très toxique amanite tue-mouches ; elle fut au centre de rituels particulièrement sanglants, impliquant la mise à mort de centaines d'animaux, peut-être d'humains, immolés pour nourrir les dieux qui, non alimentés, perdraient leur puissance ordonnatrice.

A côté de ces rituels collectifs, œuvre exclusive des prêtres, le védisme a inclus, comme les autres traditions religieuses polythéistes de l'époque, des rites domestiques qui nous restent assez mystérieux, les textes étant peu prolixes à leur sujet. Les commentaires ajoutés aux Veda décrivent les oblations obligatoires de lait, deux fois par jour, avant l'aube et au crépuscule, versées par le chef de famille dans un feu qui ne doit jamais s'éteindre, unique voie d'accès au monde divin. Il est possible qu'un culte des ancêtres ait eu cours dans le cadre de ces rites domestiques, destinés comme partout ailleurs à faire parvenir des demandes personnelles aux dieux. Mais tel n'est pas le souci du corpus sacré qui, pour le commun des fidèles, définit d'abord le code de la bonne conduite : honorer les dieux soutiens du monde, respecter le dharma (l'ordre des choses), accomplir ses devoirs envers les siens, les ancêtres et les hôtes, et se conformer à son *varna*, le statut de son groupe de naissance, héritage indo-européen qui sera plus tard rigidifié en termes de castes.

Le trait le plus surprenant de la structure religieuse des sociétés védiques du IIe millénaire avant notre ère se lit en filigrane des Aranyaka, ces obscurs commentaires des Veda qui interprètent le rituel dans un sens pleinement symbolique, par opposition aux Brahmana qui l'expliquent de manière que l'on pourrait dire plus factuelle. Si les Brahmana sont de toute évidence l'œuvre de spécialistes des rites, les prêtres ou brahmanes, les Aranyaka, eux, ont été écrits par des méditants qui se retiraient dans la forêt à la recherche d'une pleine communion avec les dieux, allant au-delà de l'union procurée aux grands prêtres par le soma. Là où les autres sociétés de l'époque ont, pour la plupart, connu des sages qui s'en allaient méditer dans des lieux isolés, le védisme semble avoir sécrété un mouvement de renonçants, probablement en réaction aux excès ritualistes des brahmanes qu'ils vont soumettre à la critique, leur reprochant en particulier de passer à côté d'une part importante des Veda : la question de l'origine, autrement dit pourquoi il y a quelque chose plutôt que rien. Les pratiques du yoga et de l'ascèse, héritage du prévédisme, seront ainsi d'abord développées en marge de la religion officielle brahmanique, et en réaction probable au varna, le statut de naissance qui définit les obligations religieuses de chaque individu et interdit de ce fait aux mal-nés la possibilité de s'engager dans la voie de la prêtrise brahmanique pour servir les dieux.

La Perse aryenne

L'étroite parenté entre le védisme indien et la religion qui se développe en Perse à partir du IIIe millénaire avant notre ère n'a rien d'étonnant : pendant mille ans, jusqu'à ce qu'une partie d'entre eux pousse en direction de l'Indus, les Aryas ont conquis la Perse et l'Afghanistan où ils ont vécu en édifiant une même trame de croyances à partir de leurs acquis ancestraux. Par ailleurs, leur colonisation de l'Indus s'est accompagnée d'une destruction massive de la culture autochtone, y compris de sa langue : ayant presque fait table rase du passé, ils ont calqué sur leurs nouveaux territoires un système religieux établi, avec ses dieux, ses rites et son organisation, et leur propre langue, le sanskrit, pour en assurer la transmission. C'est d'ailleurs dans les Veda que l'on retrouve les principaux éléments de la religion persane antique, ainsi que dans un autre livre sacré, dont j'aurai l'occasion de parler plus tard : les Ghata et l'Avesta de Zoroastre qui, à travers leurs critiques du système religieux en place, en livrent une image coïncidant avec les données védiques. En revanche, nous disposons de très peu d'éléments archéologiques : d'une part, toutes les traces écrites de cette religion ont disparu, probablement saccagées par les fidèles des cultes postérieurs, en particulier le zoroastrisme quand il est devenu religion d'Etat. D'autre part, on ne lui connaît pas de temple dont l'architecture aurait pu constituer une source de renseignements : le culte persan antique se déroulait, comme le culte védique, en plein air, autour d'un feu sacré.

Le feu, dont Mircea Eliade fait remonter le culte à la préhistoire, a été au cœur des croyances aryennes : il est le dieu Atar. Ce dieu-là n'est pas au sommet de la hiérarchie, il tient même une position inférieure dans le très vaste panthéon divin. Mais sa fonction est bien plus importante que son statut : il est l'unique messager des offrandes que les hommes font aux divinités, la seule entité apte à prendre les oblations dans ses bras pour les véhiculer au ciel, en même temps que les prières qui, de ce fait, doivent obligatoirement être dites face à lui. Dans la tradition indienne, Atar (Agni) est d'ailleurs appelé le « cocher des dieux ». L'autre élément qui lui est intrinsèquement lié, et qui est central dans le socle des croyances aryennes, est constitué par le sacrifice, nécessairement consumé dans le feu.

Le même mot, *yajna* en sanskrit et *yazna* en persan ancien, est utilisé pour désigner à la fois la liturgie et le sacrifice, dans la mesure où il est inconcevable qu'une liturgie se tienne sans sacrifice, c'est-à-dire sans une offrande aux dieux, pour les nourrir (pendant qu'ils mangent, des bénédictions sortent de leur bouche à l'intention de ceux qui ont envoyé cette nourriture) et leur permettre de poursuivre leurs activités bienfaitrices. Comme dans l'Indus, la religion persane a évolué vers une surenchère sacrificielle accomplie au cours de minutieux rituels, longs et complexes, conduits par des prêtres richement payés qui se recrutent, non pas dans une catégorie sociale comme les brahmanes, mais au sein d'une tribu spécifique de l'ouest du pays, les Mages, dont les enfants entrent dès le plus jeune âge dans le processus d'apprentissage des rituels. Il est amusant de noter que le mot « Mage » sera l'un des premiers noms propres à entrer dans le langage courant et à devenir un nom commun pour désigner des prêtres menant des rituels à connotation ésotérique, en tout cas difficilement accessibles au commun des mortels ; des siècles plus tard, quand les premiers prêtres-devins fuyant Babylone trouvent refuge en Grèce, ils sont désignés par la population sous le nom de « mages de Chaldée ».

De nombreux autres points communs sont partagés par les religions de l'Inde et de l'Iran du IIe millénaire avant notre ère. Ainsi, le haoma, le « jus d'or », équivalent du soma védique et utilisé dans un contexte identique, et avec le même mode de préparation – qui se perdra quand les cérémonies sacrificielles au cours desquelles ce breuvage était absorbé par les grands prêtres seront abandonnées sous l'effet des réformes religieuses en Inde et en Perse. J'ai indiqué par ailleurs plus haut que l'un des quatre livres fondamentaux des

Veda est le Sama-Veda qui fournit les mélodies aptes à conférer un pouvoir aux mots. De la même manière, l'efficacité magique du chant est admise en Perse où l'impératif de la modulation des formules rituelles est assuré par une catégorie de prêtres, les chantres, qui se relaient durant les cérémonies les plus longues. Bien plus tard, au XIII° siècle de notre ère, le principe du sama, la prière chantée, sera repris par un mystique musulman d'origine iranienne, Roumi, qui en fera la voie privilégiée de l'union à un Dieu devenu unique.

Le panthéon grec

Les Indo-Européens qui gagnent la Grèce au milieu du II° millénaire ne débarquent pas sur un terrain vierge. A côté des populations qui pratiquent des rites agraires hérités du Néolithique proche-oriental, agrémentés de légendes locales qui se sont peu à peu construites, les Crétois ont commencé à étendre leur propre civilisation, économiquement et culturellement développée. Les tribus aryennes arrivées sur ces terres méditerranéennes sont-elles moins agressives que celles qui ont poussé quelques siècles plus tôt du côté de l'Indus ? Ou bien ces cavaliers sont-ils impressionnés par le raffinement crétois ? Le fait est qu'en dépit de leur suprématie militaire, ils ne rasent pas la civilisation existante, comme ce fut le cas dans l'Indus, mais intègrent leurs schémas à la culture, à la langue et aux religions déjà en place pour former une grande partie de ce que sera le futur panthéon grec dominé par Zeus, un dieu indo-européen, pourtant fils de Cronos, le père des dieux crétois, qui s'impose à la fois comme maître des éléments naturels et protecteur du foyer, père des dieux et des hommes. La civilisation achéenne, dite aussi mycénienne (en référence à son principal centre, Mycènes), dure jusqu'en 1200 avant notre ère, organisée autour d'un puissant roi divin, comme l'est le pharaon d'Egypte. Des Aryens, les Mycéniens ont hérité un tempérament guerrier. Des Crétois, ils conservent les dieux anthropomorphes dotés de fonctions bien définies, pour lesquels ils édifient des temples et organisent des processions. Leurs textes citent la plupart des dieux qui rejoindront Zeus dans le panthéon de l'Olympe : Héra la sœur de Zeus, Déméter, terre mère des Crétois et déesse de l'agriculture, Poséidon dieu de la mer, Athéna la guerrière, Artémis la maîtresse des animaux, héritière de la grande déesse crétoise qui dominait les animaux sauvages, Hermès le messager des dieux, Dionysos dieu du vin et de la mort, Hestia déesse du feu et du foyer, Arès dieu de la guerre. Aphrodite et Apollon viendront plus tard compléter cette grande famille divine. Par ailleurs, les récits de l'*Iliade* et de l'*Odyssée*, plus tard attribués à Homère, commencent à se forger. L'idée de héros, qui dominera la Grèce antique, voit le jour : la richesse des tombes se mesure à la valeur du guerrier, certaines sont d'énormes monuments et les dépouilles qu'elles abritent sont recouvertes d'or.

On ignore les raisons pour lesquelles le royaume mycénien disparaît. La Grèce, qui se dépeuple brutalement, se transforme en agrégat de pâles petits Etats dont les habitants délaissent l'agriculture pour l'élevage et adoptent l'incinération des morts à la place de l'inhumation. Elle traverse une « période obscure » de trois cents ans, peu connue faute de traces, durant laquelle se forge lentement ce qui fera l'identité de la Grèce classique. Les Etats étiolés se renforcent ; unis par la langue, le panthéon et les épopées, ils restent divisés sur le plan politique, avec des roitelets dotés d'un rôle honorifique – ce qui favorisera l'évolution vers la démocratie. La propriété privée se développe, et une aristocratie terrienne, véritable détentrice du pouvoir, se forme. Dans les temples, des prêtres entretiennent les dieux, mais faute d'un pouvoir politique fort, leur rôle reste limité à la religion. Et en l'absence de réel pouvoir sacerdotal, la prêtrise cesse d'être héréditaire. La profession n'est pas très convoitée : c'est donc par tirage au sort que les postes seront attribués, une tradition qui perdurera à la période classique, avec quelques exceptions pour certains temples où la prêtrise s'accompagnait d'une initiation à des secrets transmis de père en fils, tels le temple de la pythie de Delphes ou celui de Zeus à Olympie. Dans ces cités désormais prospères, la démographie est croissante, poussant les plus aventureux à partir, avec leurs dieux et leur culture, à la conquête de nouvelles colonies méditerranéennes. C'est là qu'ils découvrent le premier alphabet phonétique, mis en place par les Phéniciens au XIIe siècle avant notre ère. Aux vingt-deux consonnes phéniciennes, les Grecs adjoignent des voyelles et commencent, à partir du VIIe siècle avant notre ère, à fixer les textes transmis par la tradition orale : l'*Iliade* et l'*Odyssée* d'Homère, des hymnes homériques, *Les Travaux et les Jours*, la *Théogonie* d'Hésiode. Leur production littéraire sera dès lors foisonnante, et leur mythologie très fouillée pour raconter la naissance du monde avec Chaos, l'abîme géant (dont on ignore les conditions d'émergence), la création des maux (dont le travail !), autrefois enfermés par Zeus dans une jarre qu'ouvrira la belle Pandore, une femme péchant par excès de curiosité, et surtout la saga des dieux, objet d'une constante fascination.

La religion grecque se forge en effet autour des douze dieux et déesses de l'Olympe, des personnalités très humaines qui vivent des passions, des jalousies, des bonheurs, des tragédies, qui se marient, procréent, aiment, haïssent comme le font les hommes, mais qui, à la différence de ces derniers, possèdent l'immortalité – ainsi que des pouvoirs surhumains. Ont-ils vraiment le pouvoir d'intervenir dans la destinée de ceux qui les prient ? La question reste ouverte. Théoriquement, les Grecs considèrent que chaque individu a sa *moïra*, son destin, contre lequel rien ni personne ne peut intervenir. Pas même Zeus qui, par exemple, ne réussit pas à tirer son fils Sarpédon des griffes de la mort. Pourtant, dans les faits, et comme tous les autres peuples, les Grecs sacrifient aux dieux dans les temples et pratiquent les rituels destinés à s'attirer leurs faveurs. Les grands temples, ouverts à tous, ainsi que les temples secondaires érigés dans toutes les cités, sont très courus. De grandes fêtes religieuses sont organisées, qui donnent lieu à des processions, des sacrifices, des offrandes publiques et même des compétitions sportives, mobilisant des cités entières. Dans les maisons, des statuettes protectrices ont droit à leurs libations quotidiennes de fleurs et de vin, des serments solennels leur sont prêtés. De toute manière, les Grecs sont convaincus qu'ils doivent tout aux dieux, aussi bien les phénomènes naturels que les arts et les métiers, d'où le fait que chaque corporation se place sous la protection d'un dieu particulier : Athéna pour les artisans, Poséidon pour les marins, Arès pour les soldats, etc. A côté du culte des dieux s'organise un culte des héros, des mortels érigés en demi-dieux qui, par leurs prouesses guerrières, échappent à la finitude du commun des mortels, voués après la mort à rejoindre l'Hadès, un lieu aussi peu réjouissant que l'Arallou mésopotamien et le Shéol biblique. Vénérés du peuple pour leur bravoure et leurs qualités morales, réputés aptes à apporter, depuis leur demeure éternelle des Champs Elysées, des bénéfices à ceux qui les invoquent, en particulier aux habitants de la cité où se trouve leur tombe, ils sont en quelque sorte les précurseurs des martyrs et des saints que le christianisme érigera en modèles. A cela s'ajoutent les génies et les esprits, ces daimones réfugiés dans les fleuves et les arbres, derrière les rochers et les buissons, et dans tous les phénomènes étranges.

Comme les Mésopotamiens, les Grecs sont férus de magie (les amulettes se vendent dans les temples) et de divination. La *mantiké*, c'est-à-dire la connaissance de la pensée divine, gouverne la politique, la vie sociale et privée, plus tard la philosophie. Elle est considérée comme une science déductive fondée sur la traduction des signes à travers lesquels les dieux communiquent avec les hommes pour leur indiquer leur avenir – ou leur prodiguer quelques conseils. Tout est objet de divination, effectuée par des prêtres devins formés dans les *manteion*, des écoles théologiques spécialisées dans la lecture de l'avenir. Le vol et le chant des oiseaux pour l'interprétation desquels des règles précises sont instituées, tenant compte de l'espèce, de la direction, de la hauteur et de la rapidité du vol, de l'intensité et de la fréquence du cri. La « lecture » des entrailles d'animaux sacrifiés, en particulier du foie, qualifié par les Grecs de « trépied de la mantique », ainsi que des omoplates jetées dans le feu. Les mouvements des astres grâce à l'astrologie, introduite entre le VIᵉ et le IVᵉ siècle avant notre ère par des « mages de Chaldée » dont le savoir, inédit dans cette partie du monde, suscite l'engouement du peuple et de ses dirigeants. Les songes pour l'interprétation desquels sont érigés des « incubateurs de rêves », temples dédiés aux dieux du sommeil et de la médecine où, après avoir accompli les rituels adéquats, le fidèle s'endort pour recevoir, en rêve, les réponses à ses questions, interprétées au matin par les prêtres. Et puis bien sûr la consultation des oracles dans des temples dont la réputation attire des fidèles qui viennent souvent de très loin, en particulier Dodone, en Epire, où Zeus s'exprime dans le bruissement des feuilles de chêne, et Delphes où Apollon s'exprime à travers une pythie dont les propos elliptiques sont traduits au consultant par deux prêtres et leur collège de cinq assistants.

La Chine préimpériale

Il me paraît nécessaire, pour mieux illustrer le tronc commun indo-européen, de donner un rapide aperçu de l'évolution postnéolithique de civilisations qui ne sont pas concernées par l'influence aryenne et qui ont, de ce fait, développé des cultures et des religions qui, pour répondre aux grandes questions universelles, ont adopté des voies tout à fait différentes de celles que nous avons vues jusqu'à présent.

Je commencerai par le plus grand foyer de peuplement asiatique, la Chine, où les premières communautés agraires, pratiquant la riziculture, remontent au VIe millénaire avant notre ère. Les récits historiques commencent bien plus tard, avec la fondation de la dynastie Xia, au début du IIe millénaire, suivie quelques centaines d'années plus tard de la dynastie Chang. Des villes se sont alors déjà établies, et, avec elles, une profonde dichotomie entre ruraux et urbains, chacun de ces groupes prenant en charge, d'une certaine façon, un pan de la religion, les rites aux dieux pour les uns, les pratiques de type chamanique pour les autres, ces deux formes de religiosité étant considérées comme complémentaires. Ainsi que le notait, au début du XXᵉ siècle, le sinologue français Marcel Granet, « les campagnards, les gens du commun, les plébéiens avaient des mœurs qui leur étaient propres ; cela, les rituels aristocratiques le marquent d'un mot : "Les Rites ne descendent pas jusqu'aux gens du peuple."[32] »

Dans les campagnes, où chaque village est formé d'une seule famille unie par les liens du sang, les rites agraires marquent l'année, en particulier les fêtes de la fécondité de l'automne et du printemps au cours desquelles, dans un lieu consacré, en plein air, plusieurs villages se retrouvent et célèbrent les esprits naturels qui permettent les moissons et autorisent les semailles. Mais, faute de traces écrites, on sait peu de chose de ces célébrations et des moyens mis en œuvre, probablement de type chamanique, pour entrer en contact avec les esprits et célébrer l'harmonie de la nature. C'est en tout cas, phénomène inconcevable dans l'aire indo-européenne, une religion sans prêtres et probablement sans dieux qui s'installe dans ces villages d'agriculteurs et d'éleveurs où ne subsiste par ailleurs pas de traces d'un culte domestique, tel qu'il a pu être pratiqué dans le Néolithique du Proche-Orient, de l'Inde et même de l'Europe.

Prêtres et dieux sont l'apanage des villes, placées chacune sous la tutelle d'un roi ou d'un seigneur descendant de l'Ancêtre qui l'a fondée et édifiée en veillant à ce que son orientation géographique soit bien équilibrée, entre ombre et soleil, rivières et montagnes, loin des agglomérations paysannes. Mais commençons par les dieux, et par le premier d'entre eux :

Hao, dit le Souverain d'en haut, l'Auguste Ciel ou le Ciel tout court, régulateur des saisons et de l'ordre naturel, puissance clairvoyante et justicière à laquelle on sacrifie en demandant une bonne année, c'est-à-dire une bonne récolte. Dans les villes, un seul individu est à même d'assurer son culte au nom de tous les autres, y compris les habitants des campagnes : le souverain, parce qu'il est T'ien tseu, le Fils du Ciel, un titre qui sera plus tard réservé au seul empereur. Parallèlement, la religion urbaine intègre des cultes à d'autres divinités, les dieux du sol et des moissons, mais aussi les esprits et les puissances des fleuves, des montagnes ou du vent, ceux-là mêmes que célèbrent les paysans, mais que continuent de vénérer les nobles, en leur consacrant des rituels proches de ceux réservés aux divinités. Le troisième élément du panthéon urbain chinois est constitué par les ancêtres de la lignée, auxquels est rendu, sous certaines conditions, un culte équivalent à celui des dieux et des puissances. La première de ces conditions est la volonté du souverain qui détermine la longueur de la lignée ancestrale en fonction de la noblesse de la famille, autorise l'édification de temples et d'autels ou ordonne leur destruction, anéantissant ainsi l'âme d'un aïeul en même temps que la tablette qui lui est dévolue. Chaque famille noble a ses ancêtres protecteurs, nommés et identifiés, qui étendent leur protection aux sujets qui dépendent de la famille mais ne jouissent pas d'un tel privilège : ceux qui travaillent leurs terres, qui les servent, qui gravitent autour d'eux. La deuxième condition est évidemment la survie de l'âme, qui n'est pas éternelle mais délimitée dans le temps, en fonction du statut de la personne de son vivant (les âmes des plus nobles possèdent une substance plus riche, qui « dure » donc plus longtemps) et des sacrifices que lui offrent ses descendants pour la nourrir.

Je n'ai pas encore évoqué les prêtres, sinon pour constater leur absence dans les rites agraires. Dans les villes, où des temples sont consacrés au ciel, aux dieux du sol ou des moissons et aux ancêtres, leur rôle est essentiellement rituel : les prêtres sont des fonctionnaires plutôt que des médiateurs privilégiés avec les dieux, préposés aux pratiques sacrificielles dont ils n'ont pas l'exclusivité (quiconque peut sacrifier) mais qui constituent la part essentielle de leur activité. En effet, dans la Chine ancienne, les sacrifices ont certes, comme ailleurs, pour objet premier de nourrir les puissances invisibles. Mais leur deuxième fonction, qui deviendra bientôt déterminante, est de servir de support aux pratiques divinatoires. L'idée s'impose en effet qu'en échange de la nourriture qui leur est offerte, les dieux, les esprits ou les ancêtres adressent leurs « avis » aux sacrificateurs, à condition que des règles soient respectées, en particulier en ce qui concerne la nature de l'offrande et le moment où elle intervient. Les prêtres, qui multiplient les règles sacrificielles, s'imposent aussi comme devins sachant « lire » les craquelures sur les omoplates d'animaux ou les carapaces de tortues jetées dans un feu. C'est d'ailleurs ainsi que naîtra l'écriture en Chine où, dans un premier temps, les prêtres conservent les pièces divinatoires pour pouvoir comparer le signe et les effets qui lui sont associés. Confrontés dans un deuxième temps à des problèmes d'archivage, ils reproduisent ces signes (puis leurs propres commentaires) sur des tablettes de bois ou des feuilles de bambou, créant ainsi, vers 1700 avant notre ère, les premiers pictogrammes qui évolueront en idéogrammes. Un demi-siècle plus tard, les prêtres manipulent déjà près de trois mille idéogrammes. Cela dit, bien que ses méthodes soient sophistiquées (elle inclura aussi les songes ainsi qu'une pratique à base de tiges de plantes coupées en bâtonnets qui donneront plus tard le yi-king), la divination chinoise est, en termes de réponses attendues, plus sommaire que sa sœur mésopotamienne : c'est essentiellement le caractère faste ou néfaste d'une période ou d'une action qu'elle cherche à déterminer, sans s'encombrer des détails factuels qui feront la réputation des devins du Proche-Orient.

Fortement ritualisée, la religion de la Chine ancienne laisse peu de place aux spéculations théologiques qui sont la source de l'abondante mythologie indo-européenne. Les sacrifices, dont les règles se compliquent et se multiplient, sont source d'inventions culturelles plutôt que d'élaboration d'une pensée religieuse : on ne s'interroge pas sur l'origine du monde, mais on s'active pour maintenir l'ordre, sur la terre où il est incarné par le pouvoir dynastique plutôt qu'au ciel. Le peuple des campagnes, lui, sait l'importance de ces rites officiels dans la perpétuation de l'ordre établi.

Les Mayas

Le second exemple sur lequel je vais m'arrêter provient d'une tout autre aire géographique : l'Amérique du Sud, où la sédentarisation néolithique commence au début du IIe millénaire avant notre ère, signant le début de la civilisation olmèque. Pendant un millier d'années, celle-ci reste assez rudimentaire avec une économie fondée sur la culture du maïs – et ignorant l'élevage. Une brusque accélération apparaît au début du Ier millénaire, dans une zone qui, à terme, s'étendra du Mexique au Honduras, en passant par le Guatemala et le Salvador. De nouvelles techniques agricoles, notamment la découverte de méthodes pour retenir l'eau de pluie et assurer sa distribution par un système de canaux, apportent la prospérité à des villages qui se transforment en cités entre lesquelles interviennent des échanges commerciaux – par portage humain ou par navigation, en l'absence d'animaux de trait ou même de roues, considérées comme trop sacrées pour un usage aussi profane. Une unité de langue et de culture commence à se dessiner, des œuvres d'art apparaissent, principalement des sculptures à figure humaine, un panthéon s'organise, mais nous disposons de bien peu d'éléments le concernant. C'est le moment d'où l'on date le début de la civilisation maya, héritière des Olmèques, qui s'épanouit au tournant de notre ère et perdure jusqu'à la conquête espagnole, au XVIe siècle. Bien que l'on ait réussi à déchiffrer en grande partie l'écriture maya, qui s'élabore au IIIe siècle avant notre ère, notre connaissance de cette civilisation reste relativement incomplète, la majorité des traces de ce passé ayant été saccagée par les conquistadors et les missionnaires qui les accompagnaient et qui y voyaient un écueil à l'évangélisation des peuples indigènes.

Le témoignage le plus éblouissant du monde maya a été préservé, pendant des siècles, par la jungle tropicale. Il s'agit de fabuleuses cités, redécouvertes par les explorateurs à partir du milieu du XIXe siècle, avec leurs places, leurs pyramides et leurs palais qui, nous le savons aujourd'hui, étaient édifiées de manière à reproduire le monde tel qu'il était au moment de sa création par les dieux. L'élément visuel le plus marquant, qui était également central dans la religion maya, réside dans ces pyramides aux façades peintes en rouge, omniprésente couleur du Soleil, symbolisant les montagnes, à la fois tombes royales et temples d'où les rois et les prêtres entraient en contact avec des dieux abreuvés du sang des sacrifices humains. Ces rites publics, ponctués de chants sacrés, se déroulaient en présence de tous les habitants de la cité, guerriers, nobles et paysans confondus. Dans une atmosphère de liesse, ils assistaient aux transes spectaculaires du roi, transformé en dieu pour délivrer les prophéties des autres dieux, aussitôt interprétées par l'assemblée des prêtres au profit du peuple. On a mis plus de temps à comprendre la signification religieuse, voire cosmique, des terrains de jeu de balle jouxtant les temples. En se renvoyant une balle de caoutchouc, le kik, sans qu'elle touche jamais le sol pour l'introduire dans d'immenses anneaux de pierre édifiés en hauteur de part et d'autre du terrain, les équipes en lice mimaient la course du Soleil et participaient ainsi à son cycle, chaque partie s'achevant par une débauche de sacrifices destinés à nourrir ce dieu sans lequel la vie n'existerait pas. Les dates des parties étaient probablement déterminées par les calendriers, un terme qu'il convient d'utiliser au pluriel. Les prêtres mayas, très bons astronomes, en utilisaient en effet plusieurs : un calendrier Tzolkin de 260 jours, un calendrier Tun à usage prophétique de 360 jours, un calendrier Haab calé sur le cycle solaire de 365 jours, des calendriers basés sur les cycles de la Lune et de Vénus, ou encore le calendrier dit du Compte long, avec un cycle de 18 980 jours démarrant avec la création de notre monde, en 3114 avant notre ère.

La mythologie maya est aussi complexe que son panthéon. Les récits de la création qui nous sont parvenus, gravés sur les bas-reliefs des temples ou écrits à la plume sur les manuscrits ayant échappé à la rage destructrice des colons, font état de cycles terrestres et

108

célestes récurrents, la fin du monde étant suivie de la naissance d'un autre monde. C'est aux prêtres, armés de leurs calendriers, qu'était dévolue la charge d'interpréter les signes, de les situer dans les cycles puis, si des heures sombres étaient présagées, d'accomplir les sacrifices apaisant les dieux des treize strates célestes dominées par l'oiseau Muan – peut-être aussi les seigneurs de la Nuit, régnant sur les lugubres neuf strates souterraines, domaine de la mort. Comme plusieurs autres empires mésoaméricains (les Aztèques du Mexique entre le XIVᵉ et le XVIᵉ siècle de notre ère, les Incas du Pérou et des Andes au XVᵉ siècle), les Mayas ont développé une théologie sacrificielle très poussée. C'est du sang, et encore du sang, que réclament les dieux. Le sang de l'élite, y compris celui du roi et de ses épouses qui accomplissent annuellement le rite de la saignée, le roi entaillant son pénis et ses épouses leur langue, les gouttelettes ainsi récoltées étant brûlées pour nourrir les dieux de l'énergie royale. Le sang, aussi, de victimes choisies en fonction du dieu auquel elles sont destinées : des enfants dont les larmes sont de bon augure pour le dieu de la pluie, des quantités d'esclaves et surtout de prisonniers, d'où les guerres permanentes conduites par les cités en quête perpétuelle d'humains à sacrifier pour complaire aux divinités.

Dans la mesure où les Mayas réservaient la survie de l'âme après la mort à une infime élite – le roi, les héros, les victimes consentantes des sacrifices –, ils n'ont pas réellement développé de culte des ancêtres, si ce n'est celui des souverains défunts considérés, au même titre que le roi, comme les intercesseurs privilégiés de leur peuple auprès des dieux. Néanmoins, sous les demeures où étaient inhumés les défunts de la famille, des corps ont été retrouvés, des boutons de jade dans la bouche, des statuettes à leurs côtés, comme pour les accompagner dans le long voyage vers l'inconnu. Une coutume peut-être inconciliable avec la théologie des prêtres, mais qui n'en indique pas moins l'universalité du désarroi de l'homme face à la mort…

5

La période axiale de l'humanité

Passionné par la relation que l'homme établit avec la transcendance, le psychiatre et philosophe allemand Karl Jaspers (1883-1969) se lance, à partir des années 1930, dans une exploration de l'histoire des religions et des civilisations. Il constate l'étroite interdépendance qui existe entre elles et il note le parallélisme de leurs évolutions respectives. En 1950, dans un ouvrage au titre ambitieux, *Vom Ursprung und Ziel der Geschichte*, en français *Origine et sens de l'histoire*[33], il montre que certaines périodes historiques bien déterminées sont porteuses d'une mutation à la fois politique, technique, philosophique et religieuse, d'une ampleur particulière. Jaspers constate que ces transformations radicales se produisent presque simultanément en divers lieux du monde. Il n'en explique pas les causes : il se contente d'identifier les césures. Il pointe quatre tournants (j'y reviendrai en conclusion du livre), mais un seul tournant, le troisième, l'intéresse réellement, celui des religions universalistes et de la philosophie, qui marque selon lui la naissance spirituelle de l'homme. Il le définit comme l'« âge axial » de l'histoire de l'humanité, empruntant l'idée d'axe, c'est-à-dire d'un sens à l'histoire, au philosophe allemand Friedrich Hegel, et il se montrera désormais dithyrambique envers

« ce prodigieux, cet unique instant qui dura quelques siècles et jaillit de trois sources : la Chine, les Indes et l'Occident[34] ».

Un tournant de civilisation universel

Le tournant axial jaspérien est concentré dans le temps, entre le VIIe et le Ve siècle avant notre ère. C'est en effet un moment clé pour différentes civilisations, et cette concomitance ne manque pas d'intriguer. Il intervient quelques millénaires après la révolution néolithique, exactement comme si, près avoir pensé le monde, l'homme commençait à se penser lui-même et à réfléchir au sens de son destin personnel. Une série de grandes religions apparaît, certes héritières des religions de l'antiquité, mais qui vont intégrer la notion de salut individuel : ce sont les « religions du salut » que nous qualifions aujourd'hui d'historiques. Elles sont toutes portées par des personnages d'exception, des visionnaires – des « personnalités paradigmatiques » pour reprendre l'expression de Jaspers –, qui réfléchissent à la place de l'homme dans l'univers et refondent la morale en lui adjoignant une dimension d'éthique personnelle, initiant des processus durables qui vont une fois de plus bouleverser l'histoire de l'humanité.

En Perse, Zoroastre institue une religion monothéiste qui insiste sur le salut individuel et la rétribution dans l'au-delà. L'Inde védique voit l'émergence des Upanishad et du brahmanisme, du Bouddha, du jaïnisme. En Chine, apparaissent Confucius et Laozi. Les prophètes d'un Dieu unique se lèvent chez les Hébreux et les grandes figures de la philosophie grecque, de Thalès à Socrate, en passant par Pythagore ou

Héraclite, font basculer la pensée occidentale en lui ouvrant les perspectives nouvelles d'une connaissance fondée sur la seule raison. On peut prolonger dans le temps le tournant axial jaspérien dont on voit les ramifications s'étendre au-delà de cette période, avec l'émergence d'autres personnages qui poursuivent le travail entrepris par leurs prédécesseurs et approfondissent les idées qu'ils avaient portées. C'est, par exemple, au tournant de notre ère, Jésus d'une part, les rabbins d'autre part, qui révisent le judaïsme en affermissant la notion de sujet. C'est aussi Mohamed grâce à qui, au VIIe siècle, ce tournant atteint la péninsule arabique.

Avant d'étudier, dans la seconde partie de ce traité, ces grandes traditions religieuses de l'humanité, il me semble nécessaire d'expliciter ici de manière assez rapide ce qu'ont été leurs grandes intuitions communes. Autrement dit, de tenter de comprendre pourquoi Zoroastre, le Bouddha, Confucius, les prophètes d'Israël et les philosophes se sont un jour révoltés contre l'ordre établi par les orthodoxies religieuses qui dominaient leur époque, au milieu du Ier millénaire avant notre ère, ont remis en cause le caractère étroit des normes rituelles et sacrificielles, et déclenché de concert, mais sans jamais se concerter, l'édification de nouvelles civilisations en lieu et place de celles qui, brutalement, se sont révélées insuffisantes pour répondre aux aspirations de l'homme nouveau qui était en train de naître.

Le salut individuel

Pendant des centaines de millénaires, l'individu s'est effacé au profit du clan, puis du village et de la cité. La bonne santé, la prospérité, la survie du groupe importent bien plus que celles de l'individu. S'il prie les esprits et les dieux pour obtenir des faveurs ici-bas, ce culte domestique a bien peu de poids à côté des grands rituels garants de l'ordre cosmique, menés par les prêtres pour le bien de la collectivité. A vrai dire, jusqu'au début du Ier millénaire avant notre ère, le « je » n'existe pas, ou si peu. Ici ou là, quelques tentatives de mettre l'individu au centre de la religion voient le jour, notamment en Egypte où émerge l'idée d'une relation d'amour entre l'homme et un dieu, et où apparaissent, à côté des livres officiels du culte, tel le Livre des Morts, des traités de sagesse et de piété. Mais cette piété reste tout de même secondaire au regard du culte officiel qui, seul, garantit le cycle du soleil et celui des saisons, donc la prospérité de l'empire de Pharaon et le bonheur de ses sujets.

Est-ce l'apparition, dans les grandes cités et dans les empires, d'une classe moyenne qui n'est plus obligée de consacrer sa vie au labeur, et ne gravite pas forcément dans la cour des rois et des grands prêtres, qui enclenche le mouvement ? Ou est-ce le perfectionnement des techniques assurant une plus grande maîtrise de la nature et du temps (les clepsydres, premières « horloges à eau », sont mises au point à cette époque en même temps que les premiers calendriers luni-solaires) qui fait prendre conscience à certains du fait que la nature obéit à ses propres lois et qu'elle n'est gouvernée ni par les dieux, ni par les rites ? Ou bien est-ce une évolution interne à la religion même ? De la Chine aux rivages de l'Ionie et de la Grèce continentale, en passant par les bords du Gange et les rives de l'Euphrate où les Juifs exilés collectent leurs traditions, une intuition analogue surgit : la relation directe entre l'individu et les dieux, dont personne ne doute de l'existence, a un rôle bien plus important que ce qu'en disent les prêtres, entièrement voués aux rituels collectifs. Rituels dont certains commencent à douter de la nécessité, tant pour le salut individuel que collectif. Une intuition que résume Confucius de manière lapidaire quand on l'interroge sur le sens du grand sacrifice : « Je l'ignore », répond-il.

Des sages ont, un peu partout, la révélation de l'importance de l'individu. Pour être heureux, celui-ci, constatent-ils, n'a pas tant besoin des grands rites officiels que d'une connaissance de l'Absolu ou d'une relation personnelle avec la divinité, fondée sur un acte de foi, un acte d'amour. L'idée d'un salut individuel et d'un bonheur *post mortem* fait son chemin : s'il est aimé des dieux, pourquoi cet individu serait-il condamné pour l'éternité, en dépit de sa foi et de sa piété, à subir les affres d'un au-delà indifférencié, plus proche de l'enfer que du paradis, voire à être anéanti s'il n'appartient pas au cercle réduit des privilégiés ? Les « nouvelles religions » qui se forgent ont alors pour objectif principal, non pas le confort ici-bas, mais le salut dans l'au-delà. Les règles éthiques qu'elles édictent n'ont pas pour fonction, au départ, de complaire au roi, ni d'assurer l'ordre dans la cité, mais de se conformer à des lois supramondaines et universelles qui constitueront, après la mort, le critère de rétribution des âmes. Ces religions, comme nous le verrons dans les chapitres suivants, se répartissent en deux grands groupes. L'un, celui des religions monothéistes (le zoroastrisme, le judaïsme, le christianisme, l'islam), qui prônent un Dieu unique, élabore la vision d'un au-delà nettement différencié, avec un paradis pour les justes, un enfer pour ceux qui ont fauté, une résurrection finale. L'autre, celui des religions karmiques (en Inde et en Extrême-Orient), fondées sur la croyance en un karma qui est le bilan des mérites et des démérites de chacun, envisage la vie comme une étape dans la roue des existences, faite de renaissances déterminées par le poids du karma, jusqu'au nirvana qui est l'absorption dans l'âme universelle. Elles se présentent toutes comme des religions éthiques, qui se construisent en référence au bien et au mal : elles sont la source de la vie morale. Elles ne rejettent pas les cultes collectifs, qui sont le ciment de la société, mais elles maintiennent que l'assiduité aux rites n'exonère pas de suivre la voie droite. Un millénaire plus tôt, en Mésopotamie, un marginal, appelé par les assyrologues le « Juste souffrant », avait gravé dans l'argile les paroles qu'il crut entendre son dieu lui adresser, alors qu'il se plaignait de la lourdeur des châtiments qu'il lui avait infligés : « Mes gardiens veilleront sur toi. Mais toi, ne sois plus endurci : donne l'onguent à qui en manque, donne à manger à qui a faim, à boire à qui a soif [35]. » Cette prière était arrivée trop tôt dans le temps.

Il est important de souligner combien l'idée du salut individuel proposé à tous va dans le sens d'une démocratisation du culte, jusque-là très élitiste. En effet, les sanctions et les rétributions au terme de la vie concernent tout un chacun, des grands nobles aux derniers des miséreux, les premiers ne pouvant se prévaloir de richissimes dotations aux temples et aux dieux pour aspirer à une plus grande béatitude – au cours de leur histoire, beaucoup de religions dévieront de ce qui fut pourtant leur précepte fondateur. La spiritualité est désormais l'apanage de tous : elle touche à la conscience d'être soi et à la quête individuelle d'immortalité.

L'universalisme

Même si le fait n'est pas nouveau, force est de constater que l'âge axial est, sur le plan politique, celui de la constitution de grands empires qui remplacent les petits royaumes morcelés. En Perse, en Inde, en Chine, bientôt en Grèce, les pouvoirs se centralisent pour gérer des territoires de plus en plus vastes sous l'effet des conquêtes et des colonisations. Ils aspirent à l'universalité : leurs sujets, appartenant à des groupes autrefois ennemis, relèvent désormais d'une même entité multiethnique et multiculturelle qui cherche à s'unifier en renforçant l'unicité des lois, de l'administration, de la langue, et à étendre son influence au-delà même de ses territoires. Les dieux des cités vaincues sont ravalés à un rang inférieur, puis absorbés par les dieux vainqueurs.

Les « nouvelles » religions qui émergent en parallèle optent d'emblée pour le principe d'universalité : leurs dieux ne sont pas ceux des habitants de la cité, mais de tous les hommes auxquels s'appliquent les mêmes règles éthiques. Leurs messages respectifs, même s'ils naissent dans des zones géographiques déterminées, s'adressent aux êtres humains de toutes les provenances, de toutes les catégories sociales, qui, indépendamment des déterminismes de la naissance et de l'hérédité, sont identiquement à même de prétendre au salut qu'elles proposent et qui est ouvert à tous. Désormais, insistent-elles, on ne sacrifiera plus à un dieu parce que l'on dépend de sa « circonscription », mais parce qu'on l'a choisi. Chacun est encouragé à chercher sa voie spirituelle, à choisir entre le bien et le mal et, évidemment, à opter par adhésion personnelle pour la religion du Dieu (ou du principe) unique.

Il me paraît important d'insister ici sur le tournant majeur que constitue l'introduction, dans l'histoire des religions, de la conversion, un phénomène inédit, impliquant l'abandon des croyances antérieures au profit d'une nouvelle croyance qui les remplace. La conversion résulte d'un choix certes libre, mais radical : sages et prophètes exigeront de ceux qui les suivent une totale fidélité. Une exclusivité qui se révélera rapidement source d'intolérance, chacune des nouvelles voies considérant qu'elle constitue la seule ou la meilleure voie de salut, et qu'elle est donc intrinsèquement supérieure aux autres. L'autre fait inédit découlant de la nouvelle ambition des religions à vocation universelle est l'émergence d'un prosélytisme qui devient parfois agressif. Quelques siècles plus tard, le « choc des vérités » entraînera les premières guerres de religions.

L'universalisme de celles que l'on appellera plus tard les « grandes religions » a séduit les empires, se voulant eux-mêmes universels, et y voyant un moyen d'unifier les peuples différents qui les constituaient. Au V\ :sup:`e` siècle avant notre ère, le zoroastrisme était ainsi adopté par les rois de Perse, au IV\ :sup:`e` siècle, le fondateur du premier empire indien se convertissait au jaïnisme, une religion constituée en réaction au védisme, au III\ :sup:`e` siècle, son petit-fils embrassait le bouddhisme, et, au II\ :sup:`e` siècle, l'empire Han adopta en Chine le confucianisme.

L'expérience du divin

Avec les religions du salut, le religieux cesse d'être la prérogative des prêtres – et accessoirement de l'élite dirigeante. Chacun peut (et doit) établir une relation individuelle à la divinité ou à une essence universelle, puisqu'il est désormais convenu que chaque être est créé à l'image de Dieu (dans les monothéismes) ou est une parcelle de l'âme universelle (dans les religions karmiques). L'insistance se fait sur le perfectionnement spirituel de l'individu, à travers, soit la primauté de l'amour de Dieu et du prochain, soit l'annulation du désir et de la souffrance. Les épreuves sont considérées comme autant de marches dans l'accomplissement de cette expérience : elles ne sont plus un châtiment infligé par la divinité, mais un moyen de rédemption des péchés ou d'un mauvais karma.

Dans l'Indus, à partir du VIIIe siècle avant notre ère, les « ascètes des forêts » se multiplient. Ceux-ci tournent le dos, non pas aux Veda auxquels ils restent fidèles, mais à l'approche exclusivement rituelle qu'en font les prêtres, au détriment des enseignements spirituels qu'ils considèrent être une voie royale pour l'accès à une expérience mystique, celle que le philosophe allemand Rudolf Otto appelle le « numen », autrement dit l'essence du sacré. En Grèce, les philosophes cherchent également, à travers diverses écoles de sagesse, à élaborer une voie d'accomplissement individuel. Au Ve siècle avant notre ère, le poète tragique Euripide confronte ses héros à l'amour, à la mort, à la guerre, mais l'intimité qu'il établit entre eux et les dieux aimants le fera classer dans un premier temps parmi les auteurs dangereux (il ne connaîtra la consécration qu'après sa mort). Parallèlement, la Grèce connaît un développement des cultes initiatiques ou à mystères qui auront une grande influence sur les philosophes et dont la particularité est d'être ouverts à tous (du moins à tous ceux qui parlent grec), y compris aux esclaves, une catégorie interdite des temples et des cultes officiels. L'un de ces plus anciens cultes, celui d'Orphée, contemporain d'Euripide, professe une démarche de purification par les jeûnes, l'ascétisme et l'initiation spirituelle, destinée à permettre à l'initié de se souvenir de la part divine qui est en lui, donc d'accéder au monde divin en se débarrassant du titan, la souillure portée par le corps de nature corrompue. Des dizaines de cultes se constituent ainsi. Je me contenterai de citer encore l'un des plus célèbres, celui d'Eleusis qui a pour siège le temple de Déméter, déesse de l'agriculture, non loin d'Athènes, et dont le but est également de conduire l'initié, appelé le myste, auprès des dieux. Un certain nombre d'intellectuels athéniens, parmi lesquels Sophocle et Platon, s'y font initier. Ces cultes expriment de manière très nette la nouvelle demande religieuse qui émerge un peu partout dans le monde durant l'âge axial jaspérien : l'expérience spirituelle intime, le salut individuel (ils promettent aux mystes une béatitude après la mort, aux antipodes du funeste destin réservé au commun par les cultes officiels), et un apprentissage des méthodes pour y parvenir.

Maîtres et disciples

Désormais, le salut individuel passe donc par l'initiation. Et celle-ci n'est pas le fait des prêtres, entièrement dévolus aux rituels et à l'accomplissement des sacrifices, mais du maître, le guide qui a lui-même fait l'expérience du sacré et la transmet à son disciple dans une relation personnelle. Tous les initiateurs des nouvelles formes religieuses nées au cours de l'âge axial ont, au départ, été entourés d'une poignée de disciples auxquels se sont progressivement agrégés d'autres disciples, jusqu'à former des institutions ou des Eglises. Ils ont tous opté pour ce mode de transmission de leur révélation, et celui-ci s'est perpétué à travers les siècles : le personnage du maître, dépositaire d'un héritage, garant d'une transmission, se retrouve dans toutes les traditions religieuses, spirituelles et philosophiques postérieures à l'âge jaspérien. Il est le « diadoque », littéralement le successeur, chez les Grecs ; l'« homme véritable » ou l'« homme de recettes » dans le taoïsme ; le « tsaddiq » ou le juste dans le judaïsme ; il appartient à une « silsila », à une chaîne de transmission, dans l'islam ; et en Inde, on dit volontiers que le maître est « enceint » de son disciple qui, selon un proverbe hindou, « est entre les mains du maître comme un mort entre celles du laveur de morts ». Une idée que l'on retrouve chez un maître chrétien, Ignace de Loyola, prescrivant à ses disciples d'obéir « comme un cadavre » (*perinde ac cadaver*).

Contrairement au prêtre, le maître ne se définit pas par une fonction hiérarchique, mais par sa propre expérience de la transcendance qu'il transmet à ses élèves en même temps que le savoir qui lui a été donné. Il connaît certes les textes sacrés de sa tradition, il les lit et les commente, mais ses commentaires ne sont pas toujours ceux de l'orthodoxie : ils sont d'abord porteurs d'une sagesse et de notions nouvelles, qui souvent d'ailleurs heurtent l'orthodoxie, ainsi qu'en témoignent les tensions, toujours vives, entre ces deux branches de la religiosité, et cela dans toutes les traditions et les sagesses de l'humanité, comme l'a très bien analysé le philosophe Henri Bergson dans *Les Deux Sources de la morale et de la religion*. Face au prêtre qui enseigne les dogmes et les rites du culte, le maître choisit la voie de l'oralité, du contact, et, en même temps que la doctrine, il transmet le savoir-faire pour accéder au salut personnel, à travers une ascèse, une rigueur de vie, un « mode d'emploi » qui transforme l'existence de l'élève assoiffé de salut. A la ritualité, il oppose l'introspection. Au dogme, l'expérience. Aux édifices intellectuels, l'ouverture du cœur.

Ces tensions entre institution et expérience initiatique, entre rituels collectifs et spiritualité personnelle
sont toujours présentes au sein des grandes traditions
religieuses, nées à partir du tournant axial, et que nous
allons maintenant étudier.

DEUXIÈME PARTIE

LES GRANDES VOIES DU SALUT

6

Sagesses chinoises

L'appréhension des religions de Chine par un esprit occidental est malaisée. Celui qui est habitué à classer les dogmes, les rites et les panthéons en cases portant chacune le nom d'une religion ne peut qu'être interloqué par l'étroite imbrication de ce que l'on appelle « les trois doctrines », c'est-à-dire le taoïsme, le confucianisme et le bouddhisme, auxquelles il faut ajouter des éléments des doctrines antérieures, en particulier le culte officiel des nobles et le chamanisme paysan. Pour la majorité des Chinois, ces trois doctrines (ou religions) sont complémentaires, et, ainsi que le soulignait volontiers le sinologue français Henri Maspero (1883-1945), ils ne voient dans leurs clergés respectifs que différents spécialistes agissant au sein d'un même système religieux cohérent. De fait, seuls ces clercs (et les spécialistes des religions) les catégorisent de manière (relativement) définie.

Un adage chinois affirme que « les trois enseignements ne font qu'un ». Néanmoins, chacune de ces religions a son histoire, ses croyances, ses rites, quand bien même ceux-ci se chevauchent parfois. Dans la mesure où je consacre un chapitre spécifique au bouddhisme, je ne m'étendrai pas dans celui-ci sur le bouddhisme chinois, un bouddhisme Mahayana ou du Grand Véhicule, venu d'Inde vers le Iᵉʳ siècle de notre ère, sinon pour souligner ses interactions historiques avec les deux autres religions plus spécifiquement chinoises, le taoïsme et le confucianisme.

Laozi et le taoïsme

On sait peu de chose sur Laozi, le Vieux Maître, qui serait né au VIᵉ siècle avant notre ère, dans le sud de la Chine, près de l'actuel Hunan, et dont le nom est mentionné pour la première fois trois siècles plus tard, dans le Zhuangzi, un ouvrage écrit par l'apologiste du même nom. Sa première biographie est l'œuvre de Sima Qian, un historien chinois du Iᵉʳ siècle avant notre ère, qui rapporte par ailleurs les récits de vie de plusieurs autres personnages marquants de l'histoire chinoise, réels ou légendaires. Selon la tradition, Laozi aurait été archiviste à la cour des empereurs Zhou où Confucius serait venu le consulter – un épisode attesté par le Livre des Rites confucéen. Parvenu à un grand âge, il décida de se retirer dans les montagnes de l'Ouest, refuge des Immortels. En traversant la passe de Xiangu, qui sépare la Chine des pays incultes, il fut interrogé au sujet de la sagesse par le gardien de la passe, Yin Xi. Laozi lui dicta alors les cinq mille mots du Daodejing, le Livre de la Voie et de la Vertu, ouvrage fondateur du taoïsme. Des récits mythiques sont venus ultérieurement se rajouter à cette mince trame, faisant par exemple état de la naissance miraculeuse du Vieux Maître, né vieux après avoir été porté quatre-vingt-un ans par sa mère, fécondée par l'étoile Polaire, ou narrant ses apparitions successives à ses disciples, au cours desquelles il a complété sa doctrine.

Le Dao

On n'en sait pas plus sur le taoïsme des origines, et le Daodejing est lui-même un ouvrage qui ne contient aucune référence historique, aucune date, aucun nom apte à nous renseigner. Ses quatre-vingt-un chapitres sont autant de courts aphorismes, d'énigmatiques paroles de sagesse destinées à exprimer le Dao, un principe cosmologique antérieur à l'univers et sous-jacent à son mouvement, régissant l'ordre de la nature, le jour et la nuit, l'alternance des saisons, la vie et la mort : « Il est calme. Il est immatériel. Il subsiste seul et ne change point. Il circule partout et ne péri-clite point. Il peut être regardé comme la mère de l'univers. Moi, je ne sais pas son nom. Pour lui donner un titre, je l'appelle Dao (Voie) » (Daodejing, 25). Le Dao, dit encore l'ouvrage fondateur du taoïsme, « pra-tique constamment la non-action, et pourtant il n'y a rien qu'il ne fasse » (Daodejing, 37). L'attitude de non-intervention est le pivot de cette doctrine.

Pour comprendre le taoïsme, ses dogmes et ses rites, il faut revenir à sa conception de la création de l'univers. A l'origine, dit le Daodejing, il existe un Chaos primordial contenant des souffles, les qi. Arri-vée à maturité, cette matrice se déchire ; les souffles les plus légers s'élèvent pour former le Ciel, les plus lourds tombent pour donner la Terre, et ils s'unis-sent au Centre afin perpétuer le processus de créa-tion. Comme n'importe quelle entité, l'homme est ainsi constitué de qi lourds et légers, et aussi de caté-gories complémentaires qui leur sont rattachées : le yin qui est froid, opaque, lunaire, féminin, et le yang qui est chaud, lumineux, solaire, masculin, et leurs cinq éléments, à savoir le feu, le métal, l'eau, le bois et la terre. L'équivalence entre l'homme et le cosmos ne s'arrête pas là : le corps humain est lui-même considéré comme un microcosme reflétant l'univers, le macrocosme. Il contient l'univers dans sa totalité : la tête ronde est le Ciel, les pieds carrés sont la Terre, les vingt-quatre vertèbres sont les demi-mois lunaires, les deux yeux sont le Soleil et la Lune, les cinq viscères (le cœur, les poumons, les reins, le foie et la rate) correspondent aux cinq éléments, aux cinq orients (les quatre vents et le centre), aux couleurs, aux saveurs. Le corps contient de la même manière les cycles et les divinités, et à l'inverse, l'univers est un corps immense.

Toute la construction taoïste est conçue pour maintenir l'équilibre entre ces énergies, condition d'une vie harmonieuse, voire de l'accès à l'immortalité – du corps et de l'esprit qui forment un continuum. En observant la nature, les initiés, qui aspirent à un retour à l'unité primordiale, quintessence de l'équilibre, apprennent les rythmes et les lois cosmiques. En s'y conformant dans leur être, ils trouvent le salut, en parfaite harmonie avec le cosmos. Et c'est parce qu'il ne faut pas déranger les lois de la nature qu'ils prônent la non-action, ou non-intervention.

La quête de l'immortalité

L'immortalité n'est pas le but en soi du taoïsme, mais son aboutissement logique, en tout cas selon ses adeptes. Dès l'époque de Laozi, les Chinois développent des techniques de longévité dans le cadre des religions à mystère issues des cultes chamaniques de la nature, s'adressant à tous les individus, nobles et paysans, et se conformant aux équilibres des montagnes et des vallées, des cinq orients, du yin et du yang, en somme à l'ordre céleste qui se manifeste dans le cours des saisons. Ainsi qu'il en est dans les cultes paysans, les maladies sont déjà attribuées à des désordres infligés, soit par des démons, soit par des causes naturelles, c'est-à-dire les qi, les souffles. Parallèlement au culte du Ciel se développe celui des astres : le Soleil, la Lune et l'étoile Polaire.

Le taoïsme primitif ne fait pas état de techniques initiatiques particulières pour gagner la longévité. Le Daodejing se contente de donner les grandes lignes du non-agir en tant qu'attitude de conformité à la nature véritable des êtres et des choses, et de condamner quelques attitudes répréhensibles, en particulier l'attrait pour les armes. Au IVe siècle avant notre ère, le Zhuangzi explicite le Daodejing, développe l'image de l'Immortel que l'eau ne mouille pas, que le feu ne brûle pas, qui chevauche les nuages et les vents, et il met en avant l'expérience de la méditation extatique pour atteindre le savoir de l'unité. Au IIe siècle avant notre ère, des rites taoïstes sont suffisamment développés dans la continuité des rites chamaniques pour que l'empereur Wu, de la dynastie des Han, les adopte dans le culte d'Etat et fasse construire un sanctuaire au Dao... tout en y conduisant des sacrifices qui contredisent les principes de Laozi. Des traités apparaissent, explicitant les voies multiples de l'immortalité, et un taoïsme ésotérique et mystique se développe dans les couches populaires, avec des cultes qui s'organisent autour des Immortels auxquels des temples sont érigés, où les fidèles sont initiés. Mais c'est à partir du IIe siècle de notre ère que le taoïsme mystique prend toute son ampleur, par opposition au taoïsme dit philosophique du Zhuangzi. Des « apparitions » du Vieux Maître, revenant enseigner aux hommes la voie du salut, sont signalées dans l'empire.

L'une d'elles, en 142, marque plus particulièrement l'avenir du taoïsme. Le « vicaire » de Laozi, Zhang Daoling, affirme que celui-ci lui est apparu pour lui conférer le titre de Maître céleste et lui transmettre l'*Alliance une et correcte avec les puissances*, un diagramme cosmologique qui divise l'année luni-solaire en trois parties et vingt-quatre périodes énergétiques, les jieqi, assorti d'un registre donnant les noms secrets des jieqi. Zhang Daoling institue la Voie des maîtres célestes, dite aussi la Voie de l'unité orthodoxe et de l'alliance jurée avec les puissances divines, selon les principes de l'*Alliance*. Il fonde vingt-quatre gouvernances, dirigées chacune par un homme et une femme pour respecter l'équilibre du yin et du yang, prévoit trois assemblées annuelles et des méditations des maîtres sur les trois étages et les vingt-quatre énergies cosmiques de leurs corps qui se transforment en divinités. Tout le monde y est accueilli pour manger, consulter les clercs guérisseurs qui enseignent la méditation et la récitation du Daodejing, interviennent au besoin auprès des trois « officiers » chargés de l'ordre de l'univers : les dieux du Ciel, de la Terre et de l'Eau.

La Voie des maîtres célestes connaîtra une histoire tourmentée, oscillant entre apothéose et quasi-extinction – aujourd'hui, le 64ᵉ descendant de Zhang Daoling, basé à Taiwan, est considéré comme le « pape » des taoïstes. Elle sera néanmoins le point de départ de l'organisation d'un culte, avec des rites privés, des cérémonies publiques, des initiations organisées par des prêtres, qui se sont élaborés au fil des siècles pour constituer le taoïsme tel que nous le connaissons et qui est fondé sur une abondante littérature, formant le canon taoïste. Celui-ci a été compulsé une première fois au Vᵉ siècle, quand, face à l'avancée bouddhiste en Chine, les taoïstes ont voulu remettre de l'ordre dans leurs écrits – qui se multipliaient au fil des « apparitions » d'Immortels apportant chacun son lot de « révélations ». La première sélection compte deux cents titres ou rouleaux, mais l'inflation se poursuit ; en 1281, dans une Chine passée sous domination mongole, Kubilai Khan ordonne la destruction des… sept mille rouleaux du canon taoïste. Compilé dans son ultime version en 1445, celui-ci compte, outre les deux fondamentaux que sont le Daodejing et le Zhuangzi, plus de mille cinq cents traités portant aussi bien sur des questions dogmatiques que sur des techniques participant de la quête de l'immortalité : la méditation, le souffle, l'union sexuelle, la médecine, la gymnastique…

Les registres des généraux

Le taoïsme est une tradition initiatique, transmise depuis ses origines dans un face-à-face entre le maître et son disciple, exactement comme il en fut, selon la légende, pour Laozi qui transmit son premier enseignement à Yin Xi, le gardien de la passe de Xiangu.

La tradition chinoise institue une initiation précoce. Sous l'égide d'un maître, un daochi ou lettré du Dao, homme ou femme obligatoirement marié(e), l'enfant entre, vers six ou sept ans, dans le système des registres. Outre la récitation du Daodejing, il apprend des techniques de concentration, de maîtrise du souffle et d'extase, et reçoit un premier registre portant le nom secret d'un « général » ainsi que sa description, de manière qu'il puisse le visualiser. On peut définir le général comme une divinité qui habite le corps, ou de manière plus philosophique comme un diagramme cosmologique auquel sont liées des énergies dont la connaissance et l'évocation sont sources de protection. Au fil de l'initiation, les registres s'étoffent : l'initié reçoit progressivement les noms secrets et les descriptions d'autres généraux, jusqu'à soixante-quinze, ainsi que de leurs armées de « soldats divins ». A chaque nouveau registre, à chaque initiation à de nouvelles puissances, les interdits augmentent, en lien avec les divinités révélées. Le dernier registre, divisé en une partie yin et une partie yang, est aussi celui de l'ultime initiation laïque consistant en un rite d'union sexuelle ; les partenaires accomplissent une « danse cosmique » où ils mêlent leurs énergies, l'homme captant l'essence féminine de la femme, et la femme l'essence masculine de l'homme. Le couple atteint la maîtrise de cent cinquante généraux qui rendent apte chacun des partenaires à se prémunir contre toute attaque démoniaque. L'initiation sacerdotale, qui est l'étape suivante, permet à l'initié de devenir un maître : il a alors la capacité, non seulement de se guérir lui-même, mais aussi de distribuer ses souffles pour guérir les autres.

Les interdits qui accompagnent les étapes de l'initiation sont autant de règles de vie touchant à la fois les sphères intime et sociale, allant dans le sens d'une ascèse menée en accord avec le cycle du temps. Ils totalisent cent quatre-vingts règles pour les niveaux initiatiques les plus élevés, allant de la prohibition de couper les arbres à celle de fréquenter des fonctionnaires ou de polluer les cours d'eau. Le vœu solennel de suivre ces règles (dont beaucoup sont secrètes) est une condition pour la transmission de la révélation sous forme de diagrammes, de cartes, de tableaux dont les commentaires sont édictés oralement par le maître à son disciple. L'hygiène de vie commence par l'interdiction de toute nourriture à base de céréales dont se repaissent les Trois Cadavres ou les Trois Vers, des démons qui, à l'intérieur du corps, œuvrent à son dépérissement. A force d'affamer ces démons et de les combattre par l'absorption de drogues à base de plantes médicinales et de minéraux, la plus célèbre étant le cinabre fabriqué avec du mercure, l'initié les extermine. Il peut alors s'adonner à des pratiques nourrissant son principe vital et accéder à l'immortalité : la respiration embryonnaire, longues alternances d'inspirations et d'expirations pendant lesquelles l'adepte déglutit sa salive et fait remonter l'air jusqu'au champ de cinabre, sous le nombril, où se forme l'embryon d'immortalité, ou encore les séances de méditation extatique qui sont l'occasion de visualiser les divinités intérieures. Gymnastique, massages énergétiques, danses cosmiques, récitations de formules magiques (et secrètes), port de talismans font aussi partie des techniques de « longue vie » élaborées par les maîtres et consignées dans les traités du vaste canon taoïste. Les disciples apprennent aussi le sacrifice dit des Ecritures, qui consiste à copier des livres sacrés puis à les brûler, non pas en guise d'oblation aux dieux – auxquels l'homme ne doit rien, puisque les dieux sont à l'intérieur de lui-même –, mais dans le cadre d'une perfection de la connaissance et d'une quête de la pureté.

Ces pratiques doivent évidemment être soutenues par une moralité sans faille, d'autant qu'il est établi, dans les textes sacrés, que les péchés retranchent des années de vie. Les taoïstes appliquent ainsi ce que l'on nomme les vertus confucéennes (la piété filiale, la loyauté envers les supérieurs, la charité...), mais en y ajoutant une condition : qu'elles soient pratiquées avec sincérité. D'autre part, les commandements de Laozi, un texte apparu au IIIe siècle, recommandent la pratique de la non-action, la douceur et la féminité (les trois commandements supérieurs), le sans-parole, la pureté et la bonté (les trois commandements moyens), enfin la loyauté, la modération et la modestie (les trois commandements inférieurs). Les livres taoïstes regorgent de biographies de maîtres qui, ayant suivi toutes ces prescriptions, ont atteint l'immortalité et se sont envolés « en plein jour », chevauchant les nuages pour rejoindre les îles paradisiaques. Il faut signaler que les « recettes » taoïstes de longue vie ont contribué à forger la médecine chinoise reposant sur l'idée que le corps humain est un microcosme correspondant en tout point au macrocosme qu'est l'univers, traversé d'énergies lourdes ou légères dont la connaissance des cycles est indispensable à la fois à l'établissement du diagnostic et à la prescription thérapeutique.

Tradition initiatique, le taoïsme s'est, de par sa doctrine, peu commis avec le pouvoir, si ce n'est au Vᵉ siècle quand, devenu religion de l'Etat, il a établi un réseau de lieux de culte officiels qui subsiste jusqu'à nos jours – à côté des lieux plus discrets où des maîtres enseignent leurs techniques dans le cadre des écoles parallèles qui se sont développées au fil de « révélations » accordées par des Parfaits, apportant chacune son lot de recettes d'immortalité sous forme de méthodes de visualisation ou de recettes alchimiques. Deux écoles se partagent principalement le paysage taoïste, fonctionnant chacune sous forme de fédération plutôt que d'Eglise centralisée : l'Alliance de l'unité orthodoxe et l'Ecole de la complétude de l'authentique.

Confucius et le confucianisme

Kongfuzi ou Maître Kong, que nous connaissons sous le nom de Confucius que lui ont donné les jésui-

134

tes, est un contemporain de Laozi – à condition, comme je l'ai dit ci-dessus, que ce dernier ait réellement existé. Né vers 550 avant notre ère dans la province de Shantung, il a trois ou quatre ans quand son père, un fonctionnaire de la petite noblesse, meurt, le laissant seul avec sa mère qui l'élève dans le culte des rites ancestraux et des traditions familiales. Parce que fils de noble, il peut poursuivre ses études. Il se perfectionne dans les six arts (les rites, la musique, le tir à l'arc, la conduite des chars, l'écriture et le calcul) et apprend à maîtriser les textes anciens, l'histoire et la philosophie. Selon ses biographes, il a dix-sept ans quand sa mère meurt à son tour, ce qui le contraint à travailler. Il entre dans la fonction publique avec un petit poste de gardien des greniers, puis chargé du service d'une bergerie. Mais là n'est pas sa vocation : il préfère enseigner, s'entoure de disciples auxquels il transmet ses connaissances, fonde bientôt la première école publique du monde, ouverte à tous ceux qu'il estime dignes d'être ses élèves, quelle que soit leur classe sociale. Pendant ces années, Confucius élabore sa pensée et, vers l'âge de cinquante ans, il retourne à la fonction publique dans l'objectif de mettre ses idées en pratique. Il est d'abord chef d'un district, puis le prince de Lu l'attache à son gouvernement où il occupe l'équivalent d'un poste de ministre de la Justice, puis de Premier ministre. En quatre ou cinq ans, disent ses biographes, ses réalisations furent spectaculaires, lui assurant une énorme notoriété publique, mais aussi la jalousie et la haine d'autres membres de la cour. Désabusé, assistant impuissant à la corruption qui sévit désormais autour du prince du fait des rivalités internes, Confucius préfère s'exiler. Entouré de disciples, il traverse la Chine pour proposer ses services, adossés à des principes de rectitude destinés à l'établissement d'une société harmonieuse, auprès de plusieurs princes locaux. En vain. A soixante-huit ans, il retourne au pays de Lu et poursuit ses enseignements ainsi que la compilation des textes anciens qui lui ont servi à construire sa philosophie. Il meurt cinq ans plus tard, vers 478 avant notre ère, laissant en héritage les Cinq Classiques ou King – qui sont plus probablement l'œuvre de ses successeurs : le Livre des mutations plus connu sous le nom de Yi King, le Livre des poèmes (Si King), le Livre de l'histoire (Shu King), le Livre des rites (Li King) et les Annales du Printemps et de l'Automne (Chunqiu King). Il est enterré modestement dans sa ville natale, non loin de Qufu, dans le Shantung. Par la suite, son fils, ses petits-fils, ses arrière-petits-fils et tous ses descendants ont demandé à être enterrés à ses côtés dans ce qui est devenu Kong lin, la forêt des Kong, un cimetière géant où se côtoient près de deux cent mille tombes, celles de soixante-seize générations de Kong. Le 77ᵉ descendant en ligne directe de Confucius vit actuellement à Taiwan.

Une philosophie de l'harmonie

Le confucianisme est-il une religion ? A ceux qui l'interrogent sur les esprits et les dieux, Confucius a coutume de répondre que la sagesse consiste à les honorer, mais à s'en tenir à distance. Il reste d'ailleurs narquois quant à la manière de les honorer : « Celui qui ne sait pas remplir ses devoirs envers les hommes, comment saura-t-il honorer les esprits[36] ? » Le Maître se montre peu loquace au sujet des questions extra-mondaines : il « ne parlait pas des choses extraordi-naires, ni des actes de violence, ni des troubles, ni des esprits », confirme l'un de ses fidèles dans les Entretiens de Confucius et de ses disciples, le *Lunyu*, réunis par ses plus proches quelques années après sa mort (VII, 20). Cet ouvrage, constitué d'aphorismes et de courtes sentences, essentiel pour appréhender la philosophie confucéenne, devenu un pilier de la pensée chinoise, dit en fait, non pas tant le scepticisme de Confucius à l'égard des choses de l'au-delà, que son détachement à l'égard de ce que ne peut réellement connaître l'esprit humain. « Celui qui ne sait pas ce qu'est la vie, comment saura-t-il ce qu'est la mort ? » (XI, 11), dit-il à son disciple Tzeu Iou qui l'interroge à ce sujet. De toute évidence, il est peu porté sur la mystique : s'il accomplit scrupuleusement les rites des anciens, dans la mesure où ils sont à ses yeux un véhicule essentiel de l'ordre social, donc de l'harmonie des êtres et des choses, il ne recherche pas un contact personnel avec les divinités. Allant à l'encontre de la religion chamanique de son époque sur laquelle commence à se bâtir le taoïsme, et des croyances aux souffles, aux esprits, aux énergies fondant l'ordre cosmique, partagées par tout le peuple, des plus grands nobles aux plus petits paysans, c'est un Confucius fort pragmatique qui déclare aux siens : « Autrefois je passais des jours entiers sans manger et des nuits entières sans dormir, afin de me livrer à la méditation. J'en ai retiré peu de fruit. Il vaut mieux étudier » (Entretiens, XV, 30). Fut-il le premier agnostique de l'histoire de l'humanité ? Certaines de ses répliques portent à le croire : « Est-ce que le Ciel parle ? Les quatre saisons suivent leur cours ; tous les êtres croissent. Est-ce que le Ciel parle jamais ? » (Entretiens, XVII, 18). Et s'il reconnaît une utilité aux dieux, c'est d'abord celle de laisser croire aux humains qu'ils sont sous surveillance, ce qui les contraint à se discipliner.

Des « trois doctrines » chinoises, le confucianisme est certainement la moins religieuse... et la plus ritualiste. Comme Laozi, Confucius respecte le Dao et prône une sagesse reposant sur l'observation de la nature, de ses cycles, de sa construction, afin de s'y conformer. De la même manière, il considère que les éléments de la Nature ne sont pas isolés les uns des autres mais, au contraire, en interdépendance constante puisque traversés en permanence par le *qi*, ces souffles naturels, des courants d'énergie qui assurent l'élan partout nécessaire à la vie : l'énergie du vent qui pousse les nuages, des nuages qui donnent la pluie, du maître qui enseigne à ses disciples, de la plante qui grandit. Mais, là où Laozi fait de l'observation du monde la base du salut individuel, Confucius y voit celle de l'organisation sociale. Et là où le Vieux Sage du taoïsme cherche à maîtriser le qi, le père du confucianisme considère cet effort comme vain : aucune technique, aucune prière ne peut, selon lui, en dévier le cours ; la seule action utile est celle qui s'accomplit de manière conforme à la loi naturelle. Et de donner l'exemple suivant : plutôt que de prier pour la pluie, il est plus sage (et plus efficace) d'accumuler des réserves d'eau en prévision de la saison sèche. Le King, pivot de sa doctrine, consiste à admettre la hiérarchie naturelle du cosmos et à s'incliner devant elle. Certaines montagnes sont plus hautes que d'autres, toutes les étoiles n'ont pas le même éclat, et partout sur terre, de minuscules ruisseaux côtoient des fleuves majestueux. A fortiori, il existe parmi les hommes des maîtres et des serviteurs, des officiers et des soldats, des anciens et des jeunes. Si cette hiérarchie s'est instaurée dans la nature, et par conséquent dans la société humaine, c'est parce qu'elle est la meilleure garante contre

l'anarchie, source de tous les maux. La société idéale
selon Confucius est celle où chacun connaît sa place
et s'y tient : « Que le prince soit prince ; le sujet,
sujet ; le père, père ; le fils, fils » (Entretiens, XII,
11), résume-t-il quand le prince de Tsi l'interroge
sur l'art de gouverner. Mais cet ordre hiérarchique
n'est pas donné une fois pour toutes, à la manière
des castes hindoues ou encore des hiérarchies féo-
dales immuables. C'est même à une mobilité sociale
qu'appelle Confucius, contredisant ainsi, malgré son
attachement déclaré aux règles des Anciens, l'ordre
social ancestral qui régnait à son époque où un fils de
paysans serait forcément paysan, et un fils de fonctionnaire, fonctionnaire. « Les hommes sont tous
semblables par leur nature profonde ; ils diffèrent par
leurs us et coutumes », insiste-t-il (Entretiens, XVII,
2). A la noblesse du sang, privilège de naissance, il
préfère celle du cœur, et il a même l'ambition de
remplacer l'hérédité du pouvoir par une promotion
au mérite grâce à la seule arme qui vaille : celle de
l'étude. Tous les méritants y ont droit, insiste-t-il
dans ses Entretiens, même s'ils ne peuvent payer au
maître que dix tranches de viande séchée pour écouter ses enseignements (Entretiens XII, 7). Et il a une
parole magnifique, qui peut aujourd'hui nous sembler d'une banalité affligeante mais qui était révolutionnaire il y a à peine un siècle en Occident, et le
reste dans plusieurs régions du monde contemporain : « Si vous refusez d'instruire un homme qui a
les dispositions requises, vous perdez un homme »
(Entretiens, XV, 7).

On peut certes s'interroger sur le constant souci de
discipline respectueuse envers la hiérarchie prôné par
Confucius. A maintes reprises, il réitère l'obligation faite
aux enfants de respecter leurs parents, aux inférieurs

d'obéir aux supérieurs, et en toute chose de se conformer aux conventions sociales, les infractions à cette règle étant, selon lui, de l'ordre du sacrilège, puisque contrevenant à l'ordre du sacré qui n'est autre que celui de la nature et du cosmos. Pourtant, ce n'est pas tant la société que l'individu qui est au centre de ses préoccupations. En effet, son objectif n'est pas de créer une société parfaite, mais de contribuer à forger le meilleur homme qui soit, afin que celui-ci puisse édifier la meilleure société qui soit. C'est ce qu'il appelle la vertu d'humanité qu'il n'a de cesse de définir. Est « gentilhomme », dit-il, celui qui sait se maîtriser et revenir aux rites de la courtoisie (Entretiens, XII, 1), qui allie déférence, grandeur d'âme, sincérité, diligence et générosité (Entretiens, XVII, 6). En un mot, il est celui qui « aime les hommes » (Entretiens, XII, 21) et obéit à la règle d'or, qui sera édictée dans les mêmes termes par les maîtres talmudiques, les philosophes grecs, et par Jésus : « Ne fais pas à autrui ce que tu ne voudrais pas qu'on te fasse à toi-même » (Entretiens, XII, 2). Or, pour Confucius, c'est à travers l'étude des Anciens et la découverte de leur sagesse que l'homme accède à la connaissance, gage de la vertu d'humanité et par là même de l'harmonie sociale. Sa foi en l'homme le pousse à reconnaître en chacun la graine de cette vertu : « Tout homme en naissant a la rectitude » (Entretiens, VI, 17). Il ne prône pas l'étude pour l'amour abstrait de l'étude, mais dans un souci d'éveil et de perfectionnement, de manière que chacun découvre par lui-même les règles, qui ne relèvent pas d'interdits moraux au sens où pourrait l'entendre le judéo-christianisme (celui de péché), mais des lois naturelles garantes de l'harmonie universelle et essentielles à la pérennité du monde. En Chine, le confucianisme se dit *Rujia*, l'Ecole des lettrés.

Les rites et la vertu

Confucius, qui ne pratiquait ni l'oraison ni la prière, et ne demandait rien aux dieux parce qu'il savait qu'il ne pouvait rien en attendre, était pourtant scrupuleusement attaché à l'accomplissement des rites, terme dans lequel il englobait à la fois le protocole envers les supérieurs et les sacrifices aux divinités, en particulier aux ancêtres, en signe de respect plutôt que de dévotion. S'il insistait, comme le rapportent ses disciples, pour pratiquer lui-même ces libations ordonnées par les anciens, je n'ai pas besoin d'ajouter qu'il ne s'est livré à aucune spéculation théologique sur leur utilité pour leurs destinataires ! D'ailleurs, à un fidèle qui l'interrogeait sur le sens profond du sacrifice, le Maître fit cette réponse désabusée, en montrant la paume de sa main : « Je ne le sais pas. Celui qui le saurait n'aurait pas plus de difficulté à gouverner l'empire qu'à regarder ceci » (Entretiens, III, 11).

C'est néanmoins l'image d'une religion très corsetée que renvoie le confucianisme, dont la vie des fidèles semble entièrement ritualisée. Un rituel qui commence le matin, quand le premier acte de la journée consiste à se prosterner devant les tablettes des ancêtres trônant au-dessus de l'autel qui garnit la pièce principale de la maison : en déposant devant eux des fleurs ou du thé, le fidèle ne cherche pas tant à nourrir les âmes qui, selon la tradition chinoise, habitent les tablettes, qu'à rendre hommage à la force de l'union entre les générations. D'autre part, la manière de s'adresser à ses parents ou à ses supérieurs, de manger ou même de s'habiller obéit à des règles strictes. L'ouverture des cinq saisons (le printemps, l'été, la fin de l'été, l'automne et l'hiver), la célébration d'un événement comme la signature d'un contrat ou l'obtention d'un diplôme exigent des cérémonies aux rites immuables, et les cultes aux dieux du ciel ou du sol, aux divinités du foyer ou à celles des métiers se déroulent selon les traditions ancestrales. Pour assurer le respect des rites, des mandarins officient dans les temples confucéens ornés de la tablette du Maître et de grands lettrés. Le ritualisme confucianiste, qui peut nous sembler excessif à certains égards, s'appuie sur un système de correspondances établi au IIIᵉ siècle avant notre ère, postérieur donc à Confucius mais inspiré par son attachement aux règles ancestrales. Ce système, une sorte de tableau ou de diagramme, conjugue entre eux les éléments, les saisons, les couleurs, les musiques, les saveurs, les tissus, les divinités, les nombres, les occupations, etc. Par exemple, l'eau est associée au nord, à l'hiver, au noir, et le bois à l'est, au printemps, au vert, au dragon, chacun de ces termes incluant des associations fondamentales représentant l'ordre naturel des choses auquel il importe de se conformer, les rites étant là pour assurer la pérennité de cet ordre en nous rappelant en permanence comment se comporter. Agir autrement serait non seulement aller à l'encontre des lois de la nature, mais aussi aller contre son propre intérêt puisque, comme le rappelle volontiers Confucius, il ne se sert à rien de remonter un torrent à contre-courant. C'est à cette condition que l'homme peut trouver son équilibre en tant qu'élément d'un tout, et se livrer à la vertu cardinalice des confucéens : l'étude de l'abondant canon de cette tradition, à vrai dire beaucoup plus philosophique que religieuse, bien qu'elle soit organisée selon les règles d'une religion.

A côté d'une salle de cérémonie, les temples confucéens sont dotés, à cet effet, d'une bibliothèque et d'une salle d'étude où sont réunis les ouvrages canoniques – qui, jusqu'en 1905, faisaient partie des matières obligatoires aux concours pour l'accès à la fonction publique en Chine. L'élément central en est les Quatre Classiques : les Entretiens, le Mengzi, œuvre du disciple Mengzi qui vécut au IIIᵉ siècle avant notre ère et qui est considéré comme le second sage de l'histoire chinoise, le Daxue ou Grande Etude, un bref traité affirmant le lien indéfectible entre la politique et la morale ainsi que la primauté du peuple, et enfin le Zhong Yong ou Juste Milieu, un chapitre commenté du Livre des Rites. S'y ajoutent les Cinq Classiques de Confucius que j'ai évoqués plus haut, ainsi que d'autres ouvrages de sages de l'Antiquité. Si, en Chine, les Entretiens sont le livre le plus lu (et le plus vendu), en Occident nous connaissons surtout le Yi King, considéré à tort comme un manuel de divination. Selon la légende, ce livre bref, et très étrange, est l'œuvre de saints mythiques dont le dieu empereur Fo Hi, inventeur de la cuisine, qui aurait découvert les huit trigrammes (ensembles de trois lignes, brisées ou entières, superposées) sur des carapaces de tortues, et Yu le Grand qui les a superposés en soixante-quatre hexagrammes. Chaque hexagramme symbolise un état ou une situation type, exprimée selon la conjonction du yin et du yang qui l'anime, et il est assorti de commentaires canoniques. Indicateur de tendance, il est consulté dans le but de prendre la décision la plus adéquate en rapport avec une situation définie, c'est-à-dire en fonction de l'état des forces qui régissent cette situation.

La lecture, et surtout le commentaire de ces textes, sont parmi les actions les plus louables que puisse accomplir un fidèle confucéen. « Etudiez, comme si vous aviez toujours à acquérir ; et craignez de perdre ce que vous avez acquis », ordonne Confucius

(Entretiens, VIII, 17). Cette injonction a énormément contribué à « confucianiser » les esprits chinois et, de manière plus large, à façonner la civilisation chinoise. En effet, depuis le IIIe siècle avant notre ère et jusqu'au début du XXe siècle, c'est dans les écoles des temples que les enfants apprenaient à lire, et c'est là que se déroulaient le plus souvent les examens impériaux destinés à intégrer dans l'administration les plus méritants, indépendamment de leur statut social. Ce sont donc des générations entières qui ont grandi, nourries aux quatre piliers du confucianisme : le respect, le sens moral, la tolérance et la piété filiale dont la conjugaison permet l'épanouissement de la vertu essentielle, la vertu d'humanité. Et qui ont par ailleurs mené leur quête supramondaine dans les autres traditions, considérées comme des « programmes de vérité » complémentaires, et tout aussi imbibées du fonds commun de la culture religieuse de la Chine ancienne.

« *Trois doctrines* » *et une religion populaire*

L'histoire de la Chine est indissociable de celle des « trois doctrines » et de leurs alliances avec le pouvoir qui, tour à tour, les a promues, a infléchi leurs doctrines et a surtout encouragé les passerelles entre elles. Dès le IIIe siècle avant notre ère, et mis à part de courtes parenthèses durant lesquelles le taoïsme ou le bouddhisme ont été religion d'État, le partage s'est le plus souvent établi entre un confucianisme érigé en idéologie officielle et en religion des lettrés, et un taoïsme vécu comme une religion populaire de salut, en concurrence avec un bouddhisme plus élitiste introduit au Ier siècle, ainsi que je l'ai indiqué au début de ce chapitre. Sous sa forme Mahayana, dite aussi du Grand Véhicule, ce bouddhisme professe l'universalité du salut qui s'adresse ainsi indistinctement aux hommes et aux femmes, et à toutes les couches de la société. Son message, proposant un « vrai » salut dans l'au-delà, sous forme de réincarnations successives qui mènent à la libération, ne contredit, au fond, ni le culte des ancêtres ni la tradition chamanique antérieure, plus floue sur la question, mais il s'insère dans leurs interstices. D'ailleurs, ses premiers missionnaires n'hésitent pas à présenter les dieux de la Chine comme des avatars, c'est-à-dire des incarnations du Bouddha. Jusqu'au IVe siècle, les textes bouddhistes ne sont pas encore traduits du sanskrit en chinois, favorisant une confusion, entretenue par les bouddhistes eux-mêmes, selon laquelle leur religion serait un courant du taoïsme.

La donne change avec les premières traductions, attribuées à Kumarajiva : la révélation, en langue vernaculaire, de l'originalité du message du Bouddha suscite un engouement pour cette tradition, riche en promesses supramondaines. Des sages chinois se reconnaissent dans une des particularités du Mahayana qui stipule la nécessité, pour ceux qui ont atteint l'éveil, de rester en ce monde d'illusions afin d'y sauver les autres. L'un d'eux (s'agit-il du Chinois Zhu Daosheng ou du maître d'origine indienne Bodhidharma ?) affirme alors la possibilité de devenir un Bouddha, un Eveillé, par une illumination instantanée : c'est l'origine du chan que le Japon intégrera plus tard en lui donnant le nom de zen. La légende, qui attribue plus volontiers cette intuition à Bodhidharma, raconte que celui-ci se serait rendu dans plusieurs monastères chinois, en particulier au monastère de Shaolin où, après neuf ans de méditation devant la porte, il aurait enseigné aux moines les techniques à l'origine du kung-fu, un art martial rendu plus tard mondialement célèbre par ces moines. Dans ce bouddhisme-là, les nobles et les lettrés voient un complément indispensable à la philosophie confucianiste qui ne se préoccupe pas du sort des individus après leur mort. Le peuple, lui, se retrouve dans ses divinités identifiées qui fonctionnent sur le même schéma que les divinités traditionnelles, mais qui ont l'avantage de l'anthropomorphisme, ce qui rend le commerce avec elles somme toute plus aisé. Entre le Vᵉ et le VIᵉ siècle, le taoïsme tente une contre-offensive, d'une part en présentant le Bouddha comme un avatar de Laozi, d'autre part en intégrant quelques éléments de la religion venue d'Inde, en particulier la notion de karma, c'est-à-dire la somme des actes positifs et négatifs commis par un individu et leur rétribution sous forme de mérites. Entre les trois religions, en particulier entre le bouddhisme et le taoïsme dont les doctrines se concurrencent sur le plan du salut *post mortem*, les débats sont toutefois musclés. Pour tenter de rétablir la paix sociale, l'empereur convoque leurs dignitaires en 567 et les somme de s'expliquer sur leurs mérites respectifs. Bien qu'ayant mené, dix ans plus tard, à une courte proscription du bouddhisme, ce type de dispute a constitué pendant des siècles un divertissement de cour. En dépit de ce bref intermède, probablement aussi du fait de sa persécution en Inde et du repli de ses élites, notamment vers la Chine, le bouddhisme continue de s'y développer. Au point de mettre en danger les institutions de l'Etat qui s'accommodent beaucoup plus facilement du taoïsme populaire et du confucianisme sur le modèle duquel la cour impériale s'est constituée. L'empereur a en effet conservé son ancien titre de Fils du Ciel, c'est-à-dire fils de la divinité supérieure, et de ce fait divinité lui-même, pivot autour duquel tourne toute la Chine. Les rites d'immortalité taoïstes le confortent dans cette divinisation que nul ne remet en question, et il s'entoure d'une bureaucratie fonctionnant selon les critères confucianistes d'ordre et de respect. La puissance du bouddhisme en vient à représenter un danger pour l'institution qui, au milieu du IXe siècle, ouvre une campagne de persécutions qui mettra définitivement un terme à la suprématie dans laquelle s'engageait le bouddhisme en Chine, surtout avec l'introduction du lamaïsme aux confins de l'empire : au Tibet et en Mongolie.

Sous un effet de vases communicants, les trois doctrines ont peu à peu mêlé leur vocabulaire, certains de leurs éléments doctrinaux, et même parfois leurs corpus, l'exemple le plus spectaculaire étant celui du Yi King, ouvrage attribué à Confucius mais qui fait néanmoins partie du canon des fidèles de Laozi. Cela tout en conservant leurs spécificités – dont elles sont fort jalouses – et leurs propres structures. A vrai dire, en Chine, aucune d'elles ne porte le nom de « religion » : ce sont des écoles, organisées chacune en milliers de structures formées de disciples engagés autour d'un maître qui leur en enseigne la philosophie et les pratiques et qui n'est pas ordonné à la manière des prêtres chrétiens, par exemple. Néanmoins, à la fois sous l'effet du bouddhisme et des pressions impériales visant à mieux le contrôler, le taoïsme s'est doté, comme d'ailleurs le confucianisme, de temples officiels et même de monastères où sont formés les maîtres, un label indispensable pour conduire les cérémonies publiques et officier dans les temples « officiels » – et cela est valable pour les trois doctrines.

Avec l'avènement de la république de Chine, une période noire s'est ouverte pour les trois doctrines. En 1919, le Mouvement du 4 mai accentuait la répression à leur encontre, et, l'année suivante, une loi était promulguée interdisant les « superstitions » et les cultes, à l'exception de ceux consacrés à des « personnages illustres ». Cette loi fut très certainement vaine puisqu'en 1949, le régime chinois ouvrait une nouvelle ère de persécution à l'encontre de la religion, interdisant les ordinations, les « activités antimarxistes » impliquant une hiérarchie et confisquant temples et autres locaux où se déroulaient des pratiques religieuses. Après un bref intermède inauguré en 1957, quand le gouvernement a entrepris de fonder des associations étatiques destinées à contrôler étroitement le culte, la Révolution culturelle de 1966 a failli signer la fin des trois doctrines : temples et écrits ont été brûlés par dizaines de milliers, lettrés, maîtres et disciples ont été conduits dans les camps maoïstes – où beaucoup sont morts d'épuisement. L'arrivée au pouvoir de Deng Xiao Ping, en 1979, a mis un terme à cette répression sauvage, inaugurant un *modus vivendi* entre l'Etat et les écoles. Des temples ont été restaurés et rouverts – à condition de fonctionner également comme lieux touristiques, des centres de formation théologique ont été institués, et les ordinations ont repris, sous l'étroit contrôle des autorités. La Chine compte aujourd'hui un peu plus d'un millier de temples taoïstes et autant de monastères bouddhistes – sans compter les monastères du Tibet.

Cela pour la Chine. Mais qu'en est-il des Chinois ? La majorité d'entre eux serait bien embarrassée pour nommer sa religion. Dans le confucianisme, ils ne voient qu'une philosophie de vie. Et seuls les maîtres et leurs disciples proches, une infime minorité, se revendiquent taoïstes ou bouddhistes. Les autres ? Ils sont très religieux. Infiniment plus religieux que la plupart des Occidentaux. Mais leur religion… n'a pas de nom, sinon celui tellement vague de « religion populaire » qu'il interdit toute tentative de recensement ou même de sondage. Fruit de toutes sortes d'influences qui se sont conjuguées avec l'antique fonds chamanique et avec la religion officielle des nobles de l'antiquité, cette religion se revendique certes du taoïsme, du confucianisme et même du bouddhisme auquel elle emprunte des éléments de croyance, des pratiques, et même le recours à leurs maîtres, mais *de facto*, sa doctrine fondamentale, non seulement s'écarte des « trois doctrines », mais les contredit même en certains points essentiels. Elle est de fait une large synthèse, souvent peu cohérente, où se côtoient le culte des divinités, des ancêtres et des esprits de la nature ou encore la croyance fortement enracinée en une bureaucratie céleste, reflet de la bureaucratie terrestre, dominée par Yama, le dieu hindou de la mort qui, dans le panthéon populaire chinois, est l'un des dix juges infernaux devant lesquels défilent les âmes après la mort.

La cheville ouvrière de cette religion sans dogmes ni écrits ni clergé est le culte des ancêtres, le plus largement partagé par tous. Rares sont en effet les domiciles chinois où ne trône pas, dans la pièce principale, un autel sur lequel sont posées des tablettes renfermant les âmes des aînés, devant lesquelles sont déposés quelques bols d'offrandes : du riz, des fleurs, des fruits, un peu d'alcool. Le concept d'âme mérite lui-même d'être élucidé. La croyance chinoise antique qui attribue à l'individu plusieurs types d'âmes se séparant au moment du décès a été affinée par le taoïsme qui stipule l'existence en chacun de sept âmes lourdes, les pô, qui restent pendant un certain temps attachées à notre monde, et trois âmes subtiles, les hun, qui s'élèvent vers le Ciel. C'est à toutes ces âmes confondues que les Chinois rendent un culte : certaines pour leur assurer un jugement plus favorable dans les enfers ou une meilleure réincarnation à la façon bouddhiste, d'autres pour leur garantir un confort optimal dans la tombe (grâce aux meubles, aux billets de banque, plus récemment aux ordinateurs ou aux téléphones portables dont les effigies sont brûlées lors des cérémonies funéraires), d'autres parce qu'elles ont le pouvoir d'apporter des bienfaits à leurs descendants en échange des offrandes et des prières qu'ils leur prodiguent. Le séjour dans les tombes et les tablettes n'est pas indéfini : il s'achève au bout d'un certain temps (quand les tablettes sont ôtées de l'autel pour céder la place à une nouvelle génération) par une réincarnation ou un séjour indéfini dans un lieu tout aussi indéfini. Le culte des ancêtres est d'autant plus nécessaire que les âmes ont le pouvoir de se transformer en fantômes, des gui. Considérés comme responsables des malheurs de la vie, les gui peuvent être apaisés à coups de rites pour lesquels les Chinois font volontiers intervenir des maîtres taoïstes et des moines bouddhistes, les premiers pour leurs rituels de protection, les seconds pour faciliter la délivrance de l'âme perdue.

Des cultes sont également rendus à des divinités qui ne sont absolument pas organisées en panthéon, et qui d'ailleurs fonctionnent pour la plupart d'entre elles à l'échelle locale ou qui sont parfois empruntées au taoïsme, voire au bouddhisme, dont les bodhisattvas et les bouddhas ont facilement trouvé leur place dans ce joyeux imbroglio. Certaines divinités, plus « universelles », ont une organisation très confucéenne, par

exemple le dieu des fourneaux, appelé aussi le fonctionnaire de l'Empereur de Jade, envoyé par cet empereur céleste dans chaque foyer pour y noter, tout au
long de l'année, les bonnes et les mauvaises actions de
la maisonnée. Des offrandes sont constamment offer-
tes à son effigie, accrochée au-dessus du fourneau.
Quand s'achève l'année, avant de brûler cette image
pour l'aider à monter au ciel, la tradition populaire
veut que des gâteaux gluants soient collés sur elle, afin
qu'elle ne raconte que des douceurs à l'empereur. Dix
jours plus tard, une nouvelle image est collée au même
emplacement, signe du retour du fonctionnaire zélé au
foyer.

La religion populaire chinoise intègre par ailleurs la
médecine d'inspiration taoïste, la divination dans
laquelle interviennent aussi bien le Yi King que
l'astrologie, les talismans que l'on se procure aux portes
des temples de toutes les obédiences, mais plus volontiers chez les maîtres qui officient hors des contextes
institutionnels et qui sont de fait les plus recherchés,
parce que échappant au contrôle étatique.

Ce joyeux mélange s'exprime parfaitement dans le
calendrier des fêtes chinoises qui sont, pour la plupart
d'entre elles, les fêtes ancestrales liées au cycle des saisons, calculées sur une année luni-solaire – chaque
année compte douze mois ou lunaisons, un treizième
mois intercalaire venant combler le décalage avec
l'année solaire sept fois tous les dix-sept ans. La plus
grande fête est celle du Nouvel An, dite aussi Fête du
printemps, fixée à la deuxième lune après le solstice
d'hiver, suivie de la Fête des morts, au quinzième jour
du troisième mois, au cours de laquelle il est de tradition de brûler de l'argent afin de le faire parvenir
aux ancêtres. Je pourrais aussi citer la Fête du double
cinq ou Fête de la purification (au cinquième jour du

cinquième mois) ou la Fête du double sept, au septième jour du septième mois. A ces occasions, des
rituels sont accomplis dans les temples, mais c'est le
culte domestique qui prédomine : des lanternes sont
allumées pour attirer les dieux, les ancêtres honorés
par des offrandes de fête, des musiciens convoqués.
Quant à la grande fête du solstice d'hiver, occasion de
grandioses cérémonies officielles, il ne nous échappera
pas que celle-ci, sous différentes appellations, se
retrouve dans la plupart des traditions du monde.
Chez les chrétiens, elle a pour nom Noël.

7

Hindouisme

Au VIIe siècle avant notre ère, les rites interminables des brahmanes, codifiés par les Veda, ont confisqué au peuple le champ du religieux. Dans l'intimité des foyers, les chefs de famille versent leurs oblations quotidiennes de lait aux divinités qui maintiennent l'ordre du monde, mais ces rites si formels constituent une barrière à laquelle se heurte toute ébauche de spiritualité. Certains, souvent issus des hautes castes, mais parfois aussi des exclus du rite parce qu'ils ne sont pas nés dans la classe brahmanique des prêtres, ont trouvé refuge au fond des forêts pour assouvir leur soif de sacré. Là, loin des villes, ils produisent des commentaires ésotériques des Veda, les Aranyaka, où ils prennent le contre-pied de la logique sacrificielle en prônant une intériorisation du sacrifice. Leurs enseignements se répandent pourtant. Peu à peu, en partant toujours des Veda, des maîtres font émerger une nouvelle compréhension de la religion et commencent à enseigner des notions inconnues : ils racontent des dieux, des cycles cosmiques, un salut possible pour l'individu. A la fonction magique des sacrifices du Veda, ils opposent une autre magie, celle de divinités intervenant non seulement pour maintenir l'ordre cosmique, mais aussi dans la vie de chacun.

Une religion sans fondateur

L'hindouisme est une religion sans fondateur, ni genèse clairement établie. C'est ce qui, à mon avis, explique en très grande partie son aspect multiforme, avec une exubérance de rituels différents, des écoles, des doctrines, des philosophies ayant chacune développé sa propre voie, tout en étant toutes réunies autour d'un tronc commun de croyances. Dans l'effervescence de l'âge axial, on suppose la logique qui a conduit à l'émergence d'une religion de salut à partir d'un polythéisme de caractère sacrificiel. On imagine, comme partout ailleurs à la même période, des hommes bien installés socialement, ayant bâti une famille et engrangé des biens, s'interrogeant sur la source de leur fortune matérielle et morale et sur le pourquoi de cette vie-ci. La participation passive à un ordre cosmique voulu par les dieux ne suffit pas à rassasier leur soif de comprendre. Ici ou là, certains d'entre eux se mettent à réfléchir, à trouver des réponses, à les discuter, à échafauder un nouveau discours à partir de la base de croyances dont ils disposent déjà et qui sont les Veda.

De premiers textes apparaissent, totalement différents de la littérature produite jusque-là. Ce sont les Upanishad, des textes généralement courts, rédigés en sanskrit, souvent sous forme de dialogue, ce qui laisse penser qu'ils sont une mise par écrit d'enseignements oraux qui ont d'abord dû se transmettre de maîtres à disciples ; leur nom est d'ailleurs dérivé du verbe « s'asseoir auprès de », ce qui va dans le sens de cette idée de transmission primordiale. Les Veda posaient une vérité, les Upanishad se livrent à des spéculations, tant théologiques que liturgiques, sur l'origine du monde ou le rôle des dieux, mêlées à des recettes magiques pour engendrer un fils ou s'assurer l'amour d'une femme, à des récits de vies de maîtres (dont la biographie est détaillée bien qu'on ignore s'ils ont réellement existé), à des mythes. Leur niveau intellectuel prouve qu'elles sont l'œuvre de familiers de la chose religieuse, probablement des brahmanes versés dans l'exégèse mais portés sur l'ésotérisme par soif personnelle. Fidèles aux Veda, ils en sont en même temps libérés. Ils récusent la logique de leurs aînés obnubilés par l'exécution minutieuse des sacrifices, qui ne voient dans les malheurs et les échecs qu'une erreur liturgique. Leurs regards vont vers les ascètes des forêts qui brûlent littéralement d'amour pour la divinité et mettent au point des techniques d'échauffement intérieur et de contrôle du souffle pour s'offrir eux-mêmes en sacrifice incandescent, dans une ambiance religieuse aryenne pour laquelle tous les rites passent par le feu. La conjonction des deux idéologies qui, il faut le dire, touchent d'abord une certaine élite aboutit à un mouvement plus large auquel les brahmanes restent d'autant moins insensibles que les souverains et les notables finissent par se détourner de leurs pratiques rigidifiées et impersonnelles pour se rapprocher des nouvelles voies de sagesse qui parlent à l'homme de manière à la fois intelligente et sensible.

Plus d'une centaine d'Upanishad ont été rédigées entre le VIIᵉ et le IIIᵉ siècle avant notre ère, quatorze sont aujourd'hui considérées comme majeures. La plus ancienne, la Brihad Aranyaka Upanishad, raconte ainsi l'histoire d'un brahmane instruisant le roi de Bénarès, puis débattant avec d'autres théologiens de sujets métaphysiques, marquant chaque fois des points parce que lui seul a compris qu'une réalité unique, l'Absolu ou le Brahman, sous-tend tout l'univers et qu'elle réside dans l'être humain comme son propre « soi ». Les textes qui s'enchaînent par la suite développent cette intuition majeure, la réflexion gagne en complexité et mène à l'élaboration de ce qui constituera le tronc commun des religions d'origine védique : le jaïnisme et le bouddhisme d'abord, au Vᵉ siècle avant notre ère, l'hindouisme tel que nous l'entendons un peu plus tard, entre le IVᵉ et le IIᵉ siècle avant notre ère, en réaction aux deux nouvelles religions qui l'ont précédé et ont bouleversé le visage religieux de l'Inde.

Le socle doctrinal des Upanishad

Les Upanishad, et la réflexion ultérieure qu'elles ont engagée, ont repris les fondements du védisme ainsi que les mots de son vocabulaire, toutefois détournés de leur sens originel. Néanmoins, et en dépit de la véritable rupture qu'il engage avec les Veda, jamais l'hindouisme, contrairement au bouddhisme, ne remettra en cause leur sacralité : ce sont des textes qui restent intouchables, parce que considérés comme issus d'une révélation primordiale, divine. Pourtant, leur fondement est très vite remis en cause quand cesse d'être perçue l'utilité des grandes cérémonies sacrificielles, objet principal des Veda qui en décrivent minutieusement les rituels. Ou encore quand les calamités cessent d'être considérées comme le fruit d'une erreur rituelle. Et plus encore quand chaque individu est rendu personnellement responsable de ses actes et de son destin, seul apte à s'engager sur la voie de la délivrance. Un texte fondateur comme la Chandogya

Upanishad est, dans sa trame même, d'une redoutable sévérité pour le socle védique dans la mesure où il raconte l'histoire d'un garçon, parti douze ans se former auprès des brahmanes, et qui revient auprès de son père acquis aux idées nouvelles upanishadiques. Le père pose à son fils quelques questions ; ce dernier est incapable d'y répondre. Le père lui souffle quelques indices. Emerveillé, son fils lui demande de l'instruire. « De toutes choses, au commencement, il n'y avait, seul et sans second, que l'Etre » (VI, 2, 1), lui révèle son père avant de dérouler le fil de ce qui sera plus tard le cadre commun des différentes écoles que l'on appelle l'hindouisme – un mot « inventé » tardivement par ceux qui adhéraient à ce socle de croyances pour se définir face aux autres : les musulmans d'abord, les colonisateurs chrétiens ensuite.

Les plus anciennes Upanishad sont quasi exclusivement dévolues à la définition de la Réalité ultime, le Brahman (à ne pas confondre avec les brahmanes, les prêtres qui forment la caste supérieure de l'hindouisme), et de l'atman. Le Brahman védique est la toute-puissante formule sacrificielle. Le Brahman hindou, l'Absolu, peut être défini comme une sorte d'âme universelle, un grand Tout ou un grand Soi, essence ultime cosmique, résidant en tout être et en toute chose, mais au-delà des êtres et des choses. Il n'est ni un dieu ni une personne, il ne peut donc être aimé et vénéré – sinon sous la forme des divinités qui émanent de lui. « Pur de toute tache, il ne connaît ni la vieillesse, ni la mort, ni la peine, ni la faim, ni la soif », affirme la Chandogya Upanishad (VIII, I, 5). Il est « substrat silencieux de tous les vivants », pour reprendre l'expression de l'indianiste et historienne des religions Ysé Tardan-Masquelier[37], partout présent mais insaisissable. Quant à l'atman, il est, de manière schématique, un tout petit morceau de Brahman, un atome enfoui dans le cœur de chaque être, à la fois minuscule et plus vaste que l'univers. Ce Soi qui nous anime, « le souverain de tous les êtres, le roi de tous les êtres » ainsi que le définit la Brihad Aranyaka Upanishad (II, V, 15), est, au fond, la seule réalité, l'Absolu en chacun de nous. Dès la période des Aranyaka, un lien est établi entre le Brahman et l'atman, qui sont finalement identiques : c'est en prenant conscience de cette identité, du fait donc qu'il fait partie du grand Tout, que l'homme parvient à se libérer. Et ce sont les voies de cette libération que développent les Upanishad dont les plus anciennes apportent un élément supplémentaire à ce socle constructif de l'hindouisme : la notion du dharma, c'est-à-dire l'ensemble des principes éthiques et spirituels valables pour tous les êtres.

Les Upanishad ultérieures, mises par écrit à partir du IVe siècle avant notre ère, enrichissent le corpus doctrinal fondateur de trois nouvelles notions qui sont complémentaires, le karman, le samsara et la moshka, et fournissent à l'ensemble un cadre cohérent au sein duquel s'édifie un nouvel univers mental. Le karman, à la fois l'acte, son intention et son résultat, peut être sommairement défini comme le bilan des mérites et des démérites accumulés par un être au cours de sa vie. Le samsara, le temps cyclique, est la roue des existences : après sa mort, chacun renaît, sur cette terre ou dans un autre monde divin ou maléfique, en fonction de son bilan karmique, les plus méritants dans des conditions agréables, les autres sous des formes inférieures, voire impures. Le karman et le samsara fonctionnent comme une justice immanente et implacable, une justice sans juges ni avocats, dont les sanctions sont délivrées de manière mathématique. Bien qu'elles soient inexistantes dans les Veda, certains indianistes estiment que ces deux notions ont pu être puisées dans ces textes grâce à des prouesses exégétiques. Les premières Upanishad n'en font pas état, et il est possible que cette croyance en la réincarnation ait été tirée, sous une forme différente, du vieux fonds religieux de l'Indus, d'autant qu'on la retrouve, de manière certes moins explicite et moins cohérente, dans un certain nombre d'autres traditions premières de l'humanité, notamment chez les Inuits ainsi que chez plusieurs peuples asiatiques. Enfin, la troisième idée nouvelle est celle de la moshka, la libération du samsara par union de l'atman avec son essence, le Brahman. L'âme ainsi délivrée accède à la délivrance.

L'écrasante majorité des êtres humains est condamnée au samsara, la douleur des existences : l'œuvre de cette vie consiste donc, en se conformant à son dharma, à se préparer une renaissance meilleure. La moshka est le fait d'une infime minorité, des athlètes de la spiritualité qui, ayant découvert le Soi et s'étant consumés de l'intérieur, n'éprouvent plus de désirs produisant le karman. Celui-ci, normalement accumulé dans un corps subtil et invisible, se dissout. Chez la majorité, c'est ce corps qui entraîne l'atman éternel dans une nouvelle incarnation. Les grands ascètes et les sages accomplis, eux, ont enfin sorti leur âme de l'enfermement et s'en vont au-delà du désir et de la souffrance. Aux autres s'ouvrent les voies mises en place par les écoles pour aider l'individu, dans cette vie ou dans une autre, à rompre l'effroyable enchaînement de l'acte et de ses effets.

L'ensemble de ce socle doctrinal, issu des Upanishad, a été développé et complété par une série

d'autres textes de la littérature religieuse qui constituent la Smriti, littéralement la mémoire – par opposition à la Shruti, ce qui est révélé, c'est-à-dire les
Veda. Outre des traités théologiques ou philosophiques et des recueils de lois, la Smriti contient deux
monuments de la littérature mondiale, deux grandes
épopées du tournant de notre ère. Le Ramayana ou
la geste de Rama pose, à travers les aventures de ce
dieu, les fondements des rituels de dévotion et, de
manière plus générale, des relations entre les hommes
et les dieux. La deuxième épopée, le Mahabharata,
est l'un des plus longs poèmes de l'humanité avec ses
cent mille shloka ou strophes de quatre vers chacune,
faisant intervenir les grandes notions religieuses
comme le dharma, le karman ou la dévotion, dans le
récit héroïque de la guerre entre les frères Pandava,
aidés du dieu Krishna, contre les frères Kaurava. Le
Mahabharata inclut, dans son dixième livre, la
Bhagavad Gita, littéralement le « Chant du Bienheureux », un dialogue entre le dieu Vishnou et le valeu-
reux Arjuna auquel il enseigne, à la veille d'une grande
bataille, les principes spirituels et les trois voies de
salut que sont l'action, la connaissance et la dévotion. La popularité de ces deux textes est sans équivalent en Occident. Ils sont lus, racontés, joués sur
les scènes de théâtre profanes ou sacrées, et surtout
ils sont une source inépuisable d'inspiration pour le
cinéma indien.

Les lois du dharma et les castes

Considéré dans les premières Upanishad comme un
ensemble de principes universels, le dharma ne tarde
pas à se plier à la division de la société aryenne en

trois grandes classes : les brahmanes ou prêtres en charge du sacré, les kshatriya ou guerriers et les vaishya ou agriculteurs et producteurs de richesses, auxquels s'ajoutent les shudra, les serviteurs, exclus du système. Sous l'impulsion des brahmanes qui ont alors intégré le corpus upanishadique, ces classes se transmuent en quatre grands groupes, les varna, hiérarchisés en fonction de la proximité avec le sacré, eux-mêmes subdivisés en centaines de sous-groupes, les jati, un mot formé à partir de la racine « naître » et qui désigne les castes proprement dites. La loi des renaissances est révisée en fonction de ce découpage : chacun, affirment les brahmanes, naît dans une caste en fonction du poids de son karman, et ne peut échapper à ce destin au cours de cette vie-ci. Et chaque individu, en fonction de sa caste, de son sexe et de son âge, se voit assigné un dharma particulier, le svadharma, un ensemble de devoirs auxquels il doit se conformer afin d'accumuler des mérites en prévision de sa prochaine renaissance.

Elaborées à partir du IVe ou du IIIe siècle avant notre ère, les lois du dharma régissant les castes sont consignées dans le Code de Manu, du nom du premier législateur qui est également le géniteur mythique de l'humanité. Ce traité, composé au IIe siècle avant notre ère et finalisé au IIe siècle de notre ère, est resté officiellement en vigueur jusqu'à l'indépendance de l'Inde en 1947 – et il reste tacitement appliqué aujourd'hui encore. Après un préambule qui raconte la création du monde sous forme de poème, ce code se divise en douze sections régissant les moindres détails de l'ordre social en l'associant à des prescriptions (et des justifications) religieuses. Les dharmas des rois et des ascètes, des étudiants et des chefs de famille, des femmes avant et après le mariage, les fautes et leurs expiations, les cérémonies d'initiation et de consécration, les rites, les institutions, les modes de vie, les interdits liés au statut : rien n'échappe à ce code, considéré comme la source la plus complète d'expiation et de description des droits et des devoirs liés par l'hindouisme à chaque jati.

Le critère essentiel qui s'attache à une caste est celui de la pureté – et son corollaire, l'impureté. La caste la plus pure est aussi la plus proche du sacré, la seule qui a le droit de l'enseigner et de le manipuler : celle des brahmanes. Elle ne peut, sous peine de pollution, entrer en contact avec les membres des castes inférieures, ni même manger la nourriture préparée par eux. Tous les contacts intercastes sont d'ailleurs prohibés : chaque jati fonctionne comme un système fermé, endogame, à la fois indépendant mais aussi dépendant des autres castes. Par exemple, les membres des castes supérieures ont besoin des castes inférieures pour se livrer aux fonctions les plus polluantes, en particulier celles qui impliquent un contact avec la mort ou avec les sécrétions corporelles, jugées impures et contaminantes, et les classes inférieures ont besoin des brahmanes pour entretenir les temples. Il existe des sous-castes étendues, qui groupent jusqu'à plusieurs millions d'individus, et des sous-sous-castes régionales, limitées à quelques milliers d'individus et géographiquement localisées, vivant dans des villages spécifiques et fonctionnant en quasi-autarcie. Et parce que le simple contact avec un membre d'une caste inférieure suffit à contaminer l'individu de la caste supérieure, le Code de Manu prévoit toute une série de règles de purifications, qui ont par la suite été complétées par d'autres traités de droit venus expliciter un point ou l'autre laissé dans l'ombre par le code, du fait de l'amplification ultérieure du système.

Les femmes sont évidemment concernées par les lois de Manu, à vrai dire impitoyables à leur égard : « Une petite fille, une jeune femme, une femme avancée en âge ne doivent jamais rien faire suivant leur propre volonté, même dans leur maison », spécifient-elles (V, 147-148) en rappelant que la femme, quand bien même elle appartient à la caste des brahmanes, n'a pas droit à l'initiation, passage obligé de la moshka, qui octroie aux mâles des castes supérieures le statut enviable de « deux fois nés », pouvant accéder au savoir. Or, la seule initiation pour une femme est le mariage (V, 155). Autrement dit, pour espérer atteindre la libération, elle se doit de renaître en homme : dans cette vie, son dharma lui impose de consacrer toute sa dévotion à son époux et à ses enfants, voire de se contraindre à des jeûnes réguliers pour la longévité de son époux qui la fait bénéficier des effets des rites domestiques dont il a l'exclusivité et qui appartiennent à son propre dharma. Bien qu'ayant accès, comme nous le verrons plus loin, au statut enviable de déesse, la femme reste en effet entachée d'une impureté originelle qui s'exprime chaque mois dans ses menstruations (d'autres religions, dont le judaïsme, l'islam et des traditions animistes lient de la même manière les règles à l'impureté). Un vieux mythe explique l'origine de cette « souillure » : autrefois, raconte le Taittiriya Samhita, le dieu Indra tua un démon, Vishvarupa, qui était par ailleurs prêtre, ce qui rendait ce crime très grave. Il demanda à la terre, aux arbres et aux femmes de prendre chacun un tiers de sa faute. Les femmes, qui en sont toujours marquées par leurs menstruations, obtinrent en compensation une plus grande jouissance sexuelle que les hommes.

Enfin, je ne peux pas clore ce chapitre sans évoquer le problème douloureux des sans-caste, les intouchables, qui se donnent à eux-mêmes le nom de *dalits*. Le

Code de Manu, qui les appelle *candala*, les exclut en effet du système des varna, les quatre grands groupes qui se subdivisent en castes, et les qualifie de derniers parmi les hommes. Leur dharma est sans ambages : ils n'ont pas le droit de vivre dans les villes et les villages, leur nourriture doit se composer de restes déposés dans une assiette cassée, et leurs vêtements doivent être récupérés sur les morts. Leur impureté est telle que s'ils effleurent, non pas un membre d'une caste supérieure mais sa seule ombre, ils le souillent et le contraignent à de longs et minutieux rituels afin de se nettoyer de leur pollution. Bien que l'article 15 de la Constitution indienne, promulguée en 1949, interdise toute discrimination fondée sur la religion et la caste, que l'article 17 ait abolit l'intouchabilité, et qu'un système de discrimination positive ait été mis en place par les autorités, le problème des intouchables reste récurrent en Inde où pas une semaine ne s'écoule sans qu'éclatent des incidents ayant pour cause… une souillure infligée, volontairement ou non, par un sans-caste (15 % de la population indienne) à un « pur ». Mais s'il n'existe pas de révolte massive contre ce système, ou contre sa perpétuation, c'est justement en raison de sa légitimation théologique plus que deux fois millénaire : ce n'est pas la société qui est injuste, ce ne sont pas les dieux qui se vengent, c'est l'individu et lui seul qui, dans la conception hindoue, est responsable du karman qu'il a accumulé et qui l'a fait naître dans une condition aussi humiliante.

Les dieux

Couramment appelée « le mandala des trente-trois millions de dieux », l'Inde hindoue a bâti son foisonnant panthéon à partir de l'héritage védique qu'elle a toutefois fortement bousculé. Les dieux majeurs de l'antiquité que sont Varuna le souverain céleste, Mitra la gardienne des alliances et des contrats et Indra le chef des milices divines ont été relégués dans un rôle secondaire, parfois même occultés. A l'inverse, l'hindouisme brahmanique a offert l'apothéose à deux dieux dont les Veda ne font pas grand cas : Shiva et Vishnou qui, avec Brahma, constituent ce que l'on appelle la Trimurti, littéralement la « triple forme », c'est-à-dire les trois formes du divin. Une précision s'impose avant d'aborder le panthéon hindou. Contrairement au Dieu des monothéismes, les dieux de l'Inde ne sont pas à l'origine de l'univers qui, selon les différentes variantes de la mythologie hindoue, a été créé soit à partir du sacrifice d'un être cosmique primordial indéfini, soit à partir d'un œuf qui, dans certains cas, a mûri dans les eaux originelles, ou encore à partir de l'union du ciel et de la terre. Les dieux qui sont nés en même temps que l'univers ou juste après lui conservent la mission qui leur a été assignée par les Veda : achever la création et assurer l'ordre cosmique.

Mais revenons à la Trimurti qui domine le panthéon hindou. A son sommet se trouve l'un des plus effacés parmi les dieux, Brahma le Créateur, dont l'effigie est quasi absente des temples sinon sous la forme d'un vieillard à quatre visages et que les fidèles ignorent dans leurs dévotions. Il est vrai que son rôle, primordial à chaque recréation de l'univers où il a à charge de rétablir l'ordre cosmique, est ensuite inexistant, jusqu'à ce que l'univers disparaisse et qu'un autre univers lui succède, dans un temps cyclique sans fin. Bien que présent dans les réflexions et les exégèses des théologiens philosophes, son effacement des rituels et du culte a conduit certains indianistes à le faire disparaître de la Trimurti au profit d'une déesse aux multiples visages, particulièrement vénérée dans des sectes minoritaires de type tantrique dont j'aurai l'occasion de reparler plus loin. Cette substitution, fondée sur les observations de terrain, me semble cependant hâtive : Brahma reste présent dans la théologie comme première personne de la Trimurti. Et cela même si l'exubérance du culte rendu à Shiva et Vishnou, dieux suprêmes pour leurs fidèles respectifs, rend son effacement d'autant plus marquant.

Vishnou, dit le Préservateur, est connu pour ses nombreux avatara – la liste la plus communément admise en dénombre dix. L'avatara, qui a donné en français le mot avatar, est la « descente » sur terre d'un dieu, sous les traits d'un animal ou d'un humain, identifié et portant un nom, et cela chaque fois que l'ordre du monde est menacé et exige sa présence directe. Vishnou, qui a pour mission de maintenir l'harmonie universelle, est en ce sens l'un des dieux les plus physiquement présents parmi les hommes. Sous ses traits propres, il est représenté avec quatre bras, la peau d'un bleu violacé, un lotus sortant de son nombril et soutenant Brahma le Créateur (de l'ordre cosmique), parfois chevauchant sa monture, Garuda l'aigle savant qui combat les serpents symbolisant le Mal. Ses avatara les plus connus sont la tortue géante Kurma, le sanglier Varaha qui repêche par la seule puissance de ses défenses la terre immergée dans l'océan cosmique par un démon, le nain Vamana qui triomphe du démon Bali en se transformant brusquement en géant, Rama et Krishna, les héros des deux grandes épopées, le Ramayana et la Bhagavad Gita, qui sont devenus des dieux à part entière, ou encore Kalkin l'avatara futur, dont on ignore les traits mais qui viendra sur un cheval blanc sauver le monde d'un nouveau péril et rétablir un âge d'or.

Le plus étonnant des personnages de la Trimurti est cependant Shiva, un dieu dont l'ambivalence et les subtilités sont source d'étonnement constant pour un esprit occidental. Est-il la conjonction de plusieurs dieux antiques ? Bien que nous n'en ayons aucune preuve, cette hypothèse semble plausible tant sont nombreuses ses apparences qui varient au gré de ses humeurs. On le connaît ascète, sous le nom de Yogeshvara, méditant vêtu d'un pagne, une calotte crânienne en guise de bol à aumônes à ses côtés, et ayant vaincu les serpents qui s'enroulent autour de son corps tandis qu'un troisième œil, l'œil intérieur, celui de la Vérité, brille au milieu de son front. On le connaît terrifiant, rôdant dans les champs de crémation, Kala, dieu de la mort aux yeux rouges, des crânes humains accrochés autour de son cou, transgressant les conventions avec les démons qui l'entourent. Mais il est aussi le Bienfaiteur, le protecteur des hommes et des bêtes, celui qui n'hésite pas à sacrifier sa chevelure quand le Gange tombe du ciel, afin de lui amortir le choc. Peut-on par ailleurs occulter Shiva le dieu de la danse, les danses sauvages ou langoureuses, celles dont le rythme marque la destruction et la reconstruction permanentes de l'univers, celles qui lui permettent d'écraser le nain Apasmara, incarnation du désir, et de lever son pied gauche en signe de délivrance ? Ce Shiva-là porte le cordon sacré des initiés et entre ses longues tresses s'accroche Ganga, la déesse du Gange. Enfin, il faut mentionner sa représentation la plus déroutante, celle du dieu de la vie et de la fécondité : un linga, cylindre vertical, reposant sur une yoni, une base circulaire, représentation évidente d'un sexe masculin triomphant engagé dans un sexe féminin, mais aussi pilier qui soutient l'univers et la création.

A personnage déroutant, épouse déroutante – dans le panthéon indien, la plupart des dieux sont mariés et tirent d'ailleurs leur puissance de leur shakti qui est en même temps leur « force féminine », mais on parle peu de Sarasvati, l'épouse de Brahma, alors que Sita, la femme de Rama, est érigée en modèle de l'épouse parfaite, entièrement soumise à son mari. Comme son époux, la shakti de Shiva porte plusieurs noms et revêt plusieurs apparences – qui font l'objet de cultes autonomes. Elle est Devi la bienveillante déesse nourricière et Parvati, la mère de ses deux fils, Skanda le chef des armées des dieux et Ganesha, le sympathique dieu à tête d'éléphant auquel des offrandes sont faites avant toute signature d'un contrat, dans la mesure où il est réputé lever les obstacles... ou les créer. Mais on connaît essentiellement la shakti de Shiva sous ses deux aspects les plus redoutables, ceux des déesses de la mort et de la destruction, les guerrières aux dix bras, Kali la noire, l'assoiffée de sang, et Durga, par ailleurs sœur de Vishnou, tellement redoutables qu'elles seules ont le pouvoir de détruire les forces du mal quand celles-ci menacent l'humanité.

A ces êtres suprêmes s'ajoute un foisonnement d'autres divinités, dont certaines ne reçoivent qu'un culte restreint, étant réservées à une caste, à un village (chacun a son dieu protecteur), à une localisation géographique comme une montagne, un fleuve ou un croisement de routes. D'autres sont des divinités nationales, connues de tous : Ganesh, le dieu à la tête d'éléphant, Agni le dieu du feu, Hanuman le dieu singe, Yama le sinistre dieu de la mort, Kama celui du désir érotique, Kubera le maître des trésors. Outre les dieux proprement dits, toutes sortes d'esprits, de génies, de siddha (des humains réalisés devenus dieux du fait de leur perfection) garnissent ce panthéon où figurent également des animaux, en particulier la vache, symbole de la terre nourricière, dont la protection fait partie du dharma de tous les hindous. Mon objet n'est pas de dresser une liste exhaustive de ce panthéon, liste qui par ailleurs relèverait de la mission impossible tant sont nombreuses les particularités des divinités, la multiplicité de leurs apparences, et leurs fluctuations dans le temps[38]. Quant à la question de savoir si elles sont une, comme l'expliquent les philosophes-théologiens, ou plusieurs comme les vivent les fidèles, je pense que l'on peut y répondre par une phrase de la Bhagavad Gita : « Lorsque l'un de mes fidèles désire avec toute sa foi me vénérer sous une forme particulière, je prends aussitôt cette forme » (VII, 11).

Bhakti : la voie de la dévotion amoureuse

L'hindouisme tel qu'il est vécu par l'écrasante majorité du milliard d'hindous de notre planète a pour forme la bhakti, un mot forgé à partir de la racine sanskrit *bhaj* qui signifie tout à la fois donner et recevoir, partager et jouir, servir et adorer. La bhakti est la dévotion à un dieu personnel dans lequel le dévot, le bhakta, voit un dieu suprême, bien que non exclusif. Il existe deux grandes écoles de la bhakti, l'une tournée vers Vishnou, la seconde vers Shiva, subdivisées chacune en une multitude de courants.

La bhakti, c'est la dévotion sous toutes ses formes. Une infinité de pratiques personnelles ou collectives, un assemblage de rites ancestraux ou de facture plus moderne, ayant un seul objectif : exprimer tout son amour à la divinité que l'on s'est choisie, la remercier pour ses grâces, exprimer des vœux de réussite ou de guérison face à son effigie qui condense sa présence, qui est une matérialisation de sa puissance, de son énergie. Dans une société profondément imprégnée de sacré, la bhakti s'exprime à la fois par le culte des images, le chant et la danse sacrés, la poésie dévotionnelle, par les dons de lumière, de fleurs, d'encens et de parfums, de lait, de fruits et même, pour certaines divinités, de viandes.

Les effigies des dieux (ou plutôt du dieu choisi par la tradition familiale ou par l'individu) sont présentes dans chaque maison hindoue. C'est devant elles que se déroule la puja, le rite domestique très simple que conduit le chef de famille, escorté de son épouse, à l'aube et au crépuscule, non loin du « feu du foyer » que l'on éteint à la mort du maître pour le remplacer par le feu de son successeur, généralement son fils aîné. Mais parce que l'hindouisme sacralise chaque moment de la vie quotidienne, la bhakti est toujours présente, moment d'adoration fugace ou plus long auquel s'abandonne le fidèle à divers moments de la journée, histoire de réitérer son intimité personnelle avec « son » dieu.

La fréquentation des temples, qui participe de la bhakti, n'a pas un caractère obligatoire, mais les dévots l'accomplissent d'autant plus volontiers qu'elle leur permet, au même titre que les autres pratiques, d'accumuler des mérites. Des milliers de temples, immenses villes dans les villes ou petites chapelles, ponctuent le paysage indien. Accueillant en permanence des foules immenses, venues en visite de voisinage ou dans le cadre d'un pèlerinage, ils sont administrés par des brahmanes, forcément mariés et préparés dès leur plus jeune âge à cette fonction sacrée. Ces derniers sont les seuls à pouvoir pénétrer dans le saint des saints pour baigner, parer et nourrir certaines statues de divinités en leur récitant des mantras, des formules sacrées, ou des poèmes, et présider aux processions ponctuelles qui permettent à chacun d'avoir la vision de la divinité – notamment aux sans-caste, parfois encore exclus des temples, pour qui les processions publiques sont le seul moyen de bénéficier de cette vision gratifiante et méritoire. Toutefois, comme je l'ai déjà indiqué, les prêtres, qui jouissent du prestige de « celui qui sait », ne sont pas pour autant un passage obligé de la relation toute personnelle entre le fidèle et sa divinité : le bhakta sait qu'il lui faut accomplir lui-même la bhakti pour réjouir la divinité, mais aussi pour avancer dans le chemin qui mène à la libération de la roue du samsara.

Les bhakti vishnouïstes et shivaïstes partagent le même socle de croyances que j'ai évoquées plus haut, mais il y a entre elles une différence d'esprit qui forme une sorte de barrière : l'école religieuse comme la caste se transmettent par héritage familial. Les fidèles vishnouïstes sont en effet à l'image de leur dieu, plus respectueux du dharma et du système établi, appartenant généralement aux castes commerçantes. Les fidèles shivaïstes sont, comme Shiva, plus transgressifs, plus extrêmes dans leurs dévotions – c'est essentiellement dans leurs rangs que l'on trouve les ascètes. Mais l'appartenance à l'une ou l'autre de ces écoles est loin d'exclure la dévotion personnelle pour d'autres dieux – d'ailleurs présents dans tous les temples à titre d'assesseurs. La richesse du polythéisme hindou encourage même les fidèles à leur rendre un culte. Dans les faits, si la bhakti s'adresse essentiellement aux deux grands dieux sous leurs différentes représentations, elle peut également avoir pour objet dévotionnel un dieu secondaire ou local, voire l'un des grands saints qui ont marqué l'histoire de l'hindouisme. Dans ses aspects les plus achevés, la bhakti devient mystique.

Initiation et mystique

La doctrine hindoue divise la vie des fidèles en quatre étapes. Du moins celle des fidèles mâles appartenant aux trois varna supérieures. La première étape démarre vers sept ou huit ans, avec l'initiation du garçon qui accède ainsi au statut de « deux fois né » : des cérémonies purificatrices sont conduites, dont le rituel est fonction de la caste ; dans celle des brahmanes, il reçoit un cordon sacré qui marque son entrée dans « le premier âge de la vie ». Théoriquement, l'enfant est confié à un gourou, un maître qu'il sert en échange de ses enseignements – dans les villes modernes, la fréquentation du gourou s'effectue parallèlement à une scolarisation laïque. Vers vingt ans, le jeune homme quitte le statut d'étudiant brahmanique pour accéder à celui de maître de maison : il reçoit le feu sacré qui ne le quittera plus toute sa vie, se marie, et il a pour dharma d'avoir au moins un fils qui accomplira les rituels funéraires lui permettant d'accéder à l'au-delà ; lui-même préside désormais les rituels domestiques en présence de son épouse. Quand ses enfants enfantent à leur tour et que son visage se ride, le Code de Manu l'invite à prendre son feu, à quitter sa maison, éventuellement avec son épouse, et à s'en aller dans la forêt méditer et continuer d'accomplir les rites de la bhakti et réciter les textes sacrés en se nourrissant des fruits de la cueillette. Un certain nombre d'hindous choisissent aujourd'hui de rejoindre, définitivement ou provisoirement, un ashram où ils vivent cette étape en collectivité plutôt que dans l'errance solitaire. La quatrième étape est réservée à une petite élite spirituelle ; le renonçant n'est plus seulement en quête d'une bonne renaissance, mais de la moshka. Il devient sadhu. Au cours d'une ultime cérémonie, il éteint le feu sacré devant lequel s'accomplissent les rituels : il ne fera plus de sacrifices de fleurs ou de lait, il est lui-même le sacrifice, se consumant désormais de son feu intérieur, errant sans jamais dormir au même endroit, se laissant pousser les cheveux et les ongles, mendiant et se consumant de l'intérieur pour un dieu qui ne se nomme plus, le Brahman, l'Absolu. Traversé par le divin, fusionnant avec Lui, il reconnaît son atman, perd tout désir pour les choses de ce monde et accède à des pouvoirs surnaturels, telle la possibilité de se rendre invisible. Après son décès, et contrairement au commun des mortels, son corps n'est pas incinéré, parce qu'il n'a plus besoin de l'être (il a « cuit de l'intérieur »), mais il est enterré ou déposé dans un cours d'eau, le fleuve royal restant le Gange.

Dans l'hindouisme, les voies de la mystique passent par le corps, siège de l'atman et lieu de transformation incontournable pour sa libération puisque c'est à travers lui que s'exerce la méditation. Il ne s'agit évidemment pas de choyer ce corps, mais d'apprendre à le maîtriser à travers différentes techniques de lâcher prise et d'ascèse, décrites par les Upanishad, parmi lesquelles le yoga, ou « soumission du corps dans un but spirituel », est le plus populaire. Les yogas, devrais-je plutôt dire, tant sont nombreuses les écoles réunies sous ce nom, proposant chacune ses Yama, c'est-à-dire les observances auxquelles le pratiquant doit soumettre son corps, réussir, pour les virtuoses de la pratique, à dissoudre les liens qui le retiennent à l'esprit.

Le yoga le plus courant (et le plus accessible dans ses premières étapes) est le Raja-yoga, également appelé yoga royal, qui a été codifié aux alentours du IIIe siècle de notre ère. Il allie, comme tous les autres yogas d'ailleurs, techniques corporelles, méditations et obligations morales et religieuses. Le pratiquant est ainsi tenu à une conduite exemplaire à l'égard des autres, à l'étude des textes sacrés, à l'ascèse et à la pureté. Sous la conduite obligatoire d'un gourou, il apprend les postures susceptibles d'amener la sérénité dans son cœur, la capacité de « rétracter » ses sens pour se déconnecter du monde extérieur, la concentration et la méditation jusqu'à la visualisation d'une divinité. Le samadhi, qui en est l'étape ultime, est une fusion dans l'Absolu, l'accès à la Connaissance suprême, celle que connaissent les siddhas quand, ayant dépassé leurs désirs, ils ne sont plus qu'un avec le Brahman. Pratiqué à l'origine par les ascètes, le yoga s'est aujourd'hui fortement démocratisé en Inde où, à l'instar des villes occidentales, des « écoles de yoga » tout à fait profanes ont aujourd'hui pignon sur rue et recrutent leurs élèves, hommes et surtout femmes, au sein de la bourgeoisie argentée, pour des cours plus proches du bien-être que de la religion. Le yoga religieux continue néanmoins d'être largement pratiqué jusque dans les villages les plus reculés d'Inde où il se trouve toujours un gourou, entouré de disciples, auxquels il apprend les techniques corporelles de la libération. Il est également au centre des pratiques développées dans les ashrams, ces communautés si nombreuses à travers toute l'Inde, formées autour d'un gourou transmettant ses enseignements à des disciples qui, sans faire vœu d'obéissance, lui sont cependant pleinement soumis. Une soumission qui heurte parfois l'entendement occidental, mais qui participe, dans la conception hindoue, du chemin vers la délivrance. En règle générale, l'hindouisme étant réfractaire à la conversion (on naît hindou, on ne le devient pas), les ashrams sont réservés aux fidèles de souche indienne. Certains gourous admettent toutefois la présence de renonçants issus d'autres traditions, en particulier des Occidentaux. Faute de rituels de conversion, ils sont soumis à un rituel de shuddhi, c'est-à-dire de purification, originellement conçu pour la réintégration dans la caste de personnes ayant commis une faute grave ou ayant voyagé à l'étranger. Pour la petite histoire, je mentionnerai qu'à la demande de son frère, Gandhi s'était ainsi plié à un rite de shuddhi au retour de son voyage en Afrique du Sud.

Je ne peux évidemment clore le chapitre de la mystique hindoue sans évoquer une voie très particulière, à la réputation sulfureuse : celle du tantrisme dit de la main gauche, qui part du principe selon lequel tous les aspects de la matérialité, y compris le désir, doivent être utilisés pour accéder à la moshka. Sa doctrine est celle du Veda, couronnée par un enseignement ésotérique et initiatique qui le réserve à une minorité. Ses premiers textes sont apparus au VIe siècle de notre ère, probablement au sein de petits cercles ascétiques. Résolument transgressifs, les cultes tantriques récusent les notions brahmaniques d'impureté et valorisent, dans leurs rituels, le sang, les sacrifices animaux, l'alcool et la sexualité considérés comme autant de sources de puissance, aptes à capter l'énergie de la divinité afin de réaliser l'union avec elle. Ils sont pour la plupart orientés vers la déesse, le plus souvent Kali la noire qui, bouche béante et langue pendante, ceinturée de têtes humaines, catalyse leurs pratiques secrètes, polarisées entre le masculin et le féminin, qui usent du désir, de la mort et parfois de la violence comme voies d'accomplissement suprême. Les pratiques les plus extrêmes (et les plus rares) se déroulent dans les champs de crémation, le lieu le plus impur de l'hindouisme, et de nombreuses légendes circulent en Inde sur des rapts de cadavres, ou même d'enfants vivants offerts à Kali au cours de rites particulièrement fermés, destinés, pour les adeptes, à acquérir « un corps divin » et des pouvoirs surnaturels. L'école tantrique a par ailleurs développé un yoga du même nom, dont l'exercice est réputé dangereux. Celui-ci fait intervenir, à travers le corps matériel, un corps subtil fait de souffles vitaux, et a pour objectif de « réveiller la kundalini », une énergie féminine tapie au bas de la colonne vertébrale et supposée contenir tous les pouvoirs de l'individu, de la même manière que la shakti contient toute la puissance du dieu. La « montée de la kundalini » jusqu'au cerveau s'accompagne d'une union sexuelle ritualisée où l'orgasme marque la fusion du pratiquant avec la divinité. Et donc la délivrance...

La non-dualité

A côté de ces pratiques extrêmes s'est développée la philosophie dite de la « non-dualité », par opposition au dualisme de la bhakti – où les deux éléments sont l'individu et la divinité. Cette philosophie, dite de la « Seconde Exégèse », plus connue sous le nom de Vedanta, ou achèvement du Veda, est entièrement tendue vers le « Un sans second », c'est-à-dire le Brahman, l'Absolu. S'appuyant sur des textes non dualistes des Upanishad, elle considère que l'ensemble du panthéon n'est qu'un produit du psychisme humain, lequel a, chez la plupart des individus, besoin de représentations pour que soit vécue sa foi ; mais celles-ci ne sont qu'illusion. Sa figure de proue est un philosophe et mystique hindou du VIIIe siècle, Shankara, par ailleurs fondateur de plusieurs communautés d'ascètes, à qui elle doit sa systématisation. Shankara s'est fondé sur une collection de textes des Upanishad mettant l'accent sur l'unité fondamentale entre l'atman et le Brahman. Poussant la non-dualité à son extrême, il a affirmé fortement qu'il n'existe rien d'autre au-delà de ce Un, sinon des illusions cosmiques dites maya qui, pour mieux voiler la réalité, projettent les formes de la création qui ne sont donc pas réelles. Or, le commun des individus prend ces illusions pour des réalités. La voie de la non-dualité peut être qualifiée de philosophie mystique, dans la mesure où elle utilise uniquement un mental qui se veut pur de toute « pollution » psychique pour prendre conscience de l'existence d'une seule réalité, l'Un, et accéder à l'union de l'atman avec le Brahman, sans passer par la dévotion. Elle reste, en Inde, le fait d'une infime minorité, même si elle a connu jusqu'au XXe siècle quelques figures exceptionnelles, tel Ramanamaharshi. Ces figures ont été popularisées en Occident par des quêteurs spirituels qui, fuyant souvent le Dieu monothéiste, ont trouvé dans cette philosophie la quintessence de leur quête. En Inde même, le radicalisme de Shankara a été tempéré, dès le IXe siècle, par de grands mystiques tel Ramanuja, pourtant formé à l'école de Shankara mais qui fut le premier à élaborer une synthèse entre la non-dualité du Vedanta et la bhakti, postulant que l'enseignement d'un Brahman neutre au point de se confondre avec la vacuité ne pouvait créer une attirance pour lui. Pour Ramanuja, la bhakti, qui se fonde sur l'amour mystique pour un Brahman pourvu d'attributs, et qui se révèle, ne serait-ce que de manière fragmentaire, à ses fidèles, cette bhakti-là est la voie du salut par excellence – une voie qui, à vrai dire, se rapproche énormément de celle des mystiques des religions monothéistes, en particulier de l'islam soufi et du christianisme. De fait, beaucoup d'adeptes de la non-dualité n'hésitent pas à recourir, dans leurs pratiques méditatives, aux représentations mentales des divinités, tout en les percevant comme des illusions.

Mais, pour l'écrasante majorité des hindous, la religion comporte avant tout un élément coloré, joyeux, fait de fêtes et de pèlerinages qui drainent des milliers, parfois des millions de fidèles qui se rendent de temple en temple pour fêter, ici le lieu d'apparition d'une divinité, là celui de l'illumination d'un grand sage. Marcher vers son dieu est l'un des aspects les plus achevés de la dévotion. Et du fait de l'abondance du panthéon, il y a toujours, au pays des « trente-trois millions de dieux », une fête ou un pèlerinage qui se tient quelque part.

8

Bouddhisme

L'Inde du VIe siècle avant notre ère, je l'ai raconté dans le chapitre précédent, est sillonnée de maîtres, d'ascètes et de yogis qui, seuls ou entourés d'une poignée de disciples, s'érigent contre l'ordre védique. Ils appartiennent souvent eux-mêmes à la classe des brahmanes. Certains appartiennent à des castes intermédiaires, voire à l'aristocratie non brahmanique. Quêteurs de sens, ils ont tout abandonné pour aller au bout de leur recherche. Il faut dire qu'à l'époque, il n'y a pas de moyens intermédiaires d'exprimer sa spiritualité : le peuple a délégué la religion aux prêtres, et ces derniers l'ont entièrement accaparée. L'histoire a oublié les noms de la majorité de ces quêteurs subversifs. Peut-être qu'à leur époque, certains ont fait école, ont connu une notoriété. Mais aucun texte, aucune stèle n'est là pour en témoigner. L'un d'entre eux marquera particulièrement les millénaires qui ont suivi. C'était, dit la tradition, un prince du sang. Le prince Siddharta Gautama Shakyamuni, que l'on connaît plus volontiers sous le nom de Bouddha...

Le Bouddha

Dans l'abondante littérature bouddhique qui est consacrée à la vie du Bouddha, le merveilleux le dispute

179

au vraisemblable. Et si je veux aborder la biographie de Siddharta avec les critères d'authenticité adoptés par l'exégèse moderne pour narrer celle de Jésus, autant arrêter tout de suite mon entreprise. Il faut dire que les premiers textes écrits qui racontent la vie du Bouddha datent du IIe siècle avant notre ère, soit, dans le meilleur des cas, trois siècles après les événements qu'ils relatent. Entre-temps, les faits ont été certainement enjolivés, des légendes et peut-être des récits de vies d'autres sages s'y sont greffés. Et contrairement à ce qu'il en est pour Jésus, aucune tentative de débroussailler le vrai du faux n'a été entamée jusqu'à présent. Probablement parce que l'Asie, sa terre d'origine, n'a pas autant besoin de l'historicité que du mythe qui raconte encore mieux que l'histoire l'essentiel de cette vie : une quête éperdue de spiritualité.

Admettons, pour commencer, que le Bouddha soit né vers 560 avant notre ère : c'est la date la plus communément admise, hormis par la tradition cinghalaise qui le fait naître soixante-dix ans plus tôt, et par quelques traditions mineures qui le font naître cinquante ans plus tard. Il est, dit la légende, le fils aîné du puissant roi de Kapilavastu, Shuddhodana. Avant sa conception, sa mère Maya voit en rêve un éléphant blanc doté de six défenses qui lui touche le flanc de sa trompe ; les brahmanes interrogés y voient le signe de la naissance d'un Eveillé dont le pouvoir s'étendra sur toute la terre. Sa naissance, dit encore la légende, tient elle-même du miracle : l'enfant, qui surgit du flanc droit de sa mère, naît en marchant. Et il porte sur lui les trente-deux marques que la tradition indienne appelle du « Grand Homme », signant un destin religieux extraordinaire. Son père, qui veut en faire l'héritier du trône, est prévenu : quand son fils verra un vieillard, un malade, un cadavre et un mendiant, il quittera le palais et la ville. Dès lors, tout est mis en œuvre pour que le regard de Siddharta ne croise pas les réalités de la vie humaine. Il mène donc, durant trente ans, une existence de rêve, oisive et protégée. Mais non sans quelques signes annonciateurs de son futur destin : enfant, il se plaît à la méditation sous un arbre – et l'on dit même que le soleil s'arrêtait dans sa course pour le protéger. Adolescent, il refuse d'abord les épouses que lui offre son père, avant de se marier avec sa cousine, d'avoir un enfant, un garçon prénommé Rahula, et d'être probablement doté d'un gynécée, comme le veut la coutume. On sait aujourd'hui, grâce aux recherches archéologiques, que Kapilavastu n'était pas la richissime ville que raconte la légende, et tout porte à croire que le père de Siddharta fut, dans le meilleur des cas, un roitelet local qui assura néanmoins aux siens des conditions de vie bien plus agréables que celles de la foule des miséreux qui les entouraient. Malgré la maigreur de ces premiers indices, l'existence historique du futur Bouddha n'est pas mise en doute. Et il est fort probable que, comme d'autres nobles de sa génération, il partit un jour vers les forêts en quête d'un maître qui lui révélerait les vérités ultimes.

La légende communément admise raconte les conditions de ce départ avec force détails. S'ennuyant dans son palais où la misère et même la maladie sont interdites, Siddharta décide d'aller à la découverte de sa ville. Il sort dans son char, conduit par un cocher. Il voit d'abord l'étrange silhouette d'un homme courbé ; le cocher lui explique qu'il s'agit d'un phénomène tout à fait naturel, la jeunesse ne durant qu'un temps avant de céder la place à la vieillesse qui use le

corps. A la sortie suivante, il croise un homme affai-
bli et fiévreux, jeté à la rue par sa famille ; le cocher
lui dévoile ce qu'est la maladie, Siddharta prend
conscience du caractère éphémère des plaisirs des
sens. A la troisième sortie, il découvre un cortège
funèbre ; impressionné par le spectacle de personnes
pleurant autour d'un corps qu'il croit endormi, il
apprend ce qu'est la mort : ces personnes pleurent
parce qu'elles ne reverront jamais celui qui est parti
et que l'on emmène vers le champ de crémation, lui
explique le cocher. La quatrième rencontre avec un
moine errant, tenant son bol à aumônes mais le
visage serein, est déterminante. Le prince Siddharta
comprend que sa riche condition ne le protégera
jamais de la vieillesse, de la maladie, ni de la mort.
Prenant conscience du caractère éphémère de l'existence, il décide de tout abandonner pour suivre
l'exemple de ce moine et de partir à son tour à la
recherche de la vérité qui le libérera. Un soir, il
quitte le palais à cheval avec son serviteur. Parvenu
suffisamment loin, il lui abandonne sa monture, son
manteau et tous ses biens. Il se rase la tête et
entame la deuxième phase de sa vie, celle du
renoncement.

Le prince devenu mendiant rejoint deux maîtres
yogis parmi les plus réputés. On dit qu'il réussit très
vite à les surpasser, atteint les états de concentration
les plus avancés, mais prend conscience que ceux-ci
ne suffisent pas à se libérer du samsara, la roue des
existences. Il poursuit sa quête auprès d'ascètes parmi
les plus stricts, demeure cinq ans à leurs côtés avec cinq
compagnons, jusqu'à frôler la mort, sans jamais
connaître la délivrance. Il renonce à cette vie de priva-
tions et de souffrances, abandonne le groupe, rejoint
le hameau d'Uruvilva, l'actuel Bodhgaya, et s'installe

sous un arbre, un pipal (appelé aussi le ficus religiosa), faisant vœu de ne plus bouger avant d'avoir atteint la Vérité. Mara, le dieu de la mort, raconte la légende, déploya tous ses efforts pour le détourner de son but. Il essaya de l'effrayer, avec ses armées de démons féroces, puis de le tenter, avec des troupes de femmes splendides. C'était peine perdue. Une main posée sur le sol, le méditant accède, quelques heures plus tard, à la boddhi, l'illumination, ou plutôt à la compréhension profonde : le prince Siddharta est devenu le Bouddha, l'Eveillé. Brusquement, il a compris le mystère de la mort et de la renaissance, découvert le moyen d'aider les êtres à sortir de la souffrance des existences et à se libérer du samsara. Comme les bouddhas du passé, il acquiert la triple science : le souvenir de ses existences passées (cinq cent quarante-sept, sous les formes les plus variées, dit la tradition), de celles de tous les êtres, et la certitude d'avoir détruit en lui les désirs qui produisent le karman et poussent aux renaissances successives.

Le Bouddha passe encore sept semaines sous son arbre, hésitant à aller enseigner ce qu'il a découvert. Le dieu Brahma, entouré de divinités, vient alors le supplier de répandre la vérité, disent ses biographes. Par compassion, l'Eveillé entame sa prédication qui durera quarante-cinq ans. Sa première étape est Sarnath, le Parc des Gazelles proche de Bénarès, où il délivre un enseignement aux cinq ascètes qu'il avait quittés et qui deviennent ses premiers disciples, des bhikkhu (« ceux qui reçoivent ») : c'est le fameux sermon de Bénarès, appelé aussi le sutra de la Mise en mouvement de la roue de la Loi, ou encore le discours sur les Quatre nobles Vérités. Puis il poursuit ses pérégrinations à travers toute l'Inde, allant de ville en ville, entouré d'une foule toujours plus importante de disciples qui forment la première sangha, la première communauté bouddhiste.

Les Quatre nobles Vérités

Le sermon de Bénarès résume l'essentiel de la doctrine que le Bouddha ne cessera par la suite d'expliciter, de détailler, d'illustrer. La « roue de la Loi » qu'il met ce jour-là en mouvement est d'ailleurs l'un des symboles majeurs du bouddhisme – la Loi, en sanskrit le *dharma*, étant comprise d'abord comme l'ordre universel immuable, mais aussi comme la doctrine qu'enseigne le Bouddha et qui révèle la vérité de cette loi fondamentale présidant à toute chose. C'est une doctrine qui tient en quatre phrases lapidaires (les Quatre Vérités) construites autour du mot *dhukka*, que l'on traduit en français par souffrance, mais qui désigne également toute une nuance de douleurs, à la fois psychologiques et philosophiques. Que dit donc le Bouddha ? La vie est dhukka. L'origine de la dhukka est la soif, comprise dans le sens de désir. Il existe un moyen de supprimer cette soif, et donc la dhukka. Ce moyen, c'est le noble chemin octuple, ou chemin aux huit éléments justes. Chacune de ces affirmations, qui constituent le socle commun du bouddhisme dans ses différentes écoles, mérite évidemment d'être développée afin de pouvoir être appréhendée avec toutes ses subtilités.

La première affirmation est le constat de la non-satisfaction. C'est le symptôme de la maladie que le Bouddha énonce en sept expériences : la naissance est souffrance, la vieillesse est souffrance, la mort est souffrance, être uni à ce que l'on n'aime pas est souffrance, être séparé de ce que l'on aime est souffrance, ne pas savoir ce que l'on désire est souffrance, les cinq agrégats d'attachement sont souffrance. Cinq agrégats qui forment le soi, constamment en flux, qu'il décline ainsi : l'agrégat du corps (ou de la matière), ceux des sensations, de la perception, des formations de l'esprit (les émotions, les pulsions, les volontés), et enfin de la conscience ou connaissance. Autrement dit, tout dans la vie est souffrance, la vie même est souffrance, et tout effort de l'homme pour accéder à un bonheur permanent n'est qu'une vaine illusion, dans la mesure où tout est impermanence. Reconnaître le principe premier de la non-satisfaction, c'est admettre que l'on ne peut pas plier le monde à ses désirs. Ce constat, lucide, objectif, est un premier pas sur la voie.

La deuxième vérité est un diagnostic de la cause de la souffrance : c'est, dit le Bouddha, le désir qui provoque la renaissance, l'avidité, la recherche de jouissance, la soif des plaisirs des sens, la soif même de la non-existence, qui est en réalité le refus de la loi du karma, la négation du lien entre l'acte et ses conséquences qui enchaîne l'être au samsara.

La troisième vérité affirme que la guérison est possible : c'est, dit le Bouddha, la cessation complète de cette soif, la possibilité qu'a l'homme de renoncer à ses désirs, de s'en détacher, de s'en libérer. Ce qui ne signifie pas la fin de la vieillesse, des malheurs, de la maladie ou de la mort, mais la capacité acquise de les observer comme des éléments extérieurs qui ne sont plus source de violence émotionnelle, mais des éléments de l'existence, à prendre comme tels, sans plus.

La quatrième vérité fournit le remède : c'est le « chemin octuple » qui conduit à la cessation de la souffrance, c'est-à-dire au nirvana. Ses huit composantes sont la compréhension juste, la pensée juste, la parole juste, l'action juste, le moyen d'existence juste, l'effort juste, l'attention juste et la concentration juste. Ces huit éléments sont traditionnellement divisés en trois disciplines : la conduite éthique, la discipline mentale et la sagesse. En réitérant le terme « juste », le Bouddha définit ce que l'on nomme « la voie du milieu ». D'ailleurs, ainsi que le rapportent toutes les traditions bouddhistes, il aurait ainsi entamé son premier discours : « Un moine doit éviter deux extrêmes. Lesquels ? S'attacher aux plaisirs des sens, ce qui est bas, vulgaire, terrestre, ignoble et qui engendre de mauvaises conséquences, et s'adonner aux mortifications, ce qui est pénible, ignoble et engendre de mauvaises conséquences. Evitant ces deux extrêmes, ô moines, le Bouddha a découvert le chemin du milieu qui donne la vision, la connaissance, qui conduit à la paix, à la sagesse, à l'éveil et au nirvana. »

Karma, samsara, nirvana

Dans le sermon de Bénarès, et plus encore dans les enseignements qui ont suivi, le Bouddha a explicité son propre entendement de trois notions indirectement puisées dans le fonds védique par les exégètes contestataires de son époque qui édifieront l'hindouisme tel qu'il s'est bâti depuis le tournant de notre ère, et tel que nous le connaissons aujourd'hui. Karma, samsara et nirvana sont trois mots sanskrits, que l'on retrouve également dans la théologie jaïne et hindoue, mais avec des définitions qui ne sont pas tout à fait les mêmes. Pour en saisir la subtilité, il importe déjà de définir ce qu'est le Soi, autrement dit le principe qui produit et accumule du karma, qui s'engage dans la roue du samsara, et qui un jour, dans cette vie ou dans une autre, accédera peut-être au nirvana.

A Bénarès, le Bouddha a défini le Soi comme une combinaison toujours mouvante de cinq agrégats : il est un assemblage, qui varie d'une seconde à l'autre, de matières, de sensations, de perceptions, de formations de l'esprit et de conscience. Prenant le contre-pied de l'hindouisme, il récuse l'existence d'un Soi permanent, l'atman, dans lequel il ne voit qu'une projection mentale ; il prône au contraire la doctrine de l'anatman, le non-soi. Un dialogue entre le moine Nagasena et le roi Milinda qui régnait sur des territoires de l'Indus à la fin du IIᵉ siècle avant notre ère permet d'expliciter ce concept. Le moine demande au roi de lui expliquer ce qu'est un chariot, et il lui cite chacun de ses éléments : est-ce l'essieu ? La roue ? Les cordes ? Le timon ? Le roi répond par la négative, le moine lui demande alors si le chariot se définit par tous ces éléments. Réponse tout aussi négative. Alors est-il autre chose que ces éléments ? Toujours non. Poussé dans ses derniers retranchements, Milinda dit à Nagasena que le chariot est l'assemblage de ces éléments dans un ordre donné, le résultat de cet assemblage se nommant chariot. De même en est-il de l'individu, lui répond le moine, résumant ainsi la définition bouddhiste du Soi.

Passons à présent au karma, que les hindous nomment karman. Dans leur doctrine, le karman est tout acte, son intention et son résultat, accumulé dans un corps subtil et invisible, qui conditionne la réincarnation de l'atman. La définition bouddhiste est plus restrictive : l'acte karmique, tel qu'il est explicité par le Bouddha, est un acte intentionnel (du corps, de la parole ou de la pensée) effectué sous l'effet de la croyance en un Soi personnel, et animé par la soif du devenir

187

personnel. Les actes courants accomplis sans intention positive ou négative (marcher, s'asseoir...) sont dits purs ou neutres. C'est donc l'intention de l'acte, et non l'acte lui-même ou son résultat, qui détermine sa valeur karmique. Or, cette intention est dictée par nos désirs et nos aversions : je recherche ce qui m'est désirable, je rejette ce qui m'est désagréable. Si, ce faisant, je nuis à autrui, j'accumule un karma négatif. Si je secours autrui, j'accumule un karma positif. Mais, dans les deux cas, la charge karmique produite me lie au samsara. Telle est la loi découverte par le Bouddha lors de son Eveil.

Le samsara bouddhiste est, comme le samsara hindou, le cercle vicieux des renaissances avec leurs cortèges de souffrances. Mais c'est évidemment sur la nature de ce qui se réincarne que divergent les deux doctrines. Ici, il n'existe pas de Soi, mais cinq agrégats lourds d'un poids karmique qui se séparent à la mort et se rassemblent aussitôt sous ce poids qui les lie à la roue des existences et à son cortège de souffrances. S'agit-il du même individu, dans la mesure où ce sont les mêmes cinq agrégats, avec les poids de leurs actes, qui se retrouvent pour une nouvelle aventure ? Les bouddhistes explicitent ce paradoxe avec l'exemple d'une bougie dont la flamme s'éteint et que l'on rallume. Cette flamme n'est plus celle qui s'est éteinte. Mais elle lui ressemble : elle appartient à la même bougie, qui était petite ou grosse, tordue ou bien droite, dotée d'une mèche de plus ou moins bonne consistance. Il faut dire que sur ce paradoxe, les bouddhistes eux-mêmes n'ont jamais cessé de disserter.

Enfin, quant au nirvana, la moshka au sujet de laquelle les sages hindous sont intarissables, le bouddhisme... n'en dit rien. Pas un mot, le Bouddha ayant estimé que les spéculations étaient vaines à ce sujet, dans la mesure où l'homme ne pourra jamais rien dire de ce qui dépasse complètement son entendement, son expérience, ses capacités de compréhension. Les textes les plus anciens, ceux qui vont le plus loin dans l'explicitation de ce concept, se contentent de dire ce que le nirvana n'est pas, de le décrire comme « un domaine où il n'y a ni terre ni eau ni feu ni vent, ni domaine de l'infinité de la conscience, ni domaine du néant ni domaine sans perception ni absence de perception, ni Soleil ni Lune[39] ». Au sens strict du terme, nirvana signifie extinction. Mais il ne s'agit pas pour autant du néant : cette extinction-là, si l'on suit la doctrine du Bouddha, est celle des désirs générateurs de souffrance. On peut dire, mais sans aller plus loin, que le nirvana est l'au-delà de la souffrance, une liberté complète enfin atteinte… et incompréhensible pour nous humains. Est-il essentiel d'en savoir plus ? Le Bouddha répondait à cette question par une parabole fréquemment citée, celle du chasseur grièvement blessé par une flèche empoisonnée, mais qui peut être sauvé si l'on agit rapidement pour retirer la flèche, trouver la nature du poison et son antidote, puis refermer la plaie. Perdre son temps à spéculer pour savoir d'abord qui a tiré la flèche et de quel bois était composé l'arc ne serait par contre d'aucune utilité.

Le sangha

Aussitôt qu'il achève son sermon de Bénarès, le Bouddha se retrouve à la tête d'une première communauté de disciples : ses cinq anciens compagnons qui l'ont écouté et se sont convertis à la voie qu'il propose.

Le Vinaya Pitaka, la « corbeille de règles » qui définit la discipline monastique et aurait été rédigée au Ier siècle avant notre ère, détaille cette conversion et l'éveil simultané des cinq, ajoutant que ceux-ci demandèrent alors au Bouddha de recevoir l'ordination majeure, c'est-à-dire de devenir moines, avant de s'emparer de leur bol d'aumônes pour s'en aller, comme tous les sages de l'Inde, mendier leur nourriture sur le bord des chemins. « Ainsi, dit le texte, le Bienheureux exhortait et instruisait les cinq moines et, en les enseignant graduellement, il leur fit avoir des pensées de joie. » Sur cette communauté, ce sangha de moines mendiants, viennent rapidement se greffer des laïcs : Yasas, un riche jeune homme qui a écouté le sermon et s'est aussitôt converti avec ses amis, puis le père de Yasas, parti à sa recherche, qui entend à son tour le Bouddha et qui, dit la tradition, est le premier laïc à « prendre le triple refuge » dans les trois « joyaux » du bouddhisme : le Bouddha, le dharma ou la doctrine, le sangha ou la communauté. Celle-ci est en effet un pilier de la nouvelle religion qui se forme. C'est une communauté itinérante, mendiante, qui s'accroît au fil de ses pérégrinations. Les moines qui la rejoignent s'engagent à suivre dix préceptes éthiques : s'abstenir de détruire la vie, de voler, d'avoir des relations sexuelles, de mentir, de boire de l'alcool, de manger l'après-midi, de chanter ou danser (deux activités qui participent de la bhakti hindoue), de se parer, d'user d'un lit ou d'un siège élevé, de recevoir de l'or ou de l'argent. Ils s'engagent aussi à la mesure : pour les prémunir contre l'ascétisme extrême dans lequel il voit un obstacle inutile à la pleine concentration requise par la méditation qui conduit à l'éveil, le Bouddha leur impose par exemple d'avoir trois robes, une passoire, une ceinture. Cédant aux supplications de sa tante qui veut se joindre à la communauté, le Bouddha, d'abord réticent, accepte finalement d'adjoindre aux bhiksu, les moines, des bhiksuni, des moniales, à condition que celles-ci restent sous la stricte domination de leurs pairs masculins : le moine le plus jeune conservera ainsi toujours la préséance sur la plus ancienne des moniales. Et a fortiori sur les laïcs, hommes (upasaka) et femmes (upasika), tenus à des préceptes moins stricts que les moines (ils ne sont pas contraints à l'abstinence mais à la mesure sexuelle, ils peuvent se parer, participer à des spectacles, dormir dans un lit, commercer…), mais qui ont pour obligation d'entretenir matériellement les moines en échange de leurs enseignements, comme il est d'ailleurs de tradition dans toutes les religions issues de l'Indus védique. La suprématie spirituelle des moines sur les laïcs est clairement établie par la doctrine : d'une part exclus de la vie religieuse monastique, ces derniers ne peuvent accéder au nirvana au terme de cette vie, les plus méritants pouvant espérer une renaissance rapide en moine, pour vivre pleinement l'enseignement et atteindre alors l'éveil. Toutefois, adoptant le chemin inverse de l'hindouisme qui s'est appuyé sur la loi du karma pour rigidifier le système des castes, le Bouddha a aboli celles-ci, instaurant au sein des communautés une primauté fondée, de manière très pragmatique, ni sur l'origine sociale ni sur le degré de réalisation spirituelle, mais sur l'ancienneté. Il en exclut cependant les voleurs et les criminels, au risque d'acquérir, dans un premier temps, une réputation élitiste.

Si le Bouddha a lui-même instauré les premières règles, destinées à aider au progrès spirituel de chacun (il est dit dans les textes anciens que le moine qui s'y plie et persévère dans la voie acquiert naturellement des dons surhumains, telle la possibilité de s'envoler ou de passer à travers les murs), celles-ci visent également à assurer l'harmonie au sein de la communauté. Vaine tentative ? Même du vivant du Bouddha, la cohabitation des moines ne se fait pas sans heurts. Malgré la clairvoyance que la tradition lui accorde, l'Eveillé admet en particulier, parmi les siens, son cousin Devadatta qui organise le premier schisme de l'histoire du bouddhisme, durcit les règles de l'ascèse et entraîne avec lui plusieurs centaines de moines. La légende a énormément noirci son portrait. L'historicité des faits semble cependant cohérente avec la réalité de l'Inde de cette époque.

Au fil des siècles, les règles monastiques vont se complexifier, s'allonger pour gouverner tous les aspects de la vie : à l'heure actuelle, 227 règles s'appliquent aux moines bouddhistes des pays d'Asie du Sud-Est, 250 à ceux d'Extrême-Orient, et 253 à ceux qui sont engagés dans la voie du bouddhisme tibétain. Dans tous les pays de tradition bouddhiste, le rattachement à un monastère, ne serait-ce que pour un temps déterminé (il n'existe pas de vœux perpétuels), reste considéré comme un statut respecté, ouvrant la voie à une meilleure renaissance.

Petit et Grand Véhicule

Le Bouddha, dit la tradition, meurt à l'âge de quatre-vingts ans, allongé dans un bois, sur un lit de fortune. Avant de s'éteindre et de rejoindre le nirvana, il a un dernier mot pour les siens, rapporté à peu près en ces termes par ses multiples biographes : « Les éléments qui conditionnent et les choses conditionnées ont pour nature la déformation. Soyez attentifs et sans négligence. » Au bout de sept jours d'hommages, son corps est incinéré et, après de vives tensions qui manquent de déboucher sur des guerres, ses cendres sont partagées entre sept royaumes[40] et conservées dans des stupas, des monuments où sont enfermées les reliques des grands maîtres pour être vénérées par les fidèles. Cet épisode laisse supposer que sa notoriété était alors très forte et son message suffisamment répandu ; les légendes qui entourent la vie du Bouddha font d'ailleurs état de ses rencontres avec plusieurs rois qui se partageaient les vastes étendues de l'Indus et qui, pour certains, tel le roi Bimbisara de Rajagra, premier monarque converti au bouddhisme, lui avaient offert leur protection.

Avec la disparition du premier « joyau », la communauté, qui s'interroge évidemment sur son devenir, est avant tout soucieuse de préserver son unité, garante de la perpétuation des enseignements. A maintes reprises, le Bouddha a prévenu les siens : « A ma mort, soyez votre propre île, votre propre refuge, n'ayez pas d'autre refuge. » Il semble que pendant le premier siècle qui a suivi sa mort, cette ultime recommandation ait été plus ou moins entendue. La première génération est surtout affairée à recueillir les souvenirs, les paroles, les témoignages de sa vie – de la même manière qu'ont dû le faire les chrétiens et les musulmans après la disparition de Jésus et de Mohamed. La tradition bouddhiste affirme que face à l'abondance du matériel recueilli, cinq cents proches du Bouddha, des arhat ayant éteint jusqu'à l'ultime graine de passion en eux, se seraient réunis en concile à Rajagra pour établir un premier canon. Il n'existe toutefois aucune trace historique, pas plus de la réunion elle-même que du canon, chaque école du bouddhisme en présentant sa propre version, différente des autres, sous la forme d'une triple corbeille de sutras : la corbeille des textes (les enseignements du Bouddha relatifs à la doctrine), celle de la discipline (avec les règles de la vie monastique), et enfin la corbeille dite de la doctrine suprême, certainement beaucoup plus tardive dans la mesure où ses commentaires traitent de problèmes qui ne se posaient pas à la première communauté. Il faut dire que contrairement au christianisme ou à l'islam primitifs, le bouddhisme originel a rejeté l'idée d'une autorité centrale qui nommerait les hérésies et les condamnerait. Le Bouddha ayant encouragé chacun à être son « propre refuge », les maîtres ont donc puisé, dans le fonds de témoignages, ce qui correspondait à leur propre conception des enseignements de l'Eveillé, aboutissant, au milieu du IVe siècle avant notre ère, aux conciles de Vaisali puis de Pataliputra, et à la création de différentes écoles d'interprétation du dharma. L'objet de ces conciles est de se prononcer sur l'extrême exigence de la voie de l'arhat, littéralement le « tueur de l'ennemi », autrement dit l'idéal monastique établi par le Bouddha au fil de ses enseignements, celui du saint parfait qui s'est dépouillé de toutes ses passions, mûr pour la « vision pénétrante », la méditation qui l'engage sur le chemin de l'éveil. Mais c'est une voie terriblement exigeante, réclamant une discipline mentale qui ne peut être le fait que d'une infime minorité, et dont certains réclament l'assouplissement, condition *sine qua non*, selon eux, de la diffusion de la doctrine. A Pataliputra, un moine, Mahadeva, nie la perfection de l'arhat en évoquant les rêves érotiques qui surviennent chez beaucoup d'entre eux, prouvant qu'ils n'ont pas éteint tous leurs désirs. La majorité des moines conciliaires se rallie à sa position et va dans le sens d'un assouplissement de l'idéal posé ; plusieurs écoles se créent, chacune avec ses propres règles. Ceux-là tendront avec le temps à accorder au Bouddha des qualités qui ne sont pas de ce monde, et qui subsisteront dans les pratiques populaires des bouddhistes divinisant le Bouddha. Quant à la frange conservatrice, elle se divise elle aussi en plusieurs écoles dont l'ultime vestige est le Theravada, la Voie des Anciens. Cette première rupture officielle ouvre la voie à la multiplication des interprétations des enseignements du Bouddha, mais donne aussi au bouddhisme sa véritable impulsion missionnaire, au-delà des frontières du nord-est de l'Inde où le Bouddha avait prêché et où ses disciples s'étaient installés.

Cela dit, la « chance » du bouddhisme a un nom : Asoka, petit-fils de Chandragupa, connu pour avoir abdiqué afin de devenir un moine jaïn. Il a été, au IIIe siècle avant notre ère, le premier souverain à réunir sous son autorité la quasi-totalité du sous-continent indien. Conquérant cruel, il est dévoré de remords en constatant les conséquences de sa violence et, devenu roi tout-puissant, se convertit à la doctrine du Bouddha. Trois stèles portant son nom (sur un total de trente) sont spécifiquement consacrées au bouddhisme : l'édit de Bahra, datant de 255 avant notre ère, qui porte des recommandations sur l'observance de la doctrine, le rescrit de Kausambi, appelant le sangha à l'unité (ce qui sous-entend que les divisions de la communauté devaient être préoccupantes pour le monarque), et enfin une stèle faisant état d'un pèlerinage du monarque sur les lieux de la naissance du Bouddha, à Lumbini. Ashoka aurait affirmé avoir envoyé des missions en Grèce et en Egypte, il est en tout cas certain que son fils et sa fille ont introduit le dharma à Ceylan, l'actuel Sri Lanka, où il fut très vite décrété religion d'Etat sous sa forme la plus rigoureuse, le Theravada, dit aussi Hinayana ou Voie des

Anciens, fidèle à la voie de l'arhat, appelée de manière méprisante le Petit Véhicule par la majorité bouddhiste qui se revendique du Grand Véhicule. A partir de là, le bouddhisme Theravada a gagné au fil des siècles d'autres pays du Sud-Est asiatique, en particulier les territoires des actuels Myanmar (Birmanie), Laos, Thaïlande, et Cambodge où il reste aujourd'hui dominant. Il faut noter que le plus souvent, les conversions au bouddhisme commenceront par celle du souverain qui imposera la nouvelle religion, devenue religion d'Etat, à ses sujets : outre Ceylan, ce fut le cas, entre autres, au Cambodge au IIIe siècle, en Birmanie au Ve siècle, en Thaïlande au XIe siècle ou encore au Laos au XIIe siècle.

Dans les décennies qui suivent, d'autres missions se dirigent vers le Gandhara, territoire recouvrant une partie de l'actuel Afghanistan et du Pakistan, porte de la Route de la soie où, au IIe siècle avant notre ère, se produit la rencontre déterminante du bouddhisme avec le monde grec qui s'est avancé jusqu'au cœur de l'Asie sous l'effet des conquêtes d'Alexandre le Grand. Dans l'Empire kouchan qui s'y crée vers 165 avant notre ère, les deux civilisations issues du même tronc aryaniste s'apprivoisent mutuellement. Des Grecs, les bouddhistes et les hindous apprennent l'art de la statuaire ; en retour, ils font bénéficier les Hellènes de leur philosophie, de leurs sciences, de leurs mathématiques. Le bouddhisme ne sort pas indemne de ce choc culturel, de la véritable coexistence interreligieuse qui s'installe, comme en témoignent par exemple les vestiges de Ay Khanoun, une ville phare aux confins de l'Afghanistan et du Tadjikistan, surnommée par Ptolémée l'Alexandrie de l'Oxus. C'est là en effet que l'on a retrouvé, côte à côte, des temples grecs, des stupas bouddhistes et des temples hindous, ainsi que d'étonnantes représentations du Bouddha entouré de dieux du védisme ou encore représenté sous les traits du dieu grec Apollon. Sous l'influence de cette effervescence religieuse se développe au tournant de notre ère la voie Mahayana, dite du Grand Véhicule, aujourd'hui dominante en Chine, au Vietnam, au Japon ou en Corée. Là où la littérature ancienne du Theravada présente le Bouddha comme l'unique enseignant ayant proposé un enseignement « aux 84 000 portes d'entrée » adapté à ses différents auditeurs, les sutras plus récents du Mahayana affirment d'une part qu'il existe d'autres bouddhas, dans d'autres univers. D'autre part, ils avancent que Gautama n'est pas un vrai humain, mais la manifestation, dans un « corps de métamorphose », d'un bouddha transcendant, une nature parfaite illimitée, une hérésie au regard du Theravada qui insiste pour le décrire comme un sage bien humain. Ils ajoutent à cela que le Bouddha aurait délivré des enseignements secrets, réservés aux bodhisattvas, des êtres exceptionnels qui ne visent pas le nirvana mais un « Eveil parfait » leur permettant de rester dans le samsara pour délivrer à leur tour leurs enseignements à tous ceux qui continuent de souffrir. Cette compassion vécue, cette « grandeur » ont donné au Mahayana le surnom de Grand Véhicule, par opposition au Petit Véhicule, le Theravada, voie étroite et individuelle, que chacun emprunte en vue de sa propre libération, en obéissant à une exigeante discipline.

Le bouddhisme chinois chan, exporté au XIIIe siècle au Japon où il est connu sous le nom de zen, appartient à la branche Mahayana qui considère que chacun possède en soi une « nature de bouddha » lui permettant d'accéder à l'éveil. Cette forme de bouddhisme, qui a énormément séduit les Occidentaux, a ceci de particulier que les écritures y jouent un rôle secondaire, l'expérience fondamentale étant l'« illumination intérieure », nom qui y est donné à la méditation. Le chan/zen prône en effet l'expérience intuitive obtenue en zazen, c'est-à-dire en s'asseyant en posture du lotus et en chassant toute pensée pour s'ouvrir à la nature vide de l'esprit, faire l'expérience de sa propre bouddhéité et révéler sa vraie nature de bouddha. Le premier pratiquant du zazen aurait été Gautama lui-même, auquel on fait remonter l'origine de cette tradition très épurée : c'est en effet dans une telle position qu'il aurait réalisé l'éveil. Le zen est lui-même divisé en deux branches : le soto qui met l'accent sur la méditation assise, et le rinzai qui y adjoint l'art des koan, des récits courts, parfois absurdes, que le maître raconte aux disciples dans le but de susciter en eux un choc libérateur leur permettant d'expérimenter la vérité suprême. L'esprit zen, qui prône la concentration sur chaque activité du quotidien dans le même état d'esprit qu'en méditation, a profondément influencé la culture japonaise à travers la cérémonie du thé, de l'art floral ikebana, et à travers tout un art de vivre dont l'extrême dépouillement exprime l'éveil de l'esprit à sa nature d'origine, le vide.

Le bouddhisme tibétain

Au VIIe siècle, le bouddhisme s'introduit au Tibet, un royaume aux confins de l'Inde et de la Chine dont le souverain, le roi Song Tsen Gampo, se convertit sous l'influence de l'une de ses épouses, une princesse chinoise. L'installation du bouddhisme ne se fait pas sans heurts : en dépit de décrets royaux, les chamanes autochtones, les bön, entrent en résistance.

Le bouddhisme ne remportera la victoire qu'au prix d'un bain de sang, et la popularité grâce à des compromissions avec les croyances anciennes. Il en vient à former une troisième voie, parallèle au Theravada et au Mahayana, à laquelle il donne le nom de Vajrayana, le Véhicule de diamant. Celle-ci, disent les Tibétains, est fondée sur un troisième tour de la « roue des enseignements » du Bouddha, transmise, à l'inverse des deux autres tours (correspondant aux deux autres écoles), de manière uniquement orale et confidentielle, aux seuls disciples qui étaient aptes à la comprendre, et mise tardivement par écrit. Fondé sur des techniques méditatives très complexes, dans lesquelles interviennent des visualisations de « déités » présentées comme des projections de l'esprit, le bouddhisme tibétain a la particularité de se vouloir une voie de réalisation « en un corps et une vie », c'est-à-dire qu'il offre la possibilité à tous ses pratiquants d'atteindre ce qu'il appelle la pleine réalisation spirituelle, au-delà du nirvana. Son impressionnant canon, le Narthgang en trois cent vingt-cinq volumes, recèle des sutras, des révélations qui dévoilent ce chemin. Des tantras, textes souvent étranges, décrivent les pratiques et les rituels à mettre en œuvre pour se libérer du samsara, parmi lesquels des récitations de mantras, formules quasi magiques chargées d'une extraordinaire puissance favorisant l'illumination, des gestes ou mudras dont l'exécution minutieuse est réputée transformer le psychisme humain, et la reproduction de mandalas, des « diagrammes cosmiques » utilisés pour la méditation.

Du bön, ce bouddhisme si particulier a hérité le culte aux montagnes sacrées, les pratiques d'ablutions, de dépôts de pierres en certains lieux déterminés, celles des drapeaux de prières qui, en étant agités par le vent, portent aux forces surnaturelles les messages des fidèles, ou des « offrandes sonores », chants et danses rituels qui visent à satisfaire les bouddhas et les dieux. Il en a aussi conservé (et intégré aux enseignements du Bouddha) un panthéon où figurent les douze tenma, les déités protectrices du Tibet, à côté des dieux du sol ou du foyer, ainsi que des médiums dans lesquels peuvent s'incarner ces divinités pour transmettre des messages aux humains, le plus célèbre étant l'oracle de Nechung qui, dans ses transes au cours desquelles il est investi par l'esprit de la déité Nechung, conseille le dalaï-lama et son gouvernement pour les questions temporelles et spirituelles. Mais la caractéristique essentielle du bouddhisme tibétain, également pratiqué en Mongolie, est la fonction tenue par les monastères, sièges des lignées religieuses. Il en existe quatre principales, ayant chacune ses particularités rituelles et dogmatiques, sa déité protectrice et ses subdivisions : les Nyingmapa ou anciens, la Kagyupa, les Sakyapa, et les Guelugpa dont est issu le dalaï-lama – en avril 1988, le XIVe dalaï-lama a reconnu les bön comme cinquième école du Tibet. Chaque lignée est présidée par un maître qui est la réincarnation du fondateur, son tulkou, littéralement son « corps de transformation ». Ce système, mis en place au XIIIe siècle sous l'influence de puissants clans féodaux dont les intérêts se confondaient avec le religieux, fait intervenir des processus de reconnaissance complexes où se mêlent divinations « dans une intention pure » et prémonitions après récitation des prières appropriées. Depuis le XVIIe siècle, le dalaï-lama, lui-même un tulkou, est le chef temporel et spirituel du Tibet – et traditionnellement principal propriétaire des terres.

Selon certaines estimations, avant l'invasion chinoise de 1950, environ 20 % des Tibétains vivaient dans des monastères. La politique chinoise antireligieuse, particulièrement pendant les années noires de la Révolution culturelle, a eu pour effet de casser cet immense réseau monastique avec la destruction de plus de six mille monastères et le massacre, l'emprisonnement ou l'envoi en camps de rééducation de plusieurs dizaines de milliers de moines et de nonnes. Le peuple tibétain n'en demeure pas moins très religieux et fortement attaché au dalaï-lama, qui a fui son pays pour trouver refuge en Inde en 1959. C'est donc aujourd'hui surtout en Inde et en Occident que le bouddhisme tibétain peut continuer à perpétuer librement ses traditions séculaires menacées de disparition au Pays des Neiges.

Les dieux du Bouddha

Dans tous les pays de tradition bouddhiste, force est de constater que la religion vécue n'est pas tout à fait celle du message originel. Face au foisonnant panthéon tibétain, les fidèles des autres contrées asiatiques proposent leurs propres déités, issues des cultes rendus autrefois aux dieux locaux, et intégrées à l'univers des bodhisattvas ou à celui des deva. Les pratiques dévotionnelles dont ces dieux font l'objet sont particulièrement répandues dans les zones de la tradition Mahayana qui a en quelque sorte divinisé le Bouddha, elles ne sont pas non plus absentes des régions où domine le Theravada, la voie pourtant plus stricte des anciens.

Certes, au regard de la doctrine, prier les deva ou attendre leur protection est une illusion : ces divinités, qui habitent un plan supérieur de l'échelle du monde mais restent soumises au samsara, n'ont aucun pouvoir d'intercession dans les affaires des hommes. Pourtant, les hommes les prient. Non pour obtenir l'éveil, mais pour répondre aux besoins du quotidien : une guérison, une réussite, un vœu, un bénéfice pour soi, pour un proche ou pour un défunt. Le bouddhisme populaire, pratiqué jusque dans les temples, est un foisonnement de deva, de démons, de bodhisattvas qui font l'objet de rituels, souvent d'ailleurs encadrés par les moines. De la Malaisie à la Corée, de Hong Kong au Sri Lanka, au Cambodge ou encore au Vietnam, les offrandes s'entassent sous les statues et les images, exactement comme il en est dans les pratiques dévotionnelles de la bhakti hindoue. Et, comme dans la bhakti, les fidèles s'attachent souvent à une déité particulière avec laquelle ils entretiennent une religion intime et personnelle, et avec laquelle ils nouent une sorte de pacte : les dons et les prières en échange de la protection, alors même que les enseignements du Bouddha n'y voient que symboles et illusions pures. Les hiérarchies bouddhistes se sont toujours montrées très tolérantes à l'égard de ces pratiques, certes éloignées de l'esprit de la doctrine, mais dans lesquelles elles reconnaissent un soutien important pour les pratiquants. Elles les considèrent même, d'une certaine manière, comme des moyens spirituels pour progresser sur la Voie. Il faut noter que dans tous les pays où il s'est implanté, le bouddhisme n'a jamais hésité à se conjuguer avec les pratiques antérieures, ce qui explique d'une part la multiplicité de ses visages, d'autres part la facilité de sa diffusion.

Le bouddhisme en Occident

Les premiers contacts entre l'Occident et ce que l'on n'appelle pas encore le monde bouddhiste sont le fait de quelques grands voyageurs dépêchés au XIIIe siècle vers l'Asie, tels Marco Polo ou Guillaume de Rubrouck qui ont, en particulier, commencé à colporter l'idée d'un Tibet magique et de lamas aux pouvoirs extraordinaires. Après une interruption due à la dislocation de l'Empire mongol, les contacts qui reprennent au XVIIe siècle sont le fait de missionnaires, en particuliers jésuites, qui regardent le bouddhisme à travers le prisme chrétien et en rapportent une image négative, celle d'une religion du vide et de la négation de Dieu. Dans les années 1830, le sanskrit et le pali sont enfin traduits, ce qui permet d'avoir accès aux textes fondamentaux ; le Hongrois Körös traduit des textes du tibétain, et en France, Eugène Burnouf publie une remarquable *Introduction au bouddhisme indien*. On prend conscience du rayonnement extraordinaire de cette philosophie, des débats passionnés sont lancés, des poètes, des écrivains, des philosophes européens se piquent de bouddhisme... mais souvent pour y projeter un athéisme radical et un sentiment de néantisation. Le bouddhisme est caricaturé : il devient la philosophie nihiliste par excellence, surtout quand il est lu à la lumière de la pensée très pessimiste de Schopenhauer qui en revendique lui-même la proximité avec celle du Bouddha. Le travail de découverte se poursuit à la fin du XIXe siècle en suivant plusieurs axes. D'une part, des dizaines de textes sont mis à la portée d'un public cultivé – le Bardo Todol, le Livre des morts tibétain, aura par exemple un impact considérable sur des intellectuels comme Carl Gustav Jung ou Albert Einstein, et les chants de Milarepa, un mystique, lui aussi tibétain, du XIe siècle, seront traduits dans une quarantaine de langues. Par ailleurs, des voyageurs orientalistes, telle la célèbre Alexandra David-Néel, permettent, à travers leurs témoignages, une redécouverte du bouddhisme tibétain qui continue d'entretenir le mythe d'un Tibet terre de miracles.

Enfin, une autre filière importante est celle de l'ésotérisme occidental qui récupère lui aussi le « Tibet magique » et assied ses enseignements sur des récits initiatiques qui seront des best-sellers tout au long du XXᵉ siècle, tels *La Vie des maîtres* de Baird Spalding ou *Le Troisième œil* de Lobsang Rampa. Il faut y ajouter quelques conversions au bouddhisme, mais le phénomène est encore très marginal.

Les années 1960 constituent un véritable tournant avec l'émergence d'une contre-culture rejetant le matérialisme occidental. L'Orient apparaît comme une alternative : c'est la vogue des chemins de Katmandou, du yoga, des arts martiaux, le succès des films d'Arnaud Desjardins sur les lamas tibétains exilés en Inde, où beaucoup de jeunes vont se rendre. Cultivés, souvent issus de milieux aisés, certains d'entre eux vont fonder à leur retour les premiers centres bouddhistes, aux Etats-Unis notamment, mais aussi en Grande-Bretagne et en France. Parallèlement, le bouddhisme zen, qui ne touchait qu'une élite, connaît un important développement avec la venue en Occident de grands maîtres, comme Taisen Deshimaru en France. Ce dernier va créer l'association Zen internationale qui regroupe plusieurs centaines de dojos dans toute l'Europe. Les maîtres tibétains arrivent, eux, à partir des années 1970. En France, l'impact de Kalou Rimpoché est considérable ; il fonde plusieurs centres, des milliers de Français prennent refuge avec lui, il lance les fameuses retraites de trois ans, trois mois et trois jours qui caractérisent le bouddhisme tibétain. Une jeunesse à la recherche de nouveaux repères et d'une expérience spirituelle forte rejoint le bouddhisme sous ses différentes formes, mais surtout tibétaine, le mythe du Tibet magique ne s'étant jamais totalement dissipé. Dans ces années 1970, la tendance était radicale : on quittait tout pour suivre un maître. Les années 1980, celles de l'expansion, correspondent à un choix plus mesuré. La pratique radicale est celle d'une infime minorité ; la majorité, elle, se dilue dans cette religiosité flottante et assez syncrétique qui se diffuse en Occident, individualiste, pragmatique, faite de quelques stages de méditation, de week-ends de retraite spirituelle, de cours hebdomadaires ou mensuels de yoga ou de zen, parfois de pratique domestique, chez soi, où l'on médite devant un autel bricolé « à la manière » des autels d'Asie. En tout cas, beaucoup d'Occidentaux témoignent de la richesse qu'apporte la méditation bouddhiste à leur vie spirituelle. Sa dimension plutôt individuelle, non dogmatique, en un sens très moderne, joue pour eux un rôle de resocialisation sur le plan religieux. L'absence d'un Dieu créateur, omnipuissant, en fait aussi une voie philosophique qui permet de réintroduire dans la pensée occidentale la question du sens qui avait été délaissée.

Le bouddhisme occidental n'est pas le bouddhisme d'Asie. Epuré des croyances populaires, du chatoiement des panthéons, des rites, on le qualifie volontiers de « nouveau véhicule » qui serait une synthèse entre la doctrine traditionnelle et les angoisses de l'homme moderne. La quatrième religion du monde compte aujourd'hui près de quatre cents millions de fidèles. Leur nombre serait plus important si les bouddhistes n'avaient pas eu à souffrir au cours du XXᵉ siècle de l'idéologie communiste et de certains régimes dictatoriaux qui n'ont cessé de le persécuter en Asie. Reste un étrange paradoxe, celui du grand échec du bouddhisme sur sa terre natale, l'Inde, où, sous les assauts conjoints de l'hindouisme et de l'islam, il s'est progressivement éteint à partir du XIᵉ siècle.

9

Sagesses grecques

Après l'Asie, revenons à l'Occident et à ses racines religieuses. Nous sommes à la période axiale, au milieu du Ier millénaire avant notre ère. La Chine et l'Indus, nous venons de le voir dans les chapitres précédents, ont commencé à rompre avec leurs anciennes traditions qui ne suffisaient plus à répondre aux aspirations de l'« homme moderne » de ce temps. La Perse et la Mésopotamie, jusqu'aux rivages orientaux de la Méditerranée, vont connaître à la même époque une révolution similaire qui les conduira toutefois dans une autre direction, celle de l'élaboration de la croyance en un Dieu unique, le monothéisme. C'est ce que nous verrons dans les chapitres suivants. Mais je voudrais d'abord m'arrêter ici sur le développement très particulier qu'a connu un territoire fort réduit, mais dont les répercussions ultérieures sur notre civilisation occidentale seront énormes. Il s'agit de la Grèce, patrie des dieux de l'Olympe, qui s'engage elle aussi, simultanément, dans son tournant axial. Mais de manière étonnante, et dont la spécificité est, à vrai dire, non élucidée malgré toutes les tentatives d'explications qui se succèdent depuis deux siècles. La Grèce prendra en effet ce tournant par le biais, non pas de dieux et d'une religion constituée, mais de la sagesse et de la philosophie. Autrement dit, pour affirmer un salut de l'âme ailleurs que dans le terne royaume souterrain de l'Hadès, elle cherchera à se fonder sur une connaissance plutôt que sur une croyance, sur la raison plutôt que sur les mythes, sur l'observation plutôt que sur le recours à la tradition. En recourant à la philosophie, les Grecs ne vont pas tant interroger les dieux et les esprits que l'homme et l'esprit – même si les dieux ne sont pas absents de leurs réflexions, même s'ils en sont d'ailleurs l'ultime objectif sous la forme de l'Un. Quant au contact avec le divin, il sera recherché moins par la prière publique que par les cultes dits à mystères. Qui, au même titre que la philosophie, requièrent un apprentissage, une initiation de maître à disciple, et affirment se fonder sur une sagesse acquise par la voie de la connaissance.

Naissance de la philosophie

Comme tous les autres peuples, les Grecs tentent d'expliquer le pourquoi de l'univers. Leur mythologie est certes prodigue en récits sur l'origine du monde, né de Chaos, mais dès le VIe siècle avant notre ère apparaissent les premières tentatives d'apporter des réponses « rationnelles » à cette interrogation, autrement dit des réponses qui, tout en faisant intervenir des forces surnaturelles, font appel à un principe ordonnateur, à la rationalité. En tout cas celle de l'époque. Ils interrogent l'univers pour en connaître la nature primordiale et la structure. Chaos, se disent les premiers penseurs, ne constitue pas une réponse « logique » à cette quête.

A la fois mathématicien, philosophe et politicien, le présocratique Thalès (v. 625-v. 547), qui fait partie de ceux que l'on appelle les « sept sages de la Grèce », voit en l'eau le principe de toutes choses : condensée, elle donne la terre ; raréfiée, l'air. Il fonde l'école de Milet (du nom de sa ville natale, dans l'actuelle Turquie), la première école de pensée qui établit une distinction entre le naturel et le surnaturel, autrement dit qui ne voit pas les esprits et les dieux à l'œuvre dans tous les phénomènes naturels : la nature peut, disent-ils, être intelligible par elle-même. Anaximène, l'un des disciples de Thalès (v. 585-v. 525), contredira le maître en affirmant que tout dérive de l'air plutôt que de l'eau. Mais à l'école de Milet, ces contradictions ne sont pas vues comme des hérésies : elles sont, au contraire, au cœur de ce qui en fera la réputation, à savoir l'ouverture à la confrontation des thèses et des idées. L'homme n'est plus simplement serviteur des dieux, il est un être qui pense. Ce que nous savons de l'école de Milet, dite aussi milésienne, est malheureusement très limité : à peine quelques fragments d'écrits nous sont parvenus de Thalès, d'Anaximène et des autres présocratiques, essentiellement à travers l'œuvre de Diogène Laërce qui, au début du IIIe siècle, a compilé la vie et l'œuvre des grands philosophes grecs de l'Antiquité[41].

C'est néanmoins toute une nouvelle structure de pensée qui commence avec cette école : l'univers, incluant les humains qui en font partie, est perçu comme une unité. Pour connaître l'univers, l'homme doit donc commencer par le plus accessible, c'est-à-dire par se connaître lui-même – une notion dont on voit les prémices chez Thalès, et qui est affirmée de manière nette chez Héraclite auquel Diogène Laërce attribue la phrase suivante : « Il faut s'étudier soi-même et tout apprendre par soi-même[42]. » Héraclite est par ailleurs l'un des premiers Grecs à développer la notion de Logos, qu'il situe à l'origine de la pensée humaine. Le Logos, dit-il, signifie certes la parole, mais parce que la parole c'est les mots que nous utilisons pour désigner le monde dans lequel nous vivons, et ce faisant pour le traduire en lois logiques, le Logos est en fait la raison créatrice de sens, voire créatrice de réalité. Pourtant, ajoute-t-il, ce mot, les hommes ne le comprennent jamais. A la suite d'Héraclite, la philosophie grecque désignera, à travers le Logos défini à la fois comme parole et raison, une rationalité gouvernant le monde, la source des idées selon Platon, qu'un certain nombre de philosophes nommeront le principe suprême. Relu au début du Ier siècle par le philosophe juif Philon d'Alexandrie, le Logos sera perçu comme la pensée ou la parole de Dieu dont l'élément principal est le pneuma, le souffle vital ou divin qui donne la vie. Philon, je le signale ici bien que ce ne soit pas l'objet de ce chapitre, influera à son tour l'évangéliste Jean qui identifiera le Logos à la deuxième personne de la sainte Trinité, incarnée en la personne de Jésus.

Le tournant majeur induit par ces penseurs du VIe siècle avant notre ère est l'interaction, désormais constante dans les différents courants grecs, entre philosophie, science et théologie. Le dieu ou le principe des philosophes, organisateur du cosmos, n'aura plus grand-chose à voir avec Zeus, le chef du panthéon grec, personnage capricieux et soumis à des passions humaines, vénéré dans les temples mais insuffisant pour nourrir la pensée. Néanmoins, en ce VIe siècle, l'influence des philosophes se fait discrète, en raison de leur éloignement géographique : ils sont essentiellement installés sur la côte méditerranéenne de l'Asie Mineure (Héraclite était un philosophe d'Ephèse, ville située non loin de Milet).

Au Vᵉ siècle avant notre ère, Anaxagore (v. 500-v. 428) est le premier philosophe à quitter cette région (il est né à Clazomènes, non loin d'Izmir) pour s'installer à Athènes où il a pour élèves Périclès et Euripide. Dans une cité où la croyance en les dieux de l'Olympe est profondément enracinée, il sème le doute en affirmant que l'univers est formé d'une combinaison de « qualités » élémentaires indécomposables, ordonnées par ce qu'il appelle le *Nous*, qu'il définit comme l'intelligence organisatrice et directrice du monde, celle qui met tout en ordre. Il sème un trouble plus profond en ajoutant que les astres, dans lesquels tout le monde voit des dieux, ne sont qu'une masse incandescente en ce qui concerne le Soleil, de la vulgaire terre pour ce qui est de la Lune. Quant aux éclipses, dit-il, elles ne sont pas, elles non plus, des divinités, mais le seul effet de l'ombre portée de la Lune sur la Terre. Accusé d'athéisme, Anaxagore est condamné à mort. Il fuit Athènes et se réfugie près de Milet où il meurt quelques années plus tard. Mais dans la principale cité grecque, il a introduit le ver de la philosophie dans le fruit de la cosmogonie.

L'école socratique

La légende veut que Socrate (v. 470-v. 399) ait connu Anaxagore à Athènes et qu'il ait été, dans un premier temps, fasciné par la théorie du *Nous* en tant que principe de l'univers, avant de prendre ses distances avec son aîné. Tout en souscrivant au *Nous*, Socrate refuse en effet de le considérer comme un principe simplement physique, mécanique : lui-même défend une idée du Bien qui, à ses yeux, ne peut se réaliser pleinement dans un univers guidé par de simples lois de la nature. Socrate a une cinquantaine d'années quand il entame une carrière de philosophe errant, que je ne peux m'empêcher de comparer à celle des prédicateurs errants qui sillonnent à ce même moment d'autres zones géographiques, dans l'Indus, en Perse ou en Mésopotamie. Comme ces derniers, il se concentre sur l'homme et la morale, affirme la transcendance des valeurs et fonde la sagesse sur un divin envers lequel il affirme sa foi. Figure emblématique de la philosophie dont il est considéré être le père fondateur, Socrate n'a laissé, pas plus que Bouddha ou Jésus, aucun écrit de sa main ; nous savons de lui essentiellement ce que nous en a légué son plus célèbre disciple, Platon. Comme les sophistes grecs qui l'ont précédé et qui sillonnaient les villes pour enseigner l'art de l'interrogation critique et de l'argumentation, Socrate, qui est pauvre, flâne dans les rues d'Athènes, entouré de disciples, pour prodiguer, non pas des enseignements, mais une manière de savoir. Il se présente en effet, plutôt qu'en maître, en accoucheur d'idées, inventeur de la maïeutique, un terme inspiré par l'accouchement des femmes, qu'il appliquera aux esprits pour en faire émerger le savoir qui est caché en soi. « Je sais que je ne sais rien », répète-t-il à ceux qui le suivent. Il n'interroge ses interlocuteurs ni sur les dieux, ni sur l'origine du monde, mais sur eux-mêmes, sur leur relation aux dieux, sur leurs activités dans le monde. Sa technique est fondée sur l'ironie : il joue à l'ignorant, voire au bouffon, jusqu'à déstabiliser son interlocuteur, jusqu'à le mettre à nu pour provoquer une prise de conscience et le conduire, si sa nature s'y prête, à l'expérience de la vérité. Il est en tout cas convaincu qu'un homme éclairé, un homme qui applique le célèbre « connais-toi toi-même », ne peut pas choisir le mal. A travers sa réflexion philosophique, ce n'est pas tant la vie de la cité qui l'intéresse que l'ascension de l'âme vers des vérités supérieures. Lui-même dit entendre la voix de sa conscience qu'il appelle son « daïmon », littéralement son démon, un génie familier qu'il considère comme une émanation de la divinité qui se substitue aux oracles pour faire parvenir aux hommes le message des dieux. A-t-il, par ses idées, perverti la jeunesse athénienne ? Tel est le crime principal dont il est accusé, à côté de celui de rejeter les dieux de la cité, au profit d'autres dieux, en particulier le daïmon. Il est condamné à mort par empoisonnement, refuse d'abjurer ses idées, et même de s'enfuir quand il en a l'occasion. Avant de mourir, dans un dialogue sur l'immortalité de l'âme que Platon consigne dans le *Phédon*, Socrate affirme que le sage peut espérer un séjour divin. Sa mort dans des circonstances aussi tragiques contribue à populariser sa manière de philosopher : de nombreux Athéniens protestent en effet contre ce qu'ils considèrent comme un jugement inique, et ceux qui l'avaient condamné sont exilés, tandis qu'une statue est érigée pour perpétuer son souvenir.

Platon a vingt ans quand il rencontre Socrate. Il partage les huit dernières années de la vie du maître qui l'influence au point qu'il est difficile de départager les idées de l'un et de l'autre, d'autant que Platon a écrit la plus grande partie de son œuvre en se référant à Socrate, voire en le mettant directement en scène dans des séries de dialogues. A la mort de son maître, qui le marque énormément, Platon entreprend un voyage de douze ans qui lui fera côtoyer des pythagoriciens et le mènera jusqu'en Egypte, puis il revient à Athènes y fonder l'Académie, la première école de philosophie (qui fonctionnera jusqu'au VIe siècle de notre ère). C'est là qu'il organise sa pensée fondée sur la quête de l'immuable, de l'essence, par-delà le monde sensible, insaisissable parce que constamment en mouvement. Cette essence, dit-il, ce sont les Idées, seules réalités incorruptibles : Idées du Vrai, du Beau et surtout du Bien qui est le Divin, un principe suprême, un absolu dont il ne doute pas mais qu'il ne recherche ni dans les temples ni dans la prière, uniquement dans la réflexion et la philosophie. « Au terme du monde intelligible est l'idée du Bien, écrit-il, difficile à voir, mais qu'on ne peut voir sans conclure qu'elle est universellement la cause de toutes les choses bonnes et belles, elle qui a engendré, dans le monde visible, la lumière[43]. » Plus encore que son maître Socrate, Platon affirme qu'en se libérant des chaînes de ses sens et de ses désirs, de ses ambitions et de ses passions, l'homme peut accéder au vrai savoir et, par-delà ce savoir, à la vision de l'Agathon, le Bien suprême. Toutefois, précise-t-il, cette vision reste imparfaite : elle ne peut se réaliser pleinement qu'après la mort. Platon est en effet convaincu de l'immortalité de l'âme, donc du salut individuel, au point d'affirmer que c'est la réminiscence de souvenirs oubliés à la naissance, souvenirs d'un séjour de l'âme dans un monde supérieur, qui permet à l'homme de connaître les Idées. Croyant en une métempsycose purificatrice, il décrit celle-ci à trois reprises : dans le *Phédon* qui raconte les derniers jours de Socrate, à la fin du *Gorgias*, et surtout dans le mythe d'Er qui clôt *La République*. Revenu à la vie vingt jours après sa mort, le soldat Er y décrit le lieu du Jugement où il s'est rendu et où les âmes se voient désigner leur prochaine incarnation, sous forme humaine ou animale. Inspirée des pythagoriciens, cette thèse sera reprise par Plotin et le courant néoplatonicien – que j'évoquerai plus longuement ci-dessous. Sa conception globale de l'univers, tout en se fondant sur le raisonnement, pose de manière affirmée l'omnipuissance du divin que seuls les philosophes peuvent appréhender – il leur fait en quelque sorte endosser le rôle des prêtres dans d'autres civilisations, mais il substitue la pensée au rite, et la réflexion à la prière et aux sacrifices. C'est pour cette raison, précisera-t-il, que ce sont les philosophes, « caste » supérieure appuyée par les « gardiens », qui dirigent la Cité idéale et imposent à la masse les décisions les plus justes possible.

Tous les philosophes grecs qui succéderont à Platon feront référence à lui, soit pour appuyer ses idées, soit pour les critiquer. C'est le cas, notamment, d'Aristote, élève à l'Académie de Platon pendant vingt ans, jusqu'à la mort du maître, qui entreprend ensuite, à son tour, un long voyage avant de revenir à Athènes fonder sa propre école, le Lycée, où il se démarque nettement de l'enseignement platonicien. S'il croit en l'existence de formes universelles, Aristote réfute celle des Idées – ainsi que la dissociation de l'esprit et de la matière, selon lui étroitement liés. Pour lui, la connaissance vient des sens et ce n'est pas l'expérience intérieure de la réminiscence des Idées mais l'expérience sensible qui est au fondement de la connaissance rationnelle. Philosophe réaliste à l'œuvre foisonnante, Aristote concède toutefois à Platon l'existence d'une part de divin en tout homme. Mais il pose une nouvelle conception du divin, qu'il nomme l'« Etre premier » ou le « Premier moteur immobile », transcendant et intelligible, vers lequel tous les êtres sont attirés en un mouvement d'amour. C'est en ce sens qu'il qualifie ce divin de « cause finale », ajoutant toutefois qu'il peut également, bien qu'immobile et essentiellement attractif, exercer une action efficiente sur l'univers. On voit ainsi se dégager, sous l'impulsion enclenchée par Socrate et confirmée par Platon et Aristote, deux idées également centrales dans les religions monothéistes qui se disent « révélées » : d'une part, celle d'un principe premier unique, que les juifs puis les chrétiens et les musulmans nommeront Dieu. D'autre part, celle d'une attirance de l'individu pour cette puissance dont la proximité permet le salut de l'âme. Or, ce sont deux notions tout à fait étrangères à la masse des Grecs, celle qui fréquente les temples et les devins, pratique les sacrifices et garnit les autels domestiques, suit les péripéties des dieux et leur attribue ses malheurs et ses joies. La pensée des philosophes reste très élitiste. Cependant, alors que la religion gréco-romaine finira par s'éteindre au profit du christianisme, les concepts des philosophes imprégneront la pensée juive tardive et la pensée chrétienne. Cela est particulièrement vrai pour les concepts développés par les stoïciens.

Epicuriens et stoïciens

A la mort d'Aristote, Alexandre le Grand, qui a été son élève, a édifié un immense empire jusqu'au lointain Orient. Athènes devient un carrefour de croyances, de sagesses et de cultures, où se croisent les pensées égyptienne, mésopotamienne et asiatique. C'est une période de guerres et de turbulences au long de laquelle les philosophes s'éloignent de la politique et de la vie de la cité à laquelle ils avaient tous réfléchi jusque-là, pour se recentrer sur l'individu et son bonheur. Deux philosophes, issus des rangs de l'Académie, fondent deux écoles qui proposent deux visions radicalement opposées, aussi bien de la quête du bonheur individuel que de la relation de l'homme au monde qui l'entoure et, plus largement, à l'univers et à ses principes organisateurs.

Vers la fin du IIIe siècle, Epicure inaugure son école dans un jardin qu'il cultive lui-même, estimant que l'autosuffisance est gage de liberté. Contrairement à l'assimilation ultérieure entre épicurisme et quête du plaisir, le fondateur du Jardin prône une vie sobre, qui satisfait sans excès les désirs « naturels et nécessaires », loin de l'agitation du monde, simplement et surtout en proximité avec des amis chers. Le bonheur épicurien, un peu à la manière de la philosophie du Bouddha, est l'éloignement de tout ce qui peut être cause de souffrances, à commencer par les désirs et les passions. D'où le retrait du monde qu'il prône, ainsi qu'un ascétisme modéré qui n'est en rien une quête de salut dans l'au-delà : Epicure est formel, après la mort, il n'y a rien. D'ailleurs, il ne croit pas aux dieux sinon en tant qu'ensembles complexes d'atomes qui vivent heureux dans un « inter-monde » et sont totalement indifférents aux hommes et à l'univers. Nous n'avons donc rien à craindre d'eux, nous n'avons rien à en attendre non plus, assure-t-il. L'heure n'est plus où Athènes condamnait à mort les athées. Néanmoins, probablement à cause de son pessimisme profond, la doctrine épicurienne reste circonscrite : elle ne répond pas pleinement à la quête d'absolu de l'élite intellectuelle grecque.

C'est à la même époque que Zénon inaugure sa propre école qui, à l'inverse du Jardin, connaît très vite un énorme succès. Il prodigue ses enseignements sous un portique, *stoa* en grec, d'où dérive le nom de son école, dite stoïcienne. Nous n'avons que quelques fragments d'écrits de Zénon, mais nous savons que ses successeurs, Cléanthe puis Chrysippe, n'apporteront pas de changements fondamentaux à la doctrine du maître – tout aussi défigurée que l'épicurisme dans l'entendement actuel. Au pessimisme épicurien, le stoïcisme oppose en effet un optimisme fondamental reposant sur son constat d'une profonde harmonie, d'une « sympathie » de l'univers qui ne peut subsister si l'on exclut l'existence d'une action divine, à la fois omniprésente et bonne puisqu'elle agit dans le sens du Bien. Abandonné à lui-même, affirment Zénon et ses successeurs, l'univers ne pourrait, à terme, que s'effondrer dans le chaos. Qui plus est, ajoutent-ils, ce divin ne peut pas être un simple principe, comme l'affirment les platoniciens : seul un corps peut, dans leur entendement, agir sur cet autre corps qu'est l'univers. Les stoïciens donnent au corps divin le nom de *pneuma*, un souffle invisible bien que réel, qui traverse toute chose, qui est présent en toute chose, de la petite pierre à l'être humain, et même dans le vide qui, de ce fait, n'est pas vraiment vide. Mais, par rapport aux autres éléments minéraux, végétaux ou animaux, l'humain possède une caractéristique supplémentaire du pneuma : le logos, qui est à la fois langage et raison. C'est dans l'optique de l'harmonie universelle que les stoïciens réfléchissent à la question du mal : un mal « local », disent-ils, est forcément éphémère, et il est la condition d'un bien plus général qui rend donc ce mal nécessaire, d'autant qu'il aide l'homme à s'exercer à la vertu. Le seul vrai mal est celui que nous pouvons commettre de manière délibérée, parce qu'il va à l'encontre de l'harmonie voulue par le dieu bon et organisateur. Un dieu qui a assigné à chaque individu une persona, c'est-à-dire un rôle qu'il se doit de jouer de la meilleure manière possible, en sachant qu'il lui est inutile de lutter contre le sort qui lui a été destiné. Le but ultime de la philosophie stoïcienne est donc en quelque sorte de se soumettre à la volonté du dieu : en atteignant la sérénité de l'acceptation, l'homme gagne ainsi le vrai bonheur. Se rebeller contre le divin, acte vain, ne peut de surcroît que conduire au malheur et à la souffrance. C'est cette maîtrise de soi, voire cette impassibilité face au mal et à la souffrance, qui vaudra aux stoïciens la réputation, bien peu fondée, de philosophie pessimiste, alors que c'est une philosophie d'abord orientée vers la sérénité. Rationnellement monothéiste, le stoïcisme sera la grande philosophie de la Grèce. Tout en le critiquant parfois, les autres écoles, notamment l'Académie, adopteront de nombreux éléments stoïciens. Il se diffusera dans tout l'Empire grec, s'imposera à Alexandrie, la deuxième ville de l'empire après Athènes. Au Ier siècle de notre ère, le judaïsme et le christianisme s'inspireront très certainement des concepts stoïciens de la divinité pour affirmer de manière forte le pouvoir organisateur du Dieu du monothéisme et l'omniprésence de sa puissance agissante non seulement au niveau de l'univers, mais de chaque individu et de chaque élément de la création.

Les néoplatoniciens

Quand Rome conquiert la Grèce au IIe siècle avant notre ère, les structures politiques de l'Empire romain se créent sur les décombres de l'Empire hellène, mais la pensée grecque avec ses écoles de philosophie continue de dominer le monde romain. En dépit d'un stoïcisme triomphant, le platonisme tel qu'enseigné par Platon (l'Académie, elle, s'est ouverte entre-temps aux influences d'autres courants de pensée) continue d'avoir quelques adeptes. Plotin, qui naît au début du

IIIe siècle de notre ère, se présente comme l'un de ceux-là. Il a vingt-huit ans quand, à Alexandrie où il vit, il rencontre son maître Ammonius, et quarante ans quand il s'engage dans l'armée pour partir à la découverte des autres philosophies, en particulier persane et indienne. Puis il revient s'installer à Rome où il fonde ce qui est considéré comme la dernière école philosophique gréco-romaine, dite néoplatonicienne, mais dont les élèves se revendiquent alors comme tout simplement platoniciens.

De Platon, Plotin retient essentiellement la théorie d'un principe supérieur, l'Un, dont émane le monde sensible. L'Un représente la transcendance absolue du Bien ; le sensible, reflet très dégradé de l'Un, est le siège du Mal. Il ne s'agit pas pour autant d'un système dualiste qui oppose le bien au mal, le divin au matériel, mais d'une vision unitaire avec deux pôles, un « plus parfait » et un « moins parfait », avec entre les deux des étapes successives d'élévation vers la perfection. Aussi, dans un mouvement ascendant qui se réalise dans l'expérience, l'âme, intermédiaire entre le monde sensible et le monde intelligible, doit-elle se détacher du sensible, y compris du corps et de ses passions, pour se rapprocher de l'intelligible, la réalité supérieure, l'Un. Cet Un est l'objet de toute la réflexion de Plotin et de l'école néoplatonicienne, à la fois philosophie et mystique, prônant encore plus la voie de l'extase que celle de la pensée pour atteindre la divinité. Dans ses écrits, rassemblés après sa mort par son élève Porphyre, Plotin fait montre d'élans mystiques en tous points comparables à ceux des ascètes ayant consacré leur vie à Dieu. De l'élan qui le pousse vers l'être suprême, il écrit ainsi : « Là-bas est le véritable objet d'amour auquel il est possible de s'unir en participant à lui et en le possédant réellement, non en l'embrassant de l'extérieur par la chair. Celui qui a vu sait ce que je dis : l'âme possède une autre vie quand elle s'approche de lui, dès qu'elle est auprès de lui et participe à lui (...). Il faut déposer les autres choses, se tenir en lui seul et devenir lui seul en retranchant tout ce qui peut rester d'autre, si bien qu'on se hâte de sortir d'ici et qu'on s'irrite d'être rattaché aux autres choses. On voudrait être totalement enveloppé en lui et n'avoir aucune part de soi-même par laquelle on ne fût en contact avec Dieu[44]. » Affirmant bien sûr l'immortalité de l'âme qui est dans son essence de nature divine, Plotin précise que celle-ci peut ne pas réaliser en une seule vie son rapprochement avec le divin. Et il reprend la théorie de la métempsycose affirmée par Platon, affirmant, à la suite du maître, l'existence de réincarnations successives à vertus purificatrices, dont l'aboutissement est la dissolution de l'âme dans la contemplation du Principe du tout.

Plotin est un mystique pur qui influencera les pères de l'Eglise chrétienne en dépit de la profonde méfiance, voire des attaques réciproques entre chrétiens et néoplatoniciens. Son disciple et successeur Porphyre exprimera dans son traité *Contre les chrétiens* l'essentiel des reproches formulés par Plotin à ces derniers, en particulier ce qu'il considère être une vision erronée de Dieu que les chrétiens disent créateur alors que Plotin considère l'Un au-delà du langage, au-delà des catégorisations, au-delà même de tous les attributs, y compris les attributs d'être, de volonté ou d'existence qui sont des concepts issus de la pensée humaine. Pour Plotin l'Un est immuable, donc immobile. Porphyre affirme donc que le Dieu des chrétiens est une divinité inférieure au Dieu suprême, le seul Dieu, celui de la philosophie. Avec Jamblique, qui succède à Porphyre, le néoplatonisme est traversé par une forte tendance ritualiste : des pratiques mystiques, incluant sacrifices et invocations, sont introduites pour favoriser l'union de l'âme avec le divin. Là où Plotin ne considérait que l'Un, Jamblique établit une hiérarchie émanant de l'Un, des êtres intermédiaires, esprits et demi-dieux, qu'il invoque en faisant appel à la magie et aux anciens cultes. En 529, l'empereur Justinien interdit l'enseignement à tous les non-chrétiens : l'école néoplatonicienne qui subsistait à Athènes ferme ses portes, son maître, Damascius, s'exile. Son disciple Simplicius est considéré comme le dernier philosophe « païen ».

La philosophie grecque n'a pas pour autant fini de stimuler la pensée occidentale, loin s'en faut. A partir du Moyen Age, la redécouverte des textes grecs, tant à travers les Eglises orientales que les penseurs arabes, suscite un engouement chez les théologiens, tels Albert le Grand ou Thomas d'Aquin, qui reformulent la pensée chrétienne à partir des catégories philosophiques antiques, notamment aristotéliciennes. Ce sont ensuite les humanistes de la Renaissance – Pic de la Mirandole, Erasme, Montaigne, etc. – qui s'inspirent des Grecs pour fonder l'humanisme moderne. On assiste également depuis une trentaine d'années en Occident à un intérêt nouveau pour les écoles de sagesse grecques, remises en valeur en France par des penseurs comme Pierre Hadot, Marcel Conche ou André Comte-Sponville, et qui répondent au besoin des individus de trouver une sagesse de vie fondée sur la raison, loin des dogmes religieux hérités des monothéismes.

Les mystères

Parallèlement à la philosophie qui cherche à sonder par l'intellect l'énigme du monde, la Grèce développe de manière précoce ce que l'on appelle les mystères, des cultes initiatiques qui ne cherchent pas tant à comprendre le divin qu'à réaliser la fusion en lui. Au Vᵉ siècle avant notre ère, l'essor des cités entraîne celui des campagnes où se développe une nouvelle classe bourgeoise d'agriculteurs. Deux divinités agraires, qui étaient reléguées dans l'ombre du panthéon citadin, émergent avec cette classe : Déméter, la Terre Mère, et son fils Dionysos, lié comme elle à la sphère végétale. Leur culte, qui s'était perpétué dans quelques enclaves, et qui est brusquement diffusé à une échelle nationale, diffère de celui des dieux de l'Olympe : c'est un culte émotionnel, qui célèbre la mort et la renaissance, avec des rites orgiaques dédiés à Dionysos, et des rites de ferveur à Déméter. Ces deux divinités sont au cœur des mystères qui, bien que contestant la religion des cités, vont se développer et connaître un succès populaire, grâce au salut qu'ils offrent en échange de l'initiation.

Le principal culte à mystère issu du dionysisme est l'orphisme qui tire son nom d'Orphée, un poète mythique qui, par sa voix, réussit à charmer les puissances des enfers pour en libérer son amante Eurydice. Il devint le symbole de la possibilité d'échapper à ce monde de matière pour accéder à celui de la transcendance. L'orphisme est une nébuleuse de groupes disparates plutôt qu'un mouvement établi, au sujet desquels nous disposons de très peu d'éléments : « Leur caractère secret interdit de les communiquer à ceux qui ne sont pas les Bacchantes, mais ce sont des choses dignes d'être connues », fait dire, au Vᵉ siècle avant notre ère, le tragique Euripide à Dionysos[45]. Vivant éloignés des cités, les adeptes de l'orphisme professaient que l'homme a une double origine, titane et divine. La première, qui se réfère aux Titans ennemis des dieux, est une souillure qui pousse l'homme vers le mal. La deuxième est celle dont il faut apprendre à se souvenir pour « revenir » au monde divin. A Crotone, Pythagore organise son école sur le modèle orphique. Il est le premier philosophe connu à enseigner la métempsycose. Pour libérer l'âme divine et immortelle de sa prison corporelle, et lui permettre de regagner l'éther, son état originel d'avant la déchéance, il applique à ses disciples des règles de vie très strictes, entièrement régies par un souci de pureté, incluant la méditation, la chasteté et le végétarisme. Nous savons très peu de chose de Pythagore, connu aujourd'hui pour son célèbre théorème – son existence est même mise en doute en raison de l'absence de traces directes de sa vie et de son œuvre. Les communautés pythagoriciennes qui se sont par la suite formées en référence au maître se sont organisées de manière très secrète, à l'écart des cités pour préserver la pureté de leurs adeptes. Rien ne nous est parvenu de leurs pratiques ni de leurs enseignements : considérés comme un danger pour le culte public, mais aussi pour l'ordre social et politique, les adeptes étaient tenus au secret absolu, sous peine de mort. Il semble que celui-ci n'ait jamais été brisé, sinon par quelques charlatans aux enseignements magico-mystiques.

On en sait à peine plus sur les mystères d'Eleusis qui se développent dans le cadre du culte de Déméter, beaucoup moins transgressif que celui de Dionysos. Situé sur le territoire d'Athènes, le temple d'Eleusis a accueilli les initiations de plusieurs penseurs grecs, parmi lesquels Platon qui écrit à ce sujet : « Quiconque arrive dans l'Hadès sans avoir reçu ni l'initiation préalable, ni l'initiation complète, sera plongé dans le bourbier, tandis que celui qui aura été purifié puis initié vivra avec les dieux[46]. » Ouverts à tous ceux qui parlent le grec et n'ont pas commis d'homicide, y compris les esclaves et les étrangers exclus des cultes publics, les mystères d'Eleusis représentent une voie de salut personnel choisie par celui qui s'y engage. Si l'on ne connaît pas le détail de l'initiation, on sait toutefois que celle-ci se déroulait par étapes, à l'occasion des deux principales célébrations, les Petits Mystères (au printemps) et les Grands Mystères (à l'automne), l'initiation finale intervenant un an plus tard. Le culte d'Eleusis est considéré comme le modèle des mystères qui vont se répandre, en particulier à la période hellénistique, à partir du IIIe siècle avant notre ère, et vont rester populaires jusqu'à leur interdiction par ordre de l'empereur, à la fin du IVe siècle de notre ère, dans une Rome devenue chrétienne.

10

Zoroastrisme

Tandis que dans l'Indus, quelques individus commencent à se révolter contre les rigidités du védisme sur lequel règnent des brahmanes tout-puissants, un scénario identique se dessine dans la Perse des environs du VIIe siècle avant notre ère, qui vit au rythme des sacrifices commandés par les familles aristocratiques guerrières, et exécutés à grands frais par des bataillons de prêtres, devant le feu qui ne s'éteint jamais. La liturgie s'est tellement complexifiée qu'elle est devenue l'objet même de la religion. Et la religion est devenue tellement coûteuse que le peuple en est *de facto* écarté. Les rituels sont en effet désormais l'apanage des seuls prêtres, qui les accomplissent dans une langue sacrée incompréhensible aux laïcs, après de pointilleux processus de purification, et en observant un ordre liturgique très strict, sous peine d'attirer le courroux des dieux sur le commanditaire du rite, voire sur toute la communauté. Avec de telles conditions, la prière est évidemment l'apanage des seuls professionnels.

Zoroastre, prophète du Dieu unique

C'est dans ce contexte que naît Zoroastre (Zarathoustra en ancien iranien), à une date sur laquelle les historiens n'ont pas réussi à se mettre d'accord, quelque part entre le IXe et le VIIe siècle avant notre ère – certains contestent même l'historicité du personnage, dont la légende aurait été tardivement construite pour asseoir une tradition forgée par plusieurs inspirateurs. La réalité d'un personnage ayant autrefois existé et ayant donné l'impulsion à un chambardement de l'aryanisme semble tout de même plausible, en cohérence avec l'unité de ton des écrits les plus anciens de la nouvelle religion. L'Occident connaît en tout cas Zoroastre depuis l'antiquité, les plus anciennes mentions du personnage apparaissant chez Xanthos le Lydien, au Ve siècle avant notre ère, puis dans les récits grecs qui en font le prince des mages et même, mais cela appartient très certainement au mythe, l'initiateur de Pythagore. Des indices ténus, ainsi que les recoupements des spécialistes, permettent toutefois de tracer une biographie sommaire de celui qui est présenté comme le fondateur du zoroastrisme, comme l'auteur de la partie la plus ancienne de l'Avesta, les Gatha, qui lui sont attribués, et surtout comme l'initiateur du culte d'un Dieu unique clairement nommé, identifié et personnalisé. Il faut toutefois noter que contrairement au Bouddha ou plus tard Jésus et Mohamed, il ne semble pas que les enseignements de Zoroastre aient été consignés et diffusés par de proches disciples qui l'auraient personnellement connu et suivi dans son parcours : aucune parabole à la manière des Evangiles, aucun « dit du prophète » tels les hadiths de Mohamed ne nous est parvenu à son sujet.

Zoroastre appartient selon toute probabilité à une famille de clercs – ce qui explique ses connaissances théologiques, inaccessibles alors aux laïcs – et il a très certainement passé son enfance, comme c'était l'usage dans ce cas, à apprendre par cœur les dizaines de milliers de formules liturgiques afin de pouvoir exercer à son tour à l'issue de cet apprentissage. Les récits à son sujet disent qu'il a d'ailleurs lui-même exercé dans ces corps de prêtres qui se déplaçaient au gré des commandes des riches ; les textes sacrés du zoroastrisme précisent qu'il fut zaotar, c'est-à-dire sacrificateur, un des plus hauts degrés de la prêtrise, et il était donc marié, comme les autres prêtres. Les Gatha, dix-sept hymnes en vieil avestique qui lui sont attribués, évoquent son appétence précoce pour les retraites dans le désert, une pratique certes marginale en son temps, mais dont il n'avait pas l'exclusivité. Comme dans l'Inde védique, des ascètes de Perse s'en allaient dans la solitude réfléchir à des questions existentielles, concernant le monde créé ou l'ordre divin, sans toutefois remettre en question la religion officielle, ni l'organisation cultuelle contrôlée par les prêtres. L'histoire de Zoroastre se confond ici avec sa légende. Selon la tradition, c'est au cours de l'une de ces méditations qu'il a sa première vision, celle d'une bataille titanesque entre les armées du Bien, vêtues de blanc et éblouissantes de lumière, et les armées du Mal, sombres et trompeuses, qui sont vaincues. C'est dans les mêmes conditions, alors qu'il est retiré dans sa grotte au fond du désert, qu'un être de lumière lui apparaît, neuf fois plus grand qu'un humain : c'est l'Esprit saint, un archange qui le conduit au ciel où Zoroastre se retrouve face à Ahura Mazda, littéralement le Seigneur Sage. C'est du nom du dieu Mazda que découle l'appellation mazdéisme qui est donnée au zoroastrisme dans sa forme ancienne, sous les empires arsacide et sassanide, mais peu utilisée aujourd'hui. Pendant les dix années qui suivent, cette expérience se répète à sept reprises ; de ses dialogues avec celui qui lui dit être le Dieu suprême, le prophète persan obtient la révélation du sens de la vie, de la réalité de la religion et du devenir de l'homme et de l'univers. Il la consigne, selon la tradition, dans ses dix-sept Gatha où, rompant avec l'impersonnalité des textes avestiques, il utilise le « je » quand il parle à Dieu, lui disant fréquemment : « Voici ce que je te demande, Seigneur. Réponds-moi bien. » Il est désormais chargé, par Ahura Mazda, de la « restauration de la Bonne Religion », et il insiste dans ses hymnes sur le fait qu'il n'en est pas l'auteur, mais le transcripteur.

La carrière prophétique de Zoroastre débute dans les difficultés. Il a une quarantaine d'années quand il commence à s'attaquer aux sacrifices et aux divinités du panthéon aryen auxquelles le culte est destiné. Entouré de quelques disciples qu'il appelle « les pauvres » ou « les connaissants », il se dit simple réformateur, mais il introduit dans la religion un élément qui déchaîne contre lui la colère du clergé : il met en avant la suprématie de la dévotion personnelle, du contact direct entre le fidèle et son dieu, Ahura Mazda, le Sauveur unique. Chassé de province en province, il gagne finalement la cour du souverain Vishtaspa, dans le petit royaume de Balkh, en Bactriane, et le convertit, dit-on, après avoir accompli un miracle. Zoroastre passe là les quarante dernières années de sa vie – sur lesquelles la tradition est muette, se contentant de rapporter les guerres menées et remportées par le roi pour imposer la « Bonne Religion », ainsi que la nomme le prophète, sur de vastes territoires de la Perse. Les récits de sa mort, très tardifs et que l'on dit inspirés de la vie de Jésus, l'érigent en martyr : il aurait péri lors d'une guerre malheureuse contre les Touraniens.

Ahura Mazda

Le pivot de la révélation zoroastrienne est la radicalisation de l'idée du Dieu unique. Celle-ci, comme je l'ai montré dans les chapitres précédents, avait commencé à transpercer à travers les polythéismes dominants, de manière parfois forte, comme en Egypte avec le fugace dieu Aton, né de la volonté d'Akhenaton et quasiment disparu à l'issue du règne de ce pharaon, le plus souvent de façon diffuse, avec des sages s'interrogeant sur le fait de savoir si les différents dieux ne seraient pas les manifestations multiples d'une même Puissance, comme le védique Brahman ou El le Mésopotamien. Or, Zoroastre affirme de manière très nette ce que certains pressentaient. D'ailleurs, sa révélation, il la reçoit directement d'Ahura Mazda, ce Seigneur qui est spenta (bon et saint) et qui a créé l'univers *ex nihilo* par sa seule pensée, ainsi qu'il est dit dans le Yasna – la partie de l'Avesta, le livre sacré zoroastrien, qui inclut les Gatha (Yasna 31, 7). De ce Dieu-là se dégagent des qualités plus propres à Dieu qu'aux dieux. Il est unique, omnipuissant et omniscient, il intervient dans les affaires du monde, récompense ou châtie, ici-bas et dans l'au-delà, non pas en fonction des modalités d'exécution d'un rituel, mais des agissements de chacun. C'est un Dieu très personnel, qui connaît bien chacune de ses créatures, puisqu'à lui on peut dire, de manière au fond très moderne : « Accorde à chacun de nous ce qu'il souhaite » (Yasna 43, 2). C'est enfin un Dieu avec lequel le fidèle peut et doit entretenir des relations intimes : « Donne-moi ce signe, la totale transformation de l'existence, afin qu'en t'adorant et te louant, j'accède à une plus grande joie », le prie Zoroastre en utilisant des mots que l'on retrouvera

bien plus tard dans les traditions mystiques des monothéismes abrahamiques (Yasna 36, 6).

Bien qu'il soit une déclaration monothéiste sans
équivoque, le zoroastrisme a longtemps traîné (et
traîne encore) une réputation dualiste infondée, reposant sur une méconnaissance de cette religion, qui a
entraîné une sorte de rumeur, fort tenace, selon
laquelle son Dieu serait double : un dieu du Bien, un
dieu du Mal. Il me paraît indispensable ici de rectifier
cette grossière erreur. Le démiurge Ahura Mazda,
créateur de l'univers, est par ailleurs le père de plusieurs entités, dont des jumeaux, Spenta Mainyu et
Angra Mainyu. Ses fils, comme toutes ses créatures,
ont été laissés par lui libres de choisir entre le Bien et
le Mal. Spenta Mainyu, dit l'Esprit Saint ou l'Esprit
Bienfaisant (Spenta signifie littéralement saint ou
sacré, et Mainyu, l'Esprit), a choisi le Bien et la vie.
Son jumeau Angra Mainyu (Angra évoque tout à la
fois le Mal, le chaos et la destruction), lui, a préféré
le Mal et la mort. Et il lutte depuis pour pervertir la
création. Ce qui n'est pas sans rappeler Satan, créé
ange par le Dieu de la Bible (le meilleur parmi les
anges, est-il même précisé), déchu ensuite par sa propre volonté, quand il s'est révolté et a refusé d'obéir
par orgueil. D'une part, on le voit, Angra n'est pas
l'égal d'Ahura, pas plus que dans les théologies juive,
chrétienne ou musulmane Satan n'est l'égal de Dieu.
D'autre part, ce dernier ne peut être considéré comme
responsable de l'apparition du Mal, si ce n'est par sa
volonté d'octroyer à ses créatures une pleine liberté
décisionnelle. Zoroastre porte un coup fatal à la religion védique, proche de celle de la Perse antique, qui
tient les deva pour des dieux : ces derniers, qu'il
appelle daeva, ont choisi le camp d'Angra Manyu et
du Mal, affirme-t-il, ils ont suivi l'Esprit destructeur

dans sa chute, et c'est pourquoi il ne faut pas leur rendre un culte.

Il faut dire que le Ciel de Zoroastre n'est pas réservé au seul Ahura Mazda et à ses jumeaux. Il est, au contraire, peuplé d'un nombre incroyable d'entités, qui sont toutes des émanations du Dieu unique et qui lui sont inféodées selon une hiérarchie très stricte. Au premier rang de ces entités suscitées par Ahura Mazda se trouvent les six Amesha Spentas ou Immortels bienfaisants qui l'assistent directement et guident les hommes sur la voie du Bien. A chacun d'eux est associé un double champ d'intervention, l'un moral, l'autre matériel : la Bonne pensée et les troupeaux, la Piété et la terre, l'Immortalité et la création, l'Intégrité et l'eau, la Puissance et le feu, la Justice et les métaux. Les Amesha Spentas, couramment appelés archanges par les zoroastriens, sont eux-mêmes assistés de quarante yazata que les fidèles sont appelés à honorer et à prier, en particulier, selon la tradition zoroastrienne tardive, durant les périodes du calendrier placées sous leur protection (chaque jour et chaque mois sont placés sous la protection d'un yazata). Enfin, le dernier degré de la hiérarchie est celui des fravashi, des anges gardiens attachés chacun, par sa propre volonté, à un individu qu'il escorte de la naissance à la mort, pour le protéger des attaques du Mal et l'aider à se parfaire spirituellement.

Le Bien et le Mal

Zoroastre a conjugué la connaissance qu'il avait des textes avestiques, ses probables rencontres avec des ascètes qui, dans le désert persan, entamaient le même type de réflexion que leurs pairs des forêts de l'Indus, ses discussions tout à fait possibles avec les commerçants mésopotamiens, peut-être aussi avec les premiers Hébreux qui entamaient de leur côté leur quête monothéiste. De ces croisements ont émergé l'originalité de son intuition et un certain nombre de thématiques qui seront ensuite (ou peut-être parallèlement) reprises par les prophètes bibliques.

L'élément fondamental et inédit que Zoroastre met en avant, c'est la notion de liberté de l'individu : chacun, affirme-t-il, peut et doit choisir entre le Bien et le Mal, et chacun est pleinement libre dans ce choix qui concerne non seulement la croyance mais aussi l'éthique et la morale dans la vie quotidienne. A aucun moment ce choix n'est une obligation : chacun est responsable de ses actes, indépendamment de tout conditionnement (et de toute circonstance atténuante), et il devra plus tard en rendre compte. C'est ainsi qu'il met en place la première religion éthique de l'histoire de l'humanité, procédant non plus en catégories de punitions terrestres ou divines, mais par rapport à un idéal du Bien. Dans ses Gatha, il donne des exemples de ce bien-agir éthique. Le Bien, selon Zoroastre, c'est l'équité envers tous les hommes, la vérité, les bons soins apportés au troupeau (une injonction qui s'applique à son milieu d'éleveurs), le rejet des faux dieux, mais aussi la prière. C'est la conduite droite qui surpasse en mérites les rites et les sacrifices. Ainsi demande-t-il à Ahura Mazda « de donner à l'indigent qui vit droitement la meilleure part » (Yasna 53, 9). Et il dénonce, dans le camp de ceux qui ont choisi le Mal, « celui qui ne peut pas vivre sans faire violence au pasteur qui ne fait de mal ni aux bêtes ni aux gens » (Yasna 31, 18), celui qui « met maison, tribu, province dans la misère et la ruine » (Yasna 31, 18), « celui qui ne donne pas son salaire à qui l'a mérité, celui qui ne le donne pas selon sa parole » (Yasna 44, 19). Trois mots, que l'on pourrait qualifier de « mantra » zoroastrien, résument la doctrine éthique du prophète persan : Humata, Hukhta, Huvarshta, autrement dit Bonnes Pensées, Bons Mots, Bonnes Actions.

Cette notion de libre arbitre, qui nous paraît aujourd'hui tout à fait naturelle, est révolutionnaire à une époque et dans un contexte où l'individu n'a pas de valeur en tant que tel, où il n'est qu'un élément de son clan dont la survie prime avant toute chose. Que ce soit dans l'Indus, en Chine, en Mésopotamie ou en Perse, les individus sont soumis à toutes sortes de conditionnements, ils agissent de telle ou telle manière parce que, disent-ils, il en a toujours été ainsi. Les notions de Bien et de Mal telles qu'elles sont définies par les autres civilisations de son époque sont bien loin de celles de l'éthique moderne dont on peut dire que Zoroastre a posé les fondements – malgré certains aspects que nous ne pouvons admettre aujourd'hui, notamment sa justification de la guerre au nom de Dieu. Les souverains et les riches briment les pauvres sans avoir conscience de faire le mal mais en considérant être dans leur bon droit, parce que la hiérarchie de la société les a placés à son sommet. Or, Zoroastre étend inconditionnellement et de la même manière la catégorie des justes aux bons éleveurs et aux bons souverains, égaux en droits et devoirs devant Ahura Mazda. Des justes qui, selon lui, sont forcément ceux qui adhèrent à la religion révélée par Dieu pour sauver les hommes, mais cette religion est ouverte à tous – ce n'est que bien plus tard que l'islam interdira les conversions en Iran, et que les zoroastriens qui trouveront refuge en Inde à partir du IXe siècle s'interdiront à leur tour de convertir à leur religion, à la demande de souverains hindous qui les accueillaient.

Il me faut également noter que dans le zoroastrisme, comme dans les monothéismes ultérieurs, la lutte entre le Bien et le Mal n'est pas éternelle : un jour viendra, dit Zoroastre, un jour qu'il espère d'ailleurs proche, où la lutte finale interviendra entre les forces du Bien et celles du Mal. Ce sera une guerre impitoyable, sans appel, qui permettra l'extermination, dans un déluge de métal fondu, d'Angra Manyu et de ses daeva maléfiques. Se démarquant de la cosmogonie védique qui postule un temps cyclique fait d'éternels recommencements, il annonce une transfiguration définitive du monde, l'instauration d'un nouveau règne de justice. « Puissions-nous être de ceux qui rénoveront cette existence », s'exclame-t-il (Yasna 30, 9), se désignant à plusieurs reprises comme le sauveur terrestre envoyé par le Sauveur céleste Ahura pour prévenir les hommes et aider le plus grand nombre à se préparer à cette échéance inéluctable.

Le salut individuel

Mircea Eliade a relevé l'influence du zoroastrisme sur la pensée religieuse de l'Occident à travers la mise en avant d'idées novatrices qui, dit-il, ont été « découvertes, revalorisées ou systématisées en Iran[47] ». Il cite notamment, outre le mythe du Sauveur, l'élaboration d'une eschatologie optimiste proclamant le triomphe final du Bien et le salut universel, ainsi que la doctrine de la résurrection des corps. Certes, Zoroastre n'a pas « inventé » l'idée du paradis : quand il entame sa carrière de prophète, cette idée existe depuis près d'un millénaire en Egypte où les prêtres ont développé une théologie très avancée en matière d'au-delà, au regard des conceptions prévalant chez les autres peuples. Refusant l'Arallou mésopotamien, lugubre souterrain où toutes les âmes, les bonnes et les mauvaises, sont destinées à errer sous une forme fantomatique et végétative, dont s'inspireront d'ailleurs les Hébreux pour penser leur Shéol, les prêtres des pharaons ont conçu une « vraie » vie dans l'au-delà… pour qui sait y mettre le prix ici-bas. Dès les premières dynasties pharaoniques, ils élaborent en effet la notion d'un jugement individuel de l'âme à l'issue d'une périlleuse traversée des douze régions de la Douat, la porte d'accès à l'au-delà. Y parviennent ceux qui ont accompli les rites religieux de leur vivant, et payé la coûteuse momification de leur corps et l'achat d'un lieu d'inhumation idoine. C'est alors qu'intervient le jugement au cours duquel le défunt doit attester « ne pas avoir commis de péché contre les hommes, n'avoir rien fait qui puisse déplaire aux dieux, avoir respecté la hiérarchie ». Déclaration éthique ? Certes. Mais pour que l'âme soit plus légère qu'une plume, elle doit être dite dans les termes précis figurant dans le Livre des Morts, calligraphié à grands frais par des scribes et placé dans la tombe. Indépendamment, d'ailleurs, des réalisations effectives du mort au cours de sa vie terrestre.

C'est cette logique commerciale que brise Zoroastre. De manière tout à fait originale, il prophétise que celui qui choisit le bien ne le fait pas seulement par crainte des sanctions terrestres, qu'elles soient édictées par les hommes (tel le code mésopotamien d'Hammourabi qui assortit chaque faute d'un châtiment allant jusqu'à la peine de mort) ou par des dieux vengeurs (qui envoient malheurs et misère à ceux qui ne les honorent pas de la manière adéquate). Le juste agit d'abord dans la perspective du salut de son âme, promise à la béatitude éternelle au paradis, la « Maison du chant », si elle se conforme à la « bonne pensée » et la « bonne conduite » – même si, accessoirement, il peut attendre aussi des récompenses ici-bas, en termes de richesses, de fécondité, de longévité et de bonheur. Ce salut, insiste-t-il, ne peut s'acquérir ni par le pouvoir ni par l'argent : rois et paysans sont égaux devant la mort. Et c'est de son vivant que chacun doit œuvrer pour son salut individuel.

L'eschatologie zoroastrienne préfigure de manière étonnante celle qui sera reprise par le christianisme, par le judaïsme tardif et par l'islam, affirmant la théorie du salut en une seule vie et un destin différencié pour chaque individu. Zoroastre scinde l'au-delà en un paradis et un enfer (inexistants dans l'Egypte ancienne où l'alternative au paradis était la dissolution de l'âme), instaure le principe d'une purification par le passage dans cet enfer, et inclut un élément que l'on ne retrouve dans aucune doctrine religieuse antérieure : la croyance en un jugement collectif, le Jugement dernier, rendu à la fin des temps. Les différentes étapes du parcours de l'âme méritent que l'on s'y arrête quelque peu. Pendant les trois premiers jours qui suivent le décès, disent les vieux textes zoroastriens, l'âme passe en revue le déroulement de sa vie. Puis, escortée de sa conscience sous les traits d'une femme plus ou moins jeune et belle selon le bilan de ses actions, elle comparaît devant trois juges qui la dirigent vers le pont de Chinvat, un pont assez large pour commencer, puis de plus en plus fin, jusqu'à atteindre l'épaisseur d'une lame de rasoir. Les âmes les plus légères, celles qui portent le moins de péchés, peuvent avancer très loin, jusqu'à des régions de plus en plus paradisiaques, voire jusqu'à atteindre l'autre rive pour prendre place au *pairidaeza*, littéralement

l'« enclos » ou le « jardin » (et dont est issu le mot paradis) aux côtés d'Ahura Mazda. Les autres trébuchent
très vite et choient dans des lieux redoutables, certains
qui ne sont qu'obscurité et puanteur, d'autres, plus en
amont, où les châtiments sont plus légers, mais toujours à visée purificatrice. Quant à la résurrection des
morts, qui concerne le plus grand nombre, elle interviendra à la fin des temps, après la bataille entre les
forces du Bien et celles du Mal qui se soldera par la
victoire du Bien. Ce jour-là, affirme Zoroastre, tous les
morts se relèveront et boiront le soma, le vrai breuvage d'immortalité, et non sa parodie, préparée et
consommée par les prêtres de son époque, aussi bien
dans l'Indus qu'en Perse. Sauvés, ils jouiront de l'ère
de bonheur qui s'ouvrira devant eux dans un univers
transfiguré.

Mérites et pratiques

Dans les Gatha, les hymnes que l'on dit composés
par Zoroastre en vieil avestique, une langue antérieure
au VIᵉ siècle avant notre ère, le rituel tient une place
ténue. Zoroastre est obnubilé par la gloire d'Ahura
Mazda et de son panthéon, et décidé à en finir avec le
ritualisme excessif de la religion de son époque, qu'il
considère être une fausse religion. Sa position puriste
semble toutefois intenable : au VIᵉ siècle avant notre
ère, les mages au service du Dieu unique ont commencé à empiler les strates cultuelles autour du feu
auquel Zoroastre a tout naturellement conservé une
place liturgique centrale, tout en le dépouillant de son
caractère divin. « Ton feu, Seigneur, nous souhaitons
que, puissant par la Justice, très rapide, agressif, il soit
pour celui qui l'exalte une aide resplendissante. Mais

qu'il soit pour l'ennemi, ô Sage, selon les pouvoirs de ta main, l'éclairement de ses fautes », dit-il dans ses odes (Yasna 34, 4).

Comme le bouddhisme, comme plus tard le christianisme puis l'islam, le zoroastrisme conquiert les masses grâce à la conversion des rois, laquelle s'opère ici volontiers à travers les guerres, Ahura Mazda étant un Dieu guerrier, au nom du Bien. Quand Cyrus Ier (640-600) fonde la dynastie achéménide, le zoroastrisme constitue probablement la religion majoritaire en Iran. Mais il lui faudra attendre Darius Ier, qui monte sur le trône vers 522 avant notre ère, pour devenir religion d'Etat, une position qu'il conservera jusqu'à la fin de la dynastie sassanide, vaincue par l'islam en 651. Né d'une intuition mystique, le zoroastrisme s'empêtre dès lors dans ses compromissions avec le pouvoir, les mêmes qui ont marqué toutes les religions quand elles sont devenues celles d'un Etat. Dans les temples richement dotés s'installent des hiérarchies de prêtres, chapeautées par un « mage des mages », qui élaborent des constructions dogmatiques reposant sur le message du fondateur mais le détournant avec allégresse. Des divinités sont érigées au sommet du panthéon : Mithra, Anahati qui s'inspire de la Phénicienne Ishtar, le Soleil, la Lune, le Feu. Zoroastre a insisté sur le salut de l'âme ; les clercs le monnayent à coups de confessions et d'indulgences chèrement acquises, ils multiplient les fondations pieuses et les méthodes de rachat des péchés, instaurent des prières pour les âmes des défunts et des rites de protection et de purification réalisés dans les temples et consignés dans le Vendidad ou Loi contre les démons, un livre tardif, datant du Ier siècle, devenu la principale source de la loi religieuse et civile des zoroastriens. Le pacte tacite entre religion et pouvoir est malheureusement bien connu : le roi défend la « Bonne Religion » et combat les hérésies, les clercs sacralisent l'ordre social, jusqu'à concéder au monarque le titre de prêtre suprême et de représentant d'Ahura Mazda sur terre. Il est dès lors représenté la tête couronnée d'une auréole de lumière, la même que porteront plus tard les saints du christianisme. Le canon qui est établi comprend vingt et un livres regroupés sous le nom d'Avesta, mais dont une grande partie disparaîtra lors des conquêtes arabe, turque puis mongole. L'actuel Avesta, tel qu'il a été reconstitué au XIVe siècle, ne comprend plus que cinq parties – représentant le quart ou, au mieux, le tiers du manuscrit originel. La première partie, dite le Yasna, est constituée d'un ensemble de chants liturgiques incluant les sept Gatha attribués à Zoroastre ; c'est la partie la plus sacrée, que chantent les prêtres devant le feu, un mouchoir sur la bouche pour ne pas le souiller, et dans une totale immobilité en signe de respect. La deuxième partie, le Yasht, est une collection de vingt et un hymnes postérieurs dédiés à Ahura Mazda, aux entités et aux déités tardives introduites dans le panthéon. Le troisième livre, le Khorda Avesta, est un missel de prières : les prières quotidiennes correspondant à chaque partie de la journée, invocations, mantras, litanies d'exorcisme ou de dévotion. Le Visperad est une extension liturgique dont des passages sont intercalés dans la récitation du Yasna. Enfin, le Vendidad, appelé aussi Videvdat, dont j'ai parlé plus haut, est un recueil de règles touchant en grande partie les problèmes de souillures et de purification.

C'est donc une religion très ritualisée, complexe, au panthéon foisonnant et aux prêtres puissants que l'islam rencontre quand il arrive en Perse au milieu du VIIe siècle. Le zoroastrisme paye lourdement le prix de la conquête arabe : ses temples sont saccagés, ses manuscrits brûlés, ses fidèles se laissent volontiers séduire par la simplicité de la religion musulmane sur laquelle ne pèsent ni le poids des prêtres ni celui des entités célestes multiples. Le siècle qui suit est celui de persécutions massives à l'encontre des zoroastriens qui s'enfuient avec leurs prêtres en emportant leur feu sacré, leurs rites, leurs traditions. Ils trouvent refuge en Inde où ils sont appelés les Parsis, les Persans. Professant depuis une stricte endogamie, refusant les conversions (tel est le pacte qu'ils ont noué avec leur pays d'accueil), les zoroastriens sont aujourd'hui une communauté en voie de disparition, qui ne compte pas plus de 100 000 à 150 000 fidèles dans le monde, dont 60 000 dans la seule ville de Bombay, à peine 10 000 dans leur pays d'origine, l'Iran, où le régime des mollahs les reconnaît en tant que religion et leur accorde un député au Parlement. Selon les estimations, ils ne seront plus qu'une vingtaine de milliers en 2020.

Leur vie, qui reste marquée par une forte ritualité, a pour épicentre les temples du feu, l'Athar sacré qui ne s'éteint jamais, nourri d'offrandes de bois précieux, devant lequel sont récités les textes sacrés et dont l'accès est interdit aux non-zoroastriens. C'est toutefois dans des chapelles adjacentes que sont conduits la plupart des rituels, en particulier l'initiation des garçons et des filles juste avant la puberté, une cérémonie au cours de laquelle leur est remis le sudreh kushti, un cordon de laine blanche formé de soixante-douze fils représentant les soixante-douze chapitres du Yasna, porté en permanence sous la sudra, une chemise blanche à deux poches, l'une qui reçoit symboliquement les bonnes actions, l'autre les mauvaises. Les prêtres, formés dans des séminaires, les atharman gurukul, exercent souvent un métier à côté de leurs fonctions de ministres de l'Athar, le feu. Ce sont eux, évidemment, qui conduisent le rituel le plus sacré, la vénération du Yasna, une cérémonie minutieusement orchestrée, qui dure sept heures et s'achève par le partage du haoma, le « breuvage d'immortalité », équivalent du soma védique que Zoroastre avait conservé, ainsi que le feu, de la religion antérieure.

J'évoquerai pour finir l'élément architectural le plus connu de la tradition zoroastrienne, les tours du silence, au sommet desquelles sont déposés les corps des défunts. La mort est en effet considérée dans cette tradition comme une incarnation du Mal dont le cadavre est le réceptacle. Celui-ci est, de ce fait, d'une impureté totale qui contamine ce qu'il touche. Afin de préserver la sacralité et la pureté des éléments naturels (le feu bien sûr, symbole d'Ahura Mazda, mais aussi la terre et l'eau), les zoroastriens n'incinèrent pas, n'enterrent pas, ne jettent pas non plus à l'eau les corps des défunts, mais ils les livrent à l'appétit des vautours qui, en les dévorant, empêchent la putréfaction de la chair, œuvre des démons. Une fois les os « blanchis », c'est-à-dire nettoyés de toute trace de chair, ils sont jetés au fond d'un puits collectif, parfois conservés dans une urne : c'est cette partie imputrescible qui, dit-on, ressuscitera à la fin des temps. En Iran, où la République islamique a condamné les tours du silence, les derniers membres de la communauté zoroastrienne ont obtenu un compromis, abandonnant les corps des leurs dans les régions désertiques où ils sont mangés par les animaux sauvages. En Inde, quelques tours du silence restent en activité.

11

Judaïsme

Quelque part autour du XVIIIᵉ siècle avant notre ère, peut-être à l'époque où Hammourabi, le roi de Babylone, a unifié pour la première fois une grande partie de la Mésopotamie en un seul royaume, le chef d'une tribu de nomades, comme il en existait tant d'autres dans la région, quitte la ville d'Ur avec les siens pour rejoindre les rivages de la Méditerranée. Abram, tel était son nom, obéit ainsi à une injonction de Yahvé, son dieu, qui se présente à lui sans être invoqué et lui offre la terre de Canaan « du fleuve d'Egypte jusqu'au grand fleuve, le fleuve d'Euphrate » (Genèse 15, 18), ainsi qu'une abondante descendance, en échange de son alliance. Les recherches historiques et archéologiques n'ont révélé aucun indice confirmant l'existence réelle de celui dont Yahvé a changé le nom en Abraham et que la Genèse, le premier livre de la Bible, présente comme le père du peuple hébreu. En quittant Ur, d'abord pour Harran en Mésopotamie, puis Sichem, l'Egypte et enfin Canaan, Abraham emporte avec lui des traditions répandues chez les peuples sémitiques de sa terre d'origine : il pratique des sacrifices, reconnaît les arbres sacrés tel le chêne de Moré où lui apparaît son dieu, dresse des pierres en guise d'autel (Genèse 12, 6-9). Yahvé n'est pas encore le Dieu unique et universel, créateur du monde : il est le dieu du peuple d'Israël, coexistant avec les dieux des autres peuples.

Le peuple de l'Alliance

Nous n'avons pas d'indices sur ce qu'était la religion des Hébreux jusqu'à l'Exode, vers le XIIe siècle avant notre ère. La Genèse, qui raconte leur épopée, a commencé à être rédigée tardivement, vers le VIIIe siècle avant notre ère selon les estimations les plus sérieuses (il ne s'agit encore que de quelques passages), et si elle s'ouvre par une affirmation forte de la croyance en un Dieu unique, il est certain que celle-ci reflète les convictions ultérieures d'Israël. Il est possible que les Hébreux aient assez tôt systématisé la fonction prophétique, dont l'existence est attestée chez les peuples voisins par des stèles et des inscriptions – à Mari au XVIIIe siècle avant notre ère, plus tard à Byblos au XIe siècle et sur les bords de l'Oronte au VIIIe siècle. Chez tous ces peuples sémitiques, le rôle du prophète, le nabi, est d'être la courroie de transmission entre la divinité, dont il reçoit le message, et le peuple, auquel il le délivre. Contrairement au devin, il ne provoque pas ses visions et n'a pas besoin d'interpréter un quelconque support : son dieu lui parle en rêve ou dans une transe, toujours à l'improviste, et son message ne concerne pas un individu mais un fait majeur, touchant l'ensemble du peuple et son devenir.

La tradition juive nomme ses premiers prophètes des patriarches, un terme réservé par elle aux Anciens avec lesquels Yahvé a scellé une alliance. Elle fait d'Adam le premier patriarche d'une liste antédiluvienne qui va jusqu'à Noé, et qui recommence après le déluge pour inclure Abraham, son fils Isaac, et enfin son petit-fils Jacob qui clôt cette prestigieuse lignée en prenant le nom d'Israël. Les douze fils de Jacob sont, selon la tradition biblique, considérés comme les fondateurs des douze tribus d'Israël. Leur histoire, narrée avec force détails dans la Bible, relève de la croyance religieuse à laquelle se sont plus tard ralliés les chrétiens – les musulmans ayant, comme je le montrerai dans le chapitre 13, une autre interprétation de ces événements bibliques auxquels leur livre saint, le Coran, se réfère abondamment.

L'histoire proprement dite du peuple juif commence avec sa sortie d'Egypte, où il était tenu en esclavage par le pharaon. Il est très difficile, là aussi, de démêler la vérité de la légende concernant cet épisode qui se serait déroulé au XIIIe siècle avant notre ère, peut-être sous le règne de Ramsès II, et dont l'acteur principal est Moïse. Nous ne disposons d'ailleurs d'aucune preuve archéologique attestant l'existence du personnage ; il est cependant tenu par les Juifs pour le premier et le plus important de tous les prophètes, lui qui serait le seul à avoir vu Yahvé face à face et à lui avoir directement parlé. Les remarques que j'ai faites au sujet de l'existence historique de Zoroastre sont valables ici : en dépit des additions ajoutées par la tradition orale, il me semble raisonnable de penser que Moïse n'appartient pas au mythe. La première mention d'Israël est légèrement postérieure à cette époque. Elle figure sur une stèle du pharaon Méneptah qui vante, vers 1200, ses succès militaires : « Israël est anéanti et n'a plus de semence », y est-il écrit, en référence probablement à un peuple qui vivait en Palestine et auquel se sont adjoints ceux qui ont suivi Moïse, ont reçu la révélation de la Loi dite mosaïque et ont été désignés « peuple élu » par Yahvé. Selon l'Exode, le livre biblique qui narre la sortie d'Egypte (et qui a été probablement rédigé vers le VIᵉ siècle avant notre ère, en reprenant une vieille tradition orale), Moïse était marié à une « étrangère », Tsiporah, la fille de Jetro, prêtre de Madiane, un peuple du désert qui semble avoir disparu au Xᵉ siècle avant notre ère. Les Madianites adoraient un dieu qui s'appelait Yaho ou Yahvo, attesté sur des listes égyptiennes du XIIIᵉ siècle avant notre ère, et c'est auprès d'un buisson, autel naturel, que Jetro conduit Moïse quand ce dieu, que la Bible désigne cependant comme étant Yahvé, s'adresse à lui pour la première fois et lui intime l'ordre d'aller sauver les Hébreux prisonniers du pharaon (Exode 3, 1-6). Après la sortie d'Egypte, Madiane est la première halte des esclaves libérés, et c'est à Yaho/Yahvé que Moïse et son beau-père offrent un sacrifice de remerciements. Yaho préfigure le Dieu unique de Moïse, celui qui révèle son nom sous forme d'un tétragramme, YHWH, et qui lui transmet la Loi au sommet de l'Horeb, identifié depuis le IVᵉ siècle au mont Sinaï où est aujourd'hui édifié le monastère Sainte-Catherine. Quant à Moïse, il est considéré être, avant même Zoroastre, le premier fondateur connu et nommé d'une religion.

Les Hébreux errent quarante ans dans le désert. Ils sont alors prompts à adorer d'autres dieux, tel le Veau d'or qu'ils fabriquent et auquel ils sacrifient pendant la retraite de Moïse. Et c'est à ces cultes qu'il est théoriquement mis un terme en échange de l'Alliance et du seul yahvisme. Toutefois, note André Lemaire, l'un des meilleurs spécialistes des origines de la Bible, « le caractère de ce yahvisme primitif est difficile à cerner. Cependant, rien n'indique qu'il a été monothéiste ; il était plutôt monolâtrique avec un culte aniconique (dépourvu de représentations figurées) comportant bénédictions et sacrifices de communion dans le cadre d'un sanctuaire avec autel, stèle(s) et buisson sacré[48] ». Moïse n'atteindra pas la Terre promise : il meurt à ses portes, sur le mont Nebo – aujourd'hui en Jordanie. Quant au « peuple élu » qui s'installe sur la Terre promise, il retombera à plusieurs reprises dans la tentation polythéiste, s'attirant le courroux d'un Dieu qui se révèle d'un exclusivisme total. Les épisodes de rébellion des Juifs (d'infidélité, dit la Bible) contre Yahvé sont nombreux, et le Dieu d'Israël y répond en punissant son peuple, en le divisant. L'alliance reste pourtant indéfectible : tout aussi souvent, Yahvé envoie ses armées d'anges au secours des siens quand ils sont mis en danger par d'autres peuples, Araméens, Moabites, Ammonites ou encore Philistins que David, roi oint en secret par le prophète Samuel, repousse pour s'emparer de Jérusalem et y faire venir l'Arche d'alliance, symbole de l'alliance du peuple juif avec Yahvé. L'existence de la royauté davidique est attestée par une stèle araméenne du IXe siècle avant notre ère qui mentionne la « maison de David », mais aucune source hormis la Bible ne raconte la royauté de son fils, Salomon, célèbre pour sa sagesse, qui bâtit dans sa capitale le Temple du Dieu unique et organise la prêtrise, le culte, les lois et l'administration. La tentation polythéiste de Salomon dans ses vieux jours signe un nouvel épisode noir pour le peuple élu qui se divise entre un royaume d'Israël, au nord, et un royaume de Juda autour de Jérusalem, au sud. Le premier est conquis par Sargon d'Assyrie, vers 720 avant notre ère, donnant naissance à la légende des dix tribus perdues d'Israël qui le constituaient. Le second se maintient un siècle et demi de plus, période durant laquelle Josias (640-609), l'un des rares rois qui, selon les deux livres des Rois et celui des Chroniques qui donnent un résumé de chaque règne, a fait « ce qui plaît à Dieu ».

La Bible lui attribue en effet une importante réforme religieuse : il aurait combattu le polythéisme des Juifs, centralisé le culte au Temple et imposé l'observance aux commandements. Cette parenthèse s'achève toutefois en 587 avant notre ère : le royaume de Juda est vaincu par le roi Nabuchodonosor qui rase le Temple et déporte les Juifs à Babylone. C'est l'Exil.

Les prophètes

L'Exil dure une cinquantaine d'années, jusqu'à ce que le roi Cyrus II de Perse envahisse la Babylonie et autorise les Judéens à rentrer à Jérusalem où ils reconstruisent leur Temple. Ce demi-siècle est déterminant pour le peuple hébreu : il est le creuset dans lequel se forme le judaïsme ultérieur, une religion éthique forgée autour d'un Dieu unique et universel. C'est d'ailleurs pendant et après l'Exil qu'est rédigée une grande partie de la Bible hébraïque, notamment les cinq premiers livres connus sous le nom de Torah, dont un certain nombre de récits portent l'empreinte de la Mésopotamie et sans doute du zoroastrisme. Certains récits bibliques se superposent même avec une étrange exactitude à des récits mésopotamiens qui leur sont antérieurs. C'est le cas, en particulier, de l'épisode du Déluge (Genèse, 6-8) qui reprend dans les moindres détails le chant XI de l'épopée de Gilgamesh dont une version complète a été retrouvée dans la bibliothèque du roi Assurbanipal (vers 650 avant notre ère), à Ninive, lequel chant est lui-même une reproduction du Poème du Supersage qui remonte à au moins 1300 avant notre ère. Dans les deux cas, les dieux (Dieu, dans la Bible) punissent les hommes en les exterminant tous à l'exception d'un seul, auquel il

250

est ordonné de construire un bateau et d'y entasser des couples d'animaux. Le Déluge dure six jours et sept nuits dans le récit mésopotamien ; le Supersage, comme Noé, attend quelques jours de plus pour envoyer des oiseaux en éclaireurs repérer un bout de terre sorti des eaux. Mais je pourrais aussi citer l'épisode biblique de la tour de Babel, nettement inspirée des ziggourats, les temples surélevés de Mésopotamie, et celui de la création de l'homme à partir de l'argile, un vieux mythe des bords du Tigre et de l'Euphrate. Ou encore le rôle prépondérant qu'acquièrent les anges, désormais ailés comme les karibu mésopotamiens – auxquels les kerubim, les chérubins bibliques, empruntent également leur nom. De retour d'exil, le peuple hébreu s'est en effet doté d'une hiérarchie angélique, ressemblant étrangement à celle des messagers d'El, et de surcroît dotée des mêmes fonctions, à la fois intermédiaires, dans les deux sens, entre le Ciel et la Terre, exécuteurs des volontés de la divinité et protecteurs des fidèles.

L'intervention de la figure de l'ange dans la théologie juive exprime, de manière plus profonde, le tournant radical pris par le peuple élu dans sa relation à son Dieu. L'Exil est effet l'occasion de s'interroger, de manière systématique, sur le pourquoi de ce qui est perçu comme un châtiment divin. Deux siècles avant cet épisode tragique, des prophètes, tels Josias, Elie puis Osée, avaient appelé au soulèvement contre les faux dieux et mis en garde contre la colère de Yahvé, mais leurs oracles avaient eu peu d'effets. A peine un demi-siècle avant l'Exil, lors de sa réforme religieuse, Josias n'avait-il pas, dit la Bible, fait « enlever du temple de l'Eternel tous les objets destinés au culte de Baal, d'Ashéra et de toute la milice du ciel. Il les fit brûler en dehors de Jérusalem

(…). Il supprima les prêtres des idoles, institués par les rois de Juda » (II Rois 23, 4-5). L'Exil est donc la manifestation de cette colère. Loin du Temple qui n'est plus, les prophètes prennent le pas sur les prêtres. Ils racontent, outre le courroux de Dieu, son éloignement. Ils demandent au peuple une fidélité inconditionnelle envers Yahvé qui s'est détourné des siens, qui inspire la terreur au point que son nom même n'est plus prononcé : il est désormais appelé le Seigneur, et c'est par l'intercession de ses anges que les fidèles l'implorent. La religion, jusque-là sacrificielle, devient d'abord éthique et spirituelle. Le tournant axial se manifeste pleinement quand Jérémie présente Yahvé comme un père prêt à pardonner, qui oscille entre tristesse et colère à la vue de son peuple qui se prostitue, et qui tient chacun responsable de ses actes, non pas ses actes rituels, mais ses actes moraux : « On ne dira plus : les pères ont mangé des raisins verts et les dents des fils sont agacées. Mais chacun mourra pour sa propre faute » (Jérémie 31, 29-30). La droiture est exigée de tous : « Malheur à qui bâtit sa maison sans la justice et ses chambres hautes sans le droit, qui fait travailler son prochain pour rien et ne lui verse pas de salaire » (Jérémie 22, 13). Et Yahvé de promettre, quand sa parole sera enfin entendue : « Vous serez mon peuple, et moi je serai votre Dieu » (Jérémie 30, 22). Mais les prophètes demandent aussi à chacun de chercher Dieu dans une démarche piétiste et volontariste, signifiant ainsi que la religion cesse d'être le monopole du clergé et qu'elle s'adresse à tous. Faute de Temple, les Juifs se réunissent pour prier Yahvé dans ce qui deviendra plus tard des synagogues. Est-ce le fait de vivre parmi les étrangers qui les pousse à définir de manière plus stricte leur identité ? Certes, à Babylone, une élite émerge et fréquente les cours royales. On se doute que des échanges ont eu lieu entre lettrés et prêtres juifs et mésopotamiens. Mais en même temps, les rabbis codifient les lois alimentaires, le shabbat, la circoncision, dans ce qui deviendra le Lévitique. Les sages d'Israël commencent à interpréter et commenter ces textes mis par écrit. Le Talmud dit de Babylone, dont la rédaction se fait à partir du IVe siècle avant notre ère, consigne une partie de ces débats qui surgissent, qui touchent aux règles, aux lois, à leur application par chacun des fidèles. Il est admis, et les prophètes le répètent, que l'obéissance à Yahvé rétablira le royaume perdu, et mettra même à sa tête une dynastie issue de la maison de David qui lui rendra sa splendeur. Le Chema Israël, Ecoute Israël, la principale prière des Juifs, est consigné dans le Deutéronome. Cette prière est aujourd'hui encore copiée et placée dans les mezouzah, de petits boîtiers accrochés à l'entrée des maisons, et insérée dans les tefilin attachés au front et à la main pendant la prière : « Ecoute Israël, l'Eternel est notre Dieu, l'Eternel est un ! Tu aimeras l'Eternel ton Dieu de tout ton cœur, de toute ton âme et de tout ton pouvoir. Ces devoirs que je t'impose aujourd'hui seront gravés dans ton cœur. Tu les inculqueras à tes enfants et tu t'en entretiendras, soit dans ta maison, soit en voyage, en te couchant et en te levant. Tu les attacheras comme symbole sur ton bras, et les porteras en fronteau entre tes yeux. Tu les inscriras sur les poteaux de ta maison et sur tes portes. » Au retour d'exil, le second Isaïe peut clamer, au nom de « Yahvé, roi d'Israël » : « Je suis le premier et je suis le dernier, à part moi il n'y a pas de dieu » (Isaïe 44, 6). C'est la naissance du monothéisme juif.

Le Temple de Jérusalem

Les Juifs qui rentrent à Jérusalem sous domination perse construisent un Temple dévolu au Dieu unique. Des prêtres y officient, sacrifient et brûlent des offrandes, y compris animales (celles-ci sont appelées holocaustes), au Dieu unique. Vers 400 avant notre ère, Esdras, fils du grand prêtre Aaron, décrété par le roi perse Artaxerxès II « secrétaire de la Loi du Dieu du Ciel », y réunit le peuple pour édicter la Loi et proclamer la Torah, interdisant notamment les mariages avec les femmes étrangères et codifiant définitivement les règles du pur et de l'impur, consignées dans le Lévitique et qui restent vigueur aujourd'hui dans le judaïsme orthodoxe. Sans entrer dans les détails de ces règles réunies en 613 commandements (365 sont négatifs, sur le mode du « tu ne feras pas », et 248 positifs), je signalerai cependant l'impureté majeure accolée, comme dans toutes les traditions de cette époque, au cadavre et au sang des menstruations. Par ailleurs, comme dans les autres religions, la classe sacerdotale qui s'est reconstituée, soutenue par la royauté, ne tarde pas à gagner en puissance. Elle est riche des donations du roi et des fidèles, et au Temple, où sont perçus les impôts à partir du IVe siècle avant notre ère, les prêtres forment une hiérarchie, seul le grand prêtre ayant accès au Saint des Saints, où l'arche d'Alliance est protégée par deux chérubins. Un Sanhédrin, un conseil des anciens, dont les membres sont recrutés au sein des familles de prêtres et de grands propriétaires, l'assiste pour gérer la cité. Les prophètes, qui après le retour à Jérusalem ont continué à distribuer des oracles, il est vrai plus optimistes, annonçant le jour du Jugement et le règne de Yahvé, s'effacent peu à peu tandis que le Temple gagne en importance.

L'épisode de l'exil a laissé des traces profondes dans la communauté. La tradition des confrontations rabbiniques se perpétue, la petite bourgeoisie rejoint les nouveaux docteurs de la Loi qui mettent celle-ci à sa portée. Sous l'influence de la Perse zoroastrienne, de nouvelles croyances se font jour dans ces cercles, en particulier en rapport avec l'eschatologie. Et tandis qu'au Temple, les prêtres perpétuent l'idée d'un Shéol en tout point semblable à l'Arallou mésopotamien, « lieu de détresse » (Psaume 88, 6) lugubre où échouent toutes les âmes après la mort, une mystique juive commence à émerger, et avec elle l'idée d'un jugement personnel, d'un paradis pour les bons, d'un enfer pour les méchants. D'abord timidement avancée, cette hypothèse se renforce au IIe siècle sous le règne des Séleucides, dans un contexte de guerres et de persécutions, et se diffuse de manière plus large avec le Livre de Daniel, écrit vers 160 avant notre ère. Et il faut attendre un siècle de plus pour que le deuxième livre des Maccabées fasse, le premier, référence à l'utilité de la prière pour les morts « afin qu'ils soient délivrés de leurs péchés » (2M 12, 45).

Autour du Temple, c'est un judaïsme multiforme qui s'est développé, uni par la croyance en Yahvé et en la Torah, ainsi que par Loi et ses interdits, mais divisé par les pratiques et par les croyances secondaires. Un mouvement mystique se développe autour de maîtres qui usent de procédés magiques, distribuent des amulettes contenant des prières ou des noms d'anges, interprètent les songes. Des écrits de sagesses circulent au sein des sectes juives, alors nombreuses, ainsi que des livres bibliques apocryphes, tel le Livre d'Hénoch qui figure aujourd'hui dans le canon de la seule Eglise copte éthiopienne. Le Talmud, la loi orale, accompagne certaines de ces croyances, par exemple celle aux anges gardiens qui vont par paire pour protéger les fidèles. A côté de cette mosaïque mystique, la merkavah (qui tire son nom du merka-bah, le char qui porte jusqu'au trône divin pour offrir la vision de Dieu), quatre autres courants majeurs du judaïsme émergent. Les sadducéens sont les notables et les prêtres descendants de l'aristocratie avant l'exil ; ils tirent leur nom hébreu, saddoukim, de leur ratta-chement au prêtre Saddouk qui, dit la Bible, joua un rôle majeur sous les rois David et Salomon. Dotés par les Perses, les Grecs, puis les Romains d'un pouvoir administratif et politique sur la communauté, ils gèrent le Temple où tous les Juifs, de Jérusalem et de la diaspora, viennent pratiquer les sacrifices et les rites de purification par l'eau. Les pharisiens (en hébreu *peroushim*, ou « séparés »), numériquement majoritai-res, attachés à l'esprit et à la lettre de la Loi, prônent l'autorité égale de la Torah et du Temple et sont dans l'attente messianique d'un « fils de David » qui délivre-rait Israël de toute impureté païenne et rétablirait le royaume de Dieu sur terre. Un écrit chrétien du Ier siè-cle (à l'époque où le christianisme était lui-même une secte juive), les Actes des Apôtres, intégré au Nou-veau Testament, s'étonne des différences dogmatiques entre ces deux groupes – différences qui se sont creu-sées au fil des siècles : « Les sadducéens disent en effet qu'il n'y a pas de résurrection, ni ange, ni esprit, tan-dis que les pharisiens professent l'un et l'autre », y est-il écrit (Ac 23, 8). Les pharisiens sont eux-mêmes divisés en plusieurs tendances, plus ou moins légalistes. Le troisième mouvement, lui-même divisé en une constellation de groupes, est celui des ascètes du désert qui prolifèrent à l'écart de l'autorité du Temple, multiplient les prières collectives et les bains purifica-teurs ; le groupe le plus connu est celui des esséniens dont la fabuleuse bibliothèque a été découverte, au milieu du XXᵉ siècle, dans les grottes de Qumran. Enfin, le quatrième mouvement est celui des zélotes, les combattants de Yahvé, tout aussi rétifs que les pharisiens aux païens mais qui, contrairement aux pharisiens, ont choisi la voie de la violence armée au nom de Dieu.

Le judaïsme rabbinique

Tel est le paysage juif au début de notre ère : il n'existe pas une orthodoxie, mais une multitude de groupes rivaux se revendiquant tous de Yahvé. Le Temple a été rénové dans les années 20 : c'est désormais un bâtiment majestueux, entouré d'une enceinte sacrée. Son esplanade, le parvis des Gentils, est accessible à tous ; sa partie centrale, interdite aux non-Juifs, s'ouvre sur le parvis des prêtres, avec l'autel des holocaustes, et elle est dominée par le temple lui-même, entièrement vide et séparé du Saint des Saints par un voile. En 70, les Juifs se soulèvent contre les Romains... mais le sanctuaire est le théâtre d'affrontements terribles entre groupes juifs rivaux. Les événements dégénèrent, le Temple est incendié par les armées romaines, les Juifs sont dispersés loin de Jérusalem, les sadducéens disparaissent. Sous l'impulsion d'un rabbin réfugié à Yabné, Johanan ben Zakkaï, qui crée autour de lui un collège de Sages, un judaïsme rabbinique à composante pharisienne se constitue et exclut les groupes non orthodoxes qui avaient pris leurs distances avec la Loi (dont les judéo-chrétiens). Faute de pouvoir sacrifier puisque le Temple n'est plus, la prière est mise en avant. Des maîtres de la pensée et de l'interprétation de la Loi apparaissent, les

« sages de la Torah », issus pour la plupart du peuple et non plus d'une quelconque classe sacerdotale, dont les plus célèbres sont Hillel le pragmatique Babylonien et Shammaï le rigoriste Jérusalémite, deux sages en perpétuel désaccord mais qui ne sont jamais mentionnés l'un sans l'autre. A la mort de Ben Zakkaï, vers 90, des maîtres se multiplient, qui font école autour d'eux – les deux premières générations diffusant leurs enseignements à partir de la Palestine, ce qui leur accorde une légitimité au regard de la diaspora. Le judaïsme s'organise autour des synagogues dans lesquelles officient des rabbis qui ne sont pas des prêtres à proprement parler, mais des spécialistes de la Loi et de son interprétation. Des écoles rabbiniques voient rapidement le jour. Le rôle des rabbis est alors essentiellement d'adapter la Loi à la nouvelle configuration sociopolitique qui s'est mise en place depuis le départ précipité de Jérusalem, jusque-là le cœur de la vie de la communauté.

Les commentaires de la Torah, une tradition orale depuis Esdras, sont mis par écrit au IIe siècle dans la Michna – qui sera complétée quelques siècles plus tard par la Guemara, laquelle donne le détail des arguties rabbiniques. Le premier Talmud, dit de Jérusalem, en réalité fruit des académies rabbiniques de Tibériade et de Césarée, commence à circuler au début du Ve siècle, mais l'ouvrage qui s'impose dans le monde juif est le mythique Talmud de Babylone, plus précis et plus travaillé, rédigé dans la forme qu'on lui connaît après celui de Jérusalem même s'il se réfère aux rabbis de la période de l'Exil. Chaque chapitre de ce commentaire de la Loi s'ouvre immuablement par quelques lignes de la Michna, plusieurs pages de la Guemara, le tout complété par les discussions approfondies des rabbins, y compris postérieurs aux premières rédactions, notamment Rachi de Troyes, un maître du XIᵉ siècle réputé pour l'impartialité de son exégèse. « Le Talmud est en lui-même une contradiction », pour reprendre une expression chère à l'un des plus grands talmudistes du XXᵉ siècle, Adin Steinsaltz, qui a d'ailleurs publié sa propre traduction du Talmud, additionnée de ses commentaires. Comment décrire autrement ce livre saint qui n'apporte pas une, mais dix ou vingt réponses à chaque question qu'il pose et qui touchent aussi bien la halakha ou loi que la haggada qui inclut des considérations éthiques, historiques ou tout simplement des aphorismes ? Formé de soixante-trois traités (relatifs aux fêtes, aux sacrifices, aux bénédictions, à la propriété, aux règles de pureté, au travail…) eux-mêmes divisés en chapitres, le Talmud a rapidement été un pilier du judaïsme, partie intégrante des études et de la vie juives. Il est, à mon avis, le reflet d'une tradition qui s'est toujours revendiquée de la diversité, un phénomène qui se poursuit jusqu'à aujourd'hui, et qui a par ailleurs toujours récusé l'idée d'une autorité centrale unificatrice. Une historiette très significative exprime parfaitement cet état de fait. C'est l'histoire d'un Juif naufragé qui échoue sur une île. Il construit deux cabanes, pour en faire deux synagogues. Des années plus tard, il est recueilli par un bateau. A ses sauveteurs qui s'étonnent de ces deux constructions, il explique : « Celle-ci est ma synagogue. L'autre ? C'est celle où je ne mets jamais les pieds ! »

Les courants du judaïsme

« L'an prochain à Jérusalem », se souhaitent les Juifs à chaque nouvelle année, depuis deux millénaires. Outre Yahvé et la Torah, la Terre promise a joué un rôle primordial dans la sauvegarde de l'identité juive au-delà des divisions, au-delà aussi du morcellement géographique de ce peuple que les aléas de l'histoire ont perpétuellement chassé d'un lieu à l'autre, où il s'est obstinément employé à reconstruire des communautés autour des synagogues. Les persécutions, sur lesquelles je reviendrai plus loin, ont d'une certaine manière été elles-mêmes un ciment pour ces citoyens de nulle part, interdits d'intégration pendant des siècles par leurs hôtes, qu'ils soient chrétiens ou musulmans, contraints dans la plupart des cas à vivre regroupés dans ce que l'on appellera les ghettos.

Entre le Ier et le IIIe siècle, les Juifs s'installent dans l'ensemble de l'Empire romain qui couvre alors à peu près tout le pourtour méditerranéen, du Nord comme du Sud, et gagnent progressivement l'intérieur des terres : Bagdad, l'est de l'Europe et jusqu'à Tombouctou où une importante communauté est attestée au XIe siècle. Bon gré mal gré, entre les crises paroxystiques d'hostilité à leur égard, les communautés juives ont conservé des liens entre elles et maintenu des échanges, au moins intellectuels, ainsi qu'en témoignent les parcours prodigieux de certains grands maîtres. L'exemple le plus emblématique ici est certainement celui de Moïse Maïmonide, dit le Rambam, né vers 1135 à Cordoue, dans l'Espagne des Almohades, réfugié à Fez, au Maroc, avant de devenir médecin du vizir de Saladin puis chef de la communauté juive de Fostat, en Egypte. Il est considéré comme le plus grand penseur du judaïsme médiéval, une autorité consultée par les rabbis de son époque et dont l'œuvre majeure, la Michneh Torah, ou seconde Torah, est considérée comme le socle de la loi rabbinique. A la fin du XIIIe siècle, les expulsions succèdent aux persécutions. En 1290, le roi d'Angleterre ordonne le départ des Juifs de ses terres, en 1306 puis en 1394 ils sont chassés de France, en 1492, l'Inquisition royale les expulse d'Espagne et, quatre ans plus tard, du Portugal.

Deux mondes juifs se constituent, l'un ashkénaze, en Europe centrale, l'autre séparade, au Maghreb et dans l'Empire ottoman. L'évolution du judaïsme ne sera pas la même dans ce qui constitue désormais deux univers. Les ashkénazes se structurent autour d'une langue, le yiddish, un mélange d'hébreu et de langues slaves, tandis que les séfarades adoptent le ladino et le judéo-arabe. Les premiers, établis dans l'est de la France, en Allemagne, en Lituanie et surtout en Pologne, sont le terreau de la Haskalah, un mouvement intellectuel qui se développe au XVIIIᵉ siècle sous l'effet des Lumières, prônant des réformes, notamment dans le domaine de l'éducation, pour donner à tous les enfants juifs des bases de culture générale et de langues, et atténuer ainsi leurs différences avec le « monde extérieur ». Ce mouvement, dont la figure emblématique est Moses Mendelssohn (1729-1786), gagnera au XIXᵉ siècle le monde oriental, mais sans atteindre la vigueur qu'il a acquise en Europe occidentale et qui en vient à vouloir introduire des réformes au sein même du judaïsme. Il faut dire que dans le monde arabo-musulman, bénéficiant de la tolérance de l'Empire ottoman, les séfarades pourront s'épanouir beaucoup plus facilement dans leur milieu d'accueil dont ils adoptent spontanément les coutumes et les usages.

En réaction à la Haskalah se développe dans l'est de l'Europe, autour du rabbin Israël Ben Eliezer, plus connu sous le nom de Baal Shem Tov, un mouvement piétiste et mystique, le hassidisme, dont la pierre angulaire est la communion joyeuse avec Dieu, en particulier par le chant et la danse. Bien que combattu par une partie des rabbins qui craignent des dérives messianiques et mettent en avant la centralité de l'étude du Talmud, le mouvement du Baal connaît un incroyable succès populaire. A l'intellectualisme des écoles talmudiques, il oppose l'émotion – sans exclure l'étude. A des communautés qui vivent dans l'inquiétude, il apporte des figures de maîtres spirituels, des rebbe, autour desquelles se structurent des groupes en profonde communion. Le judaïsme rabbinique se méfie de ces figures qui considèrent n'avoir de comptes à rendre qu'à Dieu – une méfiance qui perdure aujourd'hui, bien que les rapports entre judaïsme rabbinique et hassidique se soient considérablement améliorés. Communément appelés ultra-orthodoxes du fait de leur application très stricte de la Loi allant jusqu'au refus d'éléments de la modernité, par exemple la télévision, affichant une volonté de séparatisme social vis-à-vis des autres Juifs, reconnaissables à leurs vêtements noirs et à leur grande barbe pour les hommes, aux perruques et aux habits longs et amples pour les femmes, les hassidim se donnent le nom de *haredim*, littéralement les « trembleurs », c'est-à-dire ceux qui tremblent devant Dieu ou qui craignent Dieu. Au fil du temps, des groupes ont pris de l'ampleur. L'un des plus connus en Occident est celui des Loubavitch, les disciples du rav Menahem Schneerson qui, à partir de son siège de Brooklyn, a orchestré des campagnes missionnaires dans tout le monde juif.

Le hassidisme a relativement peu touché, jusqu'à ces dernières années, les séfarades qui, depuis le XIIᵉ siècle, ont développé leur propre mystique se voulant l'héritière de la merkavah des deux premiers siècles avant notre ère : la kabbale. Celle-ci naît en Provence dans les années 1150 avec la parution d'un petit livre, le Sefer Habahir ou Livre de la Clarté, qui commente des versets bibliques de manière ésotérique en faisant intervenir des forces, des mesures et des attributs divins. Il faut attendre un siècle de plus pour qu'apparaisse, en Castille cette fois, l'ouvrage maître de la Kabbale : le Zohar ou Livre de la Splendeur, attribué à Moïse de Léon qui, selon la légende, aurait rassemblé les enseignements des grands sages des Ier et IIe siècles de Safed, en Palestine. Il est plus probable que cet ensemble en cinq volumes soit l'œuvre d'un ou même de plusieurs groupes de chercheurs. D'ailleurs, ces textes ont d'abord été répandus sous forme de fragments, rassemblés au XVIe siècle et imprimés pour la première fois à Mantoue, en 1558. Pour les kabbalistes, la Torah est perçue comme une interface qui permet au divin de communiquer avec l'homme, et à l'homme d'agir sur le divin. Quant à leurs enseignements, ils sont, disent-ils, la « Loi orale et secrète » reçue par Moïse sur le mont Sinaï en même temps que la Loi écrite. Une Loi orale qui est une sorte de sous-couche de la Loi écrite, la Torah ayant selon eux quatre niveaux d'interprétation. Une grille de lecture de l'univers est proposée : c'est l'Arbre des dix sephirot, une hiérarchie des dix forces divines fondamentales. A cela s'ajoute une clé de lecture de la Bible : la guématria, fondée sur des calculs complexes à partir de la valeur numérique des lettres hébraïques qui en composent les mots ou les phrases. Il existe, là aussi, des dizaines de méthodes de guématria, chaque kabbaliste privilégiant évidemment la sienne... tout en estimant que ces différentes interprétations possibles sont la preuve des ramifications sans fin du Livre saint. Des pratiques magiques, toujours associées à la valeur numérique des lettres, sont fort répandues dans les cercles kabbalistes de même que celle des pèlerinages votifs aux tombes des sages où, de la même manière que chez les hassidiques, ont cours des rituels de réussite ou de guérison, dont se distancie fortement le judaïsme rabbinique. Je signalerai enfin une autre particularité de la kabbale, que l'on retrouve dans une moindre mesure dans le hassidisme : la doctrine du gilgul, la transmigration, apparue pour la première fois dans le Bahir, un ouvrage du milieu du XIIᵉ siècle, développée dans le Zohar et surtout dans le Shaar ha Gilgumim, la Porte des réincarnations, œuvre maîtresse d'Isaac Louria, une grande figure du mouvement kabbaliste de Safed, en Palestine, au XVIᵉ siècle. A la base de cette doctrine se trouve la croyance platonicienne en la préexistence des âmes que Dieu crée androgynes et qui se divisent, au moment de s'incarner, en deux parties, l'une masculine, l'autre féminine. Chaque partie d'âme a des missions à accomplir sur terre, l'une d'elles consistant à retrouver sa moitié pour s'unir avec elle par le mariage. Si cette rencontre n'a pas lieu, ou si la ou les autres missions dévolues à l'âme ne sont pas accomplies, celle-ci se voit octroyer par Dieu d'autres chances dans ce monde avant de rejoindre l'au-delà, dans l'attente de la résurrection des corps et des âmes. La tradition veut que les grands maîtres kabbalistes sachent reconnaître, à des traces secrètes sur le front et les mains, les précédentes incarnations de chacun. Me faut-il préciser qu'une telle doctrine est considérée comme une hérésie par le judaïsme rabbinique ?

Ce judaïsme rabbinique, qui se veut l'héritier du collège de Sages réuni à Yabné par Johanan ben Zakkaï au lendemain de la chute du Temple, s'est développé à l'écart des courants mystiques et messianiques. Ses rabbins ne sont pas opposés à une évolution du judaïsme, mais leur interprétation de la Loi est toujours prudente, et elle l'est de plus en plus depuis l'apparition de la Haskalah, le mouvement réformateur influencé par les Lumières. Leur fidélité à la tradition leur a valu l'appellation d'« orthodoxes » – qui leur a d'abord été donnée par leurs adversaires. Leur judaïsme est centré sur l'étude de la Torah et sur l'application de ses commandements, les mitsvot, qui introduisent, disent-ils, une dimension spirituelle dans la vie quotidienne. Les prières à la synagogue, l'observance du shabbat, la journée de samedi consacrée à Yahvé et à la famille, le respect des lois alimentaires, la circoncision, les pratiques entourant les fêtes, expliquent les rabbins, sont autant une discipline de vie qu'un rappel permanent de la transcendance, la traduction d'une spiritualité vivante. Dans ce judaïsme, les spéculations théologiques se sont effacées devant les interprétations de la Loi et de ses applications. Des instances ont été créées aux échelles nationales, en France par exemple autour d'un Consistoire qui abrite le Beth Din, la Maison du jugement, qui règle les modalités de la vie religieuse, délivre les certificats de célibat, de conversion ou de divorce religieux, et encadre la chaîne de production de l'alimentation casher, fondée sur un ensemble de lois issues d'injonctions bibliques. Des labels de certification sont délivrés par cette instance.

Un courant plus récent du judaïsme, dit réformiste, est né en Allemagne au XIXe siècle, et il est aujourd'hui majoritaire à l'échelle planétaire. Issus de la Haskalah, ses penseurs se soucient de l'esprit de la loi plus que de ses manifestations extérieures, œuvrent à adapter les rites à la modernité au risque de réformes radicales, et contestent même l'exclusivité des rabbins sur l'interprétation des textes, qu'ils veulent libre. Le judaïsme réformé connaît à ses débuts certains excès, en particulier quand ses défenseurs de l'Union réformée de Berlin proposent l'abandon complet de la cacheroute, du shabbat et de la circoncision, considérant que les Juifs ne sont plus un peuple en exil, mais une communauté présente au monde qui a pour vocation de proclamer le monothéisme. Des rencontres de rabbins réformistes sont organisées à la fin des années 1840, mais faute d'unanimité, le directeur du séminaire de Breslau, Zacharias Frankel, fait scission en 1854 et fonde le judaïsme dit conservateur, également connu sous le nom de massorti ou traditionnel, se voulant un terme moyen entre la rigidité des orthodoxes et le libéralisme des réformateurs. Le mouvement réformé, qui a intronisé la première femme rabbin (l'Allemande Regina Jones, en 1935), est par la suite revenu sur certaines de ses positions les plus radicales en rétablissant les rites liés aux fêtes, un shabbat et une cacheroute assouplis, ainsi que l'usage liturgique de l'hébreu. Comme les autres écoles, il est fortement réfractaire aux mariages mixtes, mais en revanche il a simplifié les conversions au judaïsme, une religion qui se transmet par la mère (est juif celui qui naît d'une mère juive). Prônant une totale égalité entre les sexes, le judaïsme réformé a enfin entrepris ce qui s'apparente à une révolution au regard des milieux orthodoxes : il exige, pour le guett, le divorce religieux, la signature des deux partenaires, alors que la tradition ne reconnaît que la répudiation de la femme, par un acte écrit signé de son époux.

Antijudaïsme, antisémitisme, antisionisme

Peu après la chute du Temple et l'exil de Jérusalem, vers 70 de notre ère, le judaïsme, je l'ai montré plus haut, se recentre autour des maîtres de la Loi et exclut les mouvements dissidents, parmi lesquels celui qui s'est organisé autour de la mémoire d'un prédicateur crucifié dont les fidèles affirment qu'il a ressuscité, les chrétiens. Une fois la rupture consommée, les premières accusations de déicide sont portées à l'encontre des Juifs, accusés de la mort de Jésus, Fils de Dieu. Les écrits antijuifs se multiplient, émanant des pères de l'Eglise et des plus hauts sommets de la hiérarchie religieuse. En 438, dans un Empire romain devenu chrétien, le Code théodosien, promulgué simultanément à Rome et à Constantinople, multiplie lois et décrets de ségrégation, et en 541, le IVe concile d'Orléans, qui réunit trente-huit évêques, est essentiellement consacré à des mesures antijuives – par exemple l'interdiction de posséder des esclaves chrétiens ou celle de paraître en public pendant la période pascale. Cependant, jusqu'au XIIe siècle, les Juifs restent tolérés dans le monde chrétien, à la fois pour des raisons économiques (ils pratiquent des métiers nécessaires mais interdits aux chrétiens, comme l'usure) et théologiques (le « peuple déicide » est le témoin de la crucifixion et, par ses humiliations, prouve que l'alliance de Dieu s'est déplacée). Les premières croisades, qui voient des hordes s'ébranler pour libérer Jérusalem de la domination musulmanes aux cris de « Dieu le veut », le mot d'ordre lancé par le pape Urbain II lors de son appel du 27 novembre 1095, sont l'occasion des premiers pogroms à grande échelle : sur leur route, avant d'avoir franchi les frontières de l'Occident, les croisés massacrent les communautés juives de Metz, Trèves, Mayence, Cologne, Ratisbonne. Et quand Jérusalem tombe, le 15 juillet 1099, tandis que les chefs croisés se confondent en prières au Saint-Sépulcre, leurs troupes se déchaînent durant trois jours contre les « infidèles », c'est-à-dire à la fois les juifs et les musulmans.

C'est une ère sombre qui s'ouvre pour les Juifs d'Occident. Régulièrement expulsés, leurs biens sont confisqués. En 1215, le concile de Latran leur impose le port de la rouelle, un cercle d'étoffe de couleur. En 1239, le pape Grégoire IX demande aux rois de France, d'Espagne et d'Angleterre de confisquer tous les exemplaires du Talmud. En 1242, Louis IX (le futur Saint Louis) en fait brûler vingt-quatre charrettes place de Grève, à Paris, et les papes encouragent par la suite cette pratique. Les Juifs sont accusés de meurtre rituel, de profanation des hosties, ils deviennent, avec la bénédiction des autorités civiles et religieuses, les boucs émissaires des colères populaires. L'Espagne des XIVe et XVe siècles leur ordonne de se convertir, ainsi que les musulmans, au christianisme, ou de s'exiler. Mais les *conversos* restent des chrétiens de deuxième catégorie, soupçonnés de ne pas être chrétiens à part entière. Les Juifs sont dès lors considérés, par l'Occident chrétien, comme collectivement coupables d'exister. En 1492, Isabelle et Ferdinand d'Aragon édictent l'expulsion des Juifs d'Espagne qui trouvent refuge dans l'Empire ottoman où les musulmans leur offrent, ainsi qu'aux chrétiens, le statut de dhimmi, protégés en échange d'un impôt spécifique versé aux autorités.

Le mouvement des Lumières, puis l'industrialisation du XIXe siècle donnent l'impression que la page de l'antijudaïsme s'est tournée. Devenus en 1791, après la Révolution, des citoyens français à part entière, les

Juifs voient l'étau se desserrer autour d'eux dans tout l'espace européen. Ils accèdent aux fonctions officielles, investissent dans le commerce et l'industrie, sortent de leurs ghettos et voient émerger, en leur sein, une bourgeoisie émancipée. La situation n'est pas la même en Europe de l'Est où les persécutions se poursuivent, les Juifs venant alors en masse trouver refuge à l'Ouest. Une judéophobie anticapitaliste émerge dans les milieux révolutionnaires. Elle n'est pas seulement à consonance religieuse : elle prend une tournure raciale. Un mot est forgé en 1879, par l'Allemand Wilhelm Marr, pour la caractériser : l'antisémitisme. Celui-ci s'organise autour de groupes, de partis, de médias qui ne résistent à aucune surenchère pour accuser les Juifs de tous les maux, y compris de vouloir fomenter de nouvelles guerres pour en tirer des profits matériels. Cette poussée d'antisémitisme conforte des groupes militants dans l'idée de créer un Etat juif où, selon le projet initial, s'épanouirait une laïcité juive ouverte à la modernité. Léon Pinsker publie anonymement, à Berlin, *Auto-émancipation*, un ouvrage qui assied ce projet, autour duquel trois congrès sont organisés dans les années 1880. En 1890, Nathan Birnbaum forge le mot sionisme. En 1897, Theodor Herzl, qui avait publié un an plus tôt son manifeste *L'Etat des Juifs*, réussit à réunir à Bâle toute la nébuleuse qui se définit sioniste pour en faire un mouvement politique organisé. Un premier projet d'établissement d'un Etat en Ouganda est vite abandonné : c'est en Palestine, là où le peuple juif a ses racines, que le mouvement sioniste veut construire l'Etat d'Israël. Le projet d'un foyer national juif en Palestine est reconnu en 1917 par la déclaration de James Balfour, alors ministre britannique des Affaires étrangères, dans le contexte de la guerre entre le royaume et l'Empire ottoman. En 1929, une Agence juive est fondée pour encourager l'alya, l'immigration juive en Palestine. A la veille de la Deuxième Guerre mondiale, un demi-million de Juifs y sont installés. Pendant ce temps, l'antisémitisme atteint des proportions paroxystiques en Occident. Au pouvoir en Allemagne depuis 1933, Hitler réfléchit aux moyens de rendre le Reich « judenrein », propre de Juifs. Ceux-ci sont exclus de la fonction publique puis de nombreux métiers, y compris artistiques et culturels, retranchés dans des ghettos, d'abord expulsés notamment vers la Pologne, finalement regroupés dans des camps de concentration où est mise en œuvre la Solution finale : leur extermination coordonnée, systématique, industrielle, entre 1939 et 1945. Près de six millions de Juifs d'Europe (sur un total de douze à treize millions) sont victimes de la Shoah.

L'Etat d'Israël est proclamé le 14 mai 1948 par David Ben Gourion, sous le portrait de Theodor Herzl, et il est aussitôt reconnu par l'Onu. C'est alors un tout petit bout de territoire, accueillant les Juifs du monde entier et leur octroyant automatiquement la citoyenneté. Aussitôt créé, cet Etat est en guerre avec les pays arabes voisins. Une série de victoires militaires lui permettra d'étendre ses frontières, suscitant toutefois une situation de blocage – lié notamment au sort tragique de millions de Palestiniens chrétiens et musulmans, toujours en attente de la création d'un Etat viable et dont beaucoup vivent dans des conditions misérables –, ce qui n'est pas sans conséquences graves sur la stabilité de toute la région. Aujourd'hui, sur près de quatorze millions de Juifs dans le monde, cinq millions vivent en Israël – la deuxième communauté après celle des Etats-Unis qui compte six millions de membres.

12

Christianisme

Contrairement au judaïsme qui, nous venons de le voir, a été forgé au cours de nombreux siècles par l'histoire du peuple juif, une histoire émaillée de prophéties, de controverses, de rencontres avec d'autres croyances et d'influences réciproques, le christianisme, lui, est fondé à partir de cet héritage sur une seule personne : un prophète juif du nom de Jésus. Pour les chrétiens, Jésus n'est pas seulement un prophète qui révèle une voie de délivrance comme le Bouddha, ou qui affirme l'existence d'un Dieu suprême et lui organise un culte, tel Zoroastre. Jésus, selon eux, est Fils de Dieu et Dieu lui-même en tant qu'Incarnation de la deuxième personne de la Trinité (pour les chrétiens, Dieu est Un en trois personnes). Son message a été retranscrit bien plus rapidement que ne le furent ceux des prophètes antérieurs. Et l'historicité du personnage, affirmée par des sources extérieures, même si elles sont ténues, ne fait plus aujourd'hui l'objet de doutes.

Jésus, le Christ

L'exégèse scientifique, née en Allemagne au XVIIIᵉ siècle, d'abord combattue par les Eglises avant que celles-ci ne s'y rallient, permet, grâce aux recoupements de sources auxquels elle s'est livrée et aux « critères d'authenticité » qu'elle a appliqués, de dégager une biographie, certes succincte mais néanmoins vraisemblable, d'un Juif nommé Jésus, né en Palestine quelques années avant le début de notre ère – qui commence pourtant théoriquement avec sa naissance. Jésus est mentionné à deux reprises par l'historien juif Flavius Josèphe (v.37-v.100) dans ses *Antiquités juives* rédigées vers 92 ou 93, par l'historien romain Tacite (57-120) dans ses *Annales*, de manière plus vague par le proconsul romain Pline le Jeune qui fait état, dans une lettre à l'empereur datée de 120, de ce dont il accuse un groupe qui entonne des chants au « Christ comme à un dieu ». Dans le Talmud de Babylone, deux références sont faites à un certain Yeshu qui pratiquait la magie, le verset 43a précisant qu'il fut pendu à la veille de la Pâque juive. Mais l'essentiel de ce que nous savons de Jésus provient de sources chrétiennes, et d'abord des quatre Evangiles de Matthieu, Marc, Luc et Jean. Le plus ancien, celui de Marc, a été composé alors que des témoins directs des événements relatés étaient encore en vie. Ceux de Matthieu et Luc, écrits entre 80 et 90, s'appuient sur un ensemble commun de deux cent trente paroles du Christ que les spécialistes désignent sous le nom de source Q (de l'allemand *Quelle*, « source ») qui aurait existé sous forme d'une compilation précoce, aujourd'hui disparue. L'Evangile de Jean, le plus tardif, a été rédigé vers l'an 100, soit au moins soixante ans après les faits qu'il décrit. C'est un Evangile atypique, formé de grands discours plutôt que de courtes paraboles comme le sont les trois autres, dits synoptiques, et développant des thèmes inédits, insistant par exemple sur la vie éternelle et sur la Lumière qu'il oppose aux ténèbres.

Le Nouveau Testament, dont Jésus est l'incontestable héros, est constitué de vingt-trois autres documents, des lettres et des épîtres adressées aux communautés chrétiennes qui commencent alors tout juste à se former. J'ajouterai à cela la masse des écrits apocryphes écartés du canon par l'Eglise, soit parce qu'ils étaient jugés non crédibles au regard de ce que la tradition avait retenu de Jésus, soit parce qu'ils s'éloignaient de la doctrine chrétienne en y mêlant des éléments de gnose, un courant initiatique qui propose d'offrir l'accès à la Lumière et aux secrets de l'univers à travers des « paroles secrètes » du Christ.

On sait de Jésus qu'il appartenait à une famille de Juifs très pieux pratiquant la circoncision, respectant le shabbat et allant en pèlerinage au Temple pour les fêtes. On suppose que selon la tradition de son époque, il a été instruit à l'école de la synagogue avant d'adopter le métier de son père, charpentier. Il n'est pas exclu, ainsi que le soutient la tradition protestante, qu'il ait été l'aîné d'une fratrie ; les noms de quatre de ses frères sont cités par les Evangiles qui mentionnent également deux sœurs (Marc 3, 21 et 31-35 ; 6, 3 ; Jean 2, 12 ; 7, 3-5 ; 7, 10…). Il est par contre très peu probable qu'il ait été marié : le célibat, certes rejeté par la tradition juive majoritaire, était une valeur chez les esséniens et chez nombre de prédicateurs itinérants de cette époque. Et on voit mal pour quelle raison ses disciples qui affirment qu'il était célibataire auraient cherché à cacher un fait qui n'aurait choqué personne puisque la plupart des rabbis étaient mariés. On ne sait rien de plus des trente premières années de sa vie, « les années cachées » selon la tradition chrétienne. Les écrits canoniques relatent essentiellement son ministère public, qui a duré entre un an (selon les trois Evangiles synoptiques) et trois ans (selon l'Evangile de

Jean). Sa prédication commence peu après son baptême dans le Jourdain par Jean-Baptiste, un prédicateur qui dénonçait la politique d'acculturation menée
par les Romains, et qui est longuement cité dans les
Antiquités juives de Flavius Josèphe. Jésus, lui, n'est pas
un agitateur politique, mais un prophète itinérant et
indépendant, comme il en existe des dizaines d'autres
en son temps, qui pratique exorcismes et guérisons, et
prêche l'amour et la non-violence. Il est entouré d'un
premier cercle de douze hommes et, fait incongru, par
des femmes que la tradition juive cantonne pourtant
au foyer, qui plus est des marginales, des veuves, et
peut-être même des prostituées ; à maintes reprises, il
rappelle l'égalité entre tous, pauvres et riches, hommes
et femmes, justes et pécheurs. Il impose à ceux qui le
suivent un mode de vie radical, lui-même est un vaga-
bond qui compte sur Dieu pour manger et dormir.
Son message s'adresse d'abord aux exclus qui, dit-il,
seront les premiers au royaume de Dieu. Les Juifs
pieux lui reprochent les libertés qu'il prend avec la
Loi : il transgresse le shabbat et le jeûne, s'érige contre
les règles de pureté, professe le respect de l'esprit de la
Loi dans laquelle il voit un appel à la liberté intérieure
et à l'amour, mais dénonce son application rigoriste
par les hommes. Le Dieu dont il se réclame est celui
d'Israël, il fréquente d'ailleurs les synagogues où il dis-
cute avec les docteurs de la Loi, et se rend au moins
une fois en pèlerinage au Temple. Le personnage est
exclusif, et ses colères sont légendaires. L'une d'elles
signera son arrêt de mort quand, sur le parvis du
Temple de Jérusalem, il renverse les étals des mar-
chands qui vendent les offrandes des sacrifices et
annonce la fin de ce Temple « fait de main d'homme »
(Marc 14, 58). Les prêtres ont probablement décidé
de mettre fin à ses activités après cet esclandre. Jésus

comprend que sa condamnation est inéluctable : à la veille de son arrestation, il réunit ses douze apôtres pour un ultime repas, rompt le pain et partage le vin selon la tradition juive, mais il y ajoute deux phrases étranges, rapportées par les trois Evangiles synoptiques : « Prenez, mangez, ceci est mon corps », dit-il en partageant le pain. Puis, en leur tendant la coupe de vin : « Ceci est mon sang, le sang de l'alliance qui va être répandu pour la multitude en rémission des péchés » (Matthieu 26, 26-27 ; Marc 14, 22-24 ; Luc 22, 19-20). Trahi par l'un des Douze, Judas, qui le désigne aux autorités, Jésus est arrêté dans la nuit. Il est aussitôt conduit devant le Sanhédrin qui le condamne pour blasphème après l'avoir interrogé sur sa messianité. Il est alors transféré devant le gouverneur romain, Ponce Pilate, seul habilité à prononcer une condamnation à mort, et crucifié le jour même, un vendredi, veille du shabbat, sur le Golgotha, à l'extérieur de Jérusalem. Comme le dit si bien Joseph Klausner, « ici se termine la vie de Jésus et commence l'histoire du christianisme[49] ».

C'est en effet une curieuse histoire qui commence. Deux jours plus tard, un dimanche qui est celui de la Pâque juive, en 30 ou en 33 selon les calculs effectués ultérieurement, les Evangiles affirment que des femmes venues au tombeau pour laver et embaumer le corps – une tâche dont elles n'avaient pas pu s'acquitter en raison du shabbat – découvrent le tombeau vide. La thèse de la résurrection, qui se heurte d'abord à une forte incrédulité rapportée par les évangélistes, s'impose avec les apparitions du Ressuscité, méconnaissable même par ses plus proches, mais tenant le même langage et accomplissant même des miracles comme traverser des portes fermées ou apparaître brusquement au milieu d'une assemblée. La crucifixion se dote dès lors d'un sens : elle sera désormais au cœur de la théologie chrétienne.

La philosophie du Christ

Dans l'un de mes précédents ouvrages, *Le Christ philosophe*[50], dont les lecteurs retrouveront quelques grands traits dans ce chapitre consacré au christianisme, j'ai montré le hiatus qui a souvent existé, à travers l'histoire, entre les enseignements de Jésus et les dogmes ultérieurement construits par les Eglises chrétiennes. J'ai également insisté sur le caractère résolument novateur et universel du message de celui qui, pourtant, entendait sans doute simplement rénover sa religion, le judaïsme.

Jésus, qui parle souvent à la première personne (il dit « je » là où les autres prophètes s'expriment au nom de Dieu), se présente comme le chemin du salut que chacun doit emprunter de manière individuelle : « Viens, suis-moi », dit-il au jeune homme riche qui lui demande comment obtenir la vie éternelle (Matthieu 19, 16-22). Mais en même temps, il se déclare l'Envoyé de Dieu, plus encore le Fils de ce Dieu qu'il appelle « abba », papa, et auquel il fait constamment référence. Comme le Bouddha, comme Zoroastre, il renouvelle les enseignements de ceux qui l'ont précédé et met en valeur le principal précepte de la Loi, à la fois très simple et très ardu, se résumant dans l'amour de Dieu et dans celui du prochain... tous les prochains, même les miséreux, les exclus, les ennemis. Il annonce un monde nouveau, le Royaume de Dieu, au sujet duquel il ne donne aucune précision si ce n'est que les valeurs y seront inversées (le pauvre sera riche et le puissant sera l'esclave), mais dont l'imminence explique ses appels répétés à la conversion. Jésus bouleverse ainsi toutes les règles morales en vigueur dans le monde antique. Il est subversif quand il affirme le respect égal auquel chaque humain a droit, en tant que fils de Dieu – une égalité que le bouddhisme affirme de manière différente, mais tout aussi révolutionnaire. Subversif aussi quand il fait de la liberté de l'individu le pivot de son enseignement : il refuse l'idée d'un quelconque déterminisme social, familial, ethnique ou religieux, et même d'une fatalité qui interdirait à des individus de choisir la voie du salut qu'il propose. Plus encore, il élargit infiniment la notion de pardon, reconnaît à chacun le droit à l'erreur et la possibilité d'effacer cette erreur sans être jugé ni condamné : le pardon, dit-il, doit être inconditionnel. Il ne dénonce pas l'argent mais l'amour de l'argent, et appelle inlassablement au partage et à la charité. Il exige de répondre à la violence par la non-violence. Et surtout, il accorde à la personne humaine une pleine dignité, faisant de l'individu un être autonome et responsable.

La question s'est souvent posée de savoir si Jésus a eu l'intention de fonder une nouvelle religion. Je l'ai dit, il était pleinement juif, ne remettant pas en cause la loi mosaïque, mais son application par les hommes. Dans ses altercations, fréquentes, avec les pharisiens et les sadducéens, il n'a pas dénoncé leurs croyances, mais leurs rites : « Vous annulez ainsi la parole de Dieu par la tradition que vous vous êtes transmise », leur lance-t-il (Marc 7, 13). Il a voulu retourner aux fondements du judaïsme pour en dégager la portée éthique universaliste. Néanmoins, Jésus a initié trois gestes nouveaux, porteurs d'une forte charge symbolique, qui constitueront le fondement de son Eglise dès sa constitution. Le premier est le baptême unique « de repentir pour la rémission des péchés » (Marc 1, 4) qu'il reçoit de Jean-Baptiste et qu'il demande à ses apôtres de perpétuer, quand il leur apparaît après sa résurrection. Le deuxième geste est celui de la fraction du pain et du partage du vin lors du dernier repas, la Cène. Dans les Actes des Apôtres, dont la rédaction a été entamée une vingtaine d'années plus tard, puis dans ses Epîtres, Paul affirme que Jésus aurait dit aux siens : « Faites ceci en mémoire de moi » (I, Cor., 11, 24-26), instaurant ainsi l'eucharistie chrétienne qui est au centre du culte. Enfin, le troisième geste, chronologiquement le premier, est le choix par Jésus des Douze (et même d'un cercle plus large de soixante-douze) auxquels il confie une mission d'évangélisation à l'adresse de toutes les nations (Matthieu 28, 19 ; Marc 16, 15).

On peut s'interroger là sur la perception qu'avait Jésus de son propre statut, une conception qui débordait celle du simple sage. Il dit explicitement qu'il est envoyé par Dieu – mais jamais qu'il est Dieu. Il insiste sur sa relation privilégiée avec ce Dieu dont il se dit à plusieurs reprises le fils : « Nul ne connaît le Fils si ce n'est le Père et nul ne connaît le Père si ce n'est le Fils et celui à qui le Fils veut bien le révéler » (Matthieu 11, 27 ; Luc 10, 22). Devant le Sanhédrin, au grand prêtre qui l'interroge : « Tu es le Christ, le Fils du Béni ? », il a cette réponse franche : « Je le suis » (Marc 14, 61-62). Durant sa courte prédication, il a même utilisé cette appellation de Messie, littéralement l'Oint, Mechiah en araméen, Christos en grec, pour se définir. Mais c'est après la résurrection que ses disciples le dotent définitivement d'une identité surnaturelle. Ils l'élèvent au-dessus des prophètes : le titre de Christ, accolé au prénom Jésus, deviendra le nom propre qu'ils utiliseront pour le désigner. Jésus devient le Seigneur.

La naissance de l'Eglise

Dans les semaines qui suivent la crucifixion, les apôtres entament leur prédication « au nom du Père, et du Fils et du Saint-Esprit » (Matthieu 28, 19), haranguant les pèlerins qui viennent au Temple pour leur parler du Christ. L'Eglise, du grec *ekklesia* ou « assemblée de citoyens », qui se forme à Jérusalem, est constituée de petits groupes de Juifs qui respectent le shabbat et la Loi, tout en se réunissant le dimanche pour commémorer la Résurrection autour d'un repas où ils rompent le pain et partagent le vin, comme l'avait fait Jésus. Des pèlerins s'en repartent convertis et fondent chez eux de nouvelles communautés : à Joppé, Lydda, Tyr, jusqu'à Damas. L'ouverture du christianisme aux non-Juifs ne se fera pas sans des débats musclés opposant Pierre, qui a pris la tête de l'*ekklesia*, puis Jacques, « le frère de Jésus » qui lui succède, à Paul, un pharisien converti sur la route de Damas. Ce dernier, qui perçoit sa mission au sens large, baptise aussi bien des Juifs que des païens. Seule concession aux Jérusalémites : il accepte, dans un premier temps, que les repas ne soient pas pris en commun dans les communautés mixtes, par respect pour la pureté rituelle encadrée par les règles de la Loi juive, puis il fait tomber ce dernier tabou, au risque d'une rupture avec les tenants d'une exclusivité juive des fidèles du Christ. Mais ce n'est qu'après la chute du Temple, en 70, et donc avec la fin de l'*ekklesia* jérusalémite et la rupture avec le judaïsme, que cette mixité devient la règle. Les communautés se sont entre-temps assises, chacune autour d'un Ancien, et elles se sont régionalement regroupées avec un évêque qui gère la vie religieuse dans sa région. C'est aussi le début des persécutions pour les chrétiens qui, jusquelà, bénéficiaient du statut d'étrangers accordé par l'Empire romain aux Juifs – un statut les autorisant à ne pas sacrifier au culte de l'empereur et des divinités romaines. L'Eglise en vient rapidement à développer une théologie du martyre pour la foi, puis un culte des martyrs, les premiers saints, dont elle met en avant le pouvoir d'intercession auprès de Dieu.

A la fin du IIe siècle, des écoles de théologie existent déjà, la plus connue étant la Didascalée d'Alexandrie où s'élabore la définition du Logos, le Verbe incarné en Jésus. Clément, l'évêque d'Alexandrie, affirme l'unité de Dieu et du Christ-Logos, ouvrant la voie à des débats qui dégénèrent en querelles, accusations d'hérésie et exclusions. L'un des premiers mouvements contestataires de la ligne orthodoxe est le docétisme qui nie l'incarnation, affirmant que le corps humain du Christ n'a été qu'une illusion. Les modalistes vont plus loin dans cette logique en soutenant que Dieu et Jésus ne faisant qu'un, c'est Dieu qui a été directement crucifié. A l'inverse, les adoptionnistes voient en Jésus un homme adopté par Dieu et non son Fils à proprement parler. Les fidèles s'enflamment pour l'une ou l'autre de ces thèses qui pullulent, l'évêque de Rome, qui, en dépit des contestations d'Alexandrie, Carthage ou Antioche, revendique la primauté depuis la fin de l'Eglise de Jérusalem et s'emploie à définir l'orthodoxie dogmatique, intervient pour condamner et excommunier les hérétiques – la première excommunication est celle de Marcion, en 144. Aux querelles autour de la nature du Christ s'ajoute bientôt un nouveau sujet de discorde : la nature des relations du

Père au Fils et au Saint-Esprit, c'est-à-dire la Trinité. L'orthodoxie prône la consubstantialité en affirmant que les trois personnes de la Trinité sont de la même substance ou de la même nature, autrement dit que Dieu unique est en trois personnes qui n'existent chacune qu'en relation avec les deux autres, agissant indivisiblement. Certaines théories ont fait long feu, tel l'arianisme, qui a pourtant connu un immense succès populaire aux IVe et Ve siècles en affirmant que le Fils étant engendré par le Père, il ne peut être tenu pour son égal : il est Dieu en second. En réponse au nestorianisme (Nestorius était l'évêque de Constantinople) qui réfute l'appellation « Marie mère de Dieu » et par là même la pleine divinité du Christ, l'Eglise d'Alexandrie affirme une doctrine monophysite qui reconnaît une seule nature, divine, au Christ. Le concile de Chalcédoine, qui condamnera en 451 ces deux doctrines, donnera naissance au premier schisme : l'Eglise d'Alexandrie, qui prend le nom d'Eglise copte, se sépare et sera suivie dans la doctrine monophysite par d'autres Eglises orientales, telles l'Eglise syrienne orthodoxe, l'Eglise arménienne et l'Eglise syro-malabare indienne. Les héritiers du nestorianisme subsistent essentiellement en Irak et en Syrie.

L'Eglise des deux empires

En 313, par la volonté de l'empereur Constantin, le christianisme est reconnu par l'Empire romain qui s'étend tout autour du bassin méditerranéen et sur une grande partie de l'Europe. Il accède même au rang de religion privilégiée. L'Eglise, déjà riche des dons des fidèles depuis qu'elle a conquis les couches supérieures de la société, devient encore plus riche grâce aux dotations de l'empereur, et Rome se couvre de basiliques. En 330, quand Constantin transfère sa capitale à Byzance qu'il baptise Constantinople, l'évêque de Rome, que l'on appellera dorénavant le « pape », règne librement sur la ville et son influence s'étend sur toute la chrétienté. L'empire en effet se christianise : ses fêtes célèbrent désormais la Résurrection ou la Nativité, le dimanche devient le jour du Seigneur, le visage des criminels, « formé à l'image de la beauté céleste », n'est plus marqué comme le voulait l'usage. La confusion s'installe entre le politique et le temporel, l'empereur intervient dans les affaires cléricales et dogmatiques, convoque et préside les conciles, crée des évêchés. Mais en ce IVe siècle, en dépit des dérives de certains de ses clercs qui sont devenus des notables, l'Eglise, qui a l'oreille du pouvoir, s'attache aux principes évangéliques. Elle instaure la charité en dogme, et appelle les dons des « dépôts de piété ». Les évêques construisent des asiles où sont pris en charge les malades et les exclus, ils organisent des distributions au profit des pauvres. En 391, Théodose Ier franchit un pas supplémentaire en faisant du christianisme la religion d'Etat de l'empire : il interdit les cultes païens, et les persécutés d'hier deviennent persécuteurs.

La chute de l'empire d'Occident, en 410, n'est pas sans conséquences pour le christianisme, désormais clairement divisé entre l'Orient et l'Occident, chacune des deux Eglises suivant sa voie avec un fossé qui se creuse entre elles. En Occident, fort de sa primauté, le pape est désormais la seule autorité qui puisse négocier avec les Barbares, au prix de compromissions qui se poursuivront pendant des siècles avec les différents royaumes d'Europe. L'Eglise d'Orient reste dominée par la figure tutélaire de l'empereur qui établit quatre sièges patriarcaux, outre Rome : Constantinople « à égalité d'honneur » avec le siège papal, Alexandrie, Antioche et Jérusalem. Il accorde par ailleurs l'autocéphalie aux Eglises situées au-delà des frontières de l'empire, en particulier en Perse, en Arménie et en Géorgie. Dirigées par des patriarches à forte personnalité, isolées à partir du VIIe siècle par l'avancée de l'islam, ces Eglises deviennent progressivement autonomes. Seule Constantinople continue de ferrailler avec Rome sur des détails de rite et de discipline. A plusieurs reprises, ces deux Eglises frôlent le schisme, s'accusant mutuellement d'hérésie, la querelle la plus grave étant celle des images – Rome reprochant à Constantinople son culte des icônes. Le schisme finit par devenir inéluctable quand surgit une nouvelle querelle autour du pain de la communion, un pain azyme, c'est-à-dire non levé, exige Rome, un pain levé, rétorque Constantinople. La rupture est prononcée en 1054 : Rome excommunie Michel Cérulaire, le patriarche de Constantinople qui répond en anathémisant les légats du pape. Les liens toutefois maintenus, même de manière très ténue, sont définitivement rompues après le sac de Constantinople par les croisés en 1204 et la profanation de la basilique Sainte-Sophie. L'évolution des deux Eglises sera dès lors très divergente. Rome réunit sous sa tutelle tous les diocèses d'Occident ; Constantinople prend acte, par contre, de l'autonomie des patriarcats qui deviennent de plus en plus « nationaux », liés aux Etats dont ils relèvent. Dès lors, ces Eglises orientales revendiquent le nom d'« orthodoxes », parce que attachées à la juste doctrine, alors que l'Eglise d'Occident privilégie l'appellation de « catholique », c'est-à-dire universelle. Il faut par ailleurs noter que les Eglises orthodoxes se considèrent comme les seules fidèles aux grands conciles des premiers siècles qui ont défini les dogmes chrétiens, des conciles auxquels l'évêque de Rome n'assistait pas au même titre que les autres évêques, se contentant d'y envoyer des représentants.

La vie monastique

Quelques années après que les persécutions contre l'Eglise ont pris fin, et avec elles la voie royale de salut qu'était le martyre, des chrétiens choisissent de tout abandonner pour se retirer en ascètes dans les déserts d'Egypte et de Syrie, et offrir ainsi leur vie au Christ – qui n'avait pourtant jamais prôné ce mode d'existence extrême. La tradition chrétienne fait remonter la fondation du monachisme à Antoine, un riche Egyptien, premier ermite dont la réputation, portée par l'évêque d'Alexandrie, se répand rapidement dans le monde chrétien. Les déserts se peuplent de fidèles qui se lancent dans une enchère de mortifications telle qu'au milieu du IIIᵉ siècle, Basile, l'évêque de Césarée, édicte une première règle monastique, réprouvant l'isolement complet au nom de la charité et privilégiant la discipline et l'oraison sur les souffrances gratuites. L'Occident s'inspire de l'exemple oriental, et un premier monastère est fondé en 416, près de Marseille, par Jean Cassien. Le modèle monastique y sera systématisé par Benoît de Nursie qui fonde en 529 l'abbaye du mont Cassin, entre Rome et Naples, et instaure le cénobitisme, la vie en communauté de moines autour d'un abbé. Sa règle, appelée « bénédictine », qui insiste sur l'équilibre à apporter entre travail et oraison, met l'accent sur la discipline, l'obéissance et la modération, et exige des moines l'apprentissage de la lecture pour s'occuper l'esprit à l'heure des repas et pendant les longues périodes de carême. Alors que l'Occident est plongé dans le marasme depuis la chute de l'empire et les invasions barbares, les monastères seront, pendant plusieurs siècles, les ultimes vestiges de la recherche spirituelle et théologique du christianisme des Pères, et plus généralement de la culture gréco-romaine qui avait forgé l'Occident. Inlassablement, les moines copient des manuscrits, maintiennent la connaissance qui ne sort toutefois pas de leurs murs. Tandis qu'à l'extérieur des monastères, les prêtres analphabètes sont réputés pour leur corruption, et les évêques pour leur inféodation au pouvoir dont ils tirent leurs richesses et leurs lettres de noblesse, les moines resteront les ultimes incarnations de l'idéal de la vie chrétienne. Ce n'est qu'à partir du XIIIᵉ siècle que la culture sortira des cloîtres, quand des hommes d'Eglise, ayant redécouvert la culture classique, souvent d'ailleurs par le truchement des lettrés arabes ayant traduit les Grecs, fondent des écoles et des universités qui seront des hauts lieux d'effervescence théologique et intellectuelle.

Au cours de l'histoire, l'ordre des Bénédictins engendrera des ramifications successives, rendues chaque fois nécessaires par la dégénérescence de la vie monastique, quand les autorités civiles doteront les abbayes et nommeront les pères abbés. L'une des réformes les plus connues, dite cistercienne, a été menée vers 1100 par deux bénédictins, Robert de Molesmes et Bernard de Clairvaux, qui prônent le retour radical à l'idéal de pauvreté et d'humilité, qui se reflétera d'ailleurs dans l'austérité de leurs abbayes. C'est également pour répondre aux préceptes des Evangiles, au sein d'une Eglise largement dévoyée, que naissent au début du XIIIᵉ siècle les ordres mendiants, franciscain et dominicain, dont les moines, c'est un fait inédit, sont appelés à vivre parmi les fidèles et non plus cloîtrés dans les monastères, pour répandre le message évangélique.

La violence au nom de Dieu

Quand elle accède au pouvoir par la volonté de Constantin, l'Eglise entame une lutte contre les païens. Mais parce que le Christ a interdit de verser le sang, elle délègue la violence au pouvoir civil qui devient son bras armé. Bien peu de voix s'élèvent pour dénoncer l'usage de la force au nom de Dieu : celle-ci, confirme par exemple saint Augustin dans *Contre Faustus*, est un mal nécessaire pour ramener les païens et les hérétiques dans le droit chemin et leur assurer le bonheur éternel. Dans une lettre de 417 au préfet militaire Boniface, il qualifie ce mal nécessaire de « persécution juste ». La logique qui conduira aux épisodes les plus noirs de l'histoire de l'Eglise, les croisades, l'Inquisition et la colonisation de l'Amérique, est en marche.

C'est en effet en s'appuyant sur l'argumentation augustinienne qu'à partir du milieu du IXᵉ siècle, les papes multiplient les appels à lutter contre les infidèles au nom de la foi et promettent aux guerriers l'indulgence plénière, c'est-à-dire la rémission totale de leurs peines dans l'au-delà. Le 27 novembre 1095, alors qu'évêques, abbés, rois et princes d'Europe sont réunis à Clermont, le pape Urbain II lance un appel à la croisade pour sauver les chrétiens d'Orient et délivrer Jérusalem des infidèles. « Dieu le veut », dit-il en conclusion de son appel. Les foules se précipitent pour recevoir le morceau d'étoffe en forme de croix que revêtent les partants qui prononcent un vœu indélébile sous peine d'excommunication, en échange duquel le salut éternel leur est garanti. Jérusalem tombe dans l'après-midi du vendredi 15 juillet 1099. Face aux contre-offensives des armées musulmanes, d'autres croisades sont organisées (huit au total entre 1095 et 1270). La plupart sont des échecs cuisants, et il faut dire qu'à partir de la cinquième, la ferveur des fidèles s'est nettement essoufflée, contraignant l'Eglise à étendre le système des indulgences aux financiers et non seulement aux guerriers, et même à autoriser le rachat des vœux.

En même temps, l'Eglise occidentale se donne pour mission de lutter contre les hérésies, souvent le fait de prédicateurs indépendants qui s'élèvent contre le dévoiement de la doctrine et celui des mœurs des clercs. Le troisième concile du Latran assimile la lutte contre les hérétiques aux croisades contre les infidèles, deux groupes considérés comme clairement distincts l'un de l'autre. Et c'est en direction des hérétiques, en tout cas des chrétiens baptisés, que l'Inquisition est créée, le 8 février 1232, par la bulle *Ille humani generis* de Grégoire IX. « Les hérétiques méritent d'être retranchés du monde par la mort[51] », confirme Thomas d'Aquin ; aucun théologien reconnu ne soulèvera la moindre objection au cauchemar qui s'inaugure. Les inquisiteurs, des prêtres ou des moines (l'ordre des Dominicains, créé un quart de siècle plus tôt, puis celui des Franciscains, sont les fers de lance de l'entreprise), sont autorisés par le pape à pratiquer la torture par « amour et miséricorde » jusqu'à faire avouer les accusés. Jusqu'au XVe siècle, l'exécution de la peine de mort reste un privilège de l'Etat : l'Eglise, qui se refuse à verser le sang, retire alors sa protection à l'accusé. L'Inquisition espagnole, plus tardive et qui va se poursuivre jusqu'au milieu du XVIIIe siècle, est encore plus redoutable : prétextant à la fois d'une nécessaire éducation des baptisés ayant trop longtemps vécu au contact des infidèles, et de la nécessité de s'assurer de l'authenticité de la conversion (obligatoire) des ex-infidèles, elle s'abat, implacable, sur le peuple d'Espagne, encadrée de messes et de prêches. Ce que j'assimile à un véritable délire théologique se met en place pour légitimer ce qui contredit pourtant de manière si manifeste l'enseignement d'amour et de non-violence du Christ.

L'Inquisition connaît son âge d'or quand Christophe Colomb débarque sur l'île de Saint-Domingue, en 1492. C'est le début de la conquête des Amériques pour laquelle sont mis à contribution les esclaves noirs, dont la traite par les Portugais a été autorisée par le pape Nicolas V en 1454. Les colons qui débarquent dans le Nouveau Monde se voient offrir par la couronne les terres et leurs habitants, à condition qu'ils les convertissent. Un terrible génocide s'installe, dénoncé publiquement par le dominicain Bartolomé de Las Casas, presque seul, avec une poignée d'humanistes comme Montaigne, à soutenir que les Indiens sont des hommes « frères en Christ », porteurs de la dignité attachée à toute personne humaine. Une controverse célèbre l'oppose, en 1550, à Valladolid, au légat du pape, mais il faudra plusieurs années avant que ses idées s'imposent. Ce n'est qu'en 1570, quatre ans après son décès, que le roi du Portugal interdit la réduction des Indiens à l'esclavage – mais celle-ci se poursuivra pour les Noirs. En 1659, l'Inquisition fait tout de même interdire l'ouvrage témoignage de Las Casas, la *Très brève relation de la destruction des Indes*.

La Réforme protestante

C'est la première grande contestation des temps modernes qui va faire vaciller l'Eglise romaine et éclater

son monopole religieux – les Eglises orthodoxes et
orientales en seront longtemps maintenues à l'écart,
les protestants restant aujourd'hui encore une infime
minorité sur leurs terres. En cette fin de XVe siècle, des
théologiens et des penseurs, abreuvés aux idées de la
philosophique antique, cherchent à faire émerger un
autre christianisme, un christianisme évangélique qui
parle de la profondeur de l'être humain, de son intériorité. La pensée humaniste qui émerge marie la foi,
la raison et la liberté. Mais la puissance de l'institution
cléricale est encore trop forte pour que ces revendica-
tions soient clairement formulées, d'autant que ses
tenants, les Erasme, Pétrarque, Dante, Marsile Ficin
ou Pic de la Mirandole, n'envisagent pas une rupture
avec l'Eglise. Comme d'autres à son époque, un
moine catholique, Martin Luther, réclame une « réfor-
mation » de cette Eglise romaine en pleine décadence.
Papes, évêques, prêtres et moines pratiquent bien souvent tous les vices qu'ils dénoncent, l'Inquisition
exerce sa tyrannie, les clercs ne lésinent sur aucun
moyen de s'enrichir. La goutte d'eau qui fait déborder
le vase est la pratique des indulgences, un système qui
permet aux fidèles, moyennant finance, d'alléger, voire
d'effacer leur peine au purgatoire, cette antichambre
de l'au-delà que l'Eglise catholique enseigne, seule
contre toutes les autres Eglises chrétiennes, depuis le
Moyen Age. Le 31 octobre 1517, Luther affiche
quatre-vingt-quinze thèses sur la porte de l'église de
Wittenberg, dénonçant ce scandale. Puis il étend ses
critiques à d'autres domaines : les sacrements, la vie
religieuse, la question du salut – selon lui, l'homme,
irrémédiablement pécheur, ne peut rien pour son
salut, sinon par la foi qui est un don gratuit de la seule
grâce divine. Sa remise en cause du pape lui vaut
d'être excommunié en 1521. Luther, désormais libre,

prêche la liberté du chrétien auquel il demande de revenir aux Ecritures, seule source d'autorité selon lui. Sous l'impulsion de la réforme, la Bible est traduite dans les langues vernaculaires afin que chaque fidèle puisse exercer son esprit critique et examiner la parole divine sans l'intercession d'un clerc. Ce qui, d'ailleurs, rend les prêtres superflus. Les assemblées de fidèles qui se réunissent pour lire la Bible autour d'un pasteur marié font très vite tache d'huile dans l'Europe occidentale, à commencer par la Suisse où le Français Jean Calvin, encore plus radical que Luther, répand la nouvelle confession. Des sept sacrements que professe l'Eglise catholique et que reconnaissent les Eglises orthodoxes avec quelques petites variantes (le baptême, la confirmation, l'eucharistie, la confession, le sacrement des malades, le mariage et l'ordination), les protestants n'en conservent que deux : le baptême et l'eucharistie, à laquelle ils donnent un sens symbolique. Le culte de Marie, des saints et des anges, très présent dans les autres Eglises, est également abandonné : c'est un christianisme dépouillé, le plus proche possible des Evangiles, que professe Luther.

Des « guerres de religion » éclatent aussitôt. La première a pour terrain l'Allemagne ; elle s'achève en 1555 par le compromis d'Augsbourg qui concède aux princes le libre choix de leur religion et divise l'empire en deux confessions chrétiennes rivales. En France, où les réformés sont rapidement très nombreux, la guerre civile fait également rage à partir de 1562. L'un de ses épisodes les plus dramatiques est le massacre de la Saint-Barthélemy qui commence à Paris le 24 août 1572, quand les catholiques mènent un véritable pogrom contre les protestants, puis qui s'étend à une vingtaine d'autres villes dans une vaine tentative d'« extirper l'hérésie ». En avril 1598, l'édit de Nantes est signé, accordant la liberté de culte aux protestants – dans les lieux où ils étaient installés avant 1597. Mais la guerre n'est pas finie : des épisodes dramatiques interviendront pendant un siècle encore après la révocation de l'édit, en 1685.

Fuyant les persécutions, un certain nombre de protestants se sont installés dans les royaumes du Nord, plus tolérants. Si, depuis sa création, le protestantisme est organisé en communautés relativement indépendantes, celles-ci se rattachent à trois grands courants qui divergent sur des points de théologie, ainsi que sur leur conception de la vie des communautés. Le courant luthérien a peu à peu rassemblé les communautés en diocèses supervisés par un évêque, et il considère par ailleurs que la foi est gage de salut. Les réformés de souche calviniste, appelés presbytériens aux Etats-Unis, privilégient les communautés indépendantes et considèrent que le salut a été donné d'emblée par Dieu aux hommes – mais pas à tous les hommes, selon certaines dénominations. Une troisième branche, plus récente puisqu'elle date du XIXᵉ siècle, rassemble les Eglises dites pentecôtistes, très attachées à leur autonomie et qui défendent une lecture fondamentaliste de la Bible.

Les Lumières

La Réforme qui a suivi l'humanisme de la Renaissance ouvre la voie à une nouvelle poussée émancipatrice dont l'objectif, cette fois, est de libérer définitivement les individus et la société de la religion, non pas en « éliminant » la religion mais en la cantonnant à la sphère privée et en garantissant l'impartialité de l'Etat envers ses citoyens, quelle que soit la religion dont ils se réclament. Cette poussée est propre à l'Occident chrétien : nulle part ailleurs on ne la verra exprimée aussi clairement par des individus qui refusent le poids de tout déterminisme et entendent être libres de leurs critiques du système, émises au nom de la raison, séparée de la foi. Plus encore : rompant radicalement avec une manière de penser sans doute aussi vieille que l'humanité, ces individus valorisent le changement au détriment de la tradition, se pensent meilleurs que les Anciens parce qu'ils viennent après, et affirment que le mieux est toujours à venir.

La période dite des Lumières gouverne l'esprit européen tout au long du XVIIIe siècle, prenant la double forme d'un mouvement d'idées et de révolutions politiques et sociales. Raison critique et autonomie du sujet sont ses deux mots d'ordre, d'ailleurs intimement liés : c'est par la raison critique que le sujet va s'émanciper, se réapproprier ce qu'il avait si longtemps remis aux mains de Dieu ou de l'Eglise. C'est par les seules forces de l'homme, et sans intervention de Dieu, que l'on veut créer une cité humaine. On veut enfin tenir debout tout seul, ce qui constitue une révolution au regard de l'histoire des religions, telle que je l'ai évoquée tout au long de ce parcours. La raison critique s'introduit aussi dans la libre lecture des textes bibliques qu'elle tente de « démythologiser », une entreprise commencée par les réformateurs, et qui sape le fondement de l'autorité des institutions religieuses au-delà du christianisme – j'ai montré dans le chapitre précédent son influence sur le judaïsme. Pour autant, les philosophes des Lumières ne sont pas athées : ils croient en Dieu, mais en un Dieu éloigné des discours ecclésiastiques, et ils accusent même l'Eglise d'avoir fomenté un obscurantisme à travers tous les dogmes qu'elle a édictés et qui ne visent qu'à légitimer la tyrannie des clercs. Un Voltaire prônera ainsi une religion naturelle se limitant à la croyance en l'Etre suprême et en une éthique universelle inspirée des enseignements du Christ. C'est à ces enseignements que les penseurs des Lumières font continuellement référence quand ils parlent de tolérance et récusent la violence au nom de Dieu. Ce n'est que dans un deuxième temps, à partir du XIXe siècle, que Dieu s'écartera complètement de leur pensée et que surviendra une nouvelle génération, celle de l'humanisme athée symbolisé par un Auguste Comte, le fondateur de la sociologie moderne, qui décrit la religion comme une aliénation intellectuelle.

Les missions

On a souvent tendance à confondre l'expansion du christianisme avec les avancées de la colonisation. Cette affirmation est un peu hâtive. En effet, il ne faut pas oublier que le christianisme s'est posé, dès son origine, comme une religion catholique, dans le sens d'universelle (un mot qui apparaît pour la première fois dans une lettre d'Ignace aux habitants de Smyrne, vers 106), et donc missionnaire. Né en Palestine dans la première moitié du Ier siècle, il s'est rapidement diffusé sur les larges territoires de l'Empire romain, gagnant au IIe siècle des régions fort éloignées de son berceau : Marseille, Lyon, l'Espagne, et, au-delà de l'empire, l'Ethiopie, la Perse et le sud de l'Inde. Carthage sera pendant des siècles, jusqu'à l'arrivée de l'islam, le centre de référence de l'importante Eglise d'Afrique du Nord : déjà, en 216, soixante et onze évêques africains assistent au concile qui s'y tient.

L'évangélisation s'est d'abord effectuée à travers les routes commerciales. La colonisation a permis aux Eglises d'atteindre les zones d'ombre qu'elle n'avait pas encore touchées. L'événement fondateur en ce sens est la découverte de l'Amérique, en 1492 : dès l'année suivante, le pape Alexandre IV confie à l'Espagne et au Portugal l'évangélisation des terres conquises. Au XVIᵉ siècle, Ignace de Loyola et la Compagnie de Jésus (les jésuites) se mettent au service du pape pour diffuser l'Evangile, essentiellement en direction de l'Asie : le Japon, l'Inde, les Moluques, la Chine. Mais il leur sera reproché leurs compromissions avec les religions autochtones, en particulier les rites confucéens, et le pape Grégoire XV décide de reprendre la main en créant, en 1622, la « Sacrée Congrégation pour la propagation de la foi », renommée en 1967 « Congrégation pour l'évangélisation des peuples ». En 1658, les Missions étrangères de Paris sont créées pour prendre le relais des jésuites, en particulier en Asie, élaborant un nouveau mot d'ordre : l'adaptation des missionnaires à leur milieu d'accueil. A partir de là, toutes les entreprises de colonisation seront escortées par des missionnaires, dans un premier temps exclusivement catholiques et, à partir du XIXᵉ siècle, également protestants. Si les Eglises orthodoxes et orientales, avant tout nationales, ont très peu participé à l'expansion missionnaire, c'est d'abord parce que les Etats dont elles relèvent n'ont presque pas participé à l'entreprise colonisatrice.

Le christianisme aujourd'hui

Les chrétiens, toutes obédiences confondues, sont estimés aujourd'hui à un peu plus de deux milliards d'individus, soit un petit tiers des habitants de la planète, parmi lesquels les catholiques sont majoritaires (1,1 milliard), suivis des protestants (650 millions) et des orthodoxes (230 millions). Evidemment, ces chiffres sont relatifs : il n'existe pas de recensement planétaire qui inclue le facteur religieux, et l'on ignore en outre quel est le taux de pratique des fidèles, et même quel est leur degré de croyance. Le paysage chrétien a en outre été totalement bouleversé au cours de ces deux derniers siècles, et si le christianisme est répandu sur tous les continents, ses places fortes sont désormais déplacées. Les chrétiens d'Europe et des Etats-Unis, noyau dur du christianisme à la fin du XIXᵉ siècle, ne représentent plus qu'un gros quart des fidèles : 40 % des catholiques dans le monde vivent aujourd'hui en Amérique latine où, par ailleurs, le protestantisme, sous sa forme pentecôtiste, connaît une poussée spectaculaire – mais difficilement chiffrable. Les chrétiens représentent d'autre part 40 % des 900 millions d'Africains – partagés entre le catholicisme, le protestantisme, et ce que l'on appelle les religions afro-chrétiennes, c'est-à-dire un christianisme fortement mâtiné des croyances locales, comme le culte des ancêtres. En Asie, le principal bastion du christianisme est les Philippines où 90 % des 90 millions d'habitants sont chrétiens, à très forte majorité catholique.

Le fait le plus marquant du paysage chrétien est l'effondrement du christianisme européen – en dépit de la résistance de quelques pays comme la Grèce orthodoxe ou la Pologne catholique. Cette crise, qui contraste avec la vitalité du christianisme sur les autres continents, se perçoit à tous les niveaux : chute brutale des ordinations et de la pratique, effacement du sentiment d'appartenance et même de la croyance. La religion dans la modernité semble en effet marquée du sceau du scepticisme : en Europe, mais aussi aux Etats-Unis, les différents sondages indiquent qu'à peine 10 % des individus pensent qu'il n'y a qu'une seule religion qui soit vraie. L'idée qui domine pour une très large majorité des Occidentaux est qu'« il existe des vérités fondamentales dans beaucoup de religions[52] ». L'existence de Dieu est jugée « probable » plutôt que certaine, à peine 38 % des Européens disent croire en un Dieu personnel[53], pourtant pilier du christianisme, l'efficacité de la prière est jugée « possible », sans plus. Le contenu de la foi est réagencé par chaque fidèle qui en retranche ce qui ne lui plaît pas, y rajoute des croyances puisées à d'autres traditions, en particulier orientales. Les perspectives du salut sont elles-mêmes bouleversées : alors qu'en Amérique latine, en Afrique, en Orient et plus largement en terres orthodoxes la quête du bonheur dans l'au-delà, c'est-à-dire la croyance au paradis, reste largement partagée par les fidèles, en Occident, ces derniers cherchent désormais leur bonheur essentiellement ici-bas : à peine 53 % des Européens croient en une survie de l'âme (et pas forcément selon la doctrine chrétienne), un chiffre qui atteint néanmoins 81 % aux Etats-Unis[54]. Ce tiédissement de la majorité explique en partie l'essor, en réaction, d'un christianisme identitaire, s'exprimant à travers l'essor des groupes charismatiques chez les catholiques et pentecôtistes chez les protestants, se présentant comme l'avant-garde du réveil contre l'athéisme, le matérialisme et autres confusions doctrinales. Néanmoins, il faut noter que l'ampleur de ce phénomène déborde l'Occident : un peu partout, on assiste à l'explosion de ces communautés très émotionnelles, plus fondamentalistes que les communautés traditionnelles moralisantes et fortement missionnaires. En l'absence de statistiques formelles, on estime par exemple que 15 à 20 % des chrétiens de bastions catholiques comme le Brésil ou le Venezuela fréquenteraient aujourd'hui des groupes pentecôtistes. Ce n'est donc pas autant de l'effondrement du christianisme que de celui de ses grandes institutions représentatives qu'il faudrait aujourd'hui s'inquiéter, et cela malgré leurs efforts pour évoluer, comme ce fut le cas de l'Eglise catholique avec le concile Vatican II (1962-1965).

13

Islam

L'Arabie du VIIe siècle dans laquelle va naître l'islam est un vaste désert sillonné par des nomades, traversé par des caravanes qui relient l'Inde à la Méditerranée et à la Mésopotamie, ponctué par quelques centres urbains, autour des sources d'eau ou sur des lieux marqués par le culte de divinités réputées pour leur puissance. La vie s'organise autour de tribus et de clans d'importance variable qui se partagent les oasis dans le désert et le pouvoir dans les villes. La société, extrêmement patriarcale, a développé des valeurs fondées sur le code de l'honneur, la force physique, le courage, la virilité. L'amour et la poésie ne sont toutefois pas absents du paysage, ainsi qu'en témoignent les abondants recueils des poètes de cette période que l'islam a nommée la Jahilya, l'ère de l'ignorance – qui précède la révélation du Coran à Mohamed. L'Arabie est loin d'être un désert sur le plan religieux. Les Bédouins pratiquent volontiers un animisme proche de la religion des chasseurs-cueilleurs, vénérant des pierres dressées ou des arbres qui ont triomphé de la sécheresse et dans lesquels ils voient l'esprit d'un dieu ou celui des ancêtres. Dans les villes domine un polythéisme chatoyant où se côtoient, dans un même panthéon, le Baal phénicien (appelé Hubal à La Mecque), des dieux mésopotamiens, des divinités locales, essentiellement féminines. Des fêtes sont organisées à l'occasion des foires, mais on ne connaît pas à ces dieux un clergé établi, pas plus que des rites définis. La tendance, dans les principaux centres urbains, est à l'hénothéisme : un dieu domine le panthéon. C'est le cas, à La Mecque, d'Illah, littéralement la divinité, assistée de trois déesses principales, Manat la dispensatrice des richesses, Uzza qui règne sur la fécondité, et Lat dont le rôle spécifique est peu connu. L'Arabie n'ignore pas pour autant le monothéisme : des Juifs s'y sont installés depuis plusieurs siècles, des tribus entières se sont converties, en particulier dans la région de Médine, et, à la fin du IIIe siècle, le roi du Yémen est lui-même juif. C'est à partir de cette époque que le christianisme, sous une forme non orthodoxe (courant issu d'une branche dite nestorienne datant du Ve siècle), s'implante à son tour dans ces contrées proches de l'Egypte, de l'Ethiopie et de la Mésopotamie.

Mohamed, le prophète

Toutes les informations dont nous disposons au sujet de la vie de Mohamed sont de sources exclusivement musulmanes. La première de ces sources est le Coran, dont la révélation suit étroitement les épisodes de la vie du prophète de l'islam. La deuxième est la Sira, sa biographie « officielle » et très détaillée, rassemblée et rédigée tardivement, aux alentours du IXe siècle. Enfin, les hadiths, les dires du Prophète consignés par ses compagnons et rapportés ultérieurement dans d'amples corpus de longueurs (et de contenus) fort disparates, constituent la troisième source.

Né à La Mecque vers 570 ou 571 dans la riche tribu des Qoraychites, mais appartenant au clan hachémite, le plus pauvre de la tribu, Mohamed, très tôt orphelin, est recueilli par son grand-père puis par son oncle paternel, Abou Taleb, un caravanier qui l'emmène dans ses voyages en Syrie. On ne sait rien d'autre de son enfance, sinon qu'il choisit le même métier que son oncle et, jeune homme, rejoint les caravanes que possède une riche Mecquoise, Khadija, une veuve de quinze ans son aînée. Mohamed a vingt-cinq ans, un âge tardif pour l'époque, quand il se marie avec sa patronne. La Sira laisse entendre qu'il avait un tempérament fougueux et qu'il était très critique à l'égard du système en place. Elle ne dit pas, mais ce fut très certainement le cas, s'il eut des contacts avec les Juifs et les chrétiens, mais aussi avec les moines, nombreux en Syrie. Le jeune homme aimait à se retirer dans les grottes du mont Hira, non loin de La Mecque, pour des périodes de retraite et de réflexion. Selon les sources musulmanes, notamment le Coran, c'est à l'occasion de l'un de ces séjours en solitaire, en 610, qu'il entend une voix lui intimer un ordre en arabe, le dialecte des Qoraychites : « Ikra' », « Lis ». La tradition veut que Mohamed ait été analphabète. Il est d'autant plus dérouté par cette injonction et il s'en ouvre à sa femme Khadija, à son cousin Ali fils d'Abou Taleb, et à un troisième personnage, Waraqa Ibn Nawfal, chrétien ou christianisé, qui compare cette expérience à celle de Moïse et affirme que Mohamed sera le prophète de son peuple. Mohamed retourne dans sa grotte du mont Hira. La voix, que l'islam identifie à celle de l'ange Gabriel, entame sa dictée, et Mohamed sa prédication qui suscite une forte hostilité des milieux mecquois. Il réunit autour de lui une poignée de convertis parmi lesquels Khadija, Ali, Zaïd, un esclave chrétien qu'il avait affranchi, et quelques autres. Mohamed proclame l'unicité de Dieu et l'imminence d'un jugement dernier. Les ayats ou versets de cette époque médinoise énoncent la doctrine de base de la nouvelle religion : la croyance en un paradis et en un enfer minutieusement décrits, un appel moral à la générosité et à la charité envers les pauvres et les exclus dans la droite ligne des deux monothéismes, le judaïsme et le christianisme, qui l'ont précédé. Il lance d'incessants appels à la conversion, menace du courroux de Dieu, dénonce le polythéisme. Les Mecquois, qui ne supportent plus ce discours, multiplient les exactions à l'encontre des fidèles de Mohamed, et plus largement de son clan, poussant un certain nombre d'entre eux à émigrer, en 616, en Ethiopie. La situation devient encore plus difficile en 619, quand il perd coup sur coup ses deux principaux protecteurs : son épouse Khadija et son oncle Abou Taleb. Mohamed doit quitter la ville avec les siens. En 622, il trouve enfin refuge à Yathrib, l'actuelle Médine, une ville où vit une importante communauté juive mais où les querelles entre tribus sont nombreuses. Avec son statut de prophète, reconnu et propagé par les siens, Mohamed espère y devenir un arbitre, puis un chef, tout en continuant à proclamer sa nouvelle religion. 622 est une date fondatrice dans l'islam, celle de l'Hégire (ou Exil), à partir de laquelle commence le décompte du calendrier musulman, basé sur les mois lunaires.

Jusqu'à sa mort en 632, Mohamed ne quitte Médine (littéralement la Ville) que pour ses campagnes militaires contre les Mecquois : la bataille de Badr en 624, celle du Fossé en 627 puis, trois ans plus tard, celle qui se solde par la prise de La Mecque où il accomplit en 632 le pèlerinage complet, tel que l'effectuent depuis les musulmans du monde entier. A Médine, il se veut à la fois chef religieux, politique, juridique et militaire du nouvel Etat musulman pour lequel est édictée une « Constitution de Médine » dont des extraits nous sont parvenus. Les versets coraniques qu'il reçoit à partir de ce moment concernent essentiellement les règles dites englobantes, touchant aux différents aspects de la vie : les obligations cultuelles (prières, pèlerinages, jeûnes...), les prescriptions familiales et sociales (le mariage, le commerce, le témoignage, l'héritage), les règles juridiques et sociales, telles les peines encourues en cas de délit. On sait également qu'il y aura de nombreuses altercations avec ses opposants mais aussi avec les tribus juives, qui donneront lieu à des versets confirmant la légitimité des exactions commises à leur encontre.

Du personnage, tant le Coran que les hadiths et la sunna laissent l'image d'un bon vivant qui ne dédaignait ni les richesses, ni les femmes (après la mort de Khadija, il aura neuf ou onze épouses selon les sources), ni les parfums et les autres plaisirs, considérés comme autant de dons de Dieu aux croyants, à conditions que ceux-ci respectent les préceptes de la religion et partagent avec les déshérités. Il meurt d'ailleurs, à l'âge de soixante-trois ans, dans les bras de sa préférée, Aïcha, laissant un seul enfant vivant, Fatima, la fille qu'il avait eue de Khadija, mariée à son cousin et premier disciple, Ali. Un mariage qui aura des incidences majeures sur l'histoire de l'islam. Il est enterré sur le lieu de son décès, à Médine, et sa tombe, aujourd'hui abritée par une splendide mosquée et encadrée par celles des deux premiers califes (ses successeurs à la tête de la communauté), est un but de pèlerinage.

Après la mort du Prophète, sa vie, qu'il avait voulue très humaine (le Coran insiste sur le fait qu'il est un mortel comme les autres), sera parée de mille prodiges par les siens. Ses reliques seront l'objet d'un véritable culte, des miracles lui seront attribués, et le voyage nocturne qu'il aurait accompli à Jérusalem durant la période mecquoise, en une nuit au cours de laquelle il vit Dieu et ses prophètes, sera inlassablement décrit et raconté.

Le Coran

La tradition musulmane considère que le Coran est la parole de Dieu incréée, révélée, en langue arabe, par l'archange Gabriel au prophète de l'islam, sur une période de vingt-deux ans, c'est-à-dire depuis la première injonction faite sur le mont Hira à Mohamed (« Ikra' », « Lis ») jusqu'à sa mort en 632. Pour les croyants, il est la réplique d'un archétype conservé au Ciel, auprès de Dieu, et revêt un caractère d'inimitabilité et de perfection. Ce livre est censé confirmer et clore une révélation, celle du Dieu unique, qui était déjà contenue dans la Torah juive et les Evangiles chrétiens, et qui a été donnée à Mohamed, sceau d'une lignée prophétique qui commence avec Adam et inclut Abraham (Ibrahim), Moïse (Moussa), David (Daoud) et Jésus (Issa), fil de Marie (et non de Dieu).

Le Coran est composé de 114 chapitres appelés sourates, un mot d'origine araméenne qui signifie « texte écrit », chaque chapitre étant divisé en versets, des ayats, littéralement des signes (de Dieu). En fonction des différentes recensions, le Coran comprend entre 6 220 et 6 300 versets. A l'exception de la première, la Fatiha ou l'Ouvrante, qui est la prière type de l'islam, les sourates sont généralement classées par ordre de longueur décroissant : la deuxième sourate, dite de la Vache, est la plus longue avec deux cent

quatre-vingt-deux ayats, les dernières sont les plus courtes, comprenant trois à six ayats chacune. Toutefois, on
ignore pourquoi cette règle décroissante n'a pas été respectée entre les sourates 53 et 55 d'une part et 5 et
7 d'autre part, ni entre les huit courtes sourates finales.

Les versets ont donc été révélés par petits groupes,
accompagnant et éclairant les faits, les paroles et les
décisions de Mohamed et les événements qui ont marqué sa prédication : « C'est une prédication que nous
avons fragmentée pour que tu la prêches aux hommes
par intervalles », est-il dit dans le Coran (17, 106).
Selon la Sira, le prophète les dictait alors aux lettrés
parmi ses compagnons qui les transcrivaient, en vrac,
sur des branches de palmier ou des omoplates de
chameau. Toutefois, tels qu'ils sont classés dans les
sourates, ces versets ne répondent à aucune logique
chronologique, ni même thématique. Une mention,
de tradition très ancienne, au commencement de chaque
sourate, se contente d'indiquer si celle-ci est d'origine
mecquoise, donc antérieure à l'Hégire de 622, ou bien
médinoise. Quant aux lettres énigmatiques qui suivent
cette mention, elles ont intrigué des générations de
chercheurs ; leur énigme n'est toujours pas résolue.

Ce n'est qu'après la mort du prophète que ses principaux compagnons, qui ont été les premiers califes,
chefs spirituels et temporels, de l'islam, envisagent
l'opportunité de réunir ces phrases disparates en un
même volume – une entreprise que Mohamed n'avait
jamais évoquée. Les deux premiers califes, Abou Bakr
et Omar, auraient commencé à collecter les ayats. Le
troisième, Othman, charge une commission de poursuivre la collecte des fragments écrits, de la compléter
avec les versets mémorisés par les compagnons mais
dont la trace écrite a été perdue, et de réunir l'ensemble
dans un même corpus. A la mort d'Othman, en 656,

cette œuvre est achevée, elle a même été recopiée en plusieurs exemplaires adressés à chacune des métropoles du monde musulman. En l'absence de points de notation dans la calligraphie de l'époque (des points qui permettent, en arabe, de distinguer par exemple le n du b ou du t, et le s du h ou encore le f du k), en l'absence aussi de voyelles, ce même texte a donné lieu à des interprétations différentes. Selon les spécialistes, il existe de ce fait une dizaine de lectures canoniques du Coran, variant sur de petits détails qui ne prêtent toutefois pas à conséquence.

Le Coran fixe une grande partie du culte musulman. Il stipule notamment les cinq piliers de l'islam, qui sont les cinq obligations majeures auxquelles sont astreints tous les croyants à partir de la puberté – sauf circonstances exceptionnelles. Le premier pilier est la chahada, ou profession de foi, qui consiste en une formule : « Il n'y a de dieu que Dieu, et Mohamed est son Prophète » ; celui qui la récite devient un musulman qui intègre la communauté des croyants. Le deuxième pilier est la prière, ou plutôt les cinq prières quotidiennes en direction de La Mecque – dans un premier temps, jusqu'à l'Hégire, elles s'effectuaient en direction de Jérusalem, avant que le Coran ne désigne une nouvelle qibla, ou lieu sacré ; elles sont précédées de purifications rituelles à l'eau ou, en l'absence d'eau, avec une pierre. Le troisième pilier est le jeûne du mois de ramadan ; là aussi, ses dispositions sont minutieusement établies par le Coran (2, 183 à 187). Le quatrième pilier est la zakat, l'aumône institutionnalisée, mentionnée dans trente-trois versets, comportant à la fois une dimension de justice sociale, et une autre de purification. Enfin, le cinquième pilier est le pèlerinage à La Mecque, le hajj, recommandé à tout musulman qui en a les moyens matériels et les aptitudes physiques, et dont les étapes, calquées sur le pèlerinage effectué par Mohamed, sont également codifiées dans le Livre saint de l'islam (voir par exemple 2, 158 et 2, 196-200).

Un fait me semble important à relever : la reprise, dans le Coran, de plusieurs récits bibliques qui sont cependant modifiés, soit par rajout d'éléments inexistants dans la Bible – mais transmis pour certains d'entre eux par des textes apocryphes pré- ou posttestamentaires –, soit par retournement de la situation. Pour illustrer le premier cas, je donnerai l'exemple de la déchéance de Satan. La Bible n'entre pas dans le détail de la faute commise par celui qui fut le premier des anges, puni quand l'injustice s'est greffée en son cœur. « Enorgueilli à cause de [sa] beauté », Satan s'est « rempli de violence et de péchés » pour devenir « un objet d'effroi » (Ezéchiel, 11-19). S'agit-il uniquement d'un péché d'orgueil ? Au IIe siècle, Irénée de Lyon reprend une idée qui circulait dans les milieux esséniens, affirmant que cet ange fut apostat le jour où « il jalousa l'ouvrage modelé par Dieu ». Cette idée avait été particulièrement développée dans un apocryphe qui circulait, sous plusieurs formes, dans la Palestine du Ier siècle avant notre ère, la Vie d'Adam et Eve, où il était dit que le péché de Satan fut de refuser de se prosterner devant l'homme quand Dieu le créa d'argile et convoqua tous ses anges pour ce faire. C'est justement cette thèse que retient le Coran qui narre la création d'Adam et la chute d'Iblis, Satan, dans quatre sourates, et dans des termes à peu près équivalents (7, 10-11 ; 15, 28, 35 ; 18, 48 ; 38, 71-80) : « Dieu dit aux anges : je crée l'homme de limon, d'argile moulée en formes. Lorsque je l'aurai formé et que j'aurai soufflé dans lui mon esprit, prosternez-vous devant lui en l'adorant. Et les anges se prosternèrent tous,

excepté Iblis. Il refusa d'être avec ceux qui se pros-
ternaient. » Quant au deuxième cas, celui d'un retournement d'une histoire biblique, je prendrai pour
l'illustrer le sacrifice d'Abraham. Selon la Bible, Abraham, auquel Dieu avait miraculeusement donné un
fils, Isaac, alors que lui-même avait cent ans et que
son épouse Sarah était aussi presque centenaire, se
voit intimer l'ordre par Dieu de prendre ce fils au pays
de Moriah et de le lui offrir en sacrifice. Abraham, qui
avait par ailleurs eu un fils, Ismaël, né de la servante
Agar, s'exécute. Mais au moment de lever le couteau
sur Isaac, qu'il appelle son « unique », un ange lui
arrête la main ; un bélier est immolé à la place de
l'enfant (Genèse 22, 1-18). La tradition juive situe
l'épisode à Jérusalem. Le Coran (37, 99-113) n'est pas
vraiment affirmatif quant à l'identité du fils réclamé
par Dieu en sacrifice, mais il souligne en plusieurs
occurrences qu'Ismaël était l'aîné, or une tradition des
peuples nomades a longtemps voulu que le premier-né
soit offert aux dieux. Il situe par ailleurs l'épisode à
La Mecque où Abraham et Ismaël auraient détruit les
idoles et construit ensemble la Kaaba, abritant une
pierre noire sacrée. Le sacrifice d'Ismaël, ancêtre des
Arabes, plutôt que d'Isaac n'est remis en question par
aucune des instances de l'islam.

Le grand schisme

A la mort du Prophète, nous l'avons vu plus haut,
ses plus proches compagnons ont assuré la succession en prenant le titre de califes. La désignation de
ces califes n'a pas été sans heurts. Pour les Médinois,
compagnons de la première heure, il allait de soi que
cette fonction ne pouvait être assurée par un autre

qu'Ali, le fils d'Abou Taleb, premier disciple, cousin et gendre de Mohamed, et père de ses seuls petits-fils, Hassan et Hussein. La majorité en décide autrement : Abou Bakr, un ami du prophète, par ailleurs notable de la tribu des Qorayches, est désigné premier calife, de 632 à 634. C'est un autre ami, Omar, qui lui succède et donne un élan décisif aux conquêtes en direction de la Palestine, de la Syrie et de l'Egypte. Othman lui succède à son tour et jusqu'à sa mort, en 656, tout en maintenant l'avancée des troupes musulmanes, allant jusqu'à l'Iran et même Samarkand, il s'occupe de constituer le texte coranique. En 656, Ali, soutenu par une poignée de partisans (en arabe, des *chi'a*) qui mettent en avant le souhait qu'avait le Prophète de le voir lui succéder, est enfin nommé calife, quatrième en titre. Un climat de rivalité sévit entre les musulmans, et Moawiya, gouverneur de la Syrie très vite islamisée, accuse Ali d'avoir fait assassiner son prédécesseur. Les querelles entre les deux hommes sont légendaires, et dégénèrent souvent en batailles entre leurs partisans respectifs – l'une des plus célèbres ayant lieu à Siffin, sur les bords de l'Euphrate. Quand Ali est assassiné à son tour, en 661, Moawiya est nommé cinquième calife ; il transfère le siège du califat de La Mecque à Damas où il réside déjà, décrète que celui-ci sera désormais héréditaire et fonde ainsi la dynastie des Omeyyades (en arabe, *moawiyoun*, « ceux de Moawiya ») ; il règne sur l'unique empire ayant rassemblé tous les musulmans, qui s'étendra rapidement de l'Espagne à l'Indus, en passant par l'Irak, l'Iran, le Caucase, et tout le sud du bassin méditerranéen. Mais les chi'a d'Ali ne l'entendent pas de cette oreille : avant sa mort, disent-ils, celui-ci a désigné son fils aîné Hassan, petit-fils du Prophète, pour lui succéder.

Intronisé à Koufa, en Irak, Hassan est assassiné quelques années plus tard à Médine et son cadet, Hussein, l'ultime survivant de la descendance de Mohamed, lui succède à ce que les chiites appellent, non pas le califat (de calife, successeur), mais l'ima-mat (d'imam, chef ou guide). En 680, escorté d'une centaine de personnes, incluant tous les membres de sa famille, Hussein rejoint Koufa. Mais en chemin, à Kerbala, dans le sud de l'actuel Irak, il est assiégé par l'armée ennemie des Omeyyades menée par Yazif, le fils de Moawiya, qui barre à sa troupe l'accès aux eaux voisines de l'Euphrate. Soixante-douze compagnons de Hussein meurent. Lui-même est décapité par le chef de guerre Shemr. Seul son fils, Ali, échappe au massacre. Il est désigné quatrième imam. Au sein de l'islam, la rupture est consommée entre les sunnites qui prônent la succession par le califat et les chiites qui défendent, eux, la succession par la descendance du Prophète. Leur histoire sera désormais parallèle, ne se croisant que sur fond de rivalités, voire de haines. Leurs doctrines, ainsi que je le montrerai plus loin, n'iront pas non plus dans le même sens, bien que ces deux grandes écoles de l'islam continuent de se revendiquer jalousement d'Allah, de son prophète et de son Coran.

L'âge d'or

Les premiers siècles de l'islam sunnite sont ceux de l'épanouissement d'une religion à laquelle rien ne semble pouvoir résister. Le pacte d'Omar, dit aussi le document de la soumission de Jérusalem, imposé par le deuxième calife aux Jérusalémites et signé en 638 par le patriarche Sophronius, s'impose dans toutes les cités conquises – qui étaient alors chrétiennes. Celui-ci autorise les chrétiens et les Juifs qui le souhaitent, et qui sont dits par le Coran les « gens du Livre », à conserver leur religion, il leur promet protection, mais leur impose des conditions draconiennes : il leur est interdit de construire ou restaurer des lieux de culte, de se livrer à un quelconque prosélytisme, de porter une arme ou de monter à cheval. Ils sont contraints de porter des habits permettant de les reconnaître, de baisser la tête devant un musulman, et d'accueillir pendant trois jours tout musulman qui frappe à leur porte. Les conversions à l'islam sont massives, d'une part parce qu'elles offrent instantanément au nouveau converti le même statut que les conquérants, d'autre part parce que la nouvelle religion apparaît au fond très simple et fort accessible à des chrétiens déroutés par les incessantes querelles doctrinales et de pouvoir qui troublent l'Eglise ainsi que par la tutelle qu'exerce sur eux le clergé. A partir de l'Afrique du Nord puis de l'Espagne, les troupes arabes poussent jusqu'au royaume franc où elles subissent leur premier revers : en 732, tout juste un siècle après la mort de Mohamed, Charles Martel les arrête près de Poitiers.

De Damas où ils dirigent l'Empire musulman, les califes omeyyades, qui ont découvert la littérature classique de l'Occident dans les couvents chrétiens, s'empressent de la traduire – l'Occident la redécouvrira à partir du XIIe siècle grâce à ces traductions. Ils s'entourent de poètes de cour qui chantent leur gloire mais aussi l'amour, et auxquels la littérature arabe doit certains de ses chefs-d'œuvre, ils entreprennent la construction de mosquées où s'exprime un art qui, interdisant la représentation humaine, s'investit dans les figures géométriques et dans de prodigieuses calligraphies. Mais, politiquement, le califat reste menacé de l'intérieur : les descendants d'Abbas, un oncle de Mohamed, attendent l'heure de leur revanche. Grâce à une éphémère alliance avec les chiites, ils lèvent une armée qui marche sur Damas, renversent les Omeyyades en 750 et instaurent une nouvelle dynastie, les Abbassides, dont le siège est transféré à Bagdad. Un seul Omeyyade échappe au massacre : Abdel-Rahman se réfugie en Afrique du Nord, lève une armée et conquiert l'Espagne en 756. Il y restaure la dynastie des Omeyyades de Cordoue qui restera au pouvoir jusqu'en 1031.

Jusqu'au milieu du xe siècle, Bagdad est, par la volonté de ses califes, le siège d'une intense activité culturelle à laquelle sont associés les penseurs chrétiens et juifs. Des joutes littéraires et théologiques se tiennent dans ses salons, une Maison de la Sagesse est inaugurée et dotée d'une bibliothèque, d'un atelier de traductions et d'amphithéâtres accueillant des savants de tout le monde connu, les fabriques de papier fonctionnent nuit et jour, la ville est également le siège d'une prestigieuse école d'astrologie d'où émergent de grands noms comme al-Kindi, Abulmasar et al-Kabisi. Tous les genres littéraires sont promus, mathématiciens, physiciens, géographes ou théologiens viennent parfois de loin participer à l'effervescence de la « ville ronde » dominée par un immense dôme vert érigé au sommet du palais califal. Un mouvement similaire apparaît à Cordoue et au Caire, les deux autres grandes métropoles musulmanes, respectivement gouvernées par les Omeyyades sunnites et les Fatimides chiites. Leur rayonnement est certes impressionnant, mais il n'égale pas celui de Bagdad, symbole de l'âge d'or de la civilisation musulmane dont Régis Debray dit fort à propos qu'« elle connut sa Renaissance avant son Moyen Age ».

L'édifice abbasside est ébranlé à partir du milieu du XIe siècle, quand le califat est mis sous la tutelle de nouveaux conquérants, les Bouyides chiites d'Iran, qui conservent au calife un rôle à peine nominal, puis au milieu du XIIe siècle, quand le même scénario se reproduit, cette fois avec les Seljoukides d'Asie Mineure. En 1258, les Mongols atteignent Bagdad. Ils dévastent la ville, ses chefs-d'œuvre architecturaux, et surtout son savoir : on raconte que pendant les semaines qui ont suivi l'assaut, le Tigre fut noir de l'encre des livres sortis des bibliothèques pour y être noyés. Au même moment, au Caire, d'où les Fatimides avaient été évincés un siècle plus tôt par les Ayyoubides de Saladin, les esclaves mamelouks secondés par des mercenaires s'emparent du pouvoir. Quant à Cordoue, sa civilisation musulmane s'est éteinte sous les assauts des Rois Catholiques d'Espagne. Le monde musulman, rendu frileux par ces défaites successives, dévasté par des conquérants peu enclins à protéger sa civilisation, se replie sur lui-même, paralysé pour longtemps. La dynastie ottomane, héritière des Seljoukides, qui s'installe à Istanbul, tente de réhabiliter l'éclat d'antan. Elle produit des chefs-d'œuvre architecturaux, développe l'art de la faïence. Mais les salons n'existent plus où les idées pouvaient s'entrechoquer, se nourrir, se galvaniser. Toute querelle, tout débat est perçu comme une source de danger. Sans le déclarer explicitement, les théologiens sunnites ont fermé au XIe siècle la porte de l'ijtihad, l'exégèse. Celle que des musulmans, certes isolés mais néanmoins de plus en plus nombreux, tentent aujourd'hui de rouvrir.

Les écoles de l'islam sunnite

Durant les trois premiers siècles de l'islam, les interprétations du Coran en tant que source de lois se font en pagaille. Dans le vaste Empire omeyyade, d'obédience sunnite, chaque ville, parfois chaque quartier, a sa propre charia, son corpus juridique islamique, et le califat lui-même prend des libertés avec la loi de l'islam. Il n'est pas rare que les différentes interprétations dégénèrent en bataille, une situation qui perdure sous le règne du premier calife abbasside. Le deuxième calife, al-Mansour, s'alarme des rapports qui lui parviennent et de l'anarchie qui prévaut. Il demande à un théologien réputé, Malik (mort en 795), d'établir les règles du droit islamique qui seront partout appliquées. Dans un premier temps, Malik récuse la proposition, craignant qu'une vérité unique ne porte un coup fatal à la richesse et à la variété des enseignements de l'islam. Il cède au calife quand celui-ci lui demande de retenir la solution médiane aux problèmes posés, c'est-à-dire d'écarter celles qu'il considère comme trop farfelues ou, au contraire, trop rigoristes, et qui toutes les deux nuisent de la même manière à la religion. Pour établir les règles du fiqh, la jurisprudence, Malik se réfère d'abord au Coran dont deux à trois cents versets traitent des lois sociales, principalement du code de la famille (mariage, divorce, témoignage, héritage, établissement des contrats, usure). Il affine les règles en se référant aux hadiths, les dires du Prophète, dont des centaines de milliers circulent alors, il retient parmi eux ceux qui semblent authentiques pour les consigner dans un corpus, la Mouatta. Il prend pour autres sources de référence la Sira, la vie du prophète, et le consensus de la communauté, à commencer par celui des anciens de Médine. Les lois, dit-il, doivent surtout servir l'intérêt général, et c'est cette optique qui continue de prévaloir dans l'esprit des juristes de l'école malékite, aujourd'hui dominante au Maghreb, en Afrique subsaharienne et dans une partie de l'Egypte. Ce sont les avis de ces savants de l'islam qui ont abouti à l'abolition de la polygamie en Tunisie... au nom du respect de la charia, la loi musulmane. L'interprétation des docteurs de la loi malékites en dehors de la Tunisie n'a pas été dans le même sens.

Tandis que Malik élabore son fiqh, les élèves d'un maître persan de la ville irakienne de Koufa, Abou Hanifa (mort en 765), mettent par écrit les interprétations de ce dernier auquel étaient reprochés son laxisme dans l'élaboration de la loi et sa grande sévérité à l'égard des hadiths dont très peu étaient reconnus authentiques par lui. Comme leur maître, les disciples d'Abou Hanifa retiennent pour critère essentiel la notion de ra'i, c'est-à-dire l'opinion personnelle, voire la rationalité : une loi, disent-ils, n'est valable que si elle correspond à ce que l'on estime être bien, et Dieu saura reconnaître les siens au jour du Jugement. L'école hanafite, qui avait été réhabilitée par les Ottomans, leur a permis de gérer les peuples aux cultures si différentes de leur vaste empire. Elle est adoptée essentiellement par les musulmans d'Asie, dont ceux de Chine ou d'Inde.

La troisième école de l'islam sunnite est l'œuvre d'un imam mecquois élève de Malik, Chafeï, qui a tenté de mettre fin à la querelle surgie entre malékites et hanafites en récusant la notion de bien, jugée trop dangereuse parce que trop floue, et le consensus quand celui-ci ne repose pas sur un dire du Prophète. Théoricien de la science des hadiths, Chafeï a établi la grille de leur validation, retenant ceux qui sont rapportés par une chaîne de transmission authentifiée, et qui ne contredisent pas les enseignements du Coran. Pour l'imam mecquois, la jurisprudence bien menée permet de résoudre absolument tous les problèmes qui se présentent à un individu, aussi futiles soient-ils. Son école, dont le sanctuaire est aujourd'hui l'Egypte mais qui est également dominante en Syrie, est réputée pour ses arguties portant sur des questions tatillonnes, parfois saugrenues : le fait d'avaler sa salive pendant le ramadan constitue-t-il une rupture du jeûne ? Faut-il retirer le Coran d'une pièce où l'on pratique l'aérobic, une gymnastique rythmée par des musiques interdites par l'islam ? La nudité de l'homme, qu'il ne doit jamais exposer, commence-t-elle au-dessus ou au-dessous de la rotule ? Les questions de ce type ont fait l'objet de recueils entiers de jurisprudence, elles occupent des pages et des pages dans la plupart des médias égyptiens, et sont au cœur de sites internet très populaires et qui, du fait de la mondialisation, touchent des croyants appartenant aux trois autres écoles du sunnisme.

Enfin, la quatrième école est aussi la plus radicale. Elle est l'œuvre du dernier grand législateur de l'islam sunnite, le Mecquois Ibn Hanbal (mort en 856), qui a rassemblé des dizaines de milliers de hadiths, les a consignés dans un corpus en plusieurs volumes, et exigé qu'ils soient suivis à la lettre, comme le Coran, en tant que source de jurisprudence éternelle. Pour les hanbalites, la raison, pas plus que l'innovation, n'a sa place en religion : seule l'imitation du Prophète et de ses compagnons doit guider le croyant. Les théologiens les plus rigoristes de l'islam, ainsi que ceux que l'on appelle aujourd'hui les islamistes, sont issus de cette école : Ibn Tamyah au XIVe siècle, et surtout Mohammed Abdel-Wahab qui, au milieu du XVIIIe siècle, a institué le rite hanbalite dit wahhabite, appliqué aujourd'hui en Arabie Saoudite.

L'islam sunnite ne se reconnaît pas un magistère unique. La prestigieuse université al-Azhar, fondée au Caire par les Fatimides en 972, est l'un des très rares centres théologiques qui accueillent en leur sein des représentants de quatre écoles juridiques. Les fatwas, c'est-à-dire les avis juridiques, émises par al-Azhar sont certes respectées par une grande partie du monde musulman, mais elles n'ont pas valeur de loi universelle pour tous les musulmans : tout théologien s'estimant digne de le faire peut également émettre des fatwas que ses élèves, à une échelle locale, nationale ou même supranationale, pourront choisir de suivre, même si elles contreviennent à une fatwa d'al-Azhar.

L'islam chiite

La rupture, dans des conditions tragiques, entre les disciples d'Ali et ceux de Moawiya a creusé, comme je l'ai dit plus haut, un véritable fossé entre les chiites et les sunnites. Tandis que ces derniers partaient de conquête en conquête, d'abord à partir de Damas puis de Bagdad, les chiites sont, dans un premier temps, repliés sur eux-mêmes, et surtout très divisés. Récusant le titre de calife, ils ont porté à la tête de leur communauté un imam, titre pour eux aussi sacré que celui de nabi ou prophète – mais qui n'est pas à confondre avec l'imam sunnite qui conduit la prière dans chaque mosquée. L'assassinat de Hussein à Kerbala suscite un premier schisme éphémère entre les partisans de son fils Ali, porté à l'imamat, et ceux d'un fils d'Ali, Mohammed. Douze imams se succèdent (Ali, le premier d'entre eux, était le quatrième calife), et la tradition affirme qu'ils sont tous morts assassinés à l'exception du dernier, Mohammed el-Mehdi, devenu imam à la mort de son père, en 874, quand il avait cinq ans, et aussitôt disparu à Samarra, en Irak. Disparu ? Occulté, disent les chiites qui lui prêtent, ainsi qu'à ses prédécesseurs, une science totale et des pouvoirs magiques. Entré dans la clandestinité pour ne pas être assassiné, ils affirment qu'il est toujours vivant : il est le Mehdi, l'imam caché, le sauveur qui se manifestera à la fin des temps et qui, par intermittence, apparaît à des témoins. La majorité des chiites, dits duodécimains, reconnaissent l'intégralité de cette lignée. Des dizaines de schismes sont toutefois intervenus de manière précoce, des groupes refusant de se plier à l'une ou l'autre des successions. Les plus connus parmi les groupes schismatiques sont les zaïdistes pour qui le dernier imam est le cinquième, Zaïd, et qui sont aujourd'hui quelques centaines de milliers d'individus, essentiellement implantés au Yémen, et les ismaéliens, du nom du septième imam, Ismaïl, eux-mêmes scindés en plusieurs groupes et dont la branche principale, groupant vingt à trente millions de fidèles en Inde, au Pakistan et dans l'est de l'Afrique, a pour chef l'aga khan. L'actuel aga khan a mis fin à une coutume ancestrale : pendant des siècles, chaque année, les fidèles ont offert au titulaire du titre et à son épouse leur pesant d'or, en signe de vénération.

Comme les sunnites, les chiites reconnaissent l'autorité du Coran ainsi que sa révélation au prophète Mohamed par l'archange Gabriel. Mais ils reconnaissent une valeur quasi égale à leur propre corpus de hadiths attribués, non pas au seul Prophète, mais aux quatorze Impeccables, c'est-à-dire les douze imams (dans le cas des chiites duodécimains), le prophète Mohamed et sa fille Fatima, épouse d'Ali, derniers maillons d'une chaîne initiatique remontant à Adam et passant par Aaron le frère de Moïse ou Jean-Baptiste qui a donné le baptême à Jésus. Leurs hadiths sont de deux sortes : les uns, exotériques, juridiques, explicitent le droit de l'islam chiite ; les autres, ésotériques, majoritaires et réservés aux initiés, traitent des « aspects cachés » de la religion et de l'univers. De fait, pour les chiites, toute chose possède en elle ces deux aspects, y compris le Coran, qui comme le reste recèle une dimension accessible à tous, et un autre aspect ne se dévoilant qu'à ceux qui savent le chercher. Pour découvrir le sens caché du Coran, les écoles de Qom, le centre théologique de l'islam chiite, ont développé une science de la numérologie, très proche de celle des kabbalistes du judaïsme, avec laquelle ils décryptent également les hadiths des Impeccables. Quelques-unes parmi ces écoles ont développé une vision eschatologique et messianique du monde qui s'est exprimée par exemple dans les premiers mois de l'année 2007, quand, sur la radio officielle iranienne, des programmes ont préparé les auditeurs à l'imminence de la fin du monde. Parce qu'ils se considèrent comme les détenteurs d'une vérité rare, et du fait des innombrables persécutions qu'ils ont subies de la part de la majorité sunnite, les chiites ont développé ce que l'on appelle l'art de la takiya, c'est-à-dire la dissimulation, autorisant leurs fidèles à se dire sunnites pour se protéger. C'est ainsi que dans les pays du Golfe, en particulier à Bahreïn et même en Arabie Saoudite, la forte présence chiite était inconnue jusqu'à la Révolution islamique iranienne, en 1979. Et ce n'est qu'au début des années 2000 que les chiites se sont révélés majoritaires à Bahreïn, par exemple.

La pratique religieuse des chiites est à peu près similaire à celle des sunnites. Cependant, ils prient trois fois par jour au lieu de cinq (une tradition dont l'origine reste trouble), ajoutant à l'invocation d'Allah et de Mohamed celle d'« Ali, l'allié de Dieu ». Au pèlerinage à La Mecque, les fidèles en adjoignent d'autres, sur les tombes des imams à Médine, Kerbala, Najaf ou Machhah, sur le lieu de l'occultation du Mehdi à Samarra, et sur certains lieux de ses apparitions, notamment Jamkaran et Hilla (toutes ces villes, à l'exception de Médine la Saoudienne, sont réparties entre l'Iran et le sud de l'Irak). Et ils célèbrent des fêtes spécifiques, en lien avec la vie (et la mort) des imams, la plus connue étant Achoura, avec ses célébrations spectaculaires et ses cortèges d'autoflagellants qui, chaque année, commémorent le martyre de Hussein à Kerbala. D'autre part, en matière de charia, les chiites, qui tirent leur légitimité d'une femme, Fatima, accordent à la femme un droit à l'héritage équivalant à celui de l'homme. Et ils admettent une forme de mariage particulière, soumise à des conditions strictes, mais qui est rejetée par les sunnites : le mariage temporaire, conclu par l'homme et la femme en l'absence de témoins et sans contrat, pour une durée pouvant aller, selon la tradition, de « un jour à cent ans ».

Autre particularité de l'islam chiite par rapport à l'islam sunnite : l'existence d'un clergé hiérarchisé, d'apparition tardive – on n'en trouve pas trace avant le XVIIᵉ siècle où il semble avoir été mis en place par la dynastie safavide qui a régné sur la Perse entre 1512 et 1722 probablement pour obtenir une justification théologique de son pouvoir. Contrairement aux prêtres catholiques ou orthodoxes, les clercs chiites ne prêtent pas de vœux et ils sont mariés. Leur place dans la hiérarchie s'élève avec leurs connaissances religieuses : le mollah devient hojatolislam, ayatollah, puis grand ayatollah. Au XIXe siècle, deux grades supplémentaires ont été rajoutés : le marja-i-taklid ou source d'imitation, réservé à une poignée de savants, et le wali fakih, le chef politique et spirituel de la communauté, considéré comme le représentant de l'imam caché. En Iran, il est le détenteur de la fonction de guide suprême de la Révolution, dont les avis s'imposent par-dessus ceux du président de la République et même du Parlement. A peu près 12 % des musulmans sont chiites.

Les musulmans face à l'islamisme

En 1924, Mustapha Kemal, qui instaure une république turque sur les décombres de l'Empire ottoman, abolit le califat. Le titre de calife, chef spirituel et temporel de la oumma, la communauté des musulmans, était porté par le souverain ottoman en signe de continuité avec une fonction protectrice que l'on disait voulue par Dieu, réalisée par Mohamed et incarnée dans une chaîne commençant avec son premier successeur, le calife Abou Bakr. Simultanément, tandis que l'empire est démantelé, l'Occident accroît son emprise sur les pays musulmans : la Société des Nations, ancêtre de l'Onu, instaure un système mandataire et partage la régence du Moyen-Orient entre la France et la Grande-Bretagne.

C'est dans ce contexte politiquement trouble qu'intervient une série d'événements dont l'incidence, on ne le sait pas encore, sera aussi déterminante sur le plan politique que religieux. Dans le désert d'Arabie, le chef d'une tribu locale, les Saoud, dont l'ancêtre avait fait alliance au milieu du XVIIIe siècle avec le théologien obscurantiste Mohammed Ibn Abdel-Wahab, entame en 1902 sa conquête des cités en commençant par Riyad. Ce chef, Abdel-Aziz Ibn Saoud, a le flair de signer, dès 1915, un traité de protection avec les Anglais. Il poursuit ses conquêtes, n'a aucun mal à se faire reconnaître roi de la province du Hijaz en 1924 puis, en 1932, souverain d'un vaste royaume auquel il donne le nom de sa tribu : l'Arabie Saoudite. Depuis deux siècles, l'alliance est indéfectible entre les Saoud et les théologiens wahhabites, héritiers de Mohammed Abdel-Wahab, qui forment la branche la plus rigoriste de l'école hanbalite. Le wahhabisme est institué religion d'Etat. En 1935, le premier gisement de pétrole est découvert dans le nouveau royaume : l'or noir y coulera désormais à flots.

A la même époque, mais en Egypte cette fois, un pays qui a connu à la fin du XIXe siècle une remarquable effervescence intellectuelle, la Nahda, littéralement la Renaissance, à laquelle ont contribué des penseurs arabes chrétiens, la grogne de certains musulmans monte contre cet Occident qui les domine politiquement et veut leur imposer ses valeurs. En 1928, Hassan al-Banna, un instituteur charismatique, fonde une association qu'il appelle les Frères Musulmans, à laquelle le théoricien du mouvement, l'Egyptien Sayed Qutb, s'inspirant de son contemporain, l'Indo-Pakistanais al-Mawdudi, donne pour slogan : « Le Coran est notre constitution et Mohamed est notre modèle. » Son projet, galvaniseur des foules, est fondé sur une fusion totale du politique et du religieux, ainsi qu'il en était aux premiers temps de l'islam. Il entre en lutte armée contre le mandataire britannique, fait rapidement tache d'huile avec des cellules qui se multiplient jusqu'en Palestine où les Frères participent activement au combat contre les organisations sionistes puis contre l'Etat d'Israël dès que celui-ci est instauré, en 1948. Hassan al-Banna est assassiné en 1949. La doctrine islamiste, elle, ne fait qu'entamer son ascension planétaire, soutenue à la fois par l'argent du pétrole wahhabito-saoudien (la Ligue islamique mondiale est fondée à Riyad en 1962), et par la stratégie américaine qui y voit un allié naturel dans la lutte contre le communisme durant la guerre froide. Avec la Révolution islamique iranienne de 1979, le chiisme, une tradition essentiellement piétiste, bascule à son tour dans la lutte armée, au nom de Dieu, contre l'Occident et ses valeurs.

La mouvance islamiste, qui peut donner l'impression d'avoir conquis tout l'islam, est pourtant minoritaire parmi les musulmans, mais néanmoins très visible parce que volontairement ostentatoire. Combattue par les Etats arabes et musulmans (les Frères Musulmans sont interdits en Egypte et même le wahhabisme lutte contre ses branches intégristes), elle continue toutefois de bénéficier de fonds importants, des émirs s'achetant en sous-main leur quiétude, peut-être aussi leur place au paradis. Brimée dans ses terres d'origine, elle a profité de la plate-forme occidentale (où, par exemple, les Frères Musulmans sont implantés depuis les années 1950) pour s'offrir une tribune libre de toutes contraintes. Les spécialistes de la mouvance islamiste estiment cependant qu'elle ne concerne qu'une minorité des 1,3 milliard de musulmans (l'islam est la deuxième religion du monde après le christianisme). Face à l'islamisme qui inquiète à juste titre, on voit se développer une mouvance moderniste au sein de laquelle de grands penseurs, sunnites et chiites, œuvrent aujourd'hui à une réforme de l'islam par la réouverture de la porte de l'ijtihad. Leur mot d'ordre est une phrase que se plaît à marteler leur aîné, Mohammed Talbi : « Ma religion est la liberté parce que Dieu a fait l'homme libre. »

Le soufisme

Relativement à l'abri du mélange des genres entre politique et religion, des centaines de millions de musulmans pratiquent depuis des siècles le soufisme, la tradition mystique de l'islam – perçue, il faut le dire, avec une certaine ambiguïté par les orthodoxies, et même frappée d'interdit par le wahhabisme. L'islam a connu ses premiers mystiques, les « fous de Dieu », au VIIIe siècle – et un certain nombre d'entre eux ont été condamnés à mort pour leur « folie » quand celle-ci a été considérée comme blasphématoire, tel Ibn Hallaj, crucifié après avoir exprimé sa fusion dans le divin en clamant « Je suis Dieu ». Ces mystiques, qui ont cherché leur voie à l'écart des écoles, sont célèbres aujourd'hui pour leurs poèmes, brûlants mais souvent ambigus, où certains d'entre eux n'ont pas hésité à recourir à la métaphore du vin ou à la comparaison avec l'amour humain pour dire la flamme qui les brûlait (Ibn Arabi a dit au XIe siècle que la contemplation de Dieu dans la femme est la plus parfaite). Les grands mystiques sont considérés comme les saints de l'islam, et un culte populaire s'est développé, essentiellement au sein du sunnisme, autour de leurs tombes, parées de vertus miraculeuses.

La plupart des confréries soufies, qui offrent chacune une voie initiatique pour l'accès à la rencontre, voire à cette fusion avec la divinité, ont été instituées au tournant des XIIIe et XIVe siècles, alors que la civilisation musulmane entamait son déclin. Fondées, comme toutes les autres mystiques, sur une relation étroite entre le maître et le disciple, les confréries connaissent un fort développement en Occident où elles sont, pour beaucoup de musulmans, mais aussi pour des non-musulmans, une voie d'accès à une redécouverte ou à une découverte de l'islam débarrassé d'une gangue idéologique exprimée dans la charia quand celle-ci devient tatillonne. Mais, contrairement aux pays musulmans où le soufisme est particulièrement répandu dans les milieux populaires, le « soufisme occidental » touche surtout des franges moyennes et supérieures, sans toutefois s'éloigner de ce qui constitue son essence : la pratique du zikr, inlassable répétition, en séances collectives, de l'un des quatre-vingt-dix-neuf noms d'Allah. A côté du zikr, diverses méthodes d'adoration de Dieu existent dans chaque confrérie, la plus connue étant le sema, la danse et le chant des derviches héritiers de Jalaleddine Roumi, le grand poète soufi du XIIIe siècle.

14

Permanence de l'animisme

L'animisme, on l'a vu au début de ce parcours, est la religion première de l'homme. Une religion née avant les dieux, qui ne se donne aucun nom parce qu'elle est, au-delà même de la religion, une manière d'être au monde. La logique voudrait que l'animisme s'éteigne avec les peuples qui l'ont porté, les chasseurs-cueilleurs sans écriture dont il subsiste aujourd'hui quelques ultimes groupes en voie de disparition, isolés au fond des forêts d'Amazonie, de Sumatra ou de Papouasie. Quant à la majorité des peuples traditionnellement animistes, du Grand Nord, d'Asie, d'Afrique ou d'Australie, ils ont été gagnés, surtout au cours du XXᵉ siècle, par le mode de vie occidental, l'automobile, le téléphone et internet qui relient très certainement au monde, mais coupent tout aussi certainement le lien ontologique à la nature ! Ils ont aussi été la proie des prédicateurs chrétiens et musulmans qui, usant d'une logique identique, même si c'est avec des mots et des concepts différents, ont honni leurs croyances « primitives » et leur ont révélé le « vrai Dieu », le leur. Cependant, la rupture avec les croyances ancestrales est loin d'avoir été aussi radicale qu'on l'a un temps supposé.

L'animisme traditionnel au XXIe siècle

Sur une carte du monde des religions, le paysage
africain se présente toujours de la même manière : une
moitié sud chrétienne, une moitié nord musulmane,
et, à la jonction de ces deux parties, une large bande,
mordant sur chacune d'entre elles, où cohabitent les
deux traditions dans des proportions variables. L'animisme, lui, ne figure sur ces cartes qu'à travers un très
faible pourcentage, à côté des traditions minoritaires.
Comme s'il était en voie d'éradication. Quand on se
rend sur le terrain, on voit en effet beaucoup d'églises
bondées dans la moitié sud, et beaucoup de mosquées
tout aussi remplies dans la moitié nord, ce qui correspond tout à fait aux données de la carte des religions.
Or, sans avoir à rester trop longtemps sur le terrain, et
à la condition, bien sûr, de sortir des circuits touristiques pour Occidentaux, on s'aperçoit très rapidement
que l'Afrique reste profondément et majoritairement
animiste, tout en étant en même temps chrétienne ou
musulmane, et sans que ce double lignage religieux
soit perçu, par les pratiquants, comme une forme de
syncrétisme impossible. Un Africain, mais la remarque
est également valable pour un aborigène australien, un
Inuit canadien ou un Amérindien du Nord ou du Sud,
vous expliquera avec un surprenant naturel que les
deux échelles de croyance ne sont pas exclusives pour
lui. L'une, il l'a bien compris, lui permet d'œuvrer
pour son salut après la mort. L'autre répond à ses
inquiétudes quotidiennes : une maladie, un échec, une
stérilité, un problème quelconque pour lequel il n'est
point besoin de faire appel à Dieu, pour lequel Dieu
n'est peut-être même pas efficace, dans la mesure où
ce problème doit être résolu à la manière d'une équation, même si l'un des termes de cette équation appar-

tient au domaine de l'invisible. L'animisme est réputé efficace, il en fut en tout cas ainsi pendant des siècles, pourquoi cesserait-il de l'être ?

En 1981, un jésuite français, Eric de Rosny, installé au Cameroun depuis 1957, publiait *Les Yeux de ma chèvre*[55], un ouvrage qui a fait date et dans lequel il a raconté par le menu son initiation, durant cinq ans, au sein de l'ethnie douala, auprès d'un nganga, sorte de « sorcier-guérisseur » qui soigne en convoquant les esprits. Il n'avait pas fallu longtemps au père de Rosny pour se rendre compte qu'un « quelque chose » lui échappait dans ses contacts avec les enfants, pourtant souvent baptisés et scolarisés au collège catholique où il enseignait, et plus encore avec leurs parents. Il avait mis ce hiatus sur le compte du terme générique de « culture d'origine ». Jusqu'au jour où, intrigué par les tambours qu'il entendait la nuit, il s'est renseigné sur leur origine. « Les sorciers », lui dit-on. En 1970, il commençait son initiation, dite l'« ouverture des yeux », des yeux intérieurs bien sûr, qui permettent de voir l'invisible et de communiquer avec des puissances ne se révélant qu'à ceux qui savent les convoquer. Il a par la suite participé à des rituels, convoqué des esprits, guéri des malades, une démarche peu commune pour un prêtre catholique mais qui, il faut le préciser, s'est faite avec l'aval de sa hiérarchie.

Des confins du Venezuela et de la Colombie où il a séjourné au début des années 1970, l'ethnologue Michel Perrin[56] a ramené des descriptions de rituels de contacts avec l'autre monde, curieusement similaires à ceux dont font état Eric de Rosny en Afrique, ou Roberte Hamayon auprès des peuples sibériens[57]. Ici et là, il est inimaginable que les cérémonies que nous appellerions religieuses, qu'elles soient thérapeutiques ou divinatoires, se déroulent ailleurs que dans un cadre naturel, c'est-à-dire au contact direct de ces forces avec lesquelles le chamane, l'initié, entreprend ses négociations pour rétablir l'ordre de l'univers, un temps perturbé par les actes d'instances maléfiques. Les mêmes transes sont décrites quand, à la demande d'un consultant, un chamane entre en transe pour déterminer l'origine du malheur qui le frappe et œuvre à réparer ce qui a été détruit dans la relation à l'invisible, à compenser ce qui doit l'être, et rétablit ainsi l'ordre des choses, garant d'un retour à l'harmonie. Il est intéressant de noter que le mot chamane vient de *saman*, « celui qui sait » en langue toungouse, une ethnie de Sibérie orientale. Il est apparu pour la première fois en langue européenne dans *Les Relations du voyage de M. Evert Isbrand*, un ouvrage publié à Amsterdam, en 1699, par celui qui était alors un ambassadeur du tsar de Russie. Le mot chamanisme est aujourd'hui utilisé de manière courante pour désigner une représentation spécifique du monde reposant sur un principe animiste selon lequel tout objet minéral ou végétal, tout animal, toute étoile, est doté d'un principe vital au même titre que les hommes.

L'animisme, ou chamanisme, est en effet un système d'explication globale du monde qui refuse la distinction entre naturel et surnaturel, visible et invisible, profane et sacré. Il postule que tous ces champs sont en interaction permanente. Rien n'est banal : ni un rêve, ni une parole, ni une pierre lancée au hasard, ni une cueillette de fleurs ou de fruits. Un geste inconsidéré peut être à l'origine d'une série d'échecs ou d'une mort. En ne faisant pas montre d'égards envers son milieu naturel, en bousculant inconsidérément tel rocher ou en tuant gratuitement tel animal, l'individu bouscule ou tue l'esprit qui s'abrite dans ce rocher ou dans cet animal. C'est pourquoi, dans ces terres où l'animisme reste répandu, bien qu'il soit souvent mêlé à des croyances chrétiennes ou musulmanes, il n'est pas rare d'entendre un individu parler à la terre mère avant d'y creuser un trou, ou d'implorer un animal avant de l'abattre pour en nourrir les siens.

Le culte des ancêtres participe également du système chamanique – des systèmes chamaniques devrais-je plutôt dire, dans la mesure où il existe autant de chamanismes que de sociétés chamanistes, nommant chacune ses esprits et leur attribuant telle puissance ou tel pouvoir, créant ses rites et ses interprétations de la nature, ordonnant ses modes d'action, ses devoirs, ses interdits. L'ancêtre est le protecteur privilégié de sa descendance : il lui a légué ses biens, il l'aide à les faire fructifier en écartant d'elle les périls. Tous les défunts n'accèdent pas au statut privilégié d'ancêtre : selon les sociétés, peuvent en être exclus les sorciers ou les femmes stériles ou mortes en couches, les enfants, les handicapés, les jumeaux, les albinos – et cette liste n'est ni exhaustive ni restrictive. L'ancêtre – c'est le cas chez beaucoup de peuples africains et amazoniens – bénéficie de deuxièmes funérailles qui lui permettent de gagner le village des morts d'où il veille sur les vivants. Il fait l'objet de rites, d'offrandes, de prières, au même titre que les esprits de la nature. Et, comme eux, il peut se retourner contre les vivants si ces derniers rompent le pacte qui unit les deux univers, soit en oubliant de l'invoquer, plus souvent en omettant de le nourrir.

D'autre part, toute société chamanique recèle ses lieux sacrés. Il y a les lieux positifs où sont accomplies les cérémonies, près d'un arbre ou d'un rocher aux formes étranges, dans une clairière, au bord d'une rivière si l'on invoque son esprit. C'est là que l'on tape sur les tambours sacrés ou que l'on souffle dans les roseaux pour communiquer avec l'autre monde, là que l'on tient les cérémonies d'initiation des garçons à l'âge de la puberté, là que se rassemble la communauté pour fêter l'ouverture de la chasse... ou le diplôme universitaire que vient de décrocher l'un des siens. Et puis il y a les lieux dangereux, que nul n'approche sous peine d'être frappé de malheur : d'autres rochers, d'autres arbres, un sous-bois que tous les membres de la tribu connaissent et où, bien souvent, le chamane se rend pour prélever ses herbes médicinales ou les cailloux dont il usera pour la divination. Nul ne sait l'origine de la malédiction qui frappe ces lieux, toujours à la lisière des habitations. Des légendes circulent : un meurtre mythique, une cérémonie secrète, une malédiction qui auraient entraîné une accumulation d'énergies négatives ayant le pouvoir d'y attirer les démons.

Chamanisme et animisme, on le voit bien, ne sont pas des traditions aux contours définis, avec des dogmes établis, des rites spécifiés, des mythes répertoriés. J'utilise volontiers l'adjectif « vivantes », pris dans son sens littéral, pour les qualifier. Elles vivent, mutent, évoluent avec ceux qui les pratiquent, en fonction de leurs besoins. Quand leurs terres traditionnelles ont été christianisées ou islamisées, elles ont introduit des éléments de croyances chrétiennes ou musulmanes dans leurs propres croyances ou dans leurs rituels, quand cela paraissait répondre à leurs propos. L'un des exemples les plus aboutis de ce que l'on appelle en Occident un syncrétisme est constitué par les très populaires candomblé, umbada ou santeria du Brésil, autant d'appellations données à un ensemble de rituels d'invocation d'esprits, habillés pour certains en saints chrétiens, résidant pour d'autres dans des arbres ou des creux de roches aménagés, difficiles à reconnaître par un individu extérieur au groupe. Convoqués au son des tambours qui transpercent la nuit, nourris de tabac, d'alcool et de sang animal, ces esprits font l'objet de multiples requêtes, mais ils peuvent être également redoutables envers ceux qui les négligent ou les servent mal. Le Brésil est l'un des plus grands pays catholiques du monde. Pourtant, la croyance aux puissances des esprits y reste profondément enracinée.

Je citerai un autre exemple, pris dans la sphère musulmane cette fois : celui des Dogons du Mali. Islamisés depuis plusieurs siècles, devenus aujourd'hui une cible privilégiée de touristes occidentaux en mal d'exotisme, les Dogons ont perdu un certain nombre de leurs traditions ancestrales, allant jusqu'à vendre sur leurs marchés des masques hâtivement exécutés qui, il y a quelques décennies à peine, appartenaient encore au domaine du sacré. Néanmoins, les croyances animistes restent prédominantes chez ce peuple, s'exprimant à travers une série d'interdits, des tabous dont la sévérité va croissant à mesure que l'on se rapproche de l'épicentre du sacré – un sacré qui est partout, mais dont la concentration est paroxystique dans certains lieux et dans certains personnages, culminant dans la personne du hogon, le chef spirituel suprême. Dans cette société, les maux ne sont pas tant directement imputés aux esprits qu'à une transgression des règles de pureté et d'impureté dont la conséquence est une perturbation de la force vitale et de l'ordre naturel de l'univers, qui entraîne à son tour une réaction des esprits. L'un des tabous principaux des Dogons ne leur est pas propre : lié aux menstruations de la femme, profondément impure au point de nécessiter sa mise à l'écart, il est une constante dans la plupart des cultures et des traditions. De nombreux autres tabous émaillent la vie des Dogons, comme d'une manière plus générale tous les peuples premiers. Le mot tabou lui-même a pour origine le *tabu* polynésien désignant les interdits qui entourent ce qui est chargé de mana, c'est-à-dire de puissance sacrée. Or, dans la mesure où la notion de sacré est fortement englobante dans les traditions animistes, on comprend dès lors la force et la multiplicité des interdits qui sont garants du maintien de l'ordre du monde. C'est là l'un des traits essentiels communs à toutes ces traditions, mais qu'un esprit occidental peut évidemment avoir beaucoup de mal à appréhender.

Conclusion

Au terme de ce parcours, on peut se demander si l'histoire des religions a un sens. La question s'est longtemps posée, et se pose encore dans certains cercles, de savoir si l'humanité serait partie d'une religiosité primitive grossière pour entamer un mouvement de progression ascendant. Autrement dit, existe-t-il un évolutionnisme de la spiritualité comparable à celui des espèces ?

Un évolutionnisme religieux ?

Cette idée a germé dans l'Occident du XVIIIe siècle marqué par le mouvement des Lumières. Une telle thèse correspond en effet à la notion de progrès linéaire de l'esprit humain sous l'effet de la raison. En 1757, le philosophe et historien écossais David Hume la formalise dans un ouvrage qui fera date, l'*Histoire naturelle de la religion*. « Il semble certain, écrit-il, que, du fait du progrès naturel de la pensée humaine, la multitude ignorante doit d'abord entretenir une idée de puissances supérieures avant d'affiner sa conception jusqu'à cet Etre parfait qui a ordonné toute la création[58]. » Toutefois, bien qu'il qualifie le polythéisme de « religion primitive de l'homme non cultivé[59] », une « erreur » par laquelle est passée l'humanité avant d'accéder à la « vérité » du monothéisme, il lui reconnaît une valeur de tolérance qu'il oppose à l'intolérance monothéiste. Hume marque une page décisive dans la réflexion sur l'histoire des religions : désormais, celle-ci est pensée en phases de développement. En 1830, le politicien et penseur franco-suisse Benjamin Constant vulgarise et popularise ce découpage admis par l'intelligentsia occidentale. Dans *De la religion considérée dans sa source, ses formes et ses développements*, il présente ce qu'il appelle les trois étapes de la progression de la pensée religieuse : le fétichisme qui est, selon lui, l'étape la plus fruste, puis le polythéisme, enfin le théisme.

C'est dans ce contexte qu'en 1859, le naturaliste anglais Charles Darwin expose, dans l'*Origine des espèces*, sa théorie de l'évolution des espèces par transformations graduelles et sélection naturelle. Aussitôt, l'un de ses proches, John Lubbock tente d'appliquer le darwinisme à la pensée humaine pour conclure que la théorie d'un Dieu unique et créateur indéfinissable est le résultat d'une longue évolution de la pensée à partir d'un athéisme originel. En 1871, le père de l'anthropologie anglaise, Edward Tylor, propose dans *Primitive Culture* une théorie de l'évolution religieuse qui lui vaut d'être nommé membre de la Royal Society de Londres et d'inaugurer la chaire d'anthropologie à l'université d'Oxford. Introduisant le terme « animisme » (ou la croyance en l'existence d'un esprit ou anima en toute chose), il y voit le premier stade de la pensée religieuse dont l'évolution suit un parcours obligé : le fétichisme, le naturalisme, le polythéisme, et enfin le monothéisme qui est l'aboutissement de ce long cheminement. Mais tous les peuples, précise-t-il, n'ont pas encore accompli l'ensemble du cursus : certains en sont encore au stade polythéiste, voire animiste, mais ils sont forcément destinés à prendre, tôt ou tard, le train de l'évolution.

Les dénégations des romantiques du XIXᵉ siècle, en quête, au contraire, d'une sagesse primordiale dont l'humanité primitive aurait eu connaissance et qui aurait ensuite dégénéré dans les religions historiques, ont eu peu de poids face à la théorie évolutionniste dominante soutenue par les théologiens, les philosophes, les historiens et les anthropologues. Des expéditions montées par les colons, les missionnaires ou les explorateurs dans les terres inconnues d'Australie, d'Amérique du Sud ou d'Afrique rapportent leurs brassées d'objets, de récits puis d'images racontant les « primitifs » et confortant auprès des Occidentaux l'idée de sociétés plus en avance que d'autres, aussi bien sur le plan technologique que culturel ou spirituel.

C'est dans ce contexte que naît véritablement l'étude comparée des religions comme une science spécifique. Le linguiste allemand Max Müller (1823-1900) en est le précurseur. Il a mené l'essentiel de sa carrière en Angleterre où il s'est plongé dans l'étude des textes védiques pour y chercher les fondements de la culture indo-européenne ou aryenne. Il fut le premier à mettre côte à côte les mythologies scandinave, germanique, hindoue, persane et même africaine pour en dégager la racine linguistique commune (au risque d'être accusé par ses adversaires de fétichisme verbal) et, au-delà des mots, des concepts communs[60]. Ses travaux se situent toujours dans une perspective évolutionniste allant dans le sens d'un progrès de la race humaine et postulent une supériorité du christianisme sur les autres religions. L'anthropologue écossais James Frazer (1854-1941) lui emboîte le pas. Peu enclin aux voyages, il recueille dans les livres, et grâce à une correspondance soutenue avec les missionnaires et officiers répartis dans le vaste Empire britannique, les récits de centaines de mythes et de rites sociaux et religieux. Il les interprète, opère des rapprochements, et entame, en 1890, la publication du *Rameau d'or*, une fresque qui comptera à terme douze volumes[61]. Comme Müller, il envisage l'histoire des religions dans un sens évolutif dans lequel il dégage lui aussi trois stades successifs : l'animisme, le polythéisme, et enfin le monothéisme qu'il perçoit comme un aboutissement de ce cheminement. Au début du XXe siècle, les pères de la sociologie, tels Emile Durkheim, Marcel Mauss, Georg Simmel ou Max Weber, s'attachent à décrire le fait religieux en tant que réponse à un besoin social, et les systèmes religieux en tant que régulateurs des sociétés, adaptés à chaque type de société. Leur analyse du fait religieux est plus neutre, même si elle reste parfois encore imprégnée du contexte néocolonial de leur époque et de l'évidence de la suprématie de la civilisation occidentale chrétienne. Aujourd'hui, cette théorie d'un progrès de la pensée religieuse qui repose sur le présupposé d'une supériorité des monothéismes ne donne plus lieu à des débats dans les milieux scientifiques. Certains croyants continuent de la soutenir, mais les historiens des religions ne portent plus de tels jugements de valeur liés à des préjugés culturels.

La thèse d'une évolution de la religion vers une sophistication et une abstraction plus grandes n'en demeure pas moins, comme nous l'avons vu dans la première partie de cet ouvrage, incontestable. Cette évolution est le fruit de ce que Max Weber appelle le « processus de rationalisation ». Au fil des millénaires, la rationalité n'a cessé de croître dans la manière dont l'homme s'est représenté le monde et dans ses diverses activités pour organiser, ordonner, classer. Ce processus a conduit à de profondes révolutions techniques et sociales. Il a eu aussi un impact décisif dans l'évolution de la religion. Il est la cause, selon Weber, du « désenchantement du monde », c'est-à-dire que le monde a progressivement perdu aux yeux des hommes son « aura magique » pour devenir objet d'observation et de connaissance. La pression accrue de la rationalité a ainsi fait évoluer la religion, dans certaines régions du monde, d'un stade animiste vers un stade polythéiste, puis monothéiste. Mais cela ne signifie en rien qu'il s'agisse là d'un progrès de la spiritualité. Il s'agit seulement d'une imprégnation plus grande de la raison dans le sentiment religieux. Les religions dites « primitives » expriment une spontanéité du sentiment religieux qui s'est effacée au fur et à mesure que la raison est devenue plus prégnante, et que les capacités d'abstraction acquises par l'homme ont abouti à la mise en place d'une religion plus rationnelle, plus organisée, plus structurée. Or, de manière paradoxale, c'est cette rationalisation et organisation de la religion qui est aujourd'hui remise en cause par nombre de nos contemporains en quête d'expériences du « sacré sauvage », d'expériences spirituelles naturelles ou mystiques au-delà des dogmes et des institutions religieuses. Assisterions-nous depuis une trentaine d'années à un retour vers des formes d'expressions religieuses archaïques antérieures à l'émergence des grandes religions historiques issues du tournant axial ? Avant d'explorer davantage cette question, revenons quelques instants, justement, à l'intuition de Karl Jaspers des différents tournants axiaux de l'histoire humaine.

Les tournants axiaux

« Quatre fois, écrit le philosophe, l'homme semble reparti d'une nouvelle base[62] » : au début du Néolithique, qui a commencé vers 12000 avant notre ère au Proche-Orient avec les premières traces de sédentarisation ; aux alentours de 3000 avant notre ère, avec les premières civilisations antiques marquées par l'apparition de l'écriture et l'émergence d'un Etat et d'organes de pouvoir ; au milieu du Ier millénaire avant notre ère, quand se constituent les grands empires ; et enfin avec la modernité, vers 1500 de notre ère. Nous avons vu (chapitre 5) que Jaspers s'était en fait intéressé au troisième tournant axial, celui qui a favorisé, en divers points du globe, l'apparition des grandes voies universelles du salut. Le sociologue et historien des religions français Yves Lambert, décédé en 2006, a complété avec bonheur cette théorie en notant que chacun des tournants pointés par Jaspers s'accompagne d'un remodelage du symbolique qui induit de profondes métamorphoses du religieux. Il a ainsi placé chaque période en parallèle avec une forme religieuse déterminée : le chamanisme au Paléolithique ; la religion orale des chasseurs-cueilleurs du Néolithique ; les religions polythéistes antiques avec l'apparition des cités en Mésopotamie, en Egypte, en Grèce et en Asie ; les religions universelles du salut avec la naissance des empires ; enfin, le bouleversement religieux moderne, qui reste à caractériser, avec l'apparition de nouvelles formes religieuses et des systèmes séculiers[63]. Yves Lambert note aussi que cette évolution n'est pas linéaire : elle est faite de ruptures dans la forme que revêt la religion, mais aussi de continuité dans ce qui constitue les fondements de la religiosité humaine : la communication avec des êtres ou des forces invisibles, les rituels de la mort, les prières, les pèlerinages, les offrandes, les sacrifices...

Un arrachement progressif de l'homme à la nature

A la question maintenant de savoir si, au-delà de ces fondements communs, il existe un fil conducteur, une logique de continuité, du Paléolithique à la modernité, qui relie ces quatre tournants (ou ces cinq périodes axiales), j'estime que la réponse est positive[64]. Il me semble que l'on peut effectivement mettre au jour une logique de continuité qui s'exprime par paliers successifs, chaque tournant axial constituant à la fois une rupture et un remodelage, mais aussi une avancée de plus dans ce mouvement plus vaste : celui de l'arrachement progressif de l'humanité à l'ordre naturel. Depuis la révolution néolithique, on constate que l'homme sort progressivement de la nature, et que cette sortie se fait à travers des paliers qui correspondent bien aux tournants axiaux mis en lumière par Jaspers. Et il est indéniable que le processus de rationalisation théorisé par Weber est l'une des causes principales de cet arrachement progressif de l'homme au cosmos.

Si l'on remonte loin dans le temps, avant la révolution du Néolithique et l'apparition des villages, on peut penser que l'homme ne se posait pas la question de ce qu'était la nature : il en était une partie intégrante. Les premières œuvres d'art, les peintures rupestres, représentent des animaux et parfois des hommes en compagnie d'animaux. L'homme vivait de cueillette et de chasse, il tirait sa subsistance de la nature sauvage dans laquelle il se mouvait, et entretenait avec elle un rapport ambigu de crainte et de vénération. Ce modèle a plus ou moins perduré jusqu'au XXᵉ siècle chez les peuples dits primitifs à tradition orale. Les observations des anthropologues ont bien montré comment leurs membres s'insèrent dans leur environnement naturel qu'ils ne cherchent pas à dominer. Ils ne chassent pas par plaisir, mais par nécessité, considèrent que tuer un animal est un acte grave et sont souvent convaincus que tous les êtres vivants possèdent une âme similaire à celle des hommes. Les observations menées sur les sociétés dites « chamaniques », en Sibérie notamment, montrent qu'avant et après la chasse les hommes organisent des rituels visant à se purifier de ce qui leur apparaît comme un « crime nécessaire ». Les rituels des chamanes visent ainsi à établir un échange avec les esprits des animaux. Si l'on « obtient » un animal, on remercie son esprit et on lui permet de se nourrir aussi du sang des hommes qui le mangent. A terme, la mort de l'homme n'est qu'un juste retour des choses. Dans ce modèle de société traditionnelle orale, non seulement l'homme se sent inséré dans le monde, mais il est uni à lui par des liens existentiels. Il naît, vit et meurt dans la nature. La nature est son berceau, sa maison et sa tombe. Avant leur extermination par les colons européens entre les XVIIᵉ et XIXᵉ siècles, les Indiens d'Amérique en étaient d'excellents témoins. Les femmes partaient accoucher seules dans la nature, ils vivaient au cœur des grandes plaines dans des tentes ou des huttes et la tradition voulait qu'on parte mourir seul dans la forêt. L'être humain vivait ainsi en symbiose avec la nature et ne se sentait pas séparé d'elle. Il la considérait souvent comme la « Mère » de tous les vivants et regardait les animaux comme des

« frères », n'accordant à l'espèce humaine aucun statut supérieur.

Avec le Néolithique, la sédentarisation, l'apparition des premiers villages, on constate une première rupture. L'homme ne vit plus de chasse et de cueillette dans une nature sauvage, mais d'une nature qu'il commence à domestiquer par l'agriculture et l'élevage. Dans ces sociétés qui demeurent encore orales, on constate l'apparition de dieux, de déesses et de formes de cultes qui traduisent les premières manifestations d'une certaine prise de conscience de l'homme comme distinct du cosmos. Ce phénomène s'accélère fortement avec le passage aux sociétés anciennes de l'écrit, citadines, qui ont donné naissance aux premières civilisations, comme en Chine, en Inde, en Mésopotamie ou en Egypte (deuxième moment axial vers 3000 avant notre ère). La ville est un espace séparé de la nature. Même si l'homme continue de vivre en harmonie avec elle, il s'en distingue dans la mesure où il pense sa singularité et s'accorde un rôle central de médiateur entre le cosmos – ou le monde divin – et le monde terrestre. Il se sent englobé dans la nature entendue comme un ordre total, mais avec une mission privilégiée : accomplir le rituel qui permet au monde de se maintenir. L'homme s'octroie ainsi un statut particulier. On retrouve ces croyances et ces pratiques religieuses dans toutes les civilisations antiques. Dans l'Inde védique, par exemple, la nature et la divinité sont perçues comme englobantes (on peut même renaître dans un animal ou une plante), mais l'homme maintient le dharma, l'ordre du monde, par le rita, les pratiques rituelles qui peuvent prendre la forme d'offrandes, de sacrifices, etc. De même, en Chine, l'homme est conçu comme un microcosme, partie intégrante de l'univers conçu comme un macrocosme. Il est soumis aux mêmes lois que celles de la nature, notamment celles de l'harmonie du Yin et du Yang. Mais l'empereur est considéré comme Fils du Ciel et véritable garant du bon ordre du monde. Dans l'Egypte ancienne, l'ordre cosmique, la Ma'at, établi par le dieu suprême, est garanti par le roi considéré comme le Fils de Dieu. Dans une telle perspective, qui constitue une rupture profonde avec les sociétés orales des chasseurs-cueilleurs du pré-Néolithique, l'ordre naturel n'est pas nié, mais il est intériorisé et c'est l'action humaine, à travers le rituel religieux, qui est censée maintenir l'ordre d'un monde perçu comme instable ou mouvant. D'un côté, on reconnaît la nature comme ordonnée, mais, d'un autre côté, on s'inquiète de ses débordements, de son caractère imprévisible, et on tente de manière magique, à travers le rituel, de se rassurer et de se prémunir contre un chaos toujours possible. Il n'est d'ailleurs pas anodin que cette idée apparaisse avec la naissance et le développement de toutes les grandes civilisations : pour se construire et se penser dans la durée, les sociétés humaines ont besoin de croire en un ordre inébranlable du monde ou, à défaut, de pouvoir parer à un certain désordre apparent, provisoire ou cyclique, par une action appropriée : le rituel.

L'homme commence ainsi progressivement à se penser, à penser le monde et à s'en distinguer. Apparaît dès lors, avec le troisième tournant axial du Ier millénaire avant notre ère, la notion d'« imitation » de la nature, c'est-à-dire l'intention de fonder une éthique à partir de l'observation des lois physiques. Cette idée est présente en Chine et se développe en Grèce à partir du VIe siècle avant notre ère, époque où apparaissent une multitude d'écoles et de courants philosophiques aux théories parfois totalement opposées. J'ai d'ailleurs souligné que la philosophie était née de l'observation des phénomènes naturels. Rompant avec l'interprétation mythique, ceux qu'on a appelés les premiers « physiciens » de l'école de Milet (Thalès, Anaximandre, Anaximène) tentent de donner une explication rationnelle du monde. Pour la première fois sans doute, l'homme se situe en observateur de la nature et tente d'en comprendre les lois, sans faire référence à un système d'explication de type religieux, ce qui constitue également le premier moment de la science. On pourrait dire, dès lors, que l'homme « prend possession » de la nature par la connaissance. Mais cette position d'observateur ne le coupe pas encore de la nature et ne l'incite pas à la dominer ou à l'exploiter. A partir de ce nouveau regard, qui situe l'homme à la fois « dans » et « hors » de la nature (par la connaissance), les philosophes grecs vont apporter divers systèmes d'explication du monde qui lient plus ou moins l'homme à son environnement. En schématisant à l'extrême, il me semble qu'on peut mettre en avant deux grandes conceptions qui s'affrontent. D'un côté, des penseurs comme Démocrite ou Epicure attachent une grande importance à la nature et fondent les premières théories de la matière. Pour eux, le monde est mû par lui-même, c'est un processus qui obéit à certaines causes naturelles et au hasard. L'homme est une part intégrante de la nature, mais ils considèrent en même temps la nature comme chaotique, instable, fragile. A l'inverse, des penseurs comme Platon, Aristote ou les stoïciens ont une conception plus anthropocentrique du monde, qu'ils considèrent à la fois comme ordonné (un cosmos) et finalisé. Platon explique dans le *Timée* que l'univers est un grand corps intelligible et ordonné selon un dessein intelligent (le plan du démiurge), même si sa réalisation est imparfaite. Sans aller aussi loin dans l'explication des origines du monde, Aristote tente de montrer qu'une finalité est à l'œuvre dans la nature. Les stoïciens s'inscrivent dans cette vision et tentent surtout de mettre en lumière la liberté de l'homme par rapport au monde physique. Dans une telle perspective, la relation entre l'homme et la nature se déploie selon deux lignes de force : l'homme tient une place privilégiée – toute la nature tend vers lui – et il se doit de l'imiter, car elle est maîtresse de beauté, d'ordre et d'harmonie. Cela ne signifie pas pour autant que l'homme doive vivre dans la nature. L'idéal grec est celui de la cité. « Seuls les brutes et les dieux » vivent « naturellement » hors de la cité, selon l'expression célèbre d'Aristote. Mais pour le précepteur d'Alexandre, qui a observé minutieusement plus de cinq cents espèces animales, la nature est à la fois finalisée et hiérarchisée. « Ce n'est pas le hasard, mais la finalité qui règne dans les œuvres de la nature » écrit-il, et cette finalité « est source de beauté »[65]. Il précise aussi que toute la nature est fortement hiérarchisée et culmine à l'homme : « Si donc la nature ne fait rien d'inachevé ni rien en vain, il est nécessaire que ce soit pour les hommes que la nature ait fait cela[66]. » L'homme est donc l'expression la plus aboutie de la nature, dont il fait partie, mais dont il se distingue aussi par sa capacité à se penser et à penser le monde. Aristote affirme encore que l'homme doit faire un « bon usage » de son environnement naturel, conception qui paraît aujourd'hui très pertinente pour faire face aux défis auxquels nous sommes confrontés.

Même s'ils l'ont « objectivée » par la connaissance, même s'ils accordent à l'homme une place privilégiée, les Grecs n'ont pas radicalement séparé l'homme de la nature et n'ont pas incité celui-ci à la « dominer. » N'est-ce pas, au contraire, la vision biblique ? On attribue souvent l'origine de la tyrannie exercée par l'homme sur la Terre à cette fameuse phrase de la Genèse : « Soyez féconds, multipliez, emplissez la terre et soumettez-la ; dominez sur les poissons de la mer, les oiseaux du ciel et tous les animaux qui rampent sur la terre[67]. » C'est en partie vrai, mais en partie seulement. La « domination » dont il est question dans la Bible n'est pas éloignée de la conception des philosophes grecs : l'homme est l'être naturel le plus complexe, le plus achevé, et toute la nature est faite pour lui, pour son usage. « Dominer » ne signifie pas nécessairement tyranniser, piller ou exploiter. En outre, Dieu donne à l'homme une responsabilité sur la nature. Il doit exercer sur elle une autorité bienveillante, non un pouvoir destructeur. Dans les Evangiles, la nature est très présente. Jésus invite l'homme à l'imiter, non plus comme Platon à cause de sa beauté, mais parce qu'elle est l'expression de la bonté de Dieu et de sa providence : « Regardez les oiseaux du ciel : ils ne sèment, ni ne moissonnent, ni ne recueillent en des greniers et votre père céleste les nourrit[68] ! » Il me paraît donc excessif de relier directement l'attitude contemporaine de pillage et d'exploitation de la nature au texte biblique. Je dirais en revanche que cette attitude trouve ses racines lointaines dans la vision biblique, mais pour une autre raison, plus profonde que l'argument de la domination : la Bible a fortement contribué au processus de désenchantement du monde. La « révélation » biblique constitue en effet une grande rupture par rapport aux autres conceptions religieuses ou philosophiques qui ne font pas appel à un Dieu créateur. Selon la Bible, l'univers est créé et ordonné par Dieu et devient le cadre d'événements situés dans le temps. Dès lors, le rapport à l'Absolu ne passe plus par l'espace, la nature (ses mystères, son ordre, sa beauté, son harmonie), mais par l'histoire, à travers une rencontre directe entre Dieu et l'homme. La nature n'est que le cadre neutre de l'histoire entre Dieu et son peuple, entre Dieu et l'humanité, l'homme étant la créature préférée de Dieu, la seule créée « à son image et à sa ressemblance ». Les Grecs, les Hébreux et les chrétiens ont ainsi fait perdre au monde son aura magique.

Ce n'est cependant qu'avec le dernier tournant axial, celui de l'avènement du monde moderne à la Renaissance, où l'on assiste à une nouvelle et forte poussée de rationalisation, que l'être humain va définitivement achever ce processus de sortie de l'ordre naturel. Il faudra attendre le XVIIᵉ siècle pour que cette logique aboutisse à une instrumentalisation de la nature, bientôt suivie de son exploitation systématique, légitimée par la supériorité de l'homme, mais cette fois au nom d'un humanisme profane. C'est là la spécificité de la modernité occidentale. Elle s'inscrit dans une logique philosophique directement issue de la Bible et des Grecs, qui prône la supériorité de l'homme et de la raison sur la nature, mais elle se coupe de l'arrière-fond métaphysique de ces deux sources, faisant de l'homme un partenaire du monde et l'enjoignant de respecter la nature (responsabilité, bon usage). L'homme se retrouve donc tel un maître sans devoirs, qui peut disposer librement de son environnement selon ses besoins. Il devient véritablement, selon l'expression célèbre de Descartes, le « maître et possesseur de la nature[69] ». Comment s'est opérée cette nouvelle rupture ? Le grand souci de Descartes et d'autres penseurs qui lui sont contemporains est de libérer la philosophie de la théologie, de totalement séparer l'ordre de la raison de l'ordre de la foi (Descartes était par ailleurs croyant). Retenons cette conséquence de l'entreprise cartésienne pour le sujet qui nous occupe : la représentation conceptuelle devient le rapport obligé du rapport de l'homme au monde. L'ordre de la raison impose dès lors une vision radicalement désenchantée de la nature qui n'est plus perçue que comme une « matière » observable et manipulable. En cela, Descartes fonde le paradigme de la science expérimentale moderne. Mais cette science est moralement neutre. D'un humanisme métaphysique hérité de la Bible et des Grecs qui accordait encore une certaine valeur à la nature, on est passé à un humanisme a-cosmique dans lequel la nature est chosifiée. D'un humanisme naturaliste, on a basculé à un humanisme antinaturaliste.

La position philosophique moderne achève donc le processus de désenchantement du monde, ouvre la voie à la science expérimentale et consacre la coupure radicale entre l'homme et la nature. Cette révolution conceptuelle s'accompagne d'une révolution de la technique, qui entraîne une intervention et une maîtrise de plus en plus poussées de l'homme sur son environnement. La révolution industrielle enfin, qui engage l'homme dans une exploitation toujours plus intense de la nature, parachève ce processus d'extériorisation et de domination de la nature par l'homme. Ce sont ces trois facteurs, liés les uns aux autres, qui expliquent qu'à partir de la fin du XVIIe siècle, l'homme occidental modifie profondément sa relation à la nature et commence à l'« exploiter », attitude qui correspond à une vision à la fois réductionniste (la nature est une chose manipulable à volonté) et mercantile du monde.

Cet arrachement progressif de l'homme à la nature m'apparaît comme le fil rouge de l'histoire de l'Occident. La modernité constitue sans doute un moment ultime : on ne peut me semble-t-il aller plus loin dans ce processus et dans ses conséquences métaphysiques et morales. Ce qui caractérise en effet le religieux (à travers ses manifestations), c'est l'expérience, la croyance et la pratique de plusieurs niveaux de réalité (réalité sensible et réalité supra-sensible). Or, à partir du XVIIe siècle, non seulement la nature n'est plus perçue comme ayant une pluralité de niveaux (elle est totalement désenchantée), mais encore l'intériorité de l'homme est en partie dissoute. Dès lors que l'on est dans un processus historique qui tend à « unidimentionnaliser » le cosmos et l'homme, la religion décline et se formalise. Le « dogme », la « norme », « le sermon » deviennent les mots clés des religions occidentales ultrarationalisées qui parlent de moins en moins au cœur de l'homme et à son imaginaire en quête de symboles. Autant que la religion, c'est la morale qui est atteinte par cette ultime révolution. Car ce qui constituait l'ultime fondement des religions historiques (l'ordre naturel) n'apparaît plus pertinent et aucune éthique, même laïque, ne peut désormais se fonder sur un ordre transcendant quelconque. On le voit bien aujourd'hui à travers les débats sur la bioéthique (reproduction, manipulation génétique) ou les mœurs (mariage, homosexualité, homoparentalité), les arguments reposant sur l'ordre naturel ne sont plus perçus comme des absolus intangibles et convainquent de moins en moins.

Retour au corps et néochamanisme

On assiste cependant à une limite et même à une inversion de ce processus de rationalisation et de formalisation du religieux qui montre que l'évolution de la religion est loin d'être linéaire. Des retours en arrière sont possibles, de même que la permanence des héritages traditionnels. Les institutions et les discours théologiques et normatifs sont en crise, mais les monothéismes sont réinvestis à travers leurs dimensions intérieure et mystique : on recherche une expérience intérieure du divin. Et cette expérience n'est pas purement spirituelle : elle s'inscrit en profondeur dans le corps, elle fournit une émotion intense, elle procure de la joie, elle suscite des larmes. Les religions monothéistes sont ainsi marquées par un retour de l'émotion : courant hassidique dans le judaïsme, renouveau du soufisme dans l'islam, renouveaux charismatique et pentecôtiste dans le christianisme. Tous ces courants qui ont le vent en poupe sont nés au cours des siècles derniers en réaction contre une trop grande rationalisation et cérébralisation de la religion. Ils ont replacé l'expérience personnelle et le corps au centre de la religion en lieu et place de l'observance institutionnelle et de l'importance de la doctrine. L'influence croissante des spiritualités orientales en Occident depuis les années 1960 peut aussi se comprendre dans ce désir de recentrer l'activité religieuse sur l'expérience intérieure et sur le corps. Les sagesses chinoise, hindoue ou bouddhiste n'ont jamais perdu cet ancrage corporel de l'esprit. Par les diverses techniques de méditation qu'elles proposent, les Occidentaux tentent de réunifier leur corps et leur esprit.

Certaines aspirations contemporaines renvoient même à des formes d'expression religieuses antérieures aux grandes religions historiques. A travers le désir de se relier à un cosmos vivant et enchanté – par l'investissement dans des pratiques magico-religieuses ou divers néochamanismes –, on assiste à la résurgence de formes religieuses qui remontent aux sociétés orales agraires et aux chasseurs-cueilleurs du Paléolithique, même si elles sont profondément bricolées. Ainsi peut-on observer des formes ultra-modernes du religieux qui tentent de rejoindre les formes religieuses les plus archaïques de l'humanité : celles qui se jouent dans une parfaite symbiose entre l'homme et la nature.

La tentative de renouer de manière profonde avec la nature s'est manifestée en Occident à partir du début des années 1960, portée par des anthropologues et des spécialistes des religions que je qualifierais de « néo-romantiques ». Ils vont réhabiliter le chamanisme et le présenter comme la religion primordiale, la religion d'avant la religion, non encore polluée par les interventions humaines. Ceux que l'on nommait jusque-là les « peuples primitifs » deviennent les « peuples premiers ». Leurs traditions, perçues autrefois par les Occidentaux avec un certain mépris, ou du moins avec beaucoup de condescendance, sont dès lors considérées comme porteuses d'une sagesse primordiale, garantes d'une harmonie perdue par l'humanité dans le tumulte des villes et de la société de consommation qui n'a pas épargné les campagnes. Avec la montée de la vague écologiste, soutenue par les premiers rapports alarmistes des scientifiques quant à un réchauffement de la planète et à un épuisement de ses ressources, une vague écolo-spiritualiste se lève. Un Américano-Péruvien, Carlos Castaneda, est l'un des pères de ce mouvement. En 1960 – il a alors trente-cinq ans et étudie l'anthropologie à UCLA, l'université de Los Angeles –, il rencontre un Indien du peuple yaqui, don Juan Matus, qui, dit-il, l'initie à la quête chamanique de la connaissance et à l'usage des plantes hallucinogènes. *L'Herbe du diable et la petite fumée*[70], qu'il publie en 1965, connaît un succès planétaire. A la même époque, simultanément à Findhorn, en Ecosse, et à

Esalen, en Californie, deux expériences d'union profonde à la nature sont menées par des pionniers qui pratiquent méditation et thérapies douces, et en appellent aux esprits de la nature pour retourner à la source de la spiritualité de l'être humain. Le mouvement du « Nouvel Age » qui se constitue avec eux est en interaction avec les expériences de néochamanisme entreprises dans les forêts amazoniennes et qui se multiplient dans la foulée de Castaneda. L'un de ces pionniers, Michael Harner, crée au milieu des années 1980 une Fondation pour les études chamaniques (Foundation for Shamanic Studies). Son projet est de mettre au point un « universalisme chamanique » qui ne soit lié à aucun soubassement culturel, mais qui puisse en même temps s'adapter à toutes les cultures, en particulier occidentales. Ses initiations au « voyage chamanique », présenté comme un apprentissage à restaurer les forces spirituelles et la santé physique de l'initié pour « s'aider soi-même, aider les autres et la planète », connaissent un énorme succès. D'autres « écoles » fleurissent un peu partout dans le monde occidental pour enseigner l'art ou le chant chamanique, les rudiments de la communication avec les esprits de la nature ou avec le cosmos, les techniques de divination ou de guérison, toutes parées des vertus de traditions présentées comme ancestrales. Dans un premier temps, seuls les enseignements de peuples géographiquement lointains ont assouvi la soif des nouveaux chamanes. Les années 1990 ont été celles de la découverte d'enseignements plus régionaux : ceux des Amérindiens pour les Américains, des druides et des Celtes pour les Européens.

Alors que les pratiques chamaniques sont, je l'ai expliqué plus haut, intrinsèquement liées au milieu naturel en dehors duquel elles ne peuvent s'exercer, le néochamanisme occidental, qui professe pourtant l'union avec la nature, n'a plus forcément besoin d'un milieu naturel pour s'épanouir. Il s'enseigne comme à l'école, et, hormis quelques « stages en milieu naturel », les apprentis chamanes s'entraînent aux expériences de transe ou de conscience modifiée entre quatre murs, en se construisant une spiritualité sur mesure. Là où l'initiation traditionnelle est l'œuvre d'une vie, on la voit désormais s'offrir en cursus de dix ou douze cours, assortis de séances de perfectionnement. C'est un chamanisme à la carte, finalement encore très rationalisé, offrant une palette d'initiations ponctuelles où chacun peut trouver son bonheur. Ces enseignements n'ont donc d'ancestral que l'étiquette dont ils se parent. Ils témoignent toutefois d'une insatisfaction profonde, d'un besoin de sacré chez des Occidentaux que le carcan des religions historiques telles qu'elles se sont constituées au fil de l'histoire ne suffit plus à assouvir. Si l'on ajoute à ces pratiques l'impact grandissant des médecines alternatives et holistiques, issues pour certaines du patrimoine de l'humanité, mais pour beaucoup d'autres de création récente, on se doit de prendre acte d'un besoin fondamental de se relier à un cosmos englobant, à l'univers. Leur point commun étant l'idée que le monde ne se réduit pas à sa dimension matérielle soumise aux lois universelles de la physique et de la chimie, mais que l'univers, comme l'homme, est multidimensionnel. Le cosmos forme un tout organique vivant, traversé de flux, d'énergies, de forces subtiles. On pourrait qualifier toutes ces pratiques, certes disparates mais néanmoins portées par une intuition commune, d'« écologie spirituelle[70] ».

Ne nous faisons aucune illusion, il est impossible à l'homme d'aujourd'hui de revivre en parfaite symbiose

avec la nature, comme il y a dix mille ans. La conscience de soi, du monde et du divin est un fait sur
lequel, à moins de catastrophes majeures, l'homme ne
pourra jamais revenir. Mais les aspirations contemporaines à « réenchanter » le monde traduisent un besoin
profond de retrouver l'accès à des expériences archaïques du sacré. Et si ce n'est pas à travers une réelle
symbiose avec le cosmos, c'est en se reliant à son
corps et à ses émotions que l'homme contemporain
recherche à éprouver le sacré, ce qui est une autre
manière de « quitter le mental » pour retrouver la
nature.

Les métamorphoses de la figure de Dieu

Nous avons vu au début de cet ouvrage comment
étaient nées les premières divinités et comment certaines aires de civilisation avaient évolué vers la croyance
en un Dieu unique et créateur. Mais cette figure de
Dieu des monothéismes est loin d'être statique et n'a
cessé de se métamorphoser au fil des millénaires en
fonction de l'évolution des sociétés et des attentes des
fidèles. Que devient-elle aujourd'hui ? Les représentations de Dieu connaissent de profondes mutations en
Occident depuis plusieurs décennies. J'en relèverai
trois essentielles : le passage de la représentation d'un
Dieu personnel à un divin impersonnel ; d'un Dieu
lointain et extérieur à un Dieu intérieur qu'on rencontre au plus intime de soi ; d'un Dieu aux qualités très
masculines à un Dieu plus féminin. Résumons chacun
de ces points.

La critique de Feuerbach d'un Dieu qui ne serait en
fin de compte qu'une projection des qualités et des

passions humaines, ou celle de Nietzsche d'un Dieu trop humain, trop petit pour être croyable, trouve un écho croissant chez nos contemporains et pas uniquement chez les athées. De nombreux croyants s'interrogent sur la signification du mot « Dieu ». Le Dieu biblique qui s'emporte, se lamente, change d'avis, se met en colère, affiche ses remords est de moins en moins « croyable », parce que trop humain. Au-delà des représentations risibles d'un Dieu barbu, il apparaît de plus en plus inconcevable de qualifier Dieu en fonction des traits du caractère humain. Ce que Voltaire a résumé en une formule définitive : « Dieu a fait l'homme a son image... et l'homme le lui a bien rendu ! »

Ce rejet d'un Dieu anthropomorphique s'accompagne d'une critique plus radicale de la conception du Dieu personnel développée par les pôles dominants des monothéismes. Un Dieu qui s'adresse personnellement aux hommes, s'immisce dans leurs affaires, fait alliance avec eux, parle par la voix des prophètes. Quel que soit leur sentiment d'appartenance religieuse, nombre de nos contemporains ne veulent plus d'un Dieu compréhensible par la raison et auquel on s'adresse comme à une personne. On recherche un Dieu plus mystérieux, plus impersonnel, qui échappe à l'entendement humain. On parlera alors plus volontiers du « divin » comme d'une force ou d'une énergie. Un telle conception n'est pas sans évoquer le fameux « mana » des sociétés premières, cette force mystérieuse, ce flux subtil qui parcours l'univers, que l'on peut capter et éventuellement manipuler. La mythologie de *La Guerre des étoiles*, la saga de George Lucas, s'en inspire directement : « Que la Force soit avec toi ! »

En introduisant la distinction entre croyance en un Dieu personnel ou impersonnel (esprit, énergie, force), les sondages permettent aujourd'hui de saisir l'écart entre ces deux grands types de représentation de Dieu en Occident. Or, on constate que depuis une trentaine d'années la croyance en un Dieu impersonnel ne cesse de progresser au détriment de celle en un Dieu personnel. Ainsi, sur 68 % d'Européens qui affirment croire en Dieu, 38 % disent croire explicitement en un Dieu personnel, ce qui partage presque en deux la population des croyants. En France, sur 56 % de croyants, seulement 21 % évoquent un Dieu personnel, ce qui en fait le taux le plus faible d'Europe avec la Suède et les Pays-Bas, trois pays qui apparaissent, selon tous les indicateurs, comme les plus sécularisés d'Europe. Cela confirme que la croyance en un « Dieu impersonnel » – même si on peut mettre de nombreuses acceptions sous cette notion – se renforce avec la sécularisation et la désocialisation religieuse. Plus un individu se situe hors d'une tradition religieuse, moins il est enclin à croire en un Dieu personnel. Le succès des spiritualités orientales, qui insistent sur le caractère indéterminé du divin (vacuité bouddhiste, Brahman hindou), mais aussi le succès de la kabbale juive et le fort regain d'intérêt pour les mystiques chrétiens (Maître Eckart ou Jean de la Croix) ou musulmans (Ibn Arabi ou Rûmi) qui insistent le plus sur le caractère inconnaissable de Dieu, sont autant de signes d'une évolution significative.

Autre évolution significative : Dieu ne demeure plus au Ciel, mais au centre de soi. Comme je l'ai déjà évoqué, l'expérience est au cœur des quêtes spirituelles contemporaines. Depuis les années 1960, cette quête d'expérience spirituelle prend les formes les plus diverses. Au sein du christianisme occidental, le succès des groupes charismatiques doit d'abord se comprendre comme un désir d'éprouver le divin en soi : l'Esprit saint descend dans le cœur du converti qui se sent bouleversé et régénéré par cette expérience intime de l'amour de Dieu. Les fameux « *born again* » dans le pentecôtisme américain entendent témoigner de cette expérience intérieure de la grâce divine qui transforme radicalement leur cœur. Ce que les charismatiques appellent le « baptême dans l'Esprit » correspond donc à une « seconde naissance » par laquelle le converti éprouve Dieu au plus intime de lui. Cette expérience est aussi corporelle et se traduit souvent par des tremblements, des larmes, un bouleversement émotionnel intense.

Au-delà de l'expérience particulière des charismatiques, de nombreux fidèles sont en quête d'une intérioririté. Ils ne veulent plus prier un Dieu qui soit totalement extérieur à eux-mêmes, mais souhaitent le rencontrer au plus intime de leur être. Cette quête d'intériorisation du divin s'exprime par un renouveau de la prière du cœur que l'on appelle l'oraison. L'oraison, que Thomas d'Aquin décrit comme un « cœur à cœur entre Dieu et l'homme », est la prière silencieuse traditionnelle de la vie monastique. Le moine ou la moniale fait silence, tant extérieurement qu'à l'intérieur de lui-même, pour accueillir la présence divine au plus intime de lui. Ce qui a longtemps été considéré comme l'apanage d'une élite spirituelle se démocratise fortement depuis une trentaine d'années. La multiplication des écoles d'oraison destinées aux laïcs et le développement des retraites dans les monastères sont autant de signes de ce besoin, ressenti par de nombreux chrétiens, d'intériorisation du divin. De même constate-t-on dans l'islam un succès des confréries soufies, comme celle en France du cheikh Bentounès qui montre l'attrait pour un accompagnement plus intérieur de la pratique religieuse.

Pour certains, cette redécouverte d'une vie spirituelle intérieure passe par l'Orient. La méditation bouddhiste vise d'abord à apprendre ce silence intérieur considéré comme nécessaire à tout progrès spirituel. Se concentrant sur sa respiration, le méditant observe les pensées qui agitent son mental, sans s'y arrêter, permettant ainsi à son esprit de respirer, de s'agrandir, de se fortifier. Ce ne sont pas seulement les convertis ou les proches du bouddhisme qui apprennent à méditer, mais de nombreux juifs ou chrétiens qui cherchent, par cette technique orientale, à apprendre ce silence intérieur favorisant l'attention à la présence divine.

L'avènement des monothéismes juif, chrétien et musulman ont imposé la figure divine très masculine d'un « père tout-puissant » et parfois tyrannique. Or, cette représentation a de moins en moins cours chez les croyants occidentaux. A elle, se substitue l'image d'un Dieu protecteur, miséricordieux, enveloppant, qui a finalement toutes les qualités d'une « bonne mère ». Le culte de Marie, la mère de Jésus, peut se comprendre comme une compensation à cette conception très masculine de Dieu. Comme nous l'avons vu, il existait dans le monde antique de nombreux cultes rendus à des déesses-mères ou à des Vierges-mères. Le culte marial va se superposer à ces cultes païens, tout en donnant à la Vierge un rôle central de médiation entre Dieu (ou son Fils divinisé) et le fidèle « pécheur ». Or, la figure de Marie ne cesse de prendre de l'ampleur dans le catholicisme depuis cent cinquante ans : multiplication des pèlerinages en ses lieux d'apparitions, importance du culte marial au sein du renouveau charismatique et deux des trois derniers dogmes formulés par l'Eglise concernent la Vierge

Marie : son « Immaculée conception » en 1854 et son « Assomption » en 1950. Ce rôle croissant de la Vierge n'exprime-t-il pas le besoin, dans le contexte chrétien, de corriger l'extrême masculinisation de Dieu par la valorisation de cette figure féminine ?

De manière plus générale, le rejet d'un Dieu autoritaire et législateur, archétype hypermasculin qui renvoie finalement aux notions de dogmes et de normes, favorise le développement de la croyance en une énergie divine bienveillante et protectrice, qui enveloppe l'univers et conduit nos vies de manière mystérieuse. Cette conception n'est pas sans évoquer la providence des philosophes stoïciens de l'Antiquité. Elle conduit aussi à renouer avec les figures féminines du sacré des sociétés anciennes, contre lesquelles les monothéismes ont tant lutté. Certes, on ne va pas rendre un culte aux « déesses-mères » du passé, mais on redonne au cosmos les qualités féminines et maternelles que lui avaient en partie ôtées les sociétés patriarcales. La notion antique d'« Ame du Monde » (*Anima Mundi*) ressurgit des tréfonds de l'inconscient collectif et exprime fort bien cette dimension féminine du divin. L'*Alchimiste,* le conte initiatique de Paulo Coelho qui a connu un succès planétaire (75 millions de livres vendus dans 150 pays), y fait explicitement référence : « Car il y a une grande vérité en ce monde : qui que tu sois et quoi que tu fasses, lorsque tu veux vraiment quelque chose, c'est que ce désir est né dans l'Ame de l'Univers. C'est ta mission sur la Terre[71]. » Pour qualifier cette mission qui est dévolue à chacun, Paulo Coelho utilise une expression qui devient le véritable leitmotiv du livre : la « Légende Personnelle ». Accomplir sa Légende Personnelle « est la seule et unique obligation des hommes ». Si nous passons à coté, notre vie sera triste et nous laissera un arrière-goût d'échec.

Si nous la réalisons, nous serons dans l'enthousiasme. Ce qui compte dès lors pour chaque individu, c'est d'identifier sa « Légende Personnelle » et de tout faire pour la mettre en œuvre, quels que soit les réticences intérieures ou les obstacles extérieurs. Une fois engagé dans cette quête, qui s'apparente à la recherche d'un trésor caché, les obstacles s'évanouiront car « l'univers conspire » pour que chaque être humain puisse réaliser sa Légende Personnelle. En réalisant cette synthèse inédite entre la notion ancienne d'Ame du Monde et la conception ultramoderne de la thématique de l'accomplissement de soi, Paulo Coelho a touché des millions de lecteurs en quête de réalisation personnelle dans le contexte d'un cosmos réenchanté. Or, l'Ame du Monde est la face féminine du divin au sein de la nature et du cosmos. Elle est en quelque sorte le complément féminin du *logos*, de l'*intellectus*, du *'aql*, etc., qui, dans diverses traditions philosophiques et spirituelles, sont les médiateurs par excellence entre Dieu et le Monde. Ce sont souvent dans les courants de pensée mystiques, alchimiques, astrologiques, bref, d'une façon plus générale, dans le courant des alternatives religieuses et ésotériques, que cette dimension féminine va être mise en évidence et réhabilitée face à des orthodoxies religieuses qui, habituellement, défendent une conception de type masculin de la divinité.

De la communion à la confrontation

Nous venons de voir comment le processus de rationalisation, qui s'est accéléré à la Renaissance en Occident, a bouleversé la religion en Europe et aux Etats-Unis, suscitant par réaction des aspirations spirituelles nouvelles qui tentent de renouer avec des formes de religiosité davantage reliées au corps et à l'intériorité. Mais à ce même tournant axial de la Renaissance, deux autres processus se sont aussi développés en Occident qui vont avoir une importance décisive sur l'évolution religieuse des sociétés modernes, et même traditionnelles, compte tenu de l'influence de l'Occident sur le reste du monde : la globalisation et l'individualisation. La nouvelle et puissante poussée d'individualisation qui se développe en Europe avec les penseurs humanistes produit une véritable « révolution de la conscience religieuse », selon l'heureuse expression de Marcel Gauchet : ce n'est plus la tradition qui impose sa norme à l'individu, mais l'individu qui va chercher ce qui lui convient dans la religion et rejeter le reste. Il en découle une modification profonde des comportements religieux et une crise radicale des autorités et des institutions. Ayant longuement étudié ce bouleversement dans un autre ouvrage[72], je n'y insisterai pas ici, sinon pour évoquer l'un des aspects de la globalisation et de l'interaction rapide des cultures qui a des conséquences fortes, et souvent négatives, mettant en jeu le couple fondamental religion/politique.

On a pu le constater tout au long de ce long parcours historique, la religion a deux dimensions essentielles qui se croisent : l'une horizontale qui vise à relier les hommes entre eux et à créer des communions, comme l'a bien souligné Régis Debray[73] ; l'autre verticale qui relie l'être humain au monde invisible, à une transcendance, un absolu, à des esprits, à des divinités, à Dieu. C'est la référence commune à cette transcendance invisible qui crée le lien entre les croyants. La religion répond ainsi à un besoin profond de communion, elle vise à rassembler des individus, à les unir dans une même ferveur émotionnelle. Notons en passant que lorsque la religion traditionnelle diminue, lorsque les sociétés se sécularisent et que la transcendance religieuse disparaît, le besoin de communion n'en demeure pas moins puissant et va se fixer sur d'autres objets : le politique (ferveur nationaliste), le sport, la musique (les concerts étant souvent comparés à des grands-messes), etc.

L'une des fonctions fondamentales de la religion est donc de créer du lien social. La communauté des croyants est liée par la référence commune à un invisible transcendant et par des pratiques, des interdits, des rituels qui en découlent. Dès lors, la religion participe de manière déterminante à l'identité et à la culture d'une tribu, d'un peuple, d'une civilisation. Lorsque cette identité collective est menacée, le repli sur la religion est un réflexe quasi naturel. Celui-ci est d'autant plus fort que la dimension politique est faible et que le groupe est dominé par un autre groupe : le religieux vient alors compenser la faiblesse du pouvoir politique pour redonner fierté et espoir aux croyants. Cela débouche parfois sur une radicalisation violente. Sous l'occupation romaine, le judaïsme antique s'est revigoré et radicalisé, allant jusqu'à mener des révoltes sanglantes au nom du Dieu d'Israël. De nos jours, c'est surtout dans un monde musulman qui se sent souvent humilié ou envahi par la domination politique, économique et culturelle occidentale que l'on assiste à des replis identitaires sur la religion, allant parfois jusqu'à commettre ou soutenir des actions meurtrières au nom d'Allah. Mais le lien entre politique et religion peut aussi être activé du côté des dominants en quête de justification. C'est au nom de l'évangélisation des peuples « barbares » qu'a été justifiée la colonisation occidentale, comme c'est au nom des valeurs morales, notamment chrétiennes, qu'un George W. Bush a justifié la guerre en Irak, dont les véritables motivations étaient purement économiques.

La globalisation culturelle actuelle renforce les mécanismes de défense de ceux qui se sentent menacés dans leurs modes de vie, leurs valeurs, leurs traditions. Le recours à la religion permet de renforcer l'identité du groupe, mais aussi de l'individu. En France, on le voit aussi bien du côté des jeunes femmes musulmanes qui portent le voile pour renouer avec la tradition, que du côté de catholiques qui avaient délaissé la religion et qui s'y réinvestissent, parfois de manière purement identitaire et culturelle, parce qu'ils se sentent agressés par la présence d'une culture et d'une religion qui leur sont profondément étrangères.

On comprend mieux dès lors pourquoi la religion est ambivalente : elle est à la fois source de communion et de confrontation. Elle favorise la communion entre les membres d'une même communauté, mais aussi la confrontation avec ceux d'une autre culture. En même temps, les religions sont travaillées de manière interne par des logiques contradictoires qui tendent parfois à l'ouverture à l'autre, parfois à la fermeture sur soi. A des degrés divers selon les religions, on trouve des messages de paix, d'accueil de l'étranger, de respect d'autrui, de non-violence, de compassion, qui ont fait des religions au cours de l'histoire des acteurs importants de pacification des relations humaines, de recul de la violence primaire (interdiction du meurtre), de progrès éthique des sociétés. Mais elles contiennent aussi souvent des messages sectaires ou intolérants et des prescriptions rituelles excluantes pour les autres qui favorisent le mépris ou la violence. Comme s'y ajoute le rôle culturel identitaire que je viens d'évoquer, on peut comprendre pourquoi, bien que porteuses de messages de paix et d'amour, les religions ont souvent été sources de conflits entre les hommes et les sociétés. On le constate encore aujourd'hui, ces deux dimensions sont pleinement à l'œuvre : au nom de Dieu ou de la religion, des individus et des institutions prônent le dialogue, font œuvre de paix, tissent des liens entre les cultures, consacrent leur vie aux plus démunis. D'autres au contraire justifient des guerres, appellent au meurtre et entretiennent le mépris de celui qui est différent. Il est probable que, au cours du siècle à venir, cette tension contradictoire persiste et que les religions continuent d'être pour les uns instruments de repli ou de violence et pour les autres sources d'ouverture et de paix.

Au début du XXIᵉ siècle, la permanence du sentiment religieux chez une grande majorité d'êtres humains est un fait parfaitement attesté, mais ce sentiment ne cesse de se transformer et l'histoire des religions n'est pas linéaire : il y a des évolutions et des changements qui semblent suivre une certaine logique de progression, mais aussi des ruptures et des retours en arrière. Nous venons de le voir avec le retour du chamanisme en Occident : l'ultramodernité conduit à des aspirations vers des formes très anciennes de religiosité, parfois même antérieures au tournant du Néolithique. Et si, comme je l'ai montré au début de ce livre, les premières traces du sentiment religieux apparaissent avec les rituels de la mort, on constate encore aujourd'hui que les rituels religieux qui résistent le mieux à la sécularisation des sociétés sont ceux liés à la naissance et à la mort. Car l'être humain a sans doute avant tout besoin, quelles que soient sa culture et ses croyances, de sacraliser les grands moments – heureux ou douloureux et toujours chargés d'émotion – de la vie. La vie qui, malgré les progrès vertigineux de la connaissance scientifique, demeure une profonde énigme.

Notes

1. Le Paléolithique commence avec l'apparition de l'homme, il y a à peu près trois millions d'années. Le Paléolithique moyen s'étend de – 300 000 à – 30 000 ans, et le Paléolithique supérieur de – 30 000 à – 10 000 ans. Ces subdivisions expriment des stades d'évolution technologique, avec le passage du silex biface à l'industrie à lames, et le développement simultané des armes. Mais, durant toute cette période, l'homme reste un chasseur-cueilleur nomade.

2. Emmanuel Anati, *Aux origines de l'art*, Fayard, 2003, p. 10.

3. Andreas Lommel, *The World of the Early Hunters*, Adams and Mackay, 1967.

4. Jean Clottes et David Lewis-Williams, *Les Chamanes de la préhistoire*, Seuil, 1996.

5. *Aux origines de l'art, op. cit.*, p. 74.

6. *Les Chamanes de la préhistoire, op. cit.*

7. *Aux origines de l'art, op. cit.*, p. 89.

8. Michel Perrin, *Le Chamanisme*, « Que sais-je ? », PUF, 1995, p. 5.

9. Rudolf Otto, *Le Sacré*, Payot, 1949, réédité en 1995.

10. *Ibid.*, p. 29.

11. *Ibid.*, p. 30.

12. *Ibid.*, p. 58.

13. *Ibid.*, p. 166.

14. Jacques Cauvin, *Naissance des divinités, naissance de l'agriculture*, Flammarion, 1997, p. 54.

15. Pierre Lévêque, « De la naissance des mythes à la religion grecque », in *Approches des religions de l'Antiquité*, dir. Bernard Descouleurs et René Nouailhat, Desclée de Brouwer, 2000, p. 23.

16. *Naissance des divinités, op. cit.*, p. 104.

17. Marcel Mauss, *Essai sur le don, forme et raison de l'échange dans les sociétés archaïques*. Article originalement publié dans *L'Année sociologique*, seconde série, 1923-1924.

18. *Ibid.*, p. 64.

19. René Girard, *La Violence et le Sacré*, Grasset, 1972. Réédition in *De la violence à la divinité*, rassemblant quatre ouvrages du même auteur, Grasset, 2007. Mes notes se réfèrent à cette dernière édition.

20. *Ibid.*, p. 105.

21. Genèse, 4, 1-16.

22. *La Violence et le Sacré, op. cit.*, p. 408.

23. *Naissance des divinités…, op. cit.*, p. 163.

24. *Essai sur le don…, op. cit.*

25. Jean Bottéro, *Au commencement étaient les dieux*, Tallandier, 2004, p. 113.

26. Jean Bottéro, *La Plus Vieille Religion en Mésopotamie*, Gallimard, 1998, p. 359.

27. Aristote, *Métaphysique*, A, 1, 981 b.

28. Le mathématicien français Denis Guedj raconte l'invention des mathématiques en Mésopotamie dans un roman, *Zéro ou les cinq vies d'Aemer*, Robert Laffont, 2005.

29. Jean Bottéro, *Au commencement étaient les dieux, op. cit.*, p. 54.

30. Ysé Tardan-Masquelier, *Un milliard d'hindous. Histoire, croyances, mutations*, Albin Michel, 2007, p. 34.

31. Les allusions aux effets du soma sont présentes dans tout le Rig-Veda dont le livre X fournit des éléments sur le rituel de préparation de ce nectar des dieux.

32. Marcel Granet, *La Religion des Chinois*, PUF, 1922 et 1951, p. 12.

33. Karl Jaspers, *Origine et sens de l'histoire*, Plon, 1954.

34. Karl Jaspers, *Bilan et perspectives*, Desclée de Brouwer, 1956, p. 28.

35. *Naissance de l'écriture*, Réunion des musées nationaux, 1982, p. 241.

36. Confucius, *Entretiens du Maître avec ses disciples*, traduction de Séraphin Couvreur, Mille et une nuits, 2002, XI, 11.

37. Ysé Tardan-Masquelier, *Un milliard d'hindous…, op. cit.*, p. 60.

38. L'un des ouvrages les plus complets à ce sujet est *Mythes et dieux de l'Inde, le polythéisme hindou*, par Alain Daniélou, Flammarion, 1994.

39. *Udana*, VIII, 1.

40. Le sutra Mahaparinirvana rapporte avec force détails la querelle puis le partage des reliques de l'Eveillé.

41. Il est l'auteur de *Vies, doctrines et sentences des philosophes illustres*, un ouvrage qui constitue la seule trace qui nous soit parvenue de nombreux philosophes de l'Antiquité grecque. Le Livre I est consacré aux « sept sages » de la philosophie ionienne, dont la liste s'ouvre avec Thalès.

42. *Ibid.*, IX, 5.

43. Platon, *La République*, livre VII.

44. Plotin, *Ennéades*, VI, 9, 9-10.

45. Euripide, *Les Bacchantes*, 471-474.

46. Platon, *Phédon*, 69c.

47. Mircea Eliade, *Histoire des croyances et des idées religieuses*, tome 1, Payot, 1976, p. 316.

48. André Lemaire, *Naissance du monothéisme, point de vue d'un historien*, Bayard, 2003, p. 40.

49. Joseph Klausner, *Jésus de Nazareth*, Payot, 1933, p. 514.

50. Frédéric Lenoir, *Le Christ philosophe*, Plon, 2007.

51. *Somme théologique* II-II, question 11, article 3.

52. Pierre Bréchon, « L'évolution du religieux », *in* « L'univers des croyances », *Futuribles*, janvier 2001, pp. 39-42.

53. *Les Valeurs des Européens*, 1999.

Notes

54. Pour l'Europe, sondage commandé en 2005 par le Reader's Digest aux instituts nationaux de quatorze pays européens. Pour les Etats-Unis, sondage Gallup 2007.

55. Eric de Rosny, *Les Yeux de ma chèvre*, Plon, 1981.

56. Michel Perrin, *Le Chemin des Indiens morts*, Payot, 1976.

57. Roberte Hamayon, *La Chasse à l'âme, esquisse d'une théorie du chamanisme sibérien*, Société d'ethnologie, 1990.

58. David Hume, *The Natural History of Religions*, in *Essays and Treaties on Different Subjects*, Londres, 1788, p. 364.

59. *Ibid.*, p. 367.

60. Son *Essai de mythologie comparée* a été publié en Angleterre en 1856, et en France en 1859, par les éditions Durand. Il a été réédité en 2002 chez Laffont/Bouquins.

61. Une première version abrégée a été publiée en France, en 1924, aux éditions Geuthner. Une édition complète est publiée aux éditions Laffont/Bouquins.

62.sn*Origine et sens de l'histoire, op. cit.*, p. 37.

63. Yves Lambert, *La Naissance des religions. De la préhistoire aux religions universalistes*. Préface de Frédéric Lenoir. Armand Colin, 2007.

64. Je reprends ici en grande partie une réflexion que j'avais formulée dans un précédent essai, *Les Métamorphoses de Dieu*, Plon, 2003.

65. Aristote, *Les Parties des animaux*, I, 5, 645a.

66. Aristote, *Politique*, I, 8, 1256b.

67. Genèse, 1, 28.

68. Matthieu, 6, 26.

69. Descartes, *Discours de la méthode*, 6.

70. Publié en France en 1972 par les éditions Le Soleil noir.

71. Paulo Coelho, *L'Alchimiste*, Anne Carrière, 1994, Le Livre de poche, p. 36.

72. Frédéric Lenoir, *Les Métamorphoses de Dieu, op. cit.*

73. Voir sur cette question l'excellent petit livre de Régis Debray : *Les Communions humaines*, Fayard, 2005.

Bibliographie

Rochdy Alili, *Qu'est-ce que l'islam ?*, La Découverte, 2000.

Emmanuel Anati, *Aux origines de l'art, 50 000 ans d'art préhistorique et tribal*, Fayard, 2003.

Karen Armstrong, *Histoire de Dieu*, Seuil, 1997.

—, *Le Bouddha*, Fidès, 2003.

Alexandre Astier, *Comprendre l'hindouisme*, Eyrolles, 2007.

Marc Augé, *La Construction du monde, religions, représentations, idéologie*, Maspero, 1974.

Régine Azria, *Le Judaïsme*, La Découverte, 1996.

Emile Benvéniste et Jean Lallot, *Le Vocabulaire des institutions indo-européennes*, Minuit, 1969.

Madeleine Biardeau, *L'Hindouisme, anthropologie d'une civilisation*, Flammarion, 1981.

Jean-Marie Bosc, *L'Asie des grandes religions*, Fayard, 1984.

Jean Bottéro, *Au commencement étaient les dieux*, Tallandier, 2004.

—, *La Plus Vieille Religion en Mésopotamie*, Gallimard, 1998.

Jean Bottéro et Samuel Noah Kramer, *Lorsque les dieux faisaient l'homme*, Gallimard, 1989.

Pascal Boyer, *Et l'homme créa les dieux*, Robert Laffont, 2001.

Pierre Bréchon, « L'évolution du religieux », *in* « L'univers des croyances », *Futuribles*, janvier 2001.

Claude Cahen, *L'Islam, des origines au début de l'Empire ottoman*, Hachette, 1997.

Geneviève Calame-Griaule, *Ethnologie et langage, la parole chez les Dogons*, Gallimard, 1967.

Jacques Cauvin, *Naissance des divinités, naissance de l'agriculture*, Flammarion, 1997.

Malek Chebel et Malcolm Clark, *L'Islam pour les nuls*, First, 2008.

Anne Cheng, *Histoire de la pensée chinoise*, Seuil, 1999.

Jean Clottes et David Lewis-Williams, *Les Chamanes de la préhistoire*, Seuil, 1996.

Claudine Cohen, *La Femme des origines*, Belin, 2003.

Confucius, *Entretiens du Maître avec ses disciples*, traduction de Séraphin Couvreur, Mille et une nuits, 2002.

Alain Daniélou, *Mythes et dieux de l'Inde, le polythéisme hindou*, Flammarion, 1994.

François Daumas, *La Civilisation de l'Egypte pharaonique*, Arthaud, 1987.

Régis Debray, *Dieu, un itinéraire*, Odile Jacob, 2001.

—, *Les Communions humaines*, Fayard, 2005.

Jean Delumeau (dir.), *Le Fait religieux*, Fayard, 1993.

—, *Des religions et des hommes*, Desclée de Brouwer, 1997.

Bernard Descouleurs et René Nouailhat (dir.), *Approches des religions de l'Antiquité*, Desclée de Brouwer, 2000.

Georges Duby, *Les Trois Ordres ou l'Imaginaire du féodalisme*, Gallimard, 1978.

Georges Dumézil, *Le Festin d'immortalité, étude de mythologie comparée indo-européenne*, Annales du musée Guimet, 1924.

—, *L'Idéologie tripartie des Indo-Européens*, Latomus, 1958.

Emile Durkheim, *Les Formes élémentaires de la vie religieuse*, PUF, 1994.

Mircea Eliade, *Histoire des croyances et des idées religieuses* (3 volumes), Payot, 1990.

—, *Traité d'histoire des religions*, Payot, 1996.

Israel Finkelstein et Neil Asher Silberman, *La Bible dévoilée*, Bayard, 2002.

Marcel Gauchet, *Le Désenchantement du monde*, Gallimard, 1985.

David Gibbons, *Croyances et religions du monde*, Acropole, 2007.

Marija Gimbutas, *Le Langage de la déesse*, Des femmes, 2005.

René Girard, *La Violence et le Sacré*, Grasset, 1972.

Jack Goody, *La Logique de l'écriture*, Armand Colin, 1995.

Marcel Granet, *La Religion des Chinois*, PUF, 1951.

Roberte Hamayon, *La Chasse à l'âme, esquisse d'une théorie du chamanisme sibérien*, Société d'ethnologie, 1990.

David Hume, *The Natural History of Religions, in Essays and Treaties on Different Subjects*, Londres, 1788.

Karl Jaspers, *Origine et sens de l'histoire*, Plon, 1954.

—, *Bilan et perspectives*, Desclée de Brouwer, 1956.

Marc Kalinowski, *Cosmologie et divination dans la Chine ancienne*, EFEO, 1991.

Djénane Kareh Tager, *Les Anges*, Plon, 2007.

Joseph Klausner, *Jésus de Nazareth*, Payot, 1933.

Yves Lambert, *La Naissance des religions*, Armand Colin, 2007.

—, *Religions, modernité, ultramodernité : une analyse en termes de tournant axial*, in *ASSR*, n° 109, janvier-mars 2000.

André Lemaire, *Naissance du monothéisme, point de vue d'un historien*, Bayard, 2003.

—, *Histoire du peuple hébreu*, « Que sais-je ? », PUF, 1981.

Frédéric Lenoir, *Les Métamorphoses de Dieu*, Plon, 2003.

—, *Le Christ philosophe*, Plon, 2007.

Frédéric Lenoir et Ysé Tardan-Masquelier (dir.), *Encyclopédie des religions*, Bayard, 1997.

Frédéric Lenoir et Ysé Tardan-Masquelier (dir.), *Le Livre des sagesses*, Bayard, 2002.

Jean Lévi, *Confucius*, Pygmalion, 2002.

Ioan Myrddin Lewis, *Les Religions de l'extase, étude anthropologique de la possession et du chamanisme*, PUF, 1977.

Andreas Lommel, *The World of the Early Hunters*, Adams and Mackay, 1967.

Jean Markale, *La Grande Déesse, mythes et sanctuaires*, Albin Michel, 1997.

Marcel Mauss, *Essai sur le don. Forme et raison de l'échange dans les sociétés archaïques*. Article originalement publié dans *L'Année sociologique*, seconde série, 1923-1924.

John-P. Meier, Charles Ehlinger et Noël Lucas, *Un certain juif, Jésus* (3 volumes), Cerf, 2004 et 2005.

Max Müller, *Essai de mythologie comparée*, « Bouquins », Laffont, 2002.

Marcel Neusch (dir.), *Le Sacrifice dans les religions*, Beauchesne, 1994.

Marcel Otte, *Arts protohistoriques, l'aurore des dieux*, De Boeck, 2007.

Rudolf Otto, *Le Sacré*, Payot, 1995.

Michel Perrin, *Le Chamanisme*, « Que sais-je ? », PUF, 1995.

Michel Quesnel et Philippe Gruson (dir.), *La Bible et sa culture*, Desclée de Brouwer, 2000.

Julien Ries (dir.), *L'Homme indo-européen et le sacré*, Edisud, 1995.

Claude Rivière, *Socio-anthropologie des religions*, Armand Colin, 1997.

Isabelle Robinet, *Lao Zi et le Tao*, Centurion, 1996.

Maxime Rodinson, *Mahomet*, Seuil, 1994.

Eric de Rosny, *Les Yeux de ma chèvre*, Plon, 1981.

Jacques Schlosser, *Jésus de Nazareth*, Agnès Vienot, 1999.

Ysé Tardan-Masquelier, *Un milliard d'hindous, histoire, croyances, mutations*, Albin Michel, 2007.

Alain Testart, *Des dons et des dieux, anthropologie religieuse et sociologie comparative*, Armand Colin, 1997.

Léon Vandermeersch, *Etudes sinologiques*, PUF, 1993.

Jean Varenne, *Zoroastre le prophète de l'Iran*, Dervy, 2006.

—, *Aux sources du yoga*, Dauphin, 1998.

Jean-Pierre Vernant, *Les Origines de la pensée grecque*, PUF, 1962.

—, *Religions, histoires, raison*, Maspero, 1979.

Paul Veyne, *Les Grecs ont-ils cru à leurs mythes ?* Seuil, 2000.

Géo Windengren, *Les Religions de l'Iran*, Payot, 1968.

Louise Bruit Zaidman et Pauline Schmitt-Pantel, *La Religion grecque*, Armand Colin, 1991.

Remerciements

Je remercie vivement Djénane Kareh Tager pour ses recherches et sa relecture attentive du manuscrit qui m'ont beaucoup apporté. Merci aussi à Ysé Tardan-Masquelier pour ses amicales et pertinentes remarques. J'ai aussi une pensée émue pour Yves Lambert, ami-chercheur parti trop tôt, avec lequel j'ai eu de passionnantes discussions sur ces questions.

Site Internet de l'auteur
http://www.fredericlenoir.com

Du même auteur

La Parole perdue
(avec Violette Cabesos)
Albin Michel, 2011
« Le Livre de poche », 2012

L'Âme du monde
Nil, 2012

L'Oracle della Luna
1. Le maître des Abbruzes
(dessin de Griffo)
Glénat, 2012

L'Oracle della Luna
2. Les amants de Venise
(dessin de Griffo)
Glénat, 2013

L'Oracle della Luna
2. Les hommes en rouge
(dessin de Griffo)
Glénat, 2013

Nina
(avec Simonetta Greggio)
Stock, 2013

ESSAIS ET DOCUMENTS

Le Temps de la responsabilité
(postface de Paul Ricœur)
Fayard, 1991

Mère Teresa
Biographie
(avec Estelle Saint-Martin)
Plon, 1993
« Pocket », 1994

Sectes, mensonges et idéaux
(avec Nathalie Luca)
Bayard, 1998

Le Bouddhisme en France
Fayard, 1999

La Rencontre du bouddhisme et de l'Occident
Fayard, 1999
Albin Michel, 2001

L'Épopée des Tibétains
Entre mythe et réalité
(avec Laurent Deshayes)
Fayard, 2002

Les Métamorphoses de Dieu
Des intégrismes aux nouvelles spiritualités
Plon, 2003
Hachettes littératures, « Pluriel », 2005
nouv. éd., 2010

« Code Da Vinci », l'enquête
(avec Marie-France Etchegoin)
Robert Laffont, 2004
Seuil, « Points » n° P1484, 2006

Tibet, le moment de vérité
Plon, 2008
repris sous le titre
Tibet
20 clés pour comprendre
Seuil, « Points Essais » n° 642, 2010

Le Christ philosophe
Plon, 2007
Seuil, « Points Essais » n° 613, 2009

La Saga des Francs-Maçons
(avec Marie-France Etchegoin)
Robert Laffont, 2009

Socrate, Jésus, Bouddha
Trois maîtres de vie
Fayard, 2009

Comment Jésus est devenu Dieu
Fayard, 2010

Petit traité de vie intérieure
Plon, 2010

La Guérison du monde
Fayard, 2012

Du bonheur
Un voyage philosophique
Fayard, 2013

ENTRETIENS

Au cœur de l'amour
(avec Marie-Dominique Philippe)
Fayard, 1987

Les Communautés nouvelles
Entretiens avec les fondateurs
Fayard, 1988

Les Risques de la solidarité
(entretiens avec Bernard Holzer)
Fayard, 1989

Les Trois Sagesses
(entretiens avec Marie-Dominique Philippe)
Fayard, 1994

Toute personne est une histoire sacrée
(avec Jean Vanier)
Plon, 1995

Mémoire d'un croyant
(avec l'abbé Pierre)
Fayard, 1997
« Le Livre de poche », 1999

Entretiens sur la fin des temps
(avec Jean-Claude Carrière, Jean Delumeau,
Umberto Eco et Stephen Jay Gould)
Fayard, 1998
« Pocket », 1999

Fraternité
(avec l'abbé Pierre)
Fayard, 1999

Sommes-nous seuls dans l'univers ?
(entretiens avec Jean Heidmann, Alfred Vidal-Madjar,
Nicolas Prantzos et Hubert Reeves)
Fayard, 2000
« Le Livre de poche », 2002

Le Moine et le Lama
(entretiens avec Dom Robert Le Gall
et Lama Jigmé Rinpoché)
Fayard, 2001
« Le Livre de poche », 2003

Mal de Terre
(avec Hubert Reeves)
Seuil, 2003
et « Points Sciences » n° 164, 2005

L'Alliance oubliée
La Bible revisitée
(avec Annick de Souzenelle)
Albin Michel, 2005

Mon Dieu… Pourquoi?
Petite méditation sur la foi chrétienne et le sens de la vie
(avec l'abbé Pierre)
Plon, 2005

Dieu
Entretiens avec Marie Drucker
Rober Laffont, 2011
« Pocket », 2012

DIRECTION D'OUVRAGES ENCYCLOPÉDIQUES

Encyclopédie des religions
2 volumes
(avec Ysé Tardan-Masquelier)
Bayard, 1997

Le Livre des sagesses
L'aventure spirituelle de l'humanité
(avec Ysé Tardan-Masquelier)
Bayard, 2002, 2005

La Mort et l'Immortalité
Encyclopédie des croyances et des savoirs
(avec Jean-Philippe de Tonnac)
Bayard, 2004

RÉALISATION : NORD COMPO À VILLENEUVE D'ASCQ
IMPRESSION : NORMANDIE ROTO IMPRESSION S.A.S. À LONRAI
DÉPÔT LÉGAL : JUIN 2014. N° 116715-3 (1501765)
IMPRIMÉ EN FRANCE